VIRGIL GHEORGHIU

Virgil Gheorghiu est né le 15 septembre 1916 en Roumanie. Après des études de philosophie et de théologie à Bucarest, il entre dans la carrière diplomatique, et devient secrétaire de légation pour les relations culturelles au ministère des Affaires étrangères, entre 1942 et 1943. Fuyant le régime communiste instauré dans son pays en 1947, Gheorghiu s'installe en France. Deux ans plus tard, la traduction de *La 25ᵉ Heure* remporte un immense succès.

Ordonné prêtre orthodoxe quelques années plus tôt, Gheorghiu devient patriarche en 1971. Il meurt à Paris en 1992.

LA VINGT-CINQUIÈME HEURE

VIRGIL GHEORGHIU

LA VINGT-CINQUIÈME HEURE

Traduit du roumain par Monique Saint-Come
Préface de Gabriel Marcel

PLON

Titre original :
ORA 25

Le Code de la propriété intellectuelle n'autorisant, aux termes de l'article L. 122-5, 2° et 3° a, d'une part, que les « copies ou reproductions strictement réservées à l'usage privé du copiste et non destinées à une utilisation collective » et, d'autre part, que les analyses et les courtes citations dans un but d'exemple et d'illustration, « toute représentation ou reproduction intégrale ou partielle faite sans le consentement de l'auteur ou de ses ayants droit ou ayants cause est illicite » (art. L. 122-4).

Cette représentation ou reproduction, par quelque procédé que ce soit, constituerait donc une contrefaçon, sanctionnée par les articles L. 335-2 et suivants du Code de la propriété intellectuelle.

© PLON
ISBN 978-2-266-15785-8

PRÉFACE

A Aldous Huxley.

C'est la première fois, si je ne me trompe, que je fais précéder d'une préface rédigée par moi-même un livre paraissant dans la collection *Feux Croisés*. Mais le cas de *la Vingt-cinquième Heure* est en vérité tout à fait particulier.

D'abord c'est en quelque sorte une œuvre originale que nous présentons aujourd'hui au public français, car l'auteur pour des raisons trop évidentes s'est trouvé dans l'impossibilité de publier son livre dans son pays d'origine ; et, pour des motifs qui apparaîtront par la suite, je me réjouis de penser que c'est en France et en langue française que ce beau roman, ce roman terrible, aura d'abord paru. Je ne doute pas que bien d'autres traductions ne suivent, sans quoi ce serait à désespérer. Mais ce n'est pas tout. Je ne pense pas qu'on puisse trouver une œuvre plus significative que celle-ci, plus révélatrice de la situation effroyable dans laquelle l'humanité se trouve aujourd'hui plongée. « La terre, dit un des protagonistes, a cessé d'appartenir aux hommes. » Plus exactement les hommes semblent avoir désappris à se comporter comme des hommes. Mais c'est encore trop peu dire : il s'agit beaucoup moins d'une désuétude ou d'un oubli que d'un monstrueux dressage dont cet oubli n'est que la conséquence.

Il me paraît certain que la part de la fiction dans *la Vingt-*

cinquième Heure est à peu près négligeable. Je ne veux pas dire que tout dans ce livre soit strictement autobiographique — bien que l'auteur et sa femme aient fait personnellement certaines des expériences les plus navrantes qui sont ici relatées. Mais il n'y a eu pour M. Gheorghiu qu'à rassembler les éléments épars de cette histoire qui dans son essence est bien la plus véridique qu'on puisse lire — et par conséquent la moins utilisable pour un partisan qui ne serait qu'un partisan. Ce livre ne peut être exploité par aucun des partis actuellement en présence, et c'est ce qui me paraît être le plus précieux en lui. Certes, la férocité allemande et la férocité soviétique sont évoquées ici en des pages brûlantes : personne ne pourra dire que l'auteur est pro-nazi ou qu'il est pro-bolchevik, mais là n'est pas l'essentiel. Le mal qui est ici dénoncé est un mal universel, il est de plus en plus clair que l'Occident en est atteint comme d'ailleurs cet Extrême-Occident, qui ne peut plus guère être, me semble-t-il, pour personne, la terre de promesse et de mirage qu'il fut tout au long du XIXe siècle et pendant les premières années de ce siècle-ci. Ce mal, c'est la substitution de l'abstrait au concret qui est à la base sinon de la technique, au moins de la technocratie encore informe qui s'élabore sous nos yeux. Je serais d'ailleurs porté à me demander si la technique, pour autant qu'elle tend à se prendre elle-même pour fin, et assume ainsi la place de valeurs soi-disant périmées, n'est pas l'héritière de l'idéalisme philosophique dont l'action à la longue maléfique ne peut plus guère être contestée. On est d'ailleurs ici en présence d'un paradoxe sur lequel la réflexion est tenue de se concentrer méthodiquement. Les grands représentants de l'idéalisme, de Platon à Kant et même à Hegel, comptent à n'en pas douter parmi les gloires de l'humanité. Rien ne peut être plus absurde que de les rendre eux-mêmes directement responsables des cataclysmes contemporains. Mais tout semble s'être passé comme s'ils avaient été malgré eux et à leur insu *enrôlés* au service d'une cause qui n'était pas la leur — qui même, si l'on va au fond des choses, était opposée en tous points à celle qu'ils entendaient servir. Rien à cet égard ne peut être à la fois plus singulier et plus éclairant que la destinée de l'hégélianisme, aboutissant à un régime qui s'oppose en tous points à l'universalisme même de Hegel, et nie de la façon la plus effrontée toutes les valeurs que celui-ci a entendu exalter. Ce n'est pas ici le lieu de se demander comment cette inimaginable malfaçon a pu se produire ; c'est à mon sens dans les zones profondes de la métaphysique et de la théologie qu'il faudrait en chercher le principe. Il y a tout lieu de penser que l'idéalisme a tendu à devenir maléfique à partir du moment où il a perdu le contact avec la révélation, où il s'est coupé de la doctrine johannique du Verbe, où il s'est orienté vers une divinisation de l'homme par l'homme — et non vers l'assomption par l'homme d'une Grâce qui descendait à sa rencontre. Les aberrations de la métaphysique marxiste n'étaient possibles qu'à partir du moment où le principe de cette autolâtrie sacrilège était admis par des hommes encore bien incapables au surplus d'en prévoir les épouvantables conséquences. J'ai dit la métaphysique marxiste : il ne s'agit nullement des profondes observations faites par Marx lui-même dans un secteur tout à fait déterminé de la vie humaine et de la méthode en soi féconde, voire indispensable, qu'il a été sans doute le premier à définir et à employer pour rendre compte de faits dont l'importance avant lui était à peine soupçonnée.

Qu'on veuille bien excuser cette digression philosophique. Je tiens d'abord à rassurer le lecteur qu'elle risque d'inquiéter : il ne trouvera rien dans le livre de M. Gheorghiu qui confirme directement ces spéculations. Mais tout, dans cet ouvrage, atteste l'expérience la plus profondément méditée et incite, me semble-t-il, notre réflexion à s'engager dans la voie que nous venons d'indiquer.

Je m'en voudrais de déflorer l'extraordinaire histoire qu'on va lire en la résumant, en la schématisant à l'avance. Je me contenterai de signaler ici quelques passages qui me semblent particulièrement significatifs et qui permettront au lecteur de se former une idée de l'importance exceptionnelle du thème.

L'écrivain Traian Koruga et sa femme Nora, bien qu'ils aient toujours été favorables à la cause des alliés, d'autant qu'elle-même est juive et a échappé de justesse à la persécution, ont fait à pied des centaines de kilomètres au moment de la débâcle allemande de 1945 pour rejoindre cette zone américaine qui leur apparaît comme un lieu de refuge. Les voici à Weimar. Mais ce n'est certes pas l'esprit de Gœthe qui anime le gouverneur américain de cette ville. Peu importe ce que sont ou pensent Traian et sa femme. Ils sont porteurs d'un passeport roumain, la Roumanie est officiellement considérée par l'Amérique comme puissance ennemie : *ergo* Traian et sa femme doivent être traités comme sujets ennemis et incarcérés. Il faut admirer ici, dirai-je entre parenthèses, la façon dont le raisonnement syllogistique, où jusqu'à une date relativement récente tant de penseurs myopes ont cru trouver l'instrument par excellence de la raison, vient facilement se placer au service de l'aberration : c'est une machine dont on fait ce qu'on veut, comme toutes les autres machines d'ailleurs ; la pensée véritable est autre chose. « Combien de temps leur faudra-t-il pour apprendre qu'ils nous ont arrêtés et nous gardent en prison ? demanda Nora. Moi je ne peux plus y tenir ! — Ils ne s'apercevront jamais que nous existons, dit Traian. La civilisation occidentale dans sa dernière phase de progrès ne prend plus conscience de l'individu, et rien ne nous laisse plus espérer qu'elle le fasse jamais. Cette société ne connaît que quelques-unes seulement des dimensions de l'individu. L'homme intégral, pris individuellement, n'existe plus pour elle... Toi, par exemple, tu n'es qu'une citoyenne ennemie arrêtée en territoire allemand. C'est le maximum de notes caractéristiques que la société technique occidentale puisse assimiler... Lorsqu'elle arrête ou tue quelqu'un, cette société n'arrête ou ne tue pas quelque chose de vivant, mais une notion. En bonne logique ce crime ne peut lui être imputé, car aucune machine ne peut être accusée de crime. Et nul ne saurait demander à une machine de traiter les hommes selon leurs caractéristiques individuelles... Tout ce que je sais, c'est que le fait de soumettre l'homme aux lois et aux critères techniques, critères excellents en ce qui concerne les machines, équivaut à un assassinat. Un homme obligé à vivre dans les conditions et le milieu d'un poisson meurt en quelques minutes et vice versa. L'Occident a créé une société semblable à la machine. Il oblige les hommes à vivre au sein de cette société et à s'adapter aux lois de la machine... Lorsque les hommes ressembleront aux machines jusqu'à s'identifier à elles, alors il n'y aura plus d'hommes sur la terre. »

On le voit, *la Vingt-cinquième Heure* est comme la suite de *Erewhon* de Samuel Butler. Mais entre les deux livres il y a une différence qui permet de mesurer l'espace parcouru depuis moins d'un siècle. Au lieu qu'*Erewhon* était une espèce d'utopie du même type que *Gulliver* par exemple, rien ne peut être moins utopique ou moins anachronique que le roman de Gheorghiu. Cette histoire d'un homme, Iohann Moritz, qui sera successivement décrété juif alors qu'il est aryen, puis aryen pur et membre de la race des Seigneurs ! qui sera ensuite traité par les Alliés comme ami puis comme ennemi, tout cela sans que jamais il soit tenu le moindre compte de ce qu'il est, dans son être, dans sa substance individuelle — cette histoire de fous, narrée avec la précision scrupuleuse d'un mémorialiste consciencieux, apparaît comme l'expression littérale de ce que l'homme tend à devenir dans un monde qui le nie. Mais qu'est-ce donc que ce monde ? De quoi est-il fait ? C'est un monde où les « citoyens » tendent à prendre la place des hommes. « Les « citoyens » ne vivent ni dans les bois ni dans la jungle mais dans les bureaux, cependant ils sont plus cruels que les bêtes sauvages de la jungle, ils sont nés du croisement de l'homme avec les machines. C'est une espèce bâtarde, la race la plus puissante actuellement sur toute la surface de la terre. Leur visage ressemble à celui des hommes, et souvent on risque même de les confondre avec eux, mais sitôt après on se rend compte qu'ils ne se comportent pas comme des hommes, mais comme des machines ; au lieu du cœur, ils ont des chronomètres... Ce sont des citoyens... Étrange croisement, ils ont envahi toute la terre. »

Je ne suis pas à vrai dire tout à fait sûr que l'analyse soit ici poussée assez loin ; pour comprendre cette *métastase* —

ce terme emprunté à l'histologie est le seul qui convienne — il faudrait sans nul doute faire intervenir la psychologie schelerienne du ressentiment : si les citoyens des démocraties populaires sont ce que nous savons, c'est non pas qu'ils sont des machines, mais qu'ils tendent à devenir des sous-hommes chez qui la haine de la supériorité sous toutes ses formes devient une sorte de principe vital — mais c'est ici d'une vie dégradée qu'il sagit, d'une vie qui partout se tourne contre la vie véritable, c'est-à-dire contre la création et contre l'amour.

J'ai dit au commencement de cette préface qu'il me paraissait heureux que ce livre paraisse d'abord en français. C'est qu'en effet la France est située pour des raisons à la fois historiques et géographiques au point précis où la redoutable question posée par M. Gheorghiu présente son maximum d'acuité tragique. Ce n'est pas se rendre coupable d'exagération nationaliste que de l'affirmer, il n'est pas de culture qui, plus que la nôtre, soit en principe armée contre de telles aberrations : Montaigne, Descartes, Pascal, Voltaire même, ou, de nos jours, Péguy ou Valéry, venus des coins les plus opposés de l'horizon spirituel, semblent vainement se coaliser contre cette épouvantable menace ; et cependant il faut bien reconnaître que cette menace, nous la voyons prendre corps chaque jour plus dangereusement là même où les outrances du planisme sont en principe rejetées. Ici, plus que partout ailleurs, le conflit entre l'homme réel et ce qu'on me permettra d'appeler l'homme-papier sévit de façon angoissante. Dès lors le livre de M. Gheorghiu vient en son lieu et à son heure. Je souhaite qu'il soit lu passionnément et passionnément commenté par des hommes assez honnêtes pour ne pas chercher un refuge dans cette pensée trop commode que tout ce qui est évoqué ici se passe loin de chez nous, en Roumanie ou en Allemagne. Il est de plus en plus clair — et rien n'est plus important à signaler — que ces localisations perdent aujourd'hui tout sens réel : ce qui se passe à 3 000 kilomètres de chez nous se passe ici même ; entre ici et ailleurs la différence s'abolit. Le drame humain est partout identique à lui-même.

Pourquoi *la Vingt-cinquième Heure*, demandera-t-on ? C'est celle qui vient après la dernière heure, celle — je cite textuellement — où même la venue d'un Messie ne résoudrait rien « parce qu'une société technocratisée ne peut créer de l'esprit et est par conséquent livrée aux monstres ». Certes, il nous est loisible de trouver un tel pessimisme excessif : je suis de ceux qui croient que le miracle est possible tant qu'il y a des êtres pour penser et pour prier, mais quand on sait ce qui se passe dans le pays natal de M. Gheorghiu, quand on voit les conditions de plus en plus inhumaines auxquelles sont soumis des millions et des millions d'êtres, il est impossible de ne pas reconnaître qu'il y a des perspectives où ce pessimisme radical ne peut être évité. Faudrait-il lui préférer l'attitude de ceux qui se réfugient dans l'espoir de la guerre, comme si, après les expériences de ce dernier tiers de siècle, il était encore permis de croire que la guerre peut produire un bien ?

En tout cas l'auteur ne se fait aucune illusion sur la portée de celle qui peut-être se prépare. Elle éclate à la fin de son livre. Et voici ce qu'en dit la femme de Traian, tué quelques mois auparavant par une sentinelle du camp où il était détenu : « Cette guerre... n'est pas une guerre de l'Occident contre l'Orient... Elle n'est qu'une révolution intérieure dans le cadre de la société technique occidentale... La Russie, après la révolution communiste, est devenue la branche la plus avancée de la révolution technique occidentale... La Russie a pris toutes ses théories à l'Occident et les a mises simplement en pratique ; elle a réduit l'homme à zéro comme elle l'avait appris de l'Occident... Elle a imité l'Occident comme seul un barbare et un sauvage pouvait le faire. » Dès lors cette guerre n'est qu'une révolution intérieure à la société occidentale et qui par conséquent n'est pas faite en faveur des hommes. Tout au plus, ajouterai-je, pourrait-on admettre théoriquement que les hommes véritables en tant que tels puissent bénéficier de cette sorte d'anéantissement fratricide. Mais ce n'est là à vrai dire qu'une solution verbale, car en fait les hommes sont bien plutôt voués à être pris et broyés par cette sorte de cyclone. Faut-il se réfugier dans l'espérance qui est celle du père de Traian, le prêtre Koruga : « A la fin, Dieu prendra pitié de l'homme comme il l'a déjà fait maintes fois ; telle l'arche de Noé sur les flots, les quelques hommes demeurés vraiment hommes flotteront par-dessus les remous de ce grand désastre collectif. » C'est la seule pauvre lueur qui brille dans ce grand livre désespéré.

Si différent que soit le ton des deux ouvrages, je ne puis m'empêcher de faire un rapprochement entre *la Vingt-cinquième Heure*, et le livre d'un autre écrivain roumain, M. Cioran, *le Précis de décomposition*, qui est comme un bréviaire de désespoir. Nous qui sommes provisoirement — peut-être très provisoirement — épargnés, nous sommes tentés de prêter l'oreille la plus attentive et la plus compatissante à de semblables témoignages qui sont comme le *De profundis* d'une humanité suppliciée.

Gabriel MARCEL.

L'histoire, comme le drame et comme le roman, est fille de la mythologie. C'est une forme particulière de compréhension et d'expression où — de même que dans les contes de fées chers aux enfants, et dans les rêves propres aux adultes sophistiqués — la ligne de démarcation entre le réel et l'imaginaire n'a pas été tracée. On a dit par exemple de l'Iliade, que celui qui entreprend de la lire comme un récit historique y trouve la fiction et, en revanche, que celui qui la lit comme une légende, y trouve l'histoire.

Sous ce rapport, tous les livres d'histoire ressemblent à l'Iliade, car ils ne peuvent jamais éliminer entièrement la fiction. Le simple fait de choisir, d'arranger et de présenter les faits constitue une technique qui appartient au domaine de la fiction...

Arnold J. TOYNBEE.
A study of History

FANTANA

1

— JE ne peux pas croire que tu partes ! dit Suzanna à Iohann Moritz, en se serrant contre lui.

Elle posa les mains sur la tête de l'homme et caressa ses cheveux noirs. Il recula d'un pas.

— Pourquoi ne le crois-tu pas ? lui répondit-il d'une voix dure. Après-demain à l'aube je serai parti.

— Je le sais ! murmura-t-elle.

Ils demeuraient debout près de la haie. Il faisait frais. Il était minuit passé. Iohann prit les mains de la femme, les laissa tomber et dit :

— Et maintenant au revoir !

— Reste encore un peu ! Elle le suppliait.

— Pourquoi veux-tu que je reste ? Sa voix était ferme, décidée. — Il se fait tard. Demain je dois travailler.

Elle ne répondit pas, mais se serra davantage contre lui. Entrouvrant la chemise de l'homme elle mit la joue contre sa poitrine et leva les yeux.

— Les étoiles sont belles ! dit-elle.

Lui, s'attendait à quelque chose d'important. Il croyait qu'elle l'avait retardé pour cela. Et elle lui parlait d'étoiles. Il s'écarta d'elle, voulut s'éloigner. Mais il se rappela qu'il allait partir et qu'il serait absent au moins trois ans. Et alors il regarda lui aussi les étoiles pour lui faire plaisir.

— Est-il vrai que chaque homme ait son étoile au ciel ? Lorsqu'il meurt est-ce vrai qu'elle tombe ?

— Qu'est-ce que j'en sais ? répondit-il. Maintenant il était décidé à partir.

— Au revoir !

— Est-ce que nous avons aussi nos étoiles là-haut ? demanda-t-elle.

— Comme tout le monde, répondit Moritz. Là-haut ou en nous.

Il prit la tête de la femme entre ses mains et l'écarta de sa poitrine. Puis il partit. Elle l'accompagna jusqu'au chemin en lui tenant la main. Elle regardait les étoiles, et puis le regardait.

— Je t'attends demain soir ! dit-elle.

— S'il ne pleut pas.

Suzanna aurait voulu le suivre encore, le supplier de venir, même s'il pleuvait. Mais il s'éloignait à grands pas. Il disparut au tournant de la route, derrière le jardin. La femme demeura un moment sur place. Elle lissa sa robe sur ses hanches pour en faire tomber les brindilles qui s'y étaient accrochées. Avant de pénétrer dans la cour, elle regarda l'herbe froissée sous le noyer, là où ils étaient restés étendus l'un près de l'autre. Elle sentait encore dans ses narines l'odeur du corps de Moritz — une odeur d'herbe écrasée, de tabac et de noyau de cerise.

Iohann Moritz traversa le champ et se dirigea vers sa maison, en sifflant. Il portait des pantalons noirs de soldat, une chemise blanche dégageant le cou. Il était nu-pieds. A plusieurs reprises il s'arrêta de siffler et bâilla. Puis il pensa à la femme qu'il venait de quitter. Il pensa à Suzanna. Il aurait voulu sourire. « Ses histoires d'étoiles... Les femmes sont des enfants. Elles se posent des tas de questions inutiles », se dit-il. Puis il pensa au voyage qu'il allait faire dans deux jours. Il pensa à l'Amérique. Puis il ne pensa plus à rien. Il se remit à siffler. Il avait sommeil. Il aurait voulu être déjà chez lui et dormir. Il devait se réveiller très tôt. C'était sa dernière journée de travail. Et l'aube était déjà là. Dans quelques heures le jour serait levé. Iohann Moritz pressa le pas.

2

A l'aube Iohann Moritz s'arrêta devant la fontaine du village et, ouvrant largement sa chemise, prit de l'eau dans ses mains et s'en frotta le visage et le cou. Il prit le milieu de la route et se sécha les mains en les passant dans ses cheveux. Il arrangea le col de sa chemise sans le fermer et regarda le village. Le brouillard laiteux s'étirait. C'était le village de Fântâna en Roumanie. Iohann Moritz y était né vingt-cinq ans auparavant. Et maintenant, tandis qu'il le contemplait ce village, avec ses petites maisons, et les trois clochers de ses trois églises — l'orthodoxe, la catholique et la protestante — il se rappela que Suzanna lui avait demandé la veille s'il n'allait pas languir de ne plus y vivre. Il avait ri alors, amusé par la question, et avait répondu qu'il était un homme. Seules les femmes pouvaient languir. Mais à présent il sentait comme un vague regret l'envahir. Il siffla à nouveau et détourna les yeux.

La maison du prêtre Alexandru Koruga se trouvait au bord de la route, non loin de l'église orthodoxe. La porte était fermée. Iohann se pencha et prit la clef cachée sous la porte pour qu'il puisse entrer le matin quand il venait travailler. Il ouvrit la lourde porte de chêne, sans hâte, et pénétra dans la cour. Les chiens coururent à sa rencontre, gambadant autour de lui. Ils le connaissaient bien car Iohann Moritz travaillait chez le prêtre Alexandru Koruga depuis six ans déjà ; tous les jours depuis six ans : il était là comme chez lui. Mais c'est aujourd'hui son dernier jour de travail. Il passerait la journée à cueillir des pommes. Puis il prendrait son dû et annoncerait au prêtre son départ. Le prêtre n'en savait encore rien.

Iohann Moritz entra dans la grange et prit les paniers qu'il déposa dans la charrette. Le prêtre sortit sur le balcon. Il ne portait qu'une chemise de toile blanche et des pantalons. Il venait de se lever. Moritz le salua en souriant. Il déposa son panier, se frotta les mains, monta sur le balcon et prit des mains du vieillard le broc rempli d'eau.

— Attendez, je vais vous en verser.

Iohann Moritz versait l'eau dans les mains du prêtre. Il regardait les doigts de ces mains, des doigts longs et fuselés — des doigts de femme à la peau blanche. Il voyait avec plaisir le vieillard se savonner la barbe, le cou, le front. A force de le regarder il en oubliait de verser l'eau. Le prêtre attendait, les mains tendues et pleines de mousse. Et Moritz se sentait coupable et rougissait.

Le prêtre Koruga était le pope du village? Il n'avait que cinquante ans, mais sa barbe et ses cheveux étaient blancs comme de l'argent. Son corps long, mince, décharné, ressemblait à celui des saints qu'on voit sur les icônes des églises orthodoxes. Un vrai corps de vieillard. Mais en rencontrant son regard, en l'entendant parler, on sentait qu'il était jeune. Dès qu'il eût fini de se laver, le prêtre essuya son visage et son cou avec une serviette de grosse toile. Moritz était debout devant lui, le broc à la main.

— Je voudrais vous parler, mon père, dit-il.

— Attends que je m'habille, répondit le prêtre. Il entra dans la maison en prenant le broc des mains de Iohann Moritz. Une fois sur le seuil il se retourna.

— Moi aussi, j'ai à te parler, lui dit-il en souriant, je t'annoncerai une chose qui te fera plaisir. Pour le moment, mets les paniers dans la charrette et attelle.

Toute la matinée, Iohann Moritz et le prêtre Koruga cueillirent des pommes et remplirent les paniers. Ils se taisaient. Lorsque le soleil toucha leurs épaules, le prêtre s'arrêta. Il étendit les bras, fatigué.

— Reposons-nous un peu!

— Reposons-nous, dit Moritz.

Ils se dirigèrent vers les sacs remplis de pommes et s'assirent dessus. Ils se taisaient. Le prêtre chercha dans ses poches le paquet de cigarettes qu'il emportait toujours pour Moritz et le lui tendit.

— Tu voulais me parler? dit le prêtre.

— Oui, je le voulais.

Moritz alluma la cigarette. Il jeta l'allumette dans l'herbe et la vit s'éteindre. Il lui était difficile d'annoncer au prêtre son départ. Il aurait voulu attendre encore.

— Je veux d'abord t'annoncer ma nouvelle, dit le prêtre.

Moritz était content de n'avoir pas à parler le premier.

— La petite chambre près de la cuisine est vide, dit le prêtre, j'ai pensé que tu pourrais la prendre. Ma femme l'a repeinte à la chaux et a mis des petits rideaux aux fenêtres et du linge propre. Chez toi, à la maison, il n'y a quand même pas assez de place. Tes parents et toi n'avez qu'une seule chambre. Demain quand tu viendras au travail apporte tes affaires.

— Je ne viendrai pas demain.

— Alors, après-demain, dit le prêtre. Désormais la chambre est à toi.

— Je ne viendrai jamais plus, dit Moritz. Demain je pars pour l'Amérique.

— Demain? Le prêtre écarquilla les yeux.

— Demain à l'aube.

La voix de Moritz était ferme. Mais elle était voilée de regret.

— J'ai reçu une lettre, le bateau est à Constantza et il n'y reste que trois jours.

Le prêtre savait bien que Moritz voulait aller en Amérique. Beaucoup de jeunes paysans partaient pour l'Amérique et deux, trois ans après rentraient avec de l'argent et achetaient les plus belles maisons du village et des terres. Le prêtre était content que Moritz partît. Dans quelques années, il aurait lui aussi une belle terre. Mais il s'étonnait que son départ fût si proche. Moritz ne lui en avait jamais parlé, et ils avaient travaillé tout le temps côte à côte, chaque jour.

— J'ai reçu la lettre hier à peine, dit Moritz.

— Tu pars seul?

— Avec Ghitza Ion. Sur le navire nous nous engagerons

comme manœuvres. Nous travaillerons aux chaudières, ainsi nous n'aurons à payer que 500 lei par personne. Ghitza a un ami à Constantza qui travaille au port et qui a tout arrangé.

Le prêtre lui souhaita bonne chance. Il regrettait son départ. Iohann Moritz était jeune, il travaillait bien. Il avait bon cœur, il était honnête, mais il était pauvre. Il n'avait pas un arpent de terre. Toute la journée, les deux hommes travaillèrent. Le vieillard parlait de l'Amérique. Moritz écoutait. A plusieurs reprises il soupira. Maintenant il regrettait presque sa décision.

Le soir après avoir pris son dû, Moritz demeura les yeux baissés devant le prêtre. Il resta ainsi encore un moment. Il n'avait pas la force de s'en aller. Le vieillard lui tapa sur l'épaule.

— Écris-moi dès que tu seras arrivé, dit-il. Demain matin, viens chercher le paquet que je t'ai promis. Tu auras de quoi manger en route. Il lui donna encore cinq billets de 100 lei et lui dit :

— Viens dès l'aube. Frappe au carreau doucement. Il vaut mieux que ma femme n'entende rien, c'est souvent pingre les femmes, tu sais. Je préparerai tout dès ce soir. Quand veux-tu partir ?

— Au petit jour, je dois rencontrer Ghitza Ion au bout du village.

— Tu as juste le temps de passer chez moi. Autrement je t'aurais dit de venir ce soir.

— Je préfère demain, dit Iohann Moritz. Il pensait que ce soir Suzanna l'attendrait. Puis il partit.

3

Le prêtre Koruga déposa le sac contenant les provisions sous la fenêtre contre le mur. Il éteignit la lampe et alla se coucher. Avant de s'endormir il songea à Iohann Moritz et à son voyage en Amérique. En préparant le sac il avait eu l'étrange sensation que c'était lui qui partait. Trente ans auparavant il avait lui aussi préparé ses bagages. Il venait tout juste de recevoir son diplôme de théologie et avait été engagé comme missionnaire à la colonie orthodoxe du Michigan. Une semaine avant de partir il avait télégraphié qu'il renonçait à son poste. Entre-temps, il avait fait la connaissance de sa femme et s'était marié. Depuis lors il était le pope de ce village. Le village était petit, la vie dure. Il avait souvent regretté d'avoir renoncé à ce départ. Mais il était trop tard. L'Amérique était restée un rêve. Chaque fois qu'un paysan s'en allait là-bas, il lui donnait des cigarettes, des provisions, un peu d'argent et lui demandait d'écrire une fois arrivé. Il faisait tout cela à l'insu de sa femme. Elle n'aurait rien eu à redire, mais le vieillard, chaque fois qu'il pensait à l'Amérique, avait l'impression de lui être infidèle. C'était pour elle qu'il y avait renoncé. Dans son cœur le conflit était demeuré latent. Mais le départ de Iohann Moritz n'était pas comme celui des autres. Moritz était son homme de confiance. Et avec Iohann Moritz, c'était un peu de lui-même qui s'en allait vers le Nouveau Monde.

Dans le ciel la lune était pleine. Le prêtre Koruga ne pouvait s'endormir. Il se leva. Il alluma. Il se dirigea vers la bibliothèque, dont les étagères couvraient trois des murs de la chambre. Il prit un livre. Avant de l'ouvrir il jeta un coup d'œil vers les rayons chargés. Il y en avait en anglais, en allemand, en français et en italien. Sur l'autre mur des classiques grecs et latins. C'étaient tous de vieux amis. Il se demandait parfois pourquoi il n'avait pas voulu entrer à l'Université. Des amis à Iasi et à Bucarest le lui avaient proposé. Mais deux fois il avait refusé la chaire d'Histoire de l'Église. Il ne le regrettait pas. A Fântâna il célébrait la messe les dimanches et les jours de fête, et le reste du temps, il s'occupait de sa terre, de ses abeilles, de son verger. Le soir il lisait. Le destin lui préparait l'avenir. Il l'acceptait. Une seule fois il avait essayé de forcer le destin : lorsqu'il avait eu l'intention d'aller en Amérique. Il avait mis tout en œuvre pour partir. Et malgré cela, il n'était pas parti, quelque chose d'imprévu était intervenu. C'était tout. Depuis lors il avait renoncé à faire des plans.

« Est-ce que vraiment, se demanda le prêtre, je ne regrette pas de ne pas être parti il y a trente ans ? Et si je ne le regrette pas, alors pourquoi cette étrange fièvre, aujourd'hui que part Iohann Moritz ? » Et ramenant la couverture à lui, il pensa : « Ce n'est pas le regret d'être demeuré. C'est la nostalgie d'une chose que nous croyons vraie dans notre illusion, une chose que nous ne posséderons jamais. Et si nous la touchions, nous nous apercevrions bien vite que ce n'était pas là ce dont nous rêvions. Peut-être l'Amérique n'est-elle pas ce que je cherchais vraiment. Peut-être n'était-ce qu'un prétexte à mon inquiétude. L'Amérique est une invention de notre nostalgie. Ne pas l'avoir connue pourrait bien être moins décevant que de l'avoir vraiment connue. »

Et cependant le prêtre Koruga ne pouvait s'endormir. Il était ému. Il attendait avec impatience que le jour se lève comme si c'eût été lui qui devait vraiment rencontrer Ghitza Ion à l'entrée du village et aller à Constantza où les attendait le bateau « qui ne devait rester que trois jours au port ».

Lorsqu'il se réveilla, il faisait encore nuit. Mais le chant des coqs annonçait déjà le soleil. La route était déserte, le village couvert d'une brume blanchâtre. Le prêtre défit le sac et y mit le paquet de cigarettes qui se trouvait sur la table. « Si Iohann part, je n'ai personne à qui offrir de cigarettes, je les ai achetées pour lui », se dit-il. Par la fenêtre il voyait déjà poindre le jour. « Il faudrait qu'il se dépêche pour ne pas être en retard au rendez-vous. » Il entendit des pas sur la route. Mais ils dépassèrent la maison et se perdirent dans le lointain. Il sortit sur le balcon et se lava à l'eau froide. Mais Moritz n'était pas là pour lui verser l'eau.

Le soleil se leva. Iohann Moritz n'était pas venu. Le prêtre l'attendit jusqu'à l'heure du déjeuner. Puis il se dit que Moritz avait dû se réveiller trop tard et n'avait plus eu le temps de passer prendre le sac. « C'est dommage, se dit-il, il avait de quoi manger pendant au moins trois semaines

Cela lui aurait suffi pour les premiers jours là-bas aussi. »

— Tu viens déjeuner, Alexandru ? dit sa femme.

Elle apparut sur le seuil.

— Tout de suite, répondit le prêtre. Il fourra le sac sous le lit avec un serrement de cœur, avec le regret de devoir renoncer à une chose, et y renoncer pour toujours. Sa dernière chance d'arriver en Amérique, tout au moins *by proxy*, était perdue. Trente ans auparavant, il avait eu le même geste. Il passa à table.

« Si Iohann Moritz avait pris ce sac que je lui avais préparé, j'aurais eu l'impression de partir moi-même. *Qui facit per alium facit per se*. Dommage qu'il ne soit pas venu », se dit-il.

4

En sortant de chez le prêtre, Iohann Moritz s'arrêta devant la fontaine du bord de la route. Il se lava à grande eau, puis se dirigea de l'autre côté du village où habitait Nicolae Porfirie. Nicolae Porfirie avait une terre à la lisière de la forêt. Il voulait la vendre. Moritz pénétra dans la cour.

— Demain je pars pour l'Amérique, dit-il. A mon retour j'aurai assez d'argent pour acheter ce lopin de terre. Mais avant de partir je veux te donner des arrhes pour que tu ne le cèdes à personne d'autre.

— Combien de temps passeras-tu là-bas ? demanda le paysan.

— Jusqu'à ce que j'aie mon compte. Deux ou trois ans.

— Oui, trois ans suffisent. Personne n'est resté plus de trois ans. En Amérique on gagne facilement de l'argent.

— Combien veux-tu ? demanda Moritz.

— Je n'ai pas besoin d'argent. Si tu reviens dans trois ans avec 50 000 lei tu auras mon champ. Je ne le céderai à personne. Je t'attendrai.

Mais Moritz tira de la poche de son pantalon une liasse de billets et les compta sur le seuil de la maison.

— Voilà 3 000 lei ! dit-il. Il vaut mieux que tu aies des arrhes.

Iohann Moritz serra la main de Nicolae Porfirie ; le marché était conclu. Il partit. Il ne faisait pas encore sombre. Il voulait voir le terrain. Il l'avait déjà vu maintes fois. Il le connaissait très bien, mais à présent c'était une autre histoire. A présent ce champ lui appartenait ; il n'avait qu'à venir avec l'argent.

5

Iohann Moritz coupa à travers champs. Il marchait à grands pas. Sa chemise collait à la peau en sueur. Il n'avait pas la patience d'aller doucement. Une fois devant le bois de chênes il s'arrêta. Son terrain s'étendait de l'endroit où il se trouvait à la lisière de la forêt. Il était planté de maïs qui lui arrivait aux épaules. Il n'était pas grand, mais il pouvait contenir une maison, une cour, un verger. Il le mesura du regard, en long et puis en large. Il voyait s'élever au-dessus du maïs le toit de la maison, le long bras du puits à balancier, la grande porte en chêne, l'étable. Bien souvent il avait vu se dresser devant ses yeux tout cela, mais jamais avec une telle netteté. Tout paraissait vrai tel qu'il l'avait désiré. Iohann Moritz sourit. Le vent courbait les tiges vertes du maïs qui ondulaient comme des vagues. Il écoutait leur bruissement. Il se pencha et ramassa une poignée de terre. Elle était chaude dans sa main comme un être vivant. Sa chaleur était celle d'un corps. La chaleur d'un moineau qu'on tient entre ses doigts. Iohann Moritz se pencha à nouveau et de sa main droite prit de la terre. Il serra le poing avec force, puis il ouvrit ses mains et la laissa filer entre ses doigts. Il avança à travers le maïs vers la forêt. Mais au milieu du champ il se pencha de nouveau pour prendre de la terre. « Celle-ci aussi est chaude », pensa-t-il. Il s'en caressa la joue. Son odeur le pénétra. « C'est une odeur de tabac. Ça sent bon la terre », pensa-t-il. Iohann Moritz leva la tête. Il respira à plusieurs reprises longuement, pour se remplir les poumons des senteurs parfumées du sol. Il pensa : « Suzanna doit m'attendre », et il se mit à siffler.

6

La maison de Iorgu Iordan, le père de Suzanna, se trouvait au bord du village. Une grande maison couverte de tuiles rouges. Iohann Moritz se dirigea en traversant les jardins, vers la cour. Puis il s'arrêta et regarda par une fente de la palissade. Iorgu Iordan sortit sur le balcon. Il marchait lourdement. Il tira les volets puis les verrous et les ferma à clef, tour à tour. Moritz suivait tous ses mouvements. Après avoir verrouillé les portes et les fenêtres, Iorgu Iordan regarda, soupçonneux, tout autour de lui. Il descendit les marches de bois, qui craquaient sous le poids de son corps de géant. Il portait comme toujours une veste verdâtre, des bottes courtes et des culottes de cheval. Il traversa le jardin devant la maison et se dirigea vers la porte. Il en tira brutalement le verrou et tourna la clé par deux fois. Puis il s'en retourna en se balançant. Il fit le tour de la maison, jetant des regards alentour, comme s'il cherchait quelqu'un caché dans l'ombre. Il pénétra dans la maison par la porte de derrière. On entendit une clé tourner deux fois dans la serrure. Puis le silence se fit. Iorgu Iordan entra dans sa chambre à coucher aux murs couverts de trophées de chasse, de têtes empaillées de cerfs, de loups et d'ours. Au milieu du mur entre les aigles empaillés et les bois du cerf, des fusils de chasse, des pistolets et des cartouchières. Au bord du lit immense deux fourrures noires. Iorgu Iordan foula de ses bottes les peaux d'ours et prit un fusil qu'il appuya contre le lit. Il sortit d'un tiroir un revolver, une bougie et une boîte d'allumettes qu'il posa sur la table de nuit. Il s'assit au bord du lit, le souffle court, enleva ses bottes et les mit l'une à côté de l'autre. Chaque nuit, il les mettait au même endroit pour les retrouver dans l'obscurité rien qu'en tendant la main. Puis il se déshabilla et se coucha, s'enfonçant dans les oreillers blancs comme un ours dans la neige. Iohann Moritz vit la lumière s'éteindre. Elle diminua, trembla, puis disparut. La fenêtre devint noire comme une bouche d'ombre. La chambre de Iolanda, la femme de Iorgu, était éclairée, mais la lumière était tamisée, frêle. Avant d'arriver à la fenêtre, elle passait à travers l'abat-jour en soie. Les gens disaient que Iolanda était malheureuse. Elle était arrivée au village vingt-cinq ans auparavant avec Iorgu Iordan ; ils étaient à cheval et avaient fait halte à l'auberge. Personne ne savait d'où ils venaient. Mais ce devait être de très loin. Elle, était Roumaine, lui, non. Plus tard on sut qu'ils venaient de Hongrie. Ils portaient tous les deux de longues pelisses fourrées. Après qu'ils eurent avalé des grillades et du vin, ils s'étaient couchés dans la chambre de l'aubergiste. Il avait mangé comme un ogre, elle avait à peine touché aux plats, comme un moineau. Trois jours après les gens avaient appris qu'ils ne quitteraient plus le village, et quelques semaines plus tard, ils avaient acheté l'auberge. A son arrivée Iorgu Iordan ne savait pas un mot de roumain. A présent il le parlait très bien. Mais ils ne s'étaient fait aucun ami au village. Ils avaient même évité d'envoyer Suzanna, leur fille, à l'école de l'endroit, pour qu'elle ne se liât pas avec les enfants des autres paysans ; Suzanna avait étudié en ville. Les paysans n'apercevaient Iolanda qu'à l'église orthodoxe ou lorsqu'elle allait en ville passant en voiture auprès de Iorgu Iordan, petite et ramassée. Le géant était deux fois plus grand qu'elle. Elle avait des cheveux blonds comme de la soie filée et des yeux bleus. Suzanna lui ressemblait à s'y méprendre. C'est tout ce qu'on savait au village sur Iorgu Iordan. Un hiver il avait tué un homme qui voulait pénétrer dans sa maison. Il l'avait tué avec son fusil de chasse, droit entre les yeux. Les gendarmes avaient prétendu que Iorgu Iordan était dans son droit. Il pouvait tuer quelqu'un qui entrait la nuit dans sa maison pour lui voler de l'argent. Les paysans n'étaient pas de l'avis des gendarmes. Un crime est toujours un crime. Mais l'histoire avait fini par s'oublier. Tout cela s'était passé il y avait bien longtemps. Par l'ouverture de la haie Iohann Moritz avait vu la lumière diminuer, trembler un instant, puis s'éteindre. Il mit ses mains en entonnoir autour de sa bouche et appela : Hou ! Hou ! Hou !

Le cri de Moritz déchira l'air. L'écho le répéta, puis le silence se fit. Il ne dura qu'un instant. Des volets s'ouvrirent, Suzanna sauta par la fenêtre. Elle traversa le jardin en courant sur la pointe des pieds. Puis elle sortit de la cour par l'ouverture de la palissade, auprès de laquelle l'attendait Iohann Moritz.

7

— Pourquoi as-tu choisi ce cri d'appel ? Pourquoi ce hululement ? Pourquoi ? demanda-t-elle. Elle était arrivée de l'autre côté de la haie, Moritz voulut l'embrasser. Elle l'évita.

— Je t'ai déjà dit de ne plus crier comme ça. Son cœur battait très fort. Elle était effrayée.

— Comment voudrais-tu que je crie ? demanda Iohann Moritz.

— Comme tu voudras, dit-elle. Le cri de la chouette porte malheur. Il annonce une mort.

— Racontars de vieille femme que tout cela, dit-il. Il n'y a pas un autre oiseau qui chante nuit et jour, par mauvais temps, et l'été comme l'hiver. Il n'y a que la chouette. Tu en connais un autre ? Le rossignol ne chante qu'en été. Si j'imite le chant du rossignol, ton père comprendra que c'est un homme. Tu veux que le géant sache que c'est moi qui t'appelle ?

— Non, je ne le veux pas, dit-elle, mais la chouette porte malheur !

— Ce n'est pas ma faute, dit Moritz. Pourquoi n'y a-t-il pas un autre oiseau qui chante en toute saison et à toute heure sans annoncer la mort ? Et puis ne nous disputons plus ; ce soir, je t'ai appelée pour la dernière fois. Dorénavant nous n'aurons plus à nous cacher. Demain matin je pars pour l'Amérique. A mon retour tu seras ma femme. Je n'aurai plus besoin de me mettre derrière la haie et de faire comme la chouette.

Il la serra contre lui. Elle lui mit les bras autour du cou. Ils se trouvaient sous le noyer là où ils s'étaient rencontrés la nuit d'avant et toutes les nuits depuis quatre mois qu'ils se connaissaient. La femme se fit plus lourde entre ses bras. Il la retint, l'étendit sur l'herbe et s'allongea à ses côtés. Leurs corps s'entremêlèrent, se nouèrent comme des serpents, comme des lianes. Les mains se cherchaient dans l'ombre. Il rencontra les lèvres de la femme et y appuya avidement les siennes. Ils avaient fermé les yeux. Quelque part, dans le jardin de Iorgu Iordan, les grillons chantaient. Ils restaient enlacés sans rien dire. La robe de Suzanna faisait une tache bleue dans l'herbe. Elle l'avait enlevée pour que sa mère ne la vît pas froissée et tachée. Les nuages d'encre qui avaient couvert la lune s'étaient écartés et les épaules nues de la femme luisaient dans l'ombre. Moritz avait enlevé sa chemise pour la mettre sous le corps de Suzanna. A côté des épaules blanches de la femme, la poitrine de Moritz était sombre comme l'écorce d'un arbre.

— Iani, dit-elle, ne pars pas.

— Pourquoi me dis-tu ça ? répliqua-t-il assombri. Tu sais bien que si je ne pars pas pour l'Amérique, je n'aurai pas de quoi acheter le champ. Si je n'ai pas de terre on ne pourra pas se marier. Où veux-tu que nous allions si nous n'avons ni maison ni terre ? Dans trois ans, je suis de retour avec l'argent, et nous nous marierons. Ne veux-tu pas m'épouser ?

— Je le veux, dit-elle. Mais je ne veux pas que tu partes.

— Et avec quoi veux-tu que j'achète la terre ?

Iohann Moritz se mit à sourire.

— Tu sais que j'ai déjà donné des arrhes à Nicolae Porfirie pour la terre ? A mon retour, je lui donnerai le reste.

Iohann Moritz raconta comment il avait donné de l'argent à Porfirie, comment il était allé voir le terrain, comment il allait construire la maison, l'étable et tout.

— Iani, si tu pars, tu ne me retrouveras plus vivante à ton retour, dit Suzanna sans écouter son récit.

— Qu'est-ce qui te prend ? Moritz était fâché pour de bon.

— Rien. Quelque chose me le dit. Tu peux ne pas me croire. Mais à ton retour je serai morte.

— Non, tu ne seras pas morte, répondit Moritz. Tu seras chez ton père et chez ta mère comme aujourd'hui. Je n'ai pas de souci à me faire. Tu n'es pas seule. Tu n'es pas chez des étrangers, tu es chez tes parents.

Elle commença à pleurer doucement.

— Qu'as-tu ? lui demanda-t-il. Il l'embrassa. Les lèvres de la femme étaient froides et mouillées de larmes salées. Qu'est-ce qui te prend ?

— Tu diras que ce sont encore des idées de folle. Des idées de femme. Il vaut mieux que je ne t'en dise rien.

— Je ne dirai pas que ce sont des idées de femme.

— Je crois que mon père veut me tuer, dit-elle.

— Qu'est-ce qui t'a fourré ça dans la tête ? — Sa voix était dure. — Comment veux-tu que ton père te tue ?

— Je savais bien que tu n'allais pas me croire. Mais moi je tremble de peur. Je sens qu'il va le faire. Mon père s'est aperçu de quelque chose. Je ne sais pas comment. C'est pour ça qu'il veut me tuer.

— Ton père s'est aperçu de quoi ?

— De notre amour.

Iohann Moritz s'écarta d'elle. Le corps de Suzanna était clair comme du marbre dans l'herbe.

— Il t'en a parlé ? demanda-t-il.

— Non.

— Il t'a grondée ?

— Non.

— Alors d'où sais-tu qu'il s'en est aperçu ?

— C'est mon cœur qui me le dit. — Elle pleurait très fort. — Mais ça n'est pas seulement mon cœur. Aujourd'hui à déjeuner quand j'ai apporté les plats à table, mon père m'a regardée d'une drôle de façon. Un regard de haine. Puis il a crié : « Tourne-toi contre le mur ! » Je me suis retournée. J'ai senti son regard se promener sur mes hanches. Puis il m'a dit : « Tourne-toi contre la fenêtre ? » Il m'a regardée encore très longuement. De profil. Il a fixé mon ventre. Mes hanches. Il m'a regardée comme il regarde ses chevaux. Et il a crié en colère : « Sors d'ici, roulure ! » Il n'a plus mangé. Je suis sortie. A ce moment-là j'ai su qu'il s'était rendu compte. Il sait tout. Mon père m'a déjà grondée quand j'étais petite, il m'a même frappée. Il m'a frappée jusqu'au sang. Mais il ne m'a jamais dit « roulure ». Aujourd'hui à midi il a crié : « Sors d'ici, roulure ! »

— Comment a-t-il pu apprendre ? demanda Moritz. Il ne nous a jamais vus ensemble.

— Il ne nous a jamais vus, mais il est au courant !

— Mais d'où peut-il le savoir ?

— Rien qu'en me regardant.

Iohann Moritz se mit à rire et l'embrassa sur le front.

— Il aurait pu te regarder avec une paire de jumelles qu'il n'aurait rien vu. Tu crois que ça se voit comme ça quand on a fait l'amour ? Tout ça c'est de la blague !

— Je sais bien que ça ne se voit pas d'habitude, mais mon père ce n'est pas la même chose. Il le sait bien pour ses juments. Rien qu'à les regarder, il peut dire si elles ont des poulains. Ses amis n'en reviennent pas.

— Des fois que tu serais enceinte ?

— Non, je ne le suis pas.

— Alors, il n'y a pas de danger, dit-il. Dans deux ou trois ans je serai de retour avec l'argent. Nous achèterons la terre, nous nous marierons à l'église du prêtre Koruga. Nous bâtirons une belle maison et nous serons heureux. Pas vrai, Suzanna ?

Elle se serra contre lui de toute sa force. Comme si elle avait peur. Elle tremblait.

— Si tu étais là je n'aurais pas peur, dit-elle. Mais si tu

pars je serai morte de peur. Même si mon père ne me tue pas avec un fusil, tu ne me retrouveras pas en vie. Je mourrai de peur en ton absence. Chaque nuit je ferme la porte à clef et je tire le verrou. Lorsque j'entends les pas de mon père, je fourre ma tête sous l'oreiller. J'ai peur.

Iohann Moritz lui passa la main sur les épaules. Il l'attira à lui. Il la prit dans ses bras. Ils ne se parlèrent plus. Elle se sentait heureuse près de lui. Il était heureux de ne plus la voir pleurer. Au chant du coq ils se levèrent. Suzanna mit sa robe qui était froide et toute mouillée de rosée. Moritz enfila sa chemise, prit Suzanna par la main et l'accompagna jusqu'à la haie. Puis il la regarda se glisser par l'ouverture. Après avoir pénétré dans l'ouverture, Suzanna poussa un cri bref. Iohann Moritz se pencha pour voir ce qui se passait, mais la femme n'était déjà plus dans la cour. Elle se serrait désespérément contre lui. Il ne l'avait même pas vue revenir. Elle tremblait comme une feuille. Tout son corps frissonnait, elle était brûlante. Iohann Moritz regarda par l'ouverture de la cour. La fenêtre de la chambre de Suzanna était éclairée et largement ouverte. Iorgu Iordan en chemise de nuit se promenait de long en large, une lanterne à la main comme s'il cherchait quelque chose. Moritz caressa les cheveux de la femme, la serrant contre lui pour l'empêcher de voir son père. Mais elle avait tout vu. Et c'est pourquoi elle se serrait ainsi contre lui. Elle ne pouvait même pas pleurer tellement elle tremblait de peur. Ils entendirent la voix de Iorgu Iordan. Il jurait. Moritz regarda le corps du géant. Dans son ombre apparut la silhouette frêle de Iolanda. Elle demeura ainsi devant Iorgu Iordan un instant, un seul. Le géant tourna le dos à la fenêtre. Moritz ne voyait plus la femme. Elle avait disparu derrière le corps massif de son mari. Puis il entendit les cris de Iolanda, des cris aigus, qui vous déchiraient la peau comme avec des tenailles, vous pénétraient dans les pores. La flamme s'éteignit. La fenêtre demeura ouverte mais sombre. Les cris de Iolanda perçaient la nuit, de plus en plus désespérés. Ils s'éteignirent doucement. Un moment encore ils parvinrent jusqu'à eux, étouffés. Moritz et Suzanna tremblaient. Les cris cessèrent. La femme était tombée par terre. Iorgu Iordan la rouait de coups de pied dans la chambre sans lumière.

— Maman ! dit Suzanna. Il tue maman !

Elle s'arracha des bras de Moritz. Elle voulut se précipiter dans la cour. Mais il la tenait ferme en la caressant. Puis il lâcha prise ; il voulait aussi courir au secours de cette femme qu'on assommait. Moritz se rendait compte que bientôt il serait trop tard. Tous ses muscles étaient tendus. Mais il ne courut pas pour sauver Iolanda. Il n'était pas armé. Le géant, lui, avait des fusils, il était taillé dans le roc. Son instinct lui interdisait le combat. C'était inutile.

Iohann Moritz prit Suzanna dans ses bras. Elle se débattait contre sa poitrine. Mais il la tenait serrée. Il s'en alla à travers champs à grands pas. Il avait comme une impression que le géant était parti à la recherche de Suzanna un fusil à la main. Il voulait la cacher. Il voulait l'emmener très loin. Aussi loin que possible de la maison au toit de tuiles rouges. Il courait les yeux fermés. Il croyait entendre derrière lui les pas du géant, parti pour tuer cette femme qu'il tenait dans ses bras.

8

Iohann Moritz coupait à travers champs pour éviter la route. A plusieurs reprises il buta contre des taupinières et maintint avec peine son équilibre. Il sentait venir la fatigue. Il devait marcher depuis très longtemps car il se sentait épuisé, les bras inertes. La sueur lui coulait dans les yeux et l'aveuglait. Il s'arrêta au beau milieu d'un champ de maïs et déposa son fardeau par terre. Il n'en pouvait plus. Il étendit Suzanna sur le sol mouillé, lui couvrit les genoux de sa robe et posa ses mains sur sa poitrine. Il arracha tout autour de lui de larges feuilles de maïs dont il fit un oreiller et y posa la tête de Suzanna. Puis il prit encore d'autres feuilles ; il en fit une couche molle de verdure et y étendit la femme dessus. Elle se taisait. Moritz lui caressait doucement les tempes, les joues, les cheveux. Puis il se mit debout. La douleur déchirait son corps avec des tenailles ; dans ses épaules, dans ses bras, tous ses muscles, des pointes dures s'enfonçaient.

« J'ai dû courir un bon bout de temps », se dit-il. Il leva la tête, le ciel était déjà tout bleu. Il vit qu'il se trouvait à quelques enjambées à peine de la forêt de chênes. D'abord il ne voulut pas en croire ses yeux. Ce devait être un rêve. Lentement il réalisa et se mit à trembler comme un roseau. Non, il ne rêvait pas, Suzanna et lui se trouvaient dans le champ de Nicolae Porfirie. C'est là que les avait emmenés leur course aveugle. Les feuilles de maïs qu'il venait d'arracher pour en faire une couche à Suzanna, ces feuilles sur lesquelles elle reposait à présent, c'étaient des feuilles de maïs de cette terre pour laquelle la veille il avait donné des arrhes.

Le long des joues de Iohann Moritz des larmes se mêlèrent à la sueur. Et il pleura doucement sur cette terre qui, il le savait maintenant, ne serait jamais plus la sienne. Il ne partirait plus pour l'Amérique.

9

De là où il se trouvait, Iohann Moritz pouvait voir tout le village. Il regarda les maisons blanches, il les regarda une à une d'un bout à l'autre du village. Puis il regarda la femme étendue à ses pieds sur les feuilles de maïs. Interrogeant du regard chaque maison, il se demandait où il allait bien pouvoir l'abriter ; il devait lui trouver un refuge. Quant à lui, il avait renoncé à son départ. Il avait renoncé à la terre, parce que la femme qu'il aimait avait besoin de lui. Il ne pouvait pas l'abandonner. Mais ce n'était pas suffisant. Il fallait encore lui trouver un abri. Il ne pouvait frapper qu'à deux portes : chez ses parents ou chez le prêtre Koruga ;

toutes les autres lui seraient fermées. Les paysans craignaient Iorgu Iordan, tous le craignaient. Ses parents à lui n'avaient qu'une seule pièce et pas de place pour Suzanna. Et il ne pouvait pas amener chez le prêtre Koruga une femme avec laquelle il n'était pas marié. Il ne voulait pas causer d'ennuis au prêtre. Si le prêtre Koruga donnait l'hospitalité à Suzanna, Iorgu Iordan viendrait sans doute, le fusil à la main, lui demander des comptes; Moritz le savait bien et cela ne devait pas arriver. Mais Suzanna ne pouvait pas rester ainsi, en plein champ. Après un moment de réflexion, Iohann Moritz reprit Suzanna dans ses bras et se mit à marcher en direction du village. La femme était pâle. « Elle doit être malade de peur », se dit-il. Il écouta battre son cœur. Le rythme était lent. Moritz pressa le pas; il voulait arriver au plus vite au village.

10

Le soleil était déjà levé lorsque Moritz arriva devant sa maison. Il déposa Suzanna sur le seuil, contre le mur. Il regarda le levant. A ce moment, à l'autre bout du village, Ghitza Ion devait l'attendre. Il serra les dents pour se donner du courage, tourna le dos au soleil et pénétra dans la maison. Il voulait demander à ses parents de recevoir Suzanna. Ses parents dormaient. Aristitza, la mère de Iohann Moritz, était une femme irascible. Moritz aurait voulu l'éviter, parler directement à son père. Mais dès qu'il passa le seuil, Aristitza sortit la tête du creux de l'oreiller.

— Tu viens prendre ton sac? demanda-t-elle. Il est contre la porte.

Moritz ne répondit rien.

— Qu'est-ce que tu as à rester planté là comme une cruche? demanda-t-elle. Embrasse ta mère, dis adieu à ton père et dépêche-toi. Ne dépense pas tout l'argent là-bas, tâche d'en rapporter.

— Je ne pars plus en Amérique, répondit Iohann.

— Tu ne pars plus !
La vieille se leva d'un bond.
— Non.
— Ghitza non plus ?
— Si, Ghitza part, répondit Moritz.
Aristitza sentit qu'il y avait quelque chose de pas clair. Elle enfila sa robe.
— Pourquoi ? Tu t'es disputé avec Ghitza ?
— Non.
— Mais qu'est-ce que tu as ?
Aristitza s'était mise au milieu de la pièce. Elle avançait furieuse vers son fils.
— Il n'est rien arrivé du tout, dit-il. Je veux me marier. C'est pourquoi je ne pars plus.
Sa voix tremblait. Il ne savait par où commencer, comment leur expliquer. Aristitza enfonça ses ongles dans les épaules de Moritz et commença à le secouer.
— Je veux parler à père, dit Moritz. Je ne discute pas avec vous.
— Si, c'est avec moi que tu vas discuter ! cria-t-elle. Ça n'est pas du ventre de ton père, c'est du mien que tu es sorti.
— Calme-toi, femme, dit le père en sortant la tête de dessous la couverture. Il voulait l'apaiser. Aristitza ne l'écoutait même pas. Elle se tapait les flancs avec les mains.
— C'est mes tripes que tu as arrachées, dit-elle. C'est mon lait que tu as bu, scélérat. Et maintenant tu ne veux pas me parler !
— Je vous parlerai aussi, dit Moritz.
Sa mère sanglotait. Il aurait voulu l'apaiser.
— Je vous parlerai, je vous le jure, mais calmez-vous !
La vieille s'assit au bord du lit, tenant sa tête entre ses mains. Elle se sentait blessée. Mais la douleur ne pouvait pas la faire taire. Elle ne pouvait jamais se taire.
— Avec qui veux-tu te marier ? cria-t-elle.
— Je vous le dirai tout de suite, dit Moritz, mais d'abord calmez-vous.
— Je veux savoir qui tu épouses. Je suis ta mère et j'ai le droit de savoir qui tu épouses.

— Dis-le-lui, Ion, dit le vieux. Dis-le-lui pour qu'elle se taise.

Il voyait bien qu'Aristitza allait de nouveau se mettre à crier. Iohann Moritz savait que le nom de Suzanna ne calmerait pas sa mère, au contraire.

— J'épouse la fille de Iorgu Iordan, dit-il, Suzanna.

Aristitza bondit vers lui. Pas pour le mettre en morceaux, pour l'embrasser.

— Je comprends pourquoi tu ne pars plus, dit-elle. Elle l'embrassa longuement sur les yeux, sur le front, sur les joues.

« Tu n'étais pas si bête pour partir en Amérique, travailler comme une brute et rentrer après quelques années, sans force, malade et avec quelques milliers de lei en poche. Tu as suivi mon conseil, tu épouses une fille riche. Son regard brillait de joie.

« Je serai riche, dit-elle. J'aurai des robes en velours et une voiture. Je m'établirai dans la maison de Iorgu Iordan. C'est mon droit. Mon droit à moi, à Aristitza. C'est moi qui t'ai fait intelligent et beau pour que tu séduises et épouses la plus riche fille du village, une fille qui a une maison en pierre, une cave, beaucoup de terre, une voiture et des chevaux.

— Calme-toi, femme! dit le vieillard.

Mais sa voix était frémissante, lui aussi était ému. L'idée de tant de richesses l'avait bouleversé. Il roulait une cigarette sans se lever.

— Je m'installerai chez Iorgu Iordan, ton beau-père, dit Aristitza. Toi, tu resteras ici, dit-elle au vieux. Moi, je dois être auprès de mon garçon ; qui pourrait mieux que moi donner des conseils à sa femme ?

— Mère, ce n'est pas tout, dit Moritz.

— Dis tout ce que tu voudras, mon chéri. Ta mère t'écoute.

— Promets-moi de m'écouter tranquillement, dit Moritz.

— Je te promets tout ce que tu voudras.

Aristitza lui caressa la joue.

— Mère, continua Moritz, j'épouse Suzanna sans la permission de Iorgu Iordan.

— Le tout c'est de te marier avec elle, dit Aristitza. Je serai la belle-mère de la fille de Iorgu Iordan, le richard. Peu m'importe s'il le veut ou pas.

— Tu seras sa belle-mère, mais tu ne seras pas riche !

— Et qui aura l'argent ? demanda Aristitza. Iorgu Iordan n'a qu'une fille. Il ne va quand même pas la marier sans dot. Chacun sait qu'il a enterré dans sa cave des pots pleins de pièces d'or. Ne t'en fais pas pour la dot. Je m'en occupe, tu n'y connais rien.

— Mère, c'est Suzanna que j'épouse, ce n'est pas son argent ! dit Iohann.

— Tu ne veux pas me faire croire que tu préfères la fille à l'argent ?

— Si, mère.

— Idiot ! Mais je te comprends tout de même. Laisse-moi faire. Moi on ne me roule pas comme ça.

Aristitza se voyait déjà en train de discuter avec Iorgu Iordan, bien résolue à ne pas lâcher un seul écu.

Iohann Moritz racontait l'histoire de la veille. Aristitza tressaillit et demanda :

— Comment ? Elle ne veut plus jamais retourner chez son père ?

— Non, répondit Iohann Moritz, son père la tuera si elle revient.

— Il la tuera, dit le vieux, lui ne rigole pas. La fille a raison, le père c'est une vraie bête. Quand il est en colère, il prend le fusil et il te tire dessus. Même ses chevaux y ont passé, les fois où il était furieux, et Dieu sait pourtant qu'il les aime plus que les yeux de sa tête. Il serait capable de tuer sa fille, si elle revenait, surtout maintenant qu'elle s'est enfuie de chez lui.

— C'est bien que tu comprennes, dit Moritz.

— Si les choses en sont là, répliqua le vieux, ce serait difficile de ne pas comprendre. Je le connais bien, va.

— Mais dans quelques jours on pourra l'envoyer chez elle, dit Aristitza. J'irai avec elle.

— Suzanna ne retournera pas chez elle, dit Iohann Moritz. Je ne le veux pas !

— Et si elle n'a pas d'argent qu'en feras-tu ? demanda la vieille. Tu veux crever de faim avec elle ? Des femmes, ça se trouve partout. Pas un homme ne la prendra sans dot. Tu ne vas quand même pas faire une bêtise pareille ?

— Je la prends sans dot ! répliqua-t-il.

— Tu es devenu fou ! Renoncer à tout pour une femme ? Ne plus partir en Amérique pour une femme ? A cause d'elle ! Et tout ça pour une pisseuse de rien du tout !

— Ta mère a raison, dit le vieux. Ne fais pas de bêtises. Pars en Amérique. A ton retour tu prendras un lopin de terre, tu construiras ta maison et tu pourras te marier. Tu en trouveras des femmes, va !

— Je ne pars plus ! dit Moritz.

— Tu crois que c'est trop tard, dit le vieux. Ghitza doit t'attendre encore à l'autre bout du village ; le soleil vient à peine de se lever. Si tu te dépêches tu peux le rattraper.

— Vous me demandez d'abandonner la fille et de partir en Amérique ? Vous avez ce cœur, père ?

— Où est la fille ? demanda Aristitza.

— Devant la porte ! dit Moritz.

Les vieux tressaillirent. Leurs visages s'allongèrent. Aristitza regarda par la fenêtre. Moritz se mit contre la porte pour l'empêcher de sortir.

— Mère, je veux te demander quelque chose. Reçois Suzanna et garde-la ici quelques jours, jusqu'à ce que je trouve où la mettre. C'est votre fille maintenant.

— Tu veux la faire vivre ici ?

La mère était furieuse.

— Tu veux que Iorgu Iordan nous tue, ton père et moi ?

— Tu sais bien qu'il y a à peine de la place pour nous, dit le vieux. Où veux-tu la coucher ? Non, Ion, ce n'est pas possible.

— Tu voudrais peut-être qu'on lui donne aussi à manger ? demanda Aristitza, qu'on prenne la nourriture de notre bouche pour la lui donner.

Iohann Moritz baissa les yeux. Il s'était bien attendu

d'avoir à affronter sa mère, mais il croyait que son père ne dirait rien.

— Alors Suzanna restera ici jusqu'à ce soir seulement, dit-il. Je n'ai où l'emmener. Ce soir, nous partirons à la ville et je chercherai du travail. Elle est malade. Elle doit se reposer un peu pour pouvoir marcher jusque là-bas. La peur qu'elle a eue cette nuit lui a donné un coup.

— Aujourd'hui, nous n'avons rien à manger, dit la vieille. Si tu veux qu'elle crève de faim, tu peux la laisser.

— Je lui apporterai à manger, dit Moritz. Mais elle doit dormir, elle ne peut pas se tenir debout.

— Ton père est malade et doit garder le lit tout le temps, dit Aristitza. Où veux-tu la coucher ? Dans le même lit que ton père ?

— S'il n'y a pas de place dans la maison, elle dormira dehors, dans le foin, là où je dors aussi.

— Ça je veux bien, dit Aristitza. Mais je ne lui donnerai rien à manger. Je n'ai rien.

Iohann Moritz fit un geste pour sortir. Il s'arrêta sur le seuil et s'adressa à son père.

— Le peu de temps qu'elle restera ici, soyez bon pour elle ! Elle est assez malheureuse comme ça !

— Tu oses nous apprendre comment nous devons nous conduire, scélérat ? demanda Aristitza. L'œuf apprend à la poule comment elle doit pondre ? Au lieu d'aller en Amérique gagner de l'argent, tu nous colles cette fille entre les bras et tu voudrais qu'on te la nourrisse par-dessus le marché. Et maintenant, tu viens encore nous donner des conseils !

Aristitza se pencha pour prendre un morceau de bois et le frapper. Il était habitué aux gros mots et aux coups. Toute son enfance n'avait été qu'une longue suite de coups et d'insultes.

— Vous serez bons avec elle ? dit-il en souriant. Je reviens tout de suite. Je vais lui chercher quelque chose à manger.

Puis il sortit de la chambre.

Suzanna n'avait pas bougé. Elle était là, immobile devant la maison. Moritz lui caressa les cheveux.

— Je vais au village, je serai bientôt de retour, lui dit-il. Veux-tu dormir un peu ? Quand tu te réveilleras tu mangeras quelque chose et nous partirons pour la ville.

— Nous ne resterons pas ici ? demanda-t-elle effrayée par l'idée de marcher encore.

— Non, dit-il, viens !

Il la releva en la tenant sous les aisselles et la conduisit derrière la maison, à la grange, où il l'étendit sur le foin.

— Dors maintenant ! dit-il, sinon, tu ne pourras pas aller à pied jusqu'en ville. Il y a bien une vingtaine de kilomètres.

Suzanna lui sourit avec reconnaissance. Il était bon de la laisser dormir et demeurer seule. Elle était brûlante de fièvre. Ses oreilles bourdonnaient. Elle l'entendait à peine.

— Si ma mère vient te chercher noise, laisse-la dire et ne lui réponds pas, dit Iohann Moritz. Elle est en colère.

Iohann partit. En arrivant sur la route, il tourna la tête et la regarda. Il lui sourit mais elle avait déjà fermé les yeux.

11

Aristitza était sortie de la chambre sitôt son fils parti. Elle s'était arrêtée et contemplait, les mains sur les hanches, le corps de la femme étendue dans le foin. Suzanna ouvrit les yeux. Elle vit Aristitza, son nez pointu comme un bec d'aigle, ses joues fanées, couleur d'olive, puis elle détourna les yeux. Elle avait peur.

— Je suis la mère de Ion, dit la vieille.

Suzanna fit de la tête comme un geste de salut et de réponse. Puis elle tira sa robe bleue sur ses genoux. La vieille regardait ses genoux et ses hanches comme si elle l'avait vue nue.

— Tu veux te marier, non ? dit la vieille en grimaçant.

— Oui, répondit Suzanna.

— Je crois bien que tu le veux, dit Aristitza. Tu es grosse comme une jument.

42

Suzanna cacha son visage dans le foin. Aristitza vint tout près d'elle et lui cria à l'oreille :

— Tu ne l'as pas encore trouvé, l'imbécile qui te prendra pour femme, ma toute belle. Personne ne te prendra sans dot. Si tu as couché avec mon fils, ça te regarde. Mais il ne te prendra pas pour femme.

Suzanna se releva, s'appuyant sur les coudes. Elle voulait partir. Mais Aristitza était penchée sur elle.

— Iani est parti ? demanda craintivement Suzanna. Elle voulait parler d'autre chose.

— Quel Iani ? dit la vieille ébahie. Je ne connais personne ici qui s'appelle Iani.

Suzanna regarda la vieille avec ébahissement. Elle ne savait que dire.

— De quel Iani parles-tu ? demanda à nouveau Aristitza. Tu as perdu tes esprits ? Tu te crois ailleurs.

— Iani, votre fils ! murmura Suzanna à mi-voix, en hésitant.

— Mon fils s'appelle Ion, répondit-elle d'une voix dure. C'est comme ça que moi, sa mère, l'ai baptisé et personne n'a le droit de changer son nom. Tu as compris ?

Suzanna vit le poing d'Aristitza se dresser menaçant.

— J'ai compris, dit-elle. Elle s'était rappelé que Iohann Moritz lui avait recommandé d'être conciliante et ajouta :

— Ion ou Iani, c'est le même nom. Du moins je le croyais.

Son excuse irrita encore plus la vieille.

— C'est toi qui m'apprendras le nom de mon fils ? fit-elle, je te fends la tête. Tu oses. Sale putain !

— Je n'ai pas voulu vous faire de la peine, dit Suzanna.

Les mains de la vieille s'agrippèrent à ses épaules. Elle se mit à la secouer.

Suzanna criait. Le père apparut de derrière la maison. Il était en chemise de nuit. Il était sorti du lit attiré par les cris. Il avait la cigarette à la bouche. Aristitza lâcha prise et se tourna vers son mari blême de colère.

— As-tu jamais entendu pareille effronterie ? Cette saleté prétend que je ne sais pas le nom de mon fils. Elle me met hors de moi. (Aristitza se pencha et prit une pierre.) Je lui fendrai la tête ! Je vais l'écraser comme un serpent.

Le vieux la prit par la main.

— Calme-toi femme ! dit-il en poussant Aristitza vers la porte. Puis il s'approcha de Suzanna, il lui prit la main et la regarda avec pitié.

— Ne pleure plus ! dit-il. Ça n'a pas de sens.

— Où est Iani ? demanda Suzanna.

— Il doit revenir, reste tranquille.

Suzanna se sentait protégée. La main du vieux était grande. Sa peau rugueuse.

— Fillette, je vais te donner un conseil et il serait bon que tu le suives, dit le vieux. Retourne chez tes parents.

Elle pleurait.

— Tu ne peux pas rester ici, continua le vieux. Si tu restes ici, Aristitza va t'étrangler ou te fendre la tête. Ça arrivera. J'en suis sûr. Ce serait tout de même malheureux qu'il y ait du sang qui coule. Si Ion voit ça, il tuera sa mère, et ce serait grand péché. Il ne faut pas qu'il y ait malheur. Tu m'entends ?

— Je vous entends ! Les lèvres de Suzanna remuaient à peine.

— Moi, je te conseille de te lever et de partir tout de suite. Pars avant que Ion ne soit de retour. Tu n'as qu'à couper par le champ de maïs. Va chez ton père et chez ta mère. Quand Ion reviendra, je lui dirai que tu es sur la route. Et il ne te retrouvera plus. Vous oublierez l'un et l'autre, vous êtes jeunes et la jeunesse ça oublie vite. Va, lève-toi et pars !

Suzanna demeurait la tête tournée. Elle avait bouché ses oreilles de ses mains, et n'avait même pas entendu ce que lui racontait le vieux.

— Tu ne veux pas partir ? demanda le vieux.

Il voulut la prendre dans ses bras et la reconduire chez elle. Mais il se dit que Ion ne lui pardonnerait pas. Il se remit debout.

— Ce sera ta faute si un malheur arrive ! Moi j'ai fait mon devoir. Je t'ai avertie.

Suzanna demeura seule. Le vieux était rentré dans la

maison. Iohann Moritz revint du village avec un broc de lait à la main et le mit à bouillir.

— A nous, tu ne nous a jamais apporté de lait ! cria Aristitza, mais à cette traînée tu en donnes ! Il aurait mieux valu que je t'étrangle quand tu étais petit au lieu de te garder dans mes bras et de te donner mon lait !

Iohann Moritz s'était mis à genoux devant l'âtre et regardait les flammes danser. Il faisait semblant de ne pas écouter sa mère. Aristitza s'approcha de lui :

— Pars tout de suite de ma maison, emmène ta sale putain. Fais-la déguerpir sur-le-champ, sinon je la tue. Si tu ne la fais disparaître de mes yeux tout de suite, je l'étrangle. Je vais l'étrangler de ces doigts. Tiens, tu vois ?

— Dès qu'elle aura bu ce lait, nous partirons, répondit Moritz.

Il n'avait pas jeté un seul regard sur les doigts de sa mère, sur ces doigts « qui allaient étrangler Suzanna ».

— Nous partons en ville et tu ne nous verras jamais plus.

— La comtesse ne peut pas partir avant d'avoir bu son lait ? demanda Aristitza. Ta mère n'a pas besoin de lait le matin, mais elle, elle en a besoin.

Moritz prit le pot de sur le feu. Le lait n'avait pas encore bouilli. Mais il était chaud. Il sortit sans regarder les vieux.

Suzanna avait tressailli en entendant des pas.

— C'est moi ! dit Moritz. Je t'apporte du lait chaud.

Il lui tendit le pot.

— Je ne veux pas de lait ! murmura-t-elle.

— Prends-en un peu.

Suzanna prit le pot des mains de Moritz. Iohann Moritz rentra dans la maison pour prendre son sac. Le sac préparé pour son départ en Amérique. Le sac qu'il aurait dû prendre tout à l'heure s'il était parti.

— Tu t'en vas avec elle ? demanda Aristitza.

— Oui, répondit-il.

— Bien ! Aristitza serra les dents.

Pendant que Moritz prenait ses hardes de sous le lit, Aristitza sortit dans la cour ; Suzanna la vit se diriger vers elle. Elle resta pétrifiée, le pot à la main.

— Lève-toi tant que tu le peux encore ! dit Aristitza. Je

vais te rouer de coups, sale garce, attends seulement, tu vas voir !

Et avant même d'avoir achevé sa phrase, elle empoigna Suzanna par les cheveux et se mit à la frapper. Suzanna poussa un hurlement. Iohann Moritz crut entendre les cris de Iolanda. Il arriva aussitôt.

— Mère, que faites-vous ! s'écria-t-il.

La vieille lui jeta un regard court comme un éclair de haine. Elle frappa une fois encore Suzanna sans même la regarder, puis elle s'enfuit dans le maïs.

Suzanna avait le visage rempli de sang et ses lèvres et ses yeux bouffis. Le pot s'était brisé entre ses mains et avait marqué de larges entailles aux poignets. Les gouttes de sang se mélangeaient au lait, en larges taches sur la robe bleue. Iohann Moritz la prit dans ses bras. Il partit. Devant la porte il s'arrêta et prit son sac. Puis il sortit de la cour, sac au dos et la femme dans ses bras. Les deux fardeaux étaient lourds, trop lourds pour pouvoir avancer le front haut. Et Iohann Moritz marchait pesamment, la tête entre les épaules.

12

A la pointe du jour, Iorgu Iordan abreuva ses chevaux et leur donna de l'avoine. Il leur caressa l'encolure. Il avait huit chevaux. Il en gardait quatre, seulement pour monter, et ne les attelait jamais. Ils étaient trop beaux. C'étaient des chevaux noirs, des pur-sang arabes aux chevilles fines et nerveuses. C'étaient ses amis. Il leur raconta ce qu'il en était de Suzanna. Il leur racontait tout ce qui lui pesait sur le cœur. Les hommes ne lui inspiraient pas confiance. Les chevaux le regardaient de leurs grands yeux clairs, luisants comme des miroirs.

— Et maintenant, ma femme est en sang, les os rompus, gisant par terre. Les chevaux ne bronchèrent pas. Il prit leur silence pour un reproche et dit :

— Je vais l'emmener à l'hôpital, si vous le voulez!

Une demi-heure plus tard il traversait le village en voiture et se dirigeait vers la ville. Iolanda était enveloppée dans une cape. Elle était étendue entre les coussins, les yeux fixés dans le lointain. Ils arrivèrent trop tôt à l'hôpital. Ils attendirent dans la voiture devant la porte jusqu'à huit heures. Pas un docteur n'était là. Tout en attendant Iorgu Iordan parlait à ses chevaux sans jamais adresser la parole à sa femme, sans lui jeter un seul regard. A huit heures, il prit sa femme dans les bras comme un paquet, avec la couverture et les coussins et l'emmena dans la chambre de consultation. Ils furent reçus les premiers. Tandis que l'infirmière enlevait le manteau de la femme, le docteur vit sa tête enflée, son corps rempli de sang. Iolanda demeura étendue. Elle n'avait que sa chemise de nuit, qui lui collait à la peau. Ce n'était qu'un paquet de sang. La malade se taisait.

— Qui l'a frappée?

— Cela ne vous regarde pas, répliqua Iorgu Iordan. Soignez-la et ne vous occupez pas du reste. C'est pourquoi vous êtes docteur et c'est pourquoi je l'ai emmenée à l'hôpital.

Iorgu Iordan ne voulut donner aucune autre explication. Le docteur examina Iolanda et la transporta dans la salle d'opération pour une intervention urgente.

— Je vais rentrer chez moi et vous laisser faire votre métier, dit Iorgu Iordan. Il mit son chapeau et se dirigea vers la porte.

— Je paierai ce qu'il faudra. Je peux même vous payer d'avance si vous avez le temps de faire le compte avant de l'opérer ou bien je peux vous laisser un acompte.

Il mit la main à la poche pour en retirer sa bourse.

— Vous ne pouvez pas encore partir, dit le docteur. Attendez un peu.

— Pourquoi attendre?

Il n'aimait pas qu'on le retienne. Il aurait voulu quitter au plus vite l'hôpital. L'odeur des médicaments lui montait à la tête. Et il avait pitié. Il regrettait d'avoir roué sa femme de coups. « Ça ne suffisait pas que je l'aie foulée aux pieds ces docteurs vont encore la charcuter », pensa-t-il. Il avait pitié. Mais il ne voulait pas le laisser paraître. Il ne le voulait pas. Il voulait simplement sortir, respirer. Se remplir les poumons d'air. Un quart d'heure après, un procureur arriva accompagné d'un gendarme. Il fit appeler Iorgu Iordan à la chancellerie de l'hôpital et lui fit passer un interrogatoire. Il lui posa un tas de questions. S'il s'appelait bien Iorgu Iordan, l'endroit où il habitait, son âge et si c'était bien lui qui avait frappé sa femme. Iorgu Iordan lui répondit en bougonnant. Son regard était vitreux. Le procureur lui annonça qu'il était arrêté pour voies de fait envers sa femme. Iorgu Iordan ne broncha pas. Mais au moment où le gendarme lui posa la main sur l'épaule pour l'emmener, Iorgu Iordan devint blême.

— Vous m'emmenez en prison? demanda-t-il.
— En prison, oui.
— Et mes chevaux — mes chevaux qui sont attelés à la voiture, là devant la porte — qu'en faites-vous?

Le procureur jeta un regard au gendarme.
— Vous n'avez personne pour s'en occuper?
— Personne, répondit Iorgu Iordan.
— Cédons-les aux pompiers, dit le gendarme. Les pompiers en ont d'autres. Ils se chargeront de ceux-là aussi. A la prison on n'a pas de place pour eux.

Le procureur remercia d'un sourire le gendarme qui l'avait tiré d'affaire. Il n'aurait su qu'en faire, de ces chevaux. Le procureur était arrivé quelques jours auparavant. Il s'appelait George Damian et c'était là sa première cause.

Vers midi, lorsqu'il se préparait à aller déjeuner, il fut averti que Iorgu Iordan avait essayé de se suicider, en se jetant la tête la première sur le ciment de la cellule. Le rapport du directeur de la prison relatait : « Le prisonnier a déclaré à l'hôpital qu'il avait essayé de mettre fin à ses jours parce qu'il ne pouvait supporter l'idée que les quatre pur-sang arabes qu'il possède meurent de faim et de soif. A ce qu'il paraît le prisonnier est un amateur passionné de chevaux. Son état de santé est grave. »

Une autre note, arrivée au même moment, annonçait la

mort de Iolanda. Le procureur George Damian sentait dans la bouche comme un goût de cendre. Au restaurant, avant de se mettre à table, il se lava longuement les mains à l'eau froide et au savon. « La loi punira Iorgu Iordan pour coups mortels donnés à sa femme. Ces coups, et le fait qu'il aime les chevaux plus que les êtres humains, ne sont pas ses plus grands péchés, mais les simples effets d'une mentalité. La barbarie, voilà le seul péché de Iorgu Iordan. Comme tout barbare, il sous-estime l'homme jusqu'à l'annuler. Pour ce crime, duquel découlent cependant tous les autres, nulle loi ne le punira jamais. La barbarie n'est une attitude illégale qu'en certains cas bien déterminés. »

13

Suzanna marcha quelques kilomètres, puis s'assit par terre, au bord de la route. Elle était lasse et brûlante.
— Je n'en peux plus, Iani ! dit-elle.
Elle s'étendit sur l'herbe. Ils étaient à mi-chemin entre Fântâna et la ville. Il la laissa dormir, attendant qu'une charrette passe et les emmène. Mais sur la route ne passaient que des piétons ou des cavaliers. Vers cinq heures de l'après-midi il se mit à pleuvoir. Moritz leva les yeux. La pluie froide lui mouillait les joues. Il pensait : « S'il avait plu hier soir, je ne serais pas allé voir Suzanna. Elle serait encore chez elle. Et moi sur le bateau à Constantza. S'il avait plu hier soir... Tant pis. »
La nuit tombait déjà et la pluie n'avait pas encore cessé. Moritz se dit qu'il devait prendre une décision.
— Je vais au village chercher une charrette, dit-il, en jetant un regard de pitié à Suzanna.
Elle était accroupie sous un abri de feuillage. Sa robe et ses cheveux étaient trempés. Elle frissonnait et elle claquait des dents. Elle avait froid.
— Comme tu voudras, Iani !

— Tu n'auras pas peur, toute seule ? demanda-t-il.
— Si tu reviens, je n'aurai pas peur !

Il l'embrassa et partit. Lorsqu'il arriva à Fântâna il faisait noir comme dans un four. Les paysans s'étaient couchés. Il frappa à toutes les portes. Mais il ne trouva personne pour l'aider. Les paysans voulaient savoir le nom de la femme. Dès qu'ils apprenaient qu'il s'agissait de la fille de Iorgu Iordan ils s'excusaient. Ils n'avaient pas où la caser. Tous avaient peur de Iorgu Iordan. Vers minuit, Moritz pénétra dans la cour du prêtre Koruga. La bibliothèque était éclairée. Devant la porte une grande auto noire luisait sous la pluie comme un miroir. De la maison sortaient des bruits de voix. « Le prêtre a dû recevoir des visites », pensa Moritz. Il aurait voulu partir. « Il ne faut pas que je le dérange. » Il pleuvait à torrents, et l'eau dégoulinait du toit de la maison. Moritz l'écouta un moment, en silence. Puis, il se rappela que Suzanna l'attendait toute seule au bord de la route et frappa doucement au carreau.

14

— Tu es arrivé juste à temps ! Je voulais te voir, dit le prêtre Koruga à son fils Traian. Il aidait son fils à sortir les valises de l'auto et à les transporter à l'intérieur. L'auto était arrêtée devant le balcon, à moitié enfoncé dans le lierre grimpant et les rosiers sauvages. Il pleuvait toujours à verse.

— Tu n'es pas seul ? demanda le prêtre.

Un jeune homme venait de descendre de l'auto.

— Je te présente George Damian, un camarade de Faculté et un excellent ami, dit Traian. Je viens de le rencontrer cet après-midi en ville. C'est le nouveau procureur du juge de paix de notre département.

Le prêtre s'excusa de sa tenue. Il n'avait pas prévu de visites. Il conduisit les jeunes gens au salon et se retira un moment. Le procureur regarda longuement le coucou de la pendule, les tapis orientaux qui couvraient les murs et les rayons pleins de livres.

— Je devine à quoi tu penses! dit Traian en riant. Tu t'étonnes que le romancier le plus moderne du pays qui chante dans ses livres l'auto, l'avion, le bar et la lumière électrique soit né et ait passé son enfance dans une maison où le temps semble s'être arrêté, où tout sent le passé, — où depuis des siècles rien n'a l'air d'avoir bougé. N'est-il pas vrai?

Le procureur devint tout rouge.

— En effet, c'est bien ce que je pensais!

Le prêtre Koruga entra dans la chambre. Il alluma de ses mains aux doigts fuselés et secs la lampe à pétrole et la mit solennellement au milieu de la table. Traian ouvrit la valise en cuir et en sortit quelques paquets emballés avec soin. Il les posa sur la table. Puis il déboucha une bouteille de vin et fit venir sa mère. Quand elle fut là, Traian remplit les verres et sortit, d'un couvre-livre doré, deux bouquins reliés en pleine peau.

— C'est mon dernier roman, dit-il. Le huitième. Ces deux exemplaires sont les premiers tirés et comme d'habitude ils vous appartiennent. Et nous allons l'arroser de ce vin, de chez « Capsa », le même que nous avons bu lors de la sortie des sept romans antérieurs. Vous rappelez-vous encore ma joie quand le premier a paru?

Le prêtre Koruga prit le livre des mains de son fils, avec le même geste que les livres saints à l'autel. La mère le toucha du bout des doigts puis le posa au bord de la table.

— J'ai les mains toutes sales de graisse, dit-elle. Je ne veux pas tacher le livre de Traian.

— Le troisième exemplaire sera pour toi, George!

Le prêtre Koruga posa ses lèvres sur le front de Traian. Le procureur lui serra la main. Sa mère l'embrassa sur les joues et lui dit à l'oreille, assez fort cependant pour que les autres l'entendent aussi:

— Je n'ai pas encore lu les autres! Pardonne-moi. Ton père me les a tous racontés. Mais celui-là je veux le lire de mes propres yeux. Je ne veux pas mourir sans avoir lu un livre écrit par mon fils.

Traian était ému. Il trinqua avec chacun. Puis la mère s'excusa. Elle devait aller à la cuisine.

— Reste encore un moment, mère ! répliqua Traian. Je suis venu vous voir pour autre chose encore, une chose tout aussi importante.

Traian Koruga sortit de sa poche une enveloppe et la tendit à son père.

— Voilà mes droits d'auteur pour la première édition. Je veux acheter un terrain à Fântâna et y bâtir une maison. Si c'est possible, tout près de chez vous. Je veux bâtir la maison et y demeurer jusqu'à la fin de ma vie.

Le prêtre prit l'enveloppe et la posa sur la table en souriant. Sa femme s'essuya les yeux du coin de son tablier et dit :

— Je sais bien que tu le dis seulement pour nous faire plaisir. Tu n'as jamais pu rester ici plus de trois jours. Chaque fois tu promets de rester un mois et au bout de deux, trois jours tu repars. Et il se passe chaque fois des mois entiers sans qu'on te revoie.

— Oui, mais à présent, je ferai construire ma maison, répliqua Traian.

Traian jeta un regard à son père puis au procureur. Il vit qu'eux aussi considéraient son projet comme une extravagance.

— Personne ne me croit capable de le faire, dit Traian. Mais dans deux ans, jour pour jour, si je suis encore en vie, je vous invite dans ma maison de Fântâna. Alors peut-être me croirez-vous enfin. Je ne vous en dis pas plus.

15

Après le dîner, le prêtre demanda à Traian quels étaient ses nouveaux projets littéraires. Traian hésita avant de répondre. Puis il dit :

— Mon prochain roman sera un livre vrai. Seule la technique en sera littéraire. Mes personnages existeront dans la vie réelle. Ils pourront être vus et salués dans la rue par tous ceux qui liront le livre. Je pense même quelquefois à donner leur adresse et leur numéro de téléphone.

— Et quels sont ces personnages auxquels tu veux faire une telle publicité ? demanda le procureur en souriant.

— Mes personnages sont des hommes qui existent sur toute la surface du globe ! dit Traian. Mais comme Homère lui-même n'aurait pu écrire une histoire avec deux milliards de personnages, je n'en prendrai qu'un petit nombre, probablement dix. Je n'en ai pas besoin de plus. Cependant ils vivront les mêmes événements que tous les autres.

— Tes personnages seront donc choisis d'après des critères scientifiques, pour représenter l'humanité dans son essence même ? demanda le procureur.

— Non, répondit Traian. Les personnages de mon roman seront choisis purement au hasard. Point n'est besoin d'employer des critères scientifiques. Ce qui leur arrivera peut arriver à n'importe qui, à une nuance près. Ce sont des événements auxquels aucun être humain ne saurait échapper. Je n'ai pas besoin de personnages héroïques. Je les prendrai au hasard. Je choisirai donc parmi les deux milliards d'êtres, ceux que je connais le mieux. Toute une famille : ma propre famille. Mon père, ma mère, moi-même, toi, les serviteurs de mon père, quelques amis et des voisins.

Le prêtre Koruga sourit et remplit les verres.

— Je vais noter tout ce qui arrivera à ces personnages au cours des années à venir, continua Traian. Je crois qu'il se passera des choses extraordinaires. Le proche avenir réserve à chacun de nous des choses extraordinaires. Telles qu'on n'en a jamais vu dans l'histoire.

— Si l'avenir s'annonce aussi dramatique que tu le penses, j'espère qu'il ne le sera que dans ton roman, dit le procureur.

— Les événements dramatiques se passeront d'abord dans la vie et ensuite dans mon roman, répliqua Traian.

— Alors je vivrai aussi des moments dramatiques ?

demanda le procureur. Tu sais que je mène une existence bourgeoise qui ne peut intéresser le public. Je suis tout le contraire d'un aventurier.

— Mon vieux George, la plupart des hommes sur cette terre ne sont pas des aventuriers. Et pourtant tous se verront obligés de vivre des aventures telles que nul écrivain de romans sensationnels ne pourrait jamais les imaginer.

— Et qu'arrivera-t-il donc de tellement sensationnel ? demanda le procureur en souriant.

— Trêve d'ironie, George ! dit Traian. Je sens qu'il vient de se produire autour de nous un événement grave. Je ne sais ni où il a éclaté, ni quand il a commencé, ni combien il va durer. Mais je sens qu'il existe. Nous sommes pris dans la tourmente et la tourmente nous déchirera la chair, nous brisera les os, l'un après l'autre. Je pressens cet événement comme seuls peuvent le faire les rats lorsqu'ils abandonnent précipitamment un bateau qui va couler ; avec la seule différence que moi je n'ai plus où m'enfuir. Il n'y aura pour nous de refuge nulle part au monde.

— A quel événement fais-tu allusion ?

— Tu peux l'appeler révolution si tu le veux, dit Traian. Une révolution de proportions inimaginables. Et tous les êtres humains en seront les victimes.

— Et quand va-t-elle éclater ? demanda le procureur qui ne prenait toujours pas au sérieux les dires de Traian.

— Mais la révolution est déjà déclenchée, mon vieux. La révolution a éclaté en dépit de ton scepticisme et de ton ironie. Mon père, ma mère, toi, moi-même et les autres nous prendrons conscience peu à peu du péril et essayerons de nous sauver, de nous cacher. D'autres ont déjà commencé à se cacher, comme des bêtes sauvages lorsqu'elles sentent venir l'orage. Moi, je veux me retirer à la campagne. Les membres du parti communiste prétendent que les fascistes sont responsables et que le péril ne peut être évité qu'à la condition de les liquider. Les nazis veulent sauver leur peau en tuant les juifs. Mais ce ne sont là que les symptômes de la peur qu'éprouve tout être humain devant le danger. Le danger — cependant — est le même partout.

Seules les réactions des hommes en face du péril sont différentes.

— Et quel est ce grand danger qui nous menace tous? demanda le procureur.

— L'esclave technique! continua Traian Koruga. Toi aussi tu le connais, George. L'esclave technique est le serviteur qui nous rend chaque jour mille services dont nous ne saurions plus nous passer. Il pousse notre auto, nous donne de la lumière, nous verse l'eau pour nous laver, il nous fait des massages, raconte des histoires pour nous amuser lorsque nous tournons le bouton de la radio, trace des routes, déplace des montagnes.

— Je pensais bien que c'était là une métaphore poétique!

— Ce n'est pas une métaphore, mon cher George! répondit Traian. L'esclave technique est une réalité. Son existence ne peut être niée.

— Je ne nie pas son existence! répliqua le procureur. Mais pourquoi l'appeler « esclave technique ». Il s'agit simplement d'une force mécanique!

— Les esclaves humains, les camarades des esclaves techniques de la société contemporaine, étaient eux aussi considérés par les Grecs et les Romains comme une force aveugle, comme des choses inanimées. Ils pouvaient être vendus, achetés, donnés en présent, tués. Ils étaient simplement évalués selon la force de leurs muscles et leur capacité de travail. Exactement le même critère que nous employons aujourd'hui pour l'esclave technique.

— Les différences sont très grandes, cependant! répliqua George. Nous ne pouvons remplacer l'esclave humain par l'esclave technique.

— Mais si, justement, nous le pouvons! L'esclave technique s'est révélé plus ordonné et moins cher que l'esclave humain. Partant, il a commencé à remplacer rapidement son prédécesseur. Nos navires ont pris la place des galères. Et maintenant les navires n'avancent plus poussés par les efforts des esclaves des galères mais par la force des esclaves techniques. Et lorsque le soir tombe, l'homme riche qui peut se permettre le luxe d'avoir des esclaves, ne frappe plus dans ses mains pour les voir arriver flambeaux à la main, comme le faisait son ancêtre à Rome ou à Athènes, il tourne un bouton et les esclaves techniques illuminent sa chambre. L'esclave technique allume le feu qui chauffe l'appartement ou l'eau du bain, ouvre les fenêtres, produit des courants d'air. Il a l'immense avantage sur son camarade humain d'être mieux dressé, de ne rien entendre et de ne rien voir. L'esclave technique n'apparaît que lorsqu'il est appelé. Il vous apporte la lettre d'amour en un instant, et la voix même de la femme aimée, il vous la fait entendre à distance. Les esclaves techniques sont des serviteurs parfaits. Ils labourent. Ils mènent les guerres, la police, l'administration. Ils ont appris toutes les activités humaines et les exécutent à merveille. Ils font les calculs dans les bureaux, peignent, chantent, dansent, volent dans les airs, descendent sous l'eau. L'esclave technique est même devenu bourreau et exécute les condamnés à mort. Il guérit les malades dans les hôpitaux à côté des médecins, assiste le prêtre lorsqu'il célèbre la messe.

Traian Koruga s'interrompt un moment et porta le verre à ses lèvres. Dehors la pluie tombait régulièrement.

— Je finirai tout de suite cette digression, dit-il. Quant à moi je vous avoue que je me sens toujours en société, même si apparemment je suis seul. Je vois se mouvoir autour de moi ces esclaves techniques toujours prêts à me servir et à m'aider. Ils allument mes cigarettes, me disent ce qui se passe dans l'univers, éclairent ma route la nuit. Ma vie a leur cadence. Ils me tiennent compagnie plus que les autres êtres vivants. Je me sens même capable de sacrifices pour eux. C'est pour cela que je ne peux pas demeurer longtemps à Fântâna, comme vient de le faire remarquer ma mère. Mes esclaves techniques m'attendent à Bucarest. Nous sommes beaucoup plus riches que nos collègues d'il y a deux mille ans qui ne possédaient que quelques douzaines d'esclaves. Nous en avons des centaines, des milliers. Et maintenant je vais vous poser une question : à combien estimez-vous le nombre d'esclaves techniques, en pleine activité aujourd'hui, sur la surface du globe ? Il y en a au moins quelques dizaines de milliards. Et combien d'hommes?

— Deux milliards d'hommes! répondit le procureur.

— C'est exact. La supériorité numérique des esclaves techniques qui peuplent aujourd'hui la terre est écrasante. En tenant compte du fait que les esclaves techniques tiennent en main les points cardinaux de l'organisation sociale contemporaine, le danger est évident. En termes militaires les esclaves techniques tiennent en main les nœuds stratégiques de notre société : l'armée, les voies de communication, l'approvisionnement et l'industrie pour n'en citer que les plus importants. Les esclaves techniques forment un prolétariat, si nous entendons par ce mot un groupe dans une société à un moment historique, groupe qui n'est pas intégré à cette société. Leur destinée se trouve entre les mains des hommes. Je n'écrirai pas un roman fantastique et, partant, ne décrirai pas la manière dont ces esclaves techniques se révoltent un beau jour, emprisonnent l'espèce humaine dans les camps de concentration, la font disparaître sur l'échafaud ou la chaise électrique. De telles révolutions sont le fait des esclaves humains. Je ne décrirai que des faits réels. Et dans la réalité ce prolétariat technique fera sa révolution sans se servir de barricades comme ses camarades les esclaves humains. Les esclaves techniques représentent une majorité numérique écrasante dans la société contemporaine. C'est un fait concret. Dans le cadre de cette société ils agissent selon leurs lois propres, différentes de celles des humains. Je ne citerai de ces lois spécifiques aux esclaves techniques que l'automatisme, l'uniformité et l'anonymat.

« Une société, dans laquelle il y a quelques dizaines de milliards d'esclaves techniques et à peine deux milliards d'hommes (même si ces derniers la gouvernent) aura tous les caractères d'une majorité prolétarienne. Du temps des Romains, les esclaves humains parlaient, priaient et vivaient selon les coutumes importées de Grèce, de Thrace ou d'autres pays occupés. Les esclaves techniques de notre société gardent eux aussi leur caractère spécifique et vivent selon les lois de leur nation. Cette nature, ou si vous préférez cette réalité existe dans le cadre de notre société. Son influence se fait sentir de plus en plus. Les hommes, afin de pouvoir les avoir à leur service, sont forcés de connaître et d'imiter leurs habitudes et leurs lois. Chaque patron est obligé de savoir un peu la langue et les coutumes de ses employés pour les commander. Presque toujours, lorsque l'occupant est en état d'infériorité numérique, il adopte la langue et les coutumes du peuple occupé, par commodité ou intérêt pratique. Il le fait bien qu'étant l'occupant et maître tout-puissant.

« Le même processus poursuit son développement dans le cadre de notre société, bien que nous ne voulions pas le reconnaître. Nous apprenons les lois et la manière de parler de nos esclaves pour mieux les diriger. Et ainsi, peu à peu, sans même nous rendre compte, nous renonçons à nos qualités humaines, à nos lois propres. Nous nous déshumanisons, nous adoptons le style de vie de nos esclaves techniques. Le premier symptôme de cette déshumanisation c'est le mépris de l'être humain. L'homme moderne sait que ses semblables, et lui-même d'ailleurs, sont des éléments qu'on peut remplacer. La société contemporaine qui compte un homme pour deux ou trois douzaines d'esclaves techniques doit être organisée et fonctionner d'après des lois techniques. C'est une société créée selon des nécessités mécaniques et non humaines. Et c'est là que commence le drame.

« Les êtres humains sont obligés de vivre et de se comporter selon des lois techniques, étrangères aux lois humaines. Ceux qui ne respectent pas les lois de la machine, promues au rang de lois sociales, sont punis. L'être humain qui vit en minorité devient, le temps aidant, une minorité prolétaire. Il est exclu de la société à laquelle il appartient, mais dans laquelle il ne peut s'intégrer désormais sans renoncer à sa condition humaine. Il en résulte pour lui un sentiment d'infériorité, le désir d'imiter la machine, et d'abandonner ses caractères spécifiquement humains, qui le tiennent éloigné des centres d'activité sociale.

« Et cette lente désintégration transforme l'être humain

en le faisant renoncer à ses sentiments, à ses relations sociales jusqu'à les réduire à quelque chose de catégorique, précis et automatique, les mêmes relations qui lient une pièce de la machine à une autre. Le rythme et le langage de l'esclave technique sont imités dans les relations sociales, dans l'administration, dans la peinture, dans la littérature, dans la danse. Les êtres humains deviennent les perroquets des esclaves techniques. Mais ce n'est là que le début du drame. C'est le moment où commence mon roman, c'est-à-dire la vie de mon père, de ma mère, la tienne, George, la mienne et celle des autres personnages.

— Ce qui veut dire que nous nous transformons en « hommes-machines? demanda le procureur. Il avait le même ton railleur.

— C'est justement là qu'éclate le drame. Nous ne pouvons pas nous transformer en machines. Le choc entre les deux réalités — technique et humaine — s'est produit. Les esclaves techniques gagneront la guerre. Ils s'émanciperont et deviendront les citoyens techniques de notre société. Et nous, les êtres humains, nous deviendrons les prolétaires d'une société organisée selon les besoins et la culture de la majorité des citoyens, c'est-à-dire des « citoyens techniques ».

— Et pratiquement, comment ce choc se produira-t-il? demanda le procureur.

— Je suis moi-même curieux de le voir. Mais, en même temps, j'ai peur. Il vaudrait mieux que je sois mort plutôt que d'assister à ma mise en croix et à celle de mes semblables.

— Tu penses à des faits précis?

— Tous les événements qui se déroulent, à cette heure, sur la surface de la terre, et tous ceux qui se dérouleront au cours des années à suivre, ne sont que les symptômes et les phases de cette même révolution, la révolution des « esclaves techniques ». Pour finir les hommes ne pourront plus vivre en société en gardant leurs caractères humains. Ils seront considérés comme égaux, uniformes et traités suivant les mêmes lois applicables aux esclaves techniques, sans concession possible à leur nature humaine. Il y aura des arrestations automatiques, des condamnations automatiques, des distractions automatiques, des exécutions automatiques. L'individu n'aura plus droit à l'existence, sera traité comme un piston ou une pièce de machine, et il deviendra la risée de tout le monde s'il veut mener une existence individuelle. Avez-vous jamais vu un piston mener une vie individuelle ? Cette révolution s'effectuera sur toute la surface du globe. Nous ne pourrons nous cacher ni dans les forêts ni dans les îles. Nulle part. Aucune nation ne pourra nous défendre. Toutes les armées du monde seront composées de mercenaires qui lutteront pour consolider la société technique — d'où l'individu est exclu. Jusqu'à présent les armées combattaient pour conquérir de nouveaux territoires et des richesses nouvelles, par orgueil national, pour les intérêts privés des rois ou des empereurs, ayant pour fin le pillage ou la grandeur. C'étaient là des buts humains. Maintenant ces armées combattent pour les intérêts d'une société en marge de laquelle ils ont à peine le droit de vivre, comme prolétaires. C'est peut-être l'époque la plus sombre de toute l'histoire de l'humanité. Jamais encore l'homme n'a été aussi méprisé. Dans les sociétés barbares par exemple, un homme était moins apprécié qu'un cheval. Cela peut arriver encore aujourd'hui chez certains peuples ou certains individus. Tu me racontais tout à l'heure l'histoire d'un paysan qui venait de tuer sa femme et ne le regrettait pas, mais avait essayé de se suicider en pensant qu'il n'y aurait personne pour nourrir et abreuver ses chevaux tout le temps qu'il serait en prison. Telle est la façon de sous-évaluer l'individu dans les sociétés primitives. Le sacrifice humain est chose courante. Dans la société contemporaine le sacrifice humain n'est même plus digne d'être mentionné. Il est banal. La vie humaine n'a de valeur qu'en tant que source d'énergie. Les critères sont purement scientifiques. C'est la loi de notre sombre barbarie technique. Nous y arriverons après la victoire totale des esclaves techniques.

— Et quand se produira la révolution dont tu te fais le prophète ? demanda le procureur.

— Elle a déjà commencé ! répondit Traian. Nous participerons à son développement. La plupart d'entre nous n'y survivront pas. J'ai terriblement peur de n'avoir jamais à finir ce livre car je disparaîtrai également.

— Ton pessimisme est plutôt violent, dit le procureur.

— Je suis poète, George, dit Traian. Je possède un sens que les autres n'ont pas et qui me permet d'entrevoir l'avenir. Le poète est un prophète. Je regrette le premier d'avoir à prédire des choses aussi tristes. Mais ma mission de poète m'y oblige. Il faut que je le crie à tous les échos même si cela n'est pas agréable.

— Tu crois sérieusement à ce que tu dis ?

— Malheureusement, j'en suis convaincu.

— Je croyais que tu faisais simplement de la littérature.

— Ce n'est pas de la littérature, dit Traian. Chaque nuit j'attends qu'il m'arrive quelque chose.

— Que pourra-t-il t'arriver ? demanda le procureur.

— N'importe quoi. Du moment où l'homme a été réduit à la seule dimension de valeur technico-sociale, il peut lui arriver n'importe quoi. Il peut être arrêté et envoyé aux travaux forcés, exterminé, obligé à effectuer qui sait quels travaux — pour un plan quinquennal, pour l'amélioration de la race ou autres buts nécessaires à la société technique, sans aucun égard pour sa propre personne. La société technique travaille exclusivement d'après des lois techniques — en maniant seulement des abstractions, des plans — et ayant une seule morale : la production.

— Est-il possible que nous soyons arrêtés ?

Le procureur avait abandonné son ton ironique. Il était un peu apeuré et s'adressait à Traian comme à une chiromancienne à laquelle on demande de vous prédire l'avenir, sans y croire en principe.

— Sur toute la surface du globe aucun homme ne demeurera libre, dit Traian.

— Nous périrons donc dans les prisons, sans être coupables ? demanda le procureur.

— Non, répondit Traian. L'homme se trouvera enchaîné par la société technique pendant de longues années. Mais il ne périra pas dans les chaînes. La société technique peut créer du confort. Mais elle ne peut pas créer de l'Esprit. Et sans Esprit il n'y a pas de génie. Une société dépourvue d'hommes de génie est vouée à la disparition. La société technique, qui prend la place de la société occidentale et qui va conquérir toute la surface de la terre, périra elle aussi. « L'illustre Albert Einstein affirme qu'il suffirait d'une solution de continuité de deux générations seulement dans la lignée des cerveaux de premier ordre spécialement doués pour la science physique pour que s'effondrassent toutes les constructions fondées sur cette science (1). » Cet écroulement de la société technique sera suivi de la renaissance des valeurs humaines et spirituelles. Cette grande lumière viendra sans doute de l'Orient. D'Asie. Mais pas de Russie. Les Russes se sont prosternés devant la lumière électrique de l'Occident et n'y survivront pas. L'homme de l'Orient va conquérir la société technique et utilisera la lumière électrique pour éclairer les rues et les maisons. Mais il n'en deviendra jamais l'esclave et ne lui dressera pas d'autels, comme le fait aujourd'hui dans sa barbarie la société technique occidentale. Il n'éclairera pas à la lumière du néon les voies de l'esprit et du cœur. L'homme de l'Orient se rendra maître des machines de la société technique par l'esprit, tel un chef d'orchestre, grâce au génie de l'harmonie musicale. Mais il ne nous sera pas donné de connaître cette époque. Nous vivons un temps où l'homme se prosterne devant le soleil électrique comme un barbare.

— Nous périrons donc enchaînés ? dit le procureur.

— Personnellement nous périrons dans les chaînes des esclaves techniques. Mon roman sera le livre de cet épilogue.

— Quel est son titre ?

— *La Vingt-cinquième heure*, dit Traian. Le moment où toute tentative de sauvetage devient inutile. Même la venue d'un Messie ne résoudrait rien. Ce n'est pas la dernière heure : c'est une heure après la dernière heure. Le temps précis de la Société occidentale. C'est l'heure actuelle. L'heure exacte.

1. **Hermann von Keyserling.**

16

Le prêtre gardait le silence la tête enfouie dans ses mains.

— Mon Père, dit le procureur, si les prophéties de Traian doivent se réaliser et si l'Homme est voué à être traité en esclave, est-ce que l'Église ne peut rien pour la société contemporaine? Si l'Église ne peut sauver l'être humain à ces heures graves, quelle peut être encore sa mission?

Le prêtre Alexandru Koruga réfléchit un moment puis il dit:

— L'Église ne peut sauver les sociétés, mais elle peut assurer le salut des individus qui la composent.

— Et vous croyez que les prophéties de Traian peuvent se réaliser?

— J'ai l'habitude de croire les poètes, répondit le prêtre. Et, d'après moi, Traian est un grand poète.

— Je te remercie, père, dit Traian. Il avait rougi de plaisir comme un enfant.

Il y eut un moment de silence.

— Il me semble que quelqu'un vient de passer sur le balcon, dit Traian.

Les trois hommes prêtèrent l'oreille. Mais dehors seul le bruit de la pluie répondit à leur attente.

— S'il y avait quelqu'un dans la cour, les chiens auraient aboyé, dit le prêtre. Seul, Iohann Moritz, mon homme de confiance, peut entrer dans le jardin sans que les chiens aboient. Mais à cette heure il doit dormir tranquillement sur le bateau qui l'emmène en Amérique.

— Je suis sûr, cependant, d'avoir entendu quelqu'un monter les marches de l'escalier, dit Traian. Mes sens sont aiguisés, je perçois facilement les bruits.

— C'est peut-être un esclave technique qui vient de s'évader de ta voiture? dit le procureur en souriant. Peut-être leur révolution est-elle déjà déclenchée et viennent-ils nous faire prisonniers cette nuit même ? Combien d'esclaves techniques assurent le service de ta voiture, Traïan ?

— Tu n'as qu'à faire le compte : 55 H.P. et chaque H.P. est l'égal de 7 hommes.

— L'effectif de quelques compagnies, dit le procureur. Et nous ne sommes que trois. S'ils nous attaquent nous serons obligés de capituler sans condition.

— Sans la complicité d'un homme, les esclaves techniques ne peuvent attaquer les êtres humains. Ayant comme complice un *citoyen* — qui n'est pas un être humain — les esclaves techniques deviennent des bêtes d'Apocalypse.

— Qu'entends-tu par citoyen ? demanda le procureur. Nous tous, nous sommes des citoyens.

— Le citoyen est l'être humain qui ne vit que la dimension sociale de la vie. Comme le piston d'une machine il n'effectue qu'un seul mouvement et le répète à l'infini. Mais contrairement au piston, le citoyen a la prétention d'ériger son activité en symbole, de la donner en exemple à l'univers tout entier, de se faire imiter par tout le monde. Le citoyen est la bête la plus dangereuse qui soit apparue sur la surface du globe, depuis le croisement de l'homme avec l'esclave technique. Il possède la cruauté de l'homme et de la bête et la froide indifférence des machines. Les Russes ont créé le type le plus parfait de toute l'espèce : *le commissaire*.

Au carreau retentirent deux coups légers.

— Je vous avais bien dit que j'avais entendu des pas ! fit Traïan. Les sens d'un poète ne le trahissent jamais.

17

Le prêtre sortit sur le balcon, laissant la porte ouverte. Il revint accompagné d'un jeune homme. Le nouveau venu n'était vêtu que d'une chemise et d'un pantalon. Il était nu-tête et complètement trempé.

— C'est Iohann Moritz, dit le prêtre.

Il tendit à Iohann Moritz un verre de vin et l'invita à s'asseoir.

Le jeune homme refusa et resta debout contre la porte. Il ne voulait pas mouiller les tapis et la chaise. L'eau tombait de ses cheveux comme d'une gouttière. Il était évident qu'il avait dû marcher longtemps sous la pluie.

— Tu veux me parler à moi tout seul? demanda le prêtre.

— Je peux vous parler ici aussi! répondit Moritz.

— J'ai regretté que tu ne sois pas passé chercher ton paquet ce matin, dit le prêtre.

— Je ne pars plus en Amérique, expliqua Moritz. Il regarda les deux jeunes gens, puis se tourna vers le prêtre et ajouta :

— Hier vous m'aviez donné la permission de dormir dans la chambre près de la cuisine.

Le prêtre comprenait maintenant pourquoi Moritz avait frappé à sa porte en pleine nuit.

— La chambre t'appartient, fit-il. Tu peux la prendre quand bon te semblera.

— Est-ce que quelqu'un d'autre peut y dormir cette nuit? demanda Moritz.

— Mais sûrement, dit le prêtre. Si ce quelqu'un se trouve dans le besoin et que tu veuilles l'aider, c'est très bien de ta part.

— C'est Suzanna, la fille de Iorgu Iordan. Elle s'est enfuie de chez elle. Son père voulait la tuer.

Moritz se rappela que tous les paysans, auxquels il avait dit le nom de la jeune fille, lui avaient refusé l'hospitalité. Il regarda le prêtre bien en face.

— S'il fait froid dans la chambre, fais du feu, dit le vieillard. Tu sais où se trouve le bois.

Iohann Moritz demeurait debout contre la porte. Il ne voulait pas partir avant de raconter au prêtre, comme à la confession, tout ce qui s'était passé. Lorsqu'il arriva au bout de son histoire et dit que la jeune fille se trouvait en plein champ, à mi-chemin entre Fântâna et la ville, Traian Koruga se mit debout, et enfila son manteau. Il partit avec

Iohann Moritz en auto. Une demi-heure plus tard ils étaient de retour.

L'auto s'arrêta au même endroit, devant le balcon. Moritz prit Suzanna dans ses bras. Le procureur regardait la scène du haut du balcon. La femme du prêtre marchait à côté de Moritz, à sa gauche. Le prêtre à sa droite. La jeune fille gisait dans les bras de Moritz, comme un enfant qui dort. Le procureur vit la robe bleue qui moulait ses hanches. Traian entra au salon. Le procureur le suivit.

— Tu es trempé ! dit-il.

Traian rougit et jeta un regard sur ses souliers pleins de boue. Puis sur ses vêtements d'où l'eau gouttait sur le parquet. Il s'était mouillé inutilement. Moritz avait relevé tout seul la jeune fille et l'avait déposée dans l'auto. Il n'avait pas eu besoin de l'aider et pourtant il était resté tout le temps à côté de lui, sous la pluie. Analysant son geste, Traian se dit qu'à l'avenir, dans une situation pareille il agirait de même, « c'était la nécessité de partager la douleur de l'homme qui se trouvait à mes côtés, même si mon aide n'avait aucune valeur pratique, même si elle était gratuite ».

Le prêtre entra dans la chambre. Lui aussi était trempé et l'eau coulait de son front, de ses joues, de sa barbe. Il avait accompagné Iohann Moritz sous la pluie. Comme son fils. Sans qu'il en fût besoin.

« Dieu aussi fit de tels gestes inutiles lorsqu'il créa l'univers », pensa Traian. « Dieu créa des choses sans utilité pratique. Mais ce sont les plus belles. La vie de l'homme est une création inutile. Tout aussi inutile et absurde que mon geste ou celui de mon père. Mais cette ferveur est magnifique. Malgré son inutilité, elle est inégalable. »

— Il ne faut pas que tu prennes froid, Traian ! dit le prêtre.

— Je ne prendrai pas froid ! répliqua Traian. Comment va la malade ?

— Elle a de la fièvre, dit le prêtre. Ta mère lui a préparé un thé et la soigne. Tu seras récompensé, Traian, de l'avoir emmenée en voiture. Les pauvres gens avaient besoin d'aide.

Le coucou de la pendule sonna minuit.

18

Iohann Moritz frappa à la porte. Il ne pouvait attendre jusqu'au lendemain pour dire merci au prêtre et à Traian. De tous les malheurs qui s'étaient abattus sur lui ces dernières vingt-quatre heures, il ne se rappelait que le geste de bonté du prêtre Koruga et lui en était reconnaissant. Il était content que Suzanna soit à l'abri. Cela aurait pu être pire. Traian Koruga fixait Moritz, les yeux grands ouverts. Il l'interrompit brusquement et dit :

— Père, lorsque je reviendrai encore à Fântâna je logerai chez toi. Donne à Moritz l'argent que je t'avais confié et qu'il construise une maison à Fântâna. Il en a besoin plus que moi.

Le prêtre prit l'enveloppe et la tendit à Iohann Moritz d'un geste simple comme tous les grands gestes. Il ne lui donna aucun conseil, mais il lui tendit simplement l'enveloppe. Iohann Moritz l'ouvrit. Il n'était pas sûr d'avoir bien compris. Lorsqu'il vit la liasse de billets il écarquilla les yeux qui devinrent grands, très grands comme les yeux des hommes qui voient des miracles. Il aurait voulu dire quelque chose. Mais dans son cœur il n'y avait pas de place pour une seule parole. Il serra l'enveloppe entre les mains. Et il se tut.

— Dis merci à Traian, dit le prêtre après un moment de silence. Et va te coucher. Donne l'argent à Suzanna. Les femmes savent mieux le garder.

— Peut-être bien que Moritz veut boire un verre maintenant qu'il est propriétaire à Fântâna, dit le procureur.

La femme du prêtre entra dans la chambre. Moritz mit le verre sur la table et la fixa longuement. Elle dit que

Suzanna allait mieux. Puis elle tira le prêtre dans un coin et lui murmura quelque chose à l'oreille. Le vieux fronça les sourcils. Puis il sourit. Moritz suivait tous ses mouvements.

— Rassure-toi, ce n'est pas une mauvaise nouvelle. Ma femme vient de m'annoncer que tu seras père. Il faut vous marier avant.

Iohann Moritz serra la main de Traian Koruga et celle du procureur puis il sortit... Il pleuvait toujours. Avant de descendre les marches, il fourra l'argent sous sa chemise pour ne pas le mouiller. L'enveloppe était tiède. Et douce au toucher. En la serrant contre lui, Moritz voyait se dresser devant ses yeux la maison, la haie, le puits, le jardin. Tels qu'il les avait toujours rêvés. Lorsqu'il pénétra dans la chambre, Suzanna dormait toujours. Il mit l'argent sous l'oreiller et alla se coucher dans le foin.

Au moment où il passait en sifflant sous les fenêtres de la bibliothèque, le prêtre disait à Traian :

— Il aurait mieux valu que je ne lui parle pas de mariage. La mère de Suzanna est morte. Elle est à la morgue de l'hôpital et son père est en prison. Ce n'était vraiment pas le moment.

— Mais ils n'en savent rien, dit Traian. Ils font des plans d'avenir. Ils ont pour eux leur amour et l'argent rêvé. Ils sont heureux.

— Ils sont heureux mais en réalité ils devraient pleurer.

— C'est vrai ! répliqua le procureur, pour nous qui savons toute la vérité, leur joie semble une profanation.

— Une fois analysée et rapportée à l'ensemble, toute joie humaine est un acte de profanation.

Le coucou de la pendule sonna une heure. Les trois hommes qui se trouvaient dans la bibliothèque du prêtre Koruga en cette nuit écoutaient l'heure et la pluie.

LIVRE PREMIER

19

Deux ans plus tard Iorgu Iordan fut remis en liberté. I
allait s'en retourner dans le pays d'où il était arrivé vingt-
sept ans auparavant.

Avant de partir, il passa une dernière fois par Fântâna. Il
voulait vendre la maison. En traversant la ruelle du village,
le chef du poste de gendarmes vit que les fenêtres de la
maison au toit de tuiles rouges, dont les volets étaient
habituellement fermés, étaient ce jour-là largement ouvertes. Et il y pénétra pour voir ce qui se passait. Iorgu Iordan
se trouvait derrière la maison. Il faisait des paquets.

— On voit bien que vous êtes riche monsieur Iordan, dit
le gendarme. Ça a dû vous coûter chaud pour sortir de
prison si vite.

Le géant leva les yeux et lui lança un regard.

— Je ne comprends pas.

Sa voix était dure.

— Je demande si vous avez payé gros pour sortir de
prison ! dit le gendarme. Vous en aviez pour dix ans.

Iorgu Iordan lâcha le marteau qu'il tenait à la main. Il
tira de la poche de son veston vert un billet qu'il jeta au
gendarme. Puis il continua à donner des coups de marteau.
Et il dit, appuyant sur chaque mot :

— Je te donne ça pour que tu saches à qui tu as affaire.

Dans quelques jours je serai en uniforme de sous-officier S.S. Je suis citoyen allemand et je vais accomplir mon devoir envers ma patrie. Et maintenant tu sais pourquoi on m'a fait sortir de prison. Ce n'était pas ce que tu pensais.

Le gendarme prit l'ordre de mobilisation de Iorgu Iordan et le lut. Il savait bien que tous les citoyens allemands qui étaient en prison avaient été amnistiés à condition de retourner dans leur pays et s'enrôler dans l'armée. Il plia le papier et le tendit au géant en souriant.

— Lis ça aussi, dit Iordu Iordan. Il sortit un autre papier. C'était une lettre de remerciement. Le géant avait fait don à l'armée allemande de toute sa fortune pour que les Allemands puissent acheter un Panzer. L'ambassadeur du Grand Reich allemand à Bucarest lui avait envoyé en prison une lettre de remerciement. Le gendarme défit le papier, il ne put le lire car il était écrit en allemand. Mais il admira l'en-tête à aigle et croix gammée et les cachets.

— Vous vendez la maison ou bien vous la gardez encore ? demanda-t-il.

— Le Panzer acheté avec mon argent a déjà reçu le baptême du feu, dit Iorgu Iordan sans répondre à sa question. Et je le suivrai bientôt. Je ne suis plus jeune mais le Grand Reich allemand m'accepte tel que je suis !

Iorgu Iordan plia les papiers et les mit dans sa poche. Puis il reprit le marteau et continua à clouer les caisses pour le voyage. Il ne regardait plus le gendarme. Lorsque ce dernier lui dit au revoir Iorgu Iordan sans lever les yeux bougonna à peine quelques mots dans sa langue à lui.

20

En sortant de chez Iorgu Iordan le chef de poste de gendarmes se dirigea vers l'auberge. On était au mois de mai. Le gendarme marchait en plein milieu de la rue, soucieux de ne pas couvrir ses bottes de poussière. Il aimait que ses bottes brillent comme un miroir. Il aimait aussi les femmes. Et l'eau-de-vie. Quant à l'eau-de-vie, le juif de l'auberge la lui donnait gratuitement. « Si on ne faisait pas de temps en temps une loi nouvelle les gendarmes crèveraient de soif », pensa-t-il. L'État s'en chargeait d'ailleurs assez bien. En janvier il avait reçu l'ordre d'expédier tous les juifs du village dans des camps de travail. A Fântâna il n'y avait qu'un seul juif : Goldenberg, l'aubergiste. Le gendarme lui avait montré l'ordre reçu. L'ordre était secret et il regretta sitôt après de le lui avoir montré. Puis, réflexion faite, il se dit qu'il avait bien agi. Depuis lors il envoyait tous les trois mois un certificat médical affirmant que le juif Goldenberg était malade et ne pouvait être envoyé au travail, moyennant quoi il recevait du juif 3 000 lei par mois, ce qui doublait sa solde. Maintenant, il pouvait vivre gentiment. Il avait en outre l'impression d'accomplir une bonne action. Le vieux Goldenberg était demeuré chez lui et continuait son commerce au lieu de peiner dans un camp.

Après avoir bu un verre d'eau-de-vie, le gendarme écarta les rideaux et jeta à travers la vitre un regard dans la chambre du juif ; il voulait voir Rosa, la fille de l'aubergiste, et lui souhaiter le bonjour comme d'habitude. Rosa avait la peau blanche et douce. Quand il lui pinçait le bras, le gendarme avait l'impression de toucher du velours. La peau de Rosa n'était pas comme celle des paysannes. D'habitude elle restait auprès de la fenêtre, lisant des romans. Mais aujourd'hui, à côté d'elle, il y avait un jeune homme qui lui parlait.

— Quel est cet homme ? demanda le gendarme d'une voix dure.

Le vieux Goldenberg hésita. Il ne savait s'il lui fallait dire la vérité. Puis il se décida.

— C'est Marcou, mon fils. Il vient de rentrer de Paris.
— Présente-le-moi ! dit le gendarme.

Il n'avait jamais connu de jeune homme qui rentrât de Paris. On pouvait toujours apprendre quelque chose de gens qui avaient été à Paris. Mais Marcou Goldenberg était un homme bourru. Il fallait lui tirer chaque mot de la bouche. Le gendarme avait cru que les jeunes gens qui avaient étudié à Paris étaient autrement. Et il était déçu. Celui-là était bourru de nature. Il n'avait même pas voulu boire le verre d'eau-de-vie que lui avait offert le gendarme. Un jeune homme très antipathique. Pourtant avant de partir, le gendarme dit à Marcou :

— Viens ce soir au poste. On fera une partie de cartes !

En sortant de l'auberge il se dit que le vieux Goldenberg avait jeté de l'argent par les fenêtres en envoyant son fils à Paris.

21

En passant devant la maison de Iohann Moritz le gendarme s'arrêta. Dans la cour Suzanna pétrissait de la glaise pour faire des briques. Depuis deux ans Iohann Moritz avait construit la maison. Ils avaient travaillé, lui et sa femme, nuit et jour. La maison était très belle. Elle avait un balcon.

— Pourquoi fais-tu encore des briques ? La maison est achevée.

Il aurait voulu pénétrer dans la cour mais la porte était fermée à clef.

— Nous bâtissons une étable pour les vaches, répondit la femme.

Elle continua à pétrir la glaise avec ses pieds. Le gendarme voyait ses cuisses nues et blanches.

— Ton homme n'est pas là ? demanda-t-il.

— Iani est au moulin, répondit-elle en riant.

Au fond de la cour les deux petits de Iohann Moritz se grillaient au soleil. Le premier dans son berceau, le second jouant dans la poussière. Suzanna les regardait de temps à autre puis elle faisait couler de l'eau sur l'argile et continuait à la pétrir. Elle portait une robe étroite qui faisait ressortir la rondeur de ses hanches. Le gendarme essaya d'ouvrir encore une fois la porte.

— Tu ne veux pas m'ouvrir ? demanda-t-il.
— Tu es très bien là où tu es.
— Je ne te trouve jamais toute seule. Et maintenant que ton mari n'est pas là, tu ne veux même pas m'ouvrir la porte !
— C'est ce qu'il faut ! dit-elle. Et ça fait même trop longtemps que tu es devant la porte. Va ton chemin et laisse-moi tranquille !
— Ouvre un peu ! Ne sois pas méchante !
— Iani doit rentrer. Et si jamais il te trouve ici, il te fendra la tête à coups de cognée.
— Tu le regretterais ? demanda le gendarme.
— Tu n'as rien de plus intelligent à me demander ? fit Suzanna. Tu ferais mieux de te taire et de continuer ton chemin. Iani doit arriver d'un moment à l'autre.
— Je te demande encore une seule chose et puis je m'en vais !
— Demande toujours !
Suzanna s'arrêta de pétrir et posa ses mains sur ses hanches.
— Si tu n'attendais pas ton mari, m'ouvrirais-tu la porte ?
— Tu veux trop en savoir ! dit Suzanna. Elle recommença à pétrir la glaise. Elle n'avait jamais pensé jusqu'alors à ce qu'elle ferait si Moritz partait un jour, au loin, et si le gendarme venait la voir.
— Maintenant tu es une femme mariée, dit-il. Qu'est-ce qui te fait peur ?
— Laisse-moi tranquille et va-t'en, dit-elle en colère.
— Réponds-moi et je partirai, dit le gendarme.
— Je n'en sais rien, dit-elle sèchement.
— Dis-moi oui ou non, fit le gendarme. Si tu ne me réponds pas, je reste !
Il s'accouda à la porte et attendit.
— Pourquoi veux-tu savoir ? demanda-t-elle. Iani ne quitte jamais la maison.
— Mais s'il la quittait ?
— Essaye et tu verras ! dit-elle. Mais Iani ne part pas. Nous devons bâtir l'étable. Ensuite creuser le puits.

Pourquoi partirait-il quand nous avons tellement à faire ?

Les yeux du gendarme brillèrent. Il s'éloigna de la porte en disant :

— Je savais bien que tu étais une brave fille.

Il s'en alla. Suzanna l'entendit s'éloigner en sifflant. Elle s'arrêta de travailler. Elle était effrayée. Elle arracha ses pieds de la glaise et se mit à courir vers les enfants. Elle prit le plus grand dans les bras et le serra contre elle. Elle avait l'impression d'avoir commis un péché, d'avoir fait quelque chose de grave qui allait porter malheur à Moritz et à ses enfants. « Mais au fond qu'ai-je fait de mal ? se demanda-t-elle. J'ai peur pour un rien ! »

Elle desserra son étreinte et reposa l'enfant à terre. Puis, elle recommença à pétrir la glaise en retroussant sa robe...

22

Une semaine après, un gendarme frappa à la porte de Iohann Moritz.

Moritz était à table. Il regarda par la fenêtre et en voyant le képi du soldat, il dit :

— Je vais voir ce qu'il me veut.

Il sortit dans la cour.

Lorsqu'il rentra dans la maison, il avait un papier à la main. Une fois à table, il se remit à manger, et Suzanna lui demanda :

— Qu'est-ce que c'est que ce papier ?

Iohann Moritz avala le morceau qu'il avait à la bouche puis répondit :

— Un ordre de réquisition. On verra bien après déjeuner ce que l'État va encore nous demander.

Il paraissait très calme. Il savait bien que tous les paysans recevaient de pareils ordres de réquisition pour les chevaux, les charrettes et le bétail. Mais il n'avait ni chevaux ni charrette. Maintenant il ne regrettait plus de ne pas en avoir acheté. L'État les lui aurait pris et il aurait continué à marcher à pied. « Mais peut-être l'État veut me faire donner un sac de maïs ou de blé », pensa-t-il. Le blé aussi était réquisitionné, il le savait bien.

Après avoir mangé, Iohann Moritz s'essuya les mains pour ne pas salir le papier apporté par le gendarme, puis le déplia et se mit à lire.

Suzanna suivait du regard l'expression de son visage, qui devenait de plus en plus rouge, puis blême et enfin livide.

— Que disent-ils ? demanda Suzanna.

Les enfants se taisaient et regardaient leur père.

Moritz s'étendit sur le lit, les mains sous la tête.

— Tu ne veux pas me dire ce qu'il y a d'écrit ? demanda Suzanna.

Le silence de Moritz ne présageait rien de bon.

— Même si je te le dis, tu n'y comprendras rien, dit-il. Moi-même je ne comprends pas.

— C'est une mauvaise nouvelle, Iani ?

— Le fourrier a dû se tromper, dit Moritz. Les fourriers du régiment pensent toujours à autre chose lorsqu'ils écrivent !

Il tendit le papier à Suzanna.

— Qu'en dis-tu ? C'est un ordre de réquisition. Nous en avons déjà reçu deux. Une fois pour du blé et une autre fois lorsqu'ils nous ont réquisitionné les sacs achetés chez Porfirie. Mais maintenant l'ordre n'est ni pour du blé ni pour des sacs, mais pour moi. Comment pourraient-ils réquisitionner un homme ? Tu comprends ça, toi ? Suzanna lisait avec peine. Moritz perdit patience. Il lui prit le papier des mains et le lut à haute voix. Puis il dit :

— Comment pourraient-ils me réquisitionner, moi ? Je suis un homme. Ils peuvent réquisitionner les chevaux, les maisons, les vaches, les sacs, mais pas les hommes. Et regarde là, il y a écrit mon nom. L'adjudant est complètement fou !

— Et que vas-tu faire maintenant ? demanda Suzanna.

— Demain matin à sept heures je dois me rendre à la gendarmerie, dit-il.

— Tu dois avoir raison ! dit Suzanna. Les fourriers se sont trompés.

— Sûrement qu'ils se sont trompés, répondit Moritz. Mais il sentait monter en lui le doute. Si les fourriers ne s'étaient pas trompés ? Il se prépara pour le voyage comme pour partir à l'armée. Si l'ordre n'était pas faux, alors peut être le garderait-on un mois ou deux.

23

Tout l'après-midi Moritz chercha querelle à Suzanna. Elle ne s'en fâcha pas : elle voyait bien qu'il était furieux à cause de l'ordre reçu.

Vers le soir Moritz prit le papier, l'enveloppa d'une feuille de journal pour ne pas le salir et le mit dans sa poche.

— Je vais montrer l'ordre au prêtre, dit-il, et il sortit de la cour.

Dans la cour du prêtre il n'y avait que sa femme. Le prêtre Alexandru Koruga était à la ville pour la journée.

Moritz fut sur le point de tout raconter à la femme du prêtre. Mais il y renonça. Il lui baisa la main et sortit.

Dans la rue des chiens aboyaient. La nuit tombait doucement. Moritz buta contre une pierre et jura. Il pressa le pas et rentra chez lui.

24

Ce fut une nuit tourmentée. Aussitôt couché, Iohann Moritz se sentit envahi par des pensées sombres. Suzanna se rapprocha de lui et lui mit les bras autour du cou. Elle voulait lui faire oublier sa peine. Mais il défit ses bras, l'écarta et lui tourna le dos. Il n'était pas plus avancé pour cela. Mille choses lui passaient par la tête. Il y a tant de travail dans une maison. Même en s'y attelant nuit et jour on n'en venait pas à bout. Mais quand on part à l'improviste sans savoir combien l'absence durera et qu'on est obligé de tout abandonner, on se sent pris de peur. Moritz était désespéré. C'était comme s'il allait mourir. Il y a toujours tellement d'affaires à régler avant un départ. Iohann Moritz était tourmenté par toutes ces pensées. Il venait d'acheter dix stères de bois. Il les avait payés, les avait coupés, puis en avait fait des petits tas qu'il avait laissés dans la forêt. Il ne lui restait plus qu'à les transporter à la maison. Et voilà qu'il devait tout quitter. C'était du bois de chêne qui avait coûté cher. Le bois qu'il faut pour construire. Il attendait avec impatience de le voir s'entasser dans la cour. Il avait même pensé à l'endroit précis où il allait le mettre, près de la haie, car les troncs étaient gros. Et maintenant il devait partir. Iohann Moritz se retourna vers Suzanna. Il ne pouvait laisser le bois dans la forêt. Suzanna n'était même pas au courant, et ne savait pas où se trouvait le bois. Il était difficile de le trouver. Suzanna dormait. Moritz lui toucha l'épaule.

« Je dois lui dire que le bois se trouve derrière le canton, à quelques centaines de mètres du ruisseau. Mais là-bas il y a aussi du bois qui appartient à d'autres. Si je ne lui explique pas clairement, elle ne le trouvera pas », se dit Moritz.

Suzanna sentit la main de Moritz se poser sur son épaule et elle sourit dans son sommeil. La lune était pleine et la chambre était éclairée comme en plein jour. Iohann Moritz savait bien que Suzanna ne pourrait jamais transporter le bois toute seule. Ce n'était pas là travail de femme.

« Le vieil Artemie l'accompagnera et trouvera bien le bois. Mais elle doit savoir que j'en ai acheté. Et y aller voir. Je dois le lui dire. »

Moritz serra davantage l'épaule de la femme. Elle sourit de nouveau. Il voyait son visage éclairé par la lune. Elle souriait et passait sa langue sur les lèvres. Moritz eut pitié et n'osa la réveiller. La femme dormait profondément comme un enfant. Il allait se réveiller le lendemain de bonne heure et lui dire où se trouvait le bois. Il retira son bras et resta étendu sur le dos. D'habitude il s'endormait facilement, étendu ainsi. Mais ce soir il ne pouvait trouver le repos. Il se rappela l'ordre reçu. En pensant au bois, il l'avait oublié. Tout d'un coup il devint furieux. Iohann Moritz avait fait son service militaire comme garde-frontière. C'est là qu'il avait appris le serbe. Il connaissait les règlements militaires et ils n'avaient pu changer du jour au lendemain. Les hommes ne pouvaient être réquisitionnés comme des charrettes, des bœufs, des charrues ou des camions.

Iohann Moritz se frotta les tempes et décida de ne plus y penser puisqu'il saurait le lendemain ce qui était arrivé. Peut-être bien que les fourriers s'étaient trompés et tout son tourment était inutile. Peut-être aussi qu'un des fourriers du bureau de la compagnie avait voulu lui faire une sale blague et lui avait envoyé un ordre de réquisition à la place d'un ordre de mobilisation.

A peine s'était-il un peu calmé, espérant pouvoir enfin s'endormir, qu'il se rappela soudain que Antim Balta lui devait 500 lei. Il ne savait combien de temps il allait être absent et Suzanna pouvait avoir besoin d'argent. Il se tourna vers elle. Suzanna dormait sur le côté gauche, en serrant le coussin dans ses bras.

« Qui sait à quoi elle peut bien rêver », pensa Moritz et de nouveau il n'osa pas la réveiller. Il le lui dirait bien le lendemain.

Moritz pensa encore, qu'une fois la saison des pluies venue, le mur du puits allait s'écrouler, s'il ne l'achevait pas. « Mais peut-être serai-je de retour avant la saison des pluies », se dit-il et il ne pensa plus au puits. Mais alors il se souvint que les briques pour l'étable n'étaient pas encore cuites. Il en avait fait huit cents qu'il avait entassées les unes sur les autres près de la maison pour les sécher. Il aurait fallu les faire cuire. Si on les laissait trop sécher elles tomberaient en miettes et tout le travail serait perdu. Tout cela le tourmentait et il ne cessait de se retourner dans son lit. Il regarda de nouveau Suzanna. Il voulait lui demander conseil. Elle s'était découverte en dormant et son visage était enfoui dans l'oreiller. Moritz se rendit compte qu'elle ne pouvait lui être d'aucun secours. Il la réveillerait en vain. C'était un travail d'homme. Il cherchait des amis parmi les gens du village et n'en trouvait aucun qui puisse faire cuire ses briques. Chacun avait sa propre maison et son travail. S'il avait fait jour il aurait essayé d'en parler à l'un ou à l'autre. Mais maintenant en pleine nuit tous devaient dormir. Il ne pouvait aller les réveiller pour leur parler de ses briques. « Je vais couvrir les briques de paille et de feuilles de maïs. Elles sécheront moins vite et ainsi elles pourront durer encore quelques semaines, se dit Moritz. Alors je serai peut-être de retour. » Il se leva. La porte du balcon était restée ouverte et il sortit. Il était nu. Il aurait voulu rentrer dans la chambre, enfiler sa chemise et son pantalon, mais il craignait de réveiller la femme et les enfants.

Il prit une brique et la regarda à la lumière de la lune. Elle aurait dû être mise au four dans deux ou trois jours au plus tard.

Il revint vers le puits. Puis il inspecta toute la cour. Il avait totalement oublié qu'il était nu. Il regarda les murs de la maison, le toit. Il pouvait très bien les voir, car il faisait clair et beau comme en plein jour.

Il y avait longtemps que la lune n'avait pas été aussi brillante. Moritz avait oublié qu'il devait partir. Il faisait des plans pour la construction de l'étable. Il voulait acheter une charrette et des chevaux, puis une vache. Il était arrivé au fond de la cour tout près de la meule de paille. Il en prit une brassée et la déposa contre les briques. Suzanna aurait pu le faire le lendemain, mais puisqu'il se trouvait près de la meule, mieux valait lui épargner le travail. Puis il transporta les feuilles de maïs. Maintenant il avait chaud. Il couvrit les briques. Il avait travaillé très vite. Au chant du coq, Moritz tressaillit. Il avait tout oublié et voilà que tout à coup il se souvenait qu'il devait partir. Il avait honte d'être ainsi tout nu dans la cour. Il rentra et s'arrêta au milieu de la chambre. La femme dormait, toute nue, étendue en travers du lit. Moritz s'allongea à ses côtés sans la réveiller. Elle ne l'avait même pas senti arriver. Elle étendit une jambe et la mit sur celle de Moritz. Moritz s'assoupit rapidement. Peu de temps après il sursauta et se réveilla à nouveau. Il regarda tout autour. Suzanna dormait toujours. La lune était accrochée au rebord de la fenêtre comme un casque de gendarme. Iohann Moritz la fixa du regard et ne put fermer l'œil jusqu'au jour.

25

Le lendemain matin Iohann Moritz se rendit à la gendarmerie. En route il croisait les paysans qui allaient au moulin, au champ, à la forêt. Moritz tournait la tête pour ne pas les voir. Lui aussi, aurait dû aller au moulin, et à la forêt. Mais il lui fallait tout lâcher et partir. Il était réquisitionné. L'idée de s'enfuir lui traversa un moment l'esprit. S'il se cachait dans la forêt les gendarmes ne pourraient jamais le trouver et le réquisitionner. Mais il se raidit et ne bougea pas du seuil de la gendarmerie. Il avait une femme, une maison et des enfants. Il ne pouvait pas s'enfuir. Moritz pénétra dans la cour de la gendarmerie. Le chef de poste se faisait la barbe dans le bureau. Moritz attendait qu'il eût fini pour lui demander s'il n'y avait pas erreur en ce qui concernait son ordre. Dans la cour il y avait une odeur de lait brûlé. Quelqu'un posa la main sur l'épaule de Moritz. Il tourna la tête. C'était un soldat. Ce n'était pas celui qui lui avait apporté l'ordre, mais un autre. A la droite du soldat se trouvait Marcou Goldenberg, le fils du juif de Fântâna. Moritz ne les avait pas vus s'approcher de lui. Mais ils étaient là comme surgis de terre, le regard haineux. Le soldat attrapa Moritz par le col de sa chemise et le mit debout comme s'il soulevait un sac. Moritz se soumit. Il croyait que c'était là une simple blague de soldat. Mais sitôt après il observa que Marcou Goldenberg avait les poignets ligotés.

— L'un à côté de l'autre ! ordonna le soldat.

« Si Marcou a les mains liées, ce n'est pas une blague »,

pensa Moritz. Il rapprocha son coude de celui du juif. Il avait peur. Chaque fois qu'il voyait des hommes ligotés, il était effrayé. Derrière son dos, la sentinelle chargea l'arme. Sans le voir, Moritz le sentait. Lui aussi avait été soldat. Le gendarme mit la baïonnette au canon. Iohann Moritz comprit ce qui se passait. Et il ferma les yeux. En sortant de la cour, il jeta encore un regard vers la fenêtre du bureau. Le chef du poste avait appuyé le miroir contre la vitre et continuait à se raser. Les paysans s'arrêtaient dans la rue et les regardaient passer. Les femmes sortaient sur le seuil pour les voir.

Devant la maison de Nicolae Porfirie, un groupe de femmes qui revenaient de la fontaine déposèrent les seaux au beau milieu de la route et se signèrent en les voyant passer. Moritz ferma les yeux. Quelque chose venait de se briser dans sa poitrine. Il savait bien que les femmes se signaient lorsqu'elles voyaient des hommes les mains liées, menés baïonnette dans les reins. Il entendait derrière lui les pas du soldat. Tout s'était tu pour lui. En dehors du pas rythmé, tout s'était transformé en silence. Moritz gardait la même cadence que Marcou Goldenberg. Ses jambes ne lui appartenaient plus. Elles marchaient toutes seules. Et la chair de son corps n'était plus *sa chair*. Elle lui était étrangère. Le corps aussi. Et ses pensées. Toutes ses pensées. Tout cela appartenait maintenant à un autre. Il n'avait plus rien à lui.

26

Le chef du poste finit de se raser et sortit dans la cour en sifflotant. C'était une belle matinée. Un soldat lui versa de l'eau et il se lava. Il l'avait vu se raser avec soin et recommencer par deux fois.

— C'est une nouvelle, chef? demanda le soldat. Et il rit. Le soldat devinait bien que l'adjudant allait voir une femme. Le chef cligna de l'œil. Mais il ne répondit pas. Après s'être essuyé il mit son uniforme neuf et s'assit au bureau. Il prit du dossier, le double du rapport qu'il venait d'envoyer le matin à la caserne en même temps que les deux prisonniers, et lut :

« Nous avons l'honneur de vous envoyer sous escorte les individus Marcou Goldenberg, docteur en droit, trente ans, et Moritz Ion, agriculteur, vingt-cinq ans, qui tombent sous le coup de la loi, conformément à vos ordres antérieurs concernant la réquisition et l'envoi en camp de travail de tous les juifs et individus suspects de notre district. — *Signé* : Adjudant-chef Nicolae DOBRESCO, chef du poste de gendarmes de Fântâna. »

Le gendarme remit le rapport dans le dossier. Il était satisfait. Il lissa ses moustaches et jeta un regard dans son miroir de poche. Puis il se redressa, mit son fusil à l'épaule et se dirigea vers la maison de Iohann Moritz. Maintenant Suzanna était seule. Il attendait ce moment depuis deux ans.

Le gendarme se mit à siffler.

27

Une heure après, le chef du poste était de retour. En partant il avait annoncé qu'il serait absent toute la journée et maintenant il était de nouveau là, dans son bureau. Il était fort en colère. Il ne savait sur quoi mettre la main pour se calmer. Il aperçut le dossier de correspondance, l'ouvrit et relut le rapport envoyé à la caserne, le matin même, en même temps que les deux prisonniers. Il devint encore plus furieux. Il aurait voulu le déchirer en mille morceaux car il n'avait servi à rien. Bien que seule, Suzanna n'avait pas voulu le recevoir. Et comme il essayait de forcer la porte, elle avait pris une cognée et l'avait menacé de lui fendre la tête. Et ce n'était pas pour rire. Le gendarme savait bien à quoi s'en tenir avec les femmes. S'il était entré dans la cour, elle lui aurait fendu la tête. Il avait renoncé et était parti. Mais il était en colère. Toute sa manœuvre pour arrêter Moritz et avoir la femme à lui avait été inutile. Il avait travaillé toute la nuit à rédiger le rapport.

« J'ai gâché l'encre et le papier pour des prunes ! » se dit-il. Il repensa à Moritz et se mit à jurer tout ce qu'il savait.

28

Dans la cour de la caserne, la colonne de prisonniers se tenait prête à partir. Moritz regardait les hommes, leurs beaux habits, leurs valises en cuir. Il se sentait las. Les pieds lui faisaient mal. Goldenberg n'avait pas lâché un seul mot, tout le long du chemin. Lui aussi était fourbu de fatigue. Il aurait voulu s'asseoir. La porte était demeurée ouverte derrière eux. La colonne de prisonniers commençait à se mettre en marche. Les hommes sortaient de la cour. Un officier qui passait, tenant une liasse de papiers à la main, jeta un regard sur le visage pâle de Goldenberg. Puis il fixa Moritz et demanda au gendarme :

— Tous des youpins, n'est-ce pas ?

Il arracha l'enveloppe jaune des mains du soldat, sans plus attendre la réponse et montra du doigt à Moritz la colonne qui sortait par la porte. Il ordonna :

— Colonne par quatre !

Iohann Moritz regarda l'officier. Il n'avait pas compris. Le lieutenant l'attrapa par l'épaule, le fit tourner sur lui-même, comme une toupie et l'envoya dans les rangs d'un coup de botte. Iohann Moritz se mit au pas et sortit de la cour avec les autres prisonniers.

En tournant la tête il vit Marcou Goldenberg qui le suivait.

29

Ils marchèrent jusqu'au soir. Lorsqu'ils s'arrêtèrent pour faire une halte, ils se trouvaient déjà aux abords de la ville. Marcou Goldenberg s'approcha de Iohann Moritz.

— Détache-moi les mains, dit-il.

Il lui tourna le dos. Les mains de Goldenberg étaient blanches et fines. Les poignets portaient une marque rouge comme du sang. Après que Moritz lui eut délié les mains, Goldenberg dit :

— Merci.

Il ne sourit pas et ne regarda pas Moritz dans les yeux. Il s'assit dans l'herbe en fixant l'horizon de son regard froid comme le verre. Iohann Moritz s'assit à ses côtés. Il voulait entamer la conversation et lui tendit la ficelle qu'il venait de dénouer.

— Tu as encore besoin de cette ficelle ? dit Moritz. Veux-tu me la donner ?

— Tu peux la garder, répondit Goldenberg.

Sa voix avait perdu de sa dureté. Iohann Moritz roula la ficelle et la mit avec soin dans la poche de son pantalon.

— Il est bon d'avoir un bout de ficelle sur soi, dit-il. On ne sait jamais à quoi ça peut servir.

Marcou Goldenberg sourit. C'était la première fois que Iohann Moritz le voyait sourire.

30

Le soir même, la colonne de prisonniers juifs aboutit aux bords de la rivière Topolitza. Le lit de la rivière était à sec. Elle était bordée de saules et de fourrés d'arbustes rabougris.

C'est là que les juifs devaient creuser un canal. Au loin on apercevait des maisons. Il n'y avait pas de village aux environs. Seules deux étables abandonnées montaient la garde sur cette terre déserte. Elles avaient été construites pour les chevaux des haras au moment où cette terre appartenait à un monastère. Les étables étaient à la lisière de la forêt. Un camion militaire chargé de bêches, de pelles, de pics et d'une chaudière pour la cuisine s'était arrêté devant eux. Les prisonniers regardaient le camion. Ils n'avaient rien d'autre à voir.

Cette nuit-là, ils couchèrent dans les étables. Moritz s'étendit sur l'herbe, au-dehors. La couche était molle et il s'endormit tout de suite. Au cours de la nuit il se réveilla plusieurs fois. La lune était belle comme le jour. Moritz se serait cru chez lui s'il n'avait vu les corps enveloppés dans des manteaux, des tas de corps étendus à ses côtés. En les regardant il se rendait bien compte qu'il était loin de Fântâna. Alors il fermait les yeux.

Le lendemain matin les juifs furent disposés sur deux rangs et comptés. Iohann Moritz et Marcou Goldenberg se trouvaient de nouveau l'un à côté de l'autre. Lorsque Iohann Moritz souhaita le bonjour au juif, celui-ci lui répondit. Moritz crut même voir qu'il souriait.

Un adjudant se plaça devant la colonne et distribua aux prisonniers des pelles et des pics. Ils en reçurent chacun. Dix hommes déchargèrent la chaudière du camion et l'installèrent devant les étables sous un noyer. Puis l'adjudant qui avait des dents en argent et une moustache noire leur tint un discours. Il leur dit que les juifs devaient creuser ce canal pour le bien et la défense de la patrie. Il leur dit aussi que lui — l'adjudant — était le Dieu des juifs et que s'il lui arrivait d'affirmer quelque chose, même Moïse là-haut au ciel ne pouvait qu'approuver. L'adjudant leur dit encore qu'il s'appelait Apostol Constantin et qu'il avait deux fils, l'un avocat et l'autre officier.

Les juifs l'écoutaient attentivement. Quelques-uns souriaient. Mais tous avaient peur.

85

— Il n'y aura rien à manger aujourd'hui, dit l'adjudant. La cuisine n'est pas encore installée. A partir de demain vous aurez du thé et de la soupe aux haricots deux fois par jour. Et en plus un demi-pain.

Puis le travail commença. Chaque homme devait creuser chaque jour une certaine surface de terrain. Quand il en venait à bout, il était libre jusqu'au soir. S'il n'achevait pas sa tâche, il était accusé de sabotage, enchaîné et déféré à la Cour martiale comme ennemi de la patrie. L'adjudant le leur avait affirmé et les prisonniers l'avaient cru.

Iohann Moritz était sorti de la colonne et avait dit à l'adjudant qu'il n'était pas juif. L'adjudant avait répondu qu'il n'examinerait aucune réclamation avant d'avoir installé son bureau. Iohann Moritz avait regagné sa place auprès de Marcou Goldenberg et avait attendu. Il savait bien qu'à l'armée il fallait s'habituer à attendre.

Le bureau ne fut installé que dix jours après. C'était une baraque en bois avec des tables, des chaises et des lits pour les gardes.

Lorsque Iohann Moritz se présenta devant la porte du bureau, l'adjudant lui dit de revenir dans une semaine. Il n'avait pas encore le temps d'examiner les réclamations.

31

Pendant qu'il creusait le canal et enfonçait la bêche dans la terre, Iohann Moritz demanda son nom à son voisin de droite. Moritz aimait bien causer avec les gens qui l'entouraient. Les hommes qui ne se parlent pas ruminent de la haine.

— Tu as honte de parler yiddish? demanda son voisin.
— Je ne sais pas le yiddish! répondit Moritz.
— C'est honteux.

Le juif cracha par terre et regarda ostensiblement ailleurs.

Moritz se tourna vers son voisin de gauche. Il voulait lui expliquer.

— Parle-moi yiddish, lui répondit son voisin de gauche.

— C'est justement ce que je veux te dire, répliqua Moritz. Moi je ne sais pas le yiddish.

Les juifs le regardèrent avec haine. Il interrompit son travail et essaya de leur expliquer. Mais personne ne l'écoutait.

« Ils se sont concertés pour ne parler que yiddish. Ça les regarde. Ils sont juifs et ils ont le droit de parler leur langue. Mais moi pourquoi est-ce que je parlerais yiddish ?

— Peut-être parles-tu hébreu si tu as oublié le yiddish ? demanda quelqu'un.

Moritz leva la tête et s'apprêta à répondre. Tous avaient cessé leur travail et le regardaient. Puis ils éclatèrent de rire.

Iohann Moritz devint furieux. Il était rouge de colère. Il ne pouvait plus se contenir.

— S'il s'agit de langues étrangères, c'est moi qui peux rire et non vous. J'en connais quatre sur le bout des doigts. Combien en sais-tu, toi ? dit-il à son voisin de droite qui lui répondit très vite :

— Moi, je sais le yiddish !

Moritz frappa la terre de sa bêche. Il voyait bien que les juifs voulaient se moquer de lui. Ils savaient tous le roumain. Mais ils ne voulaient pas le parler.

Lorsque le travail cessa, le vieil Isaac Lengyel, le chef de la colonne, le prit à part et lui dit :

— Nous autres juifs, traversons en ce moment une époque difficile et puisque nous sommes ensemble et rien qu'entre nous, devons parler yiddish !

— Mais moi je ne suis pas juif ! dit Moritz.

— A quoi bon t'en cacher puisque tu es arrivé ici ? dit Isaac Lengyel. Avant d'être pris, tu aurais pu te cacher. Et tu aurais bien fait. Mais ici ça n'a plus aucun sens. Si tu persistes à mentir, vis-à-vis de nous, tu es un renégat.

— Mais, monsieur Lengyel, je ne suis pas juif. La voix de Moritz tremblait.

— Ça te regarde ! fit le vieux. Si tu préfères être un renégat !...

Iohann Moritz était demeuré seul. Personne ne voulait croire qu'il n'était pas juif. Tous prétendaient qu'il mentait, qu'il n'était pas Roumain, qu'il faisait toutes ces histoires pour sortir du camp.

Dans le registre du camp tenu par le vieux Lengyel, il était inscrit comme juif sous le nom de Moritz Jacob.

— Il n'y a pas de juif qui s'appelle Iohann ! avait prétendu Lengyel. Le nom juif est Jacob. C'est comme ça que tu t'appelles. Ion n'est pas ton nom non plus. Ça n'est que la traduction roumaine de Jacob.

Les camarades de camp lui disaient Iankel. Il ne s'y opposa point. Mais il lui était difficile de s'y habituer.

— Vous pouvez m'appeler et Jacob et Iankel, avait-il dit. Je regrette seulement que vous ne me croyiez pas !

32

Iohann Moritz apprit que tous les juifs avec lesquels il se trouvait avaient été amenés au camp sur des ordres de réquisition. Il était convaincu maintenant que l'État réquisitionnait les juifs comme on réquisitionne les chevaux, les charrettes et les sacs de blé. Mais lui n'était pas juif. C'est ce qu'il voulait dire à l'adjudant. Il n'y avait personne d'autre à qui il aurait pu le dire. Mais l'adjudant n'avait jamais de temps libre. Un jour enfin il parvint à lui parler. L'adjudant était furieux.

— Depuis quatre mois que tu es là, tu ne fais que m'embêter. Je vois bien que tu es un élément de désordre. Chaque fois que j'ouvre la porte du bureau, je te trouve là, cloué au seuil. Chaque jour tu as à la bouche une réclamation. Tu ne manges pas assez ? Tu ne peux pas travailler ? Tu ne peux pas vivre sans ta femme ?

Iohann Moritz avait préparé un discours qu'il se répétait

chaque jour en lui-même. Il voulait raconter à l'adjudant toute son histoire.

— Sois bref! dit l'adjudant.

— Je veux m'en aller, dit Iohann Moritz. Je ne suis pas juif.

— Tu n'es pas juif?

L'adjudant fixa ironiquement Moritz. Il prit le registre des prisonniers qui se trouvait sur la table, l'ouvrit à la lettre M et lut :

— Moritz Jacob, vingt-huit ans, marié, deux enfants, domicilié dans le village de Fântâna. Nom de la femme : Suzanna. C'est bien toi, non ?

— C'est moi, répondit Moritz.

— Alors pourquoi viens-tu me raconter que tu n'es pas juif?

— C'est bien moi, dit Moritz. Mais je ne suis pas juif.

— Ce que tu affirmes est très grave! T'en rends-tu compte? dit l'adjudant. Un seul mensonge et c'est la prison. Tu soutiens que tout ce qui se trouve écrit ici — et ce sont des actes militaires — est faux. Tu sais bien ce qui t'attend et tu prétends encore que tu n'es pas juif?

— Je ne le suis pas, répliqua Moritz.

— Mais alors que fais-tu ici?

— Je n'en sais rien!

— Pourquoi viens-tu me le dire seulement maintenant? demanda l'adjudant. J'ai écrit dans tous les papiers officiels que les deux cent cinquante hommes qui travaillent au canal sous mon commandement sont tous juifs. J'ai écrit et j'ai signé. Tu viens me dire maintenant que tu n'es pas juif. J'ai donc signé à faux. C'est la prison qui m'attend !

L'adjudant était tout rouge de colère.

— Tu mériterais que je te flanque une paire de gifles à t'en faire tinter les oreilles pendant cinq jours. Je prendrai pourtant note de ta déclaration. Mais ce que tu dis là est très grave. Et c'est pourquoi tu écriras cette déclaration de ta propre main et tu la signeras. Celui qui t'a envoyé ici ira en prison si tu n'es pas juif. Mais si tu es juif, alors tu quitteras le camp pour le bagne. Tu as bien compris?

Moritz demeura debout près de la porte. L'adjudant

écrivit la déclaration et la lui fit signer. Il y était écrit que Moritz n'était pas juif et qu'en conséquence il demandait à être mis en liberté.

— Et maintenant tu peux t'en aller, dit l'adjudant. Demain matin j'envoie le papier que tu viens de signer. Puis nous attendrons la réponse.

Iohann Moritz souriait. En sortant du bureau, il avait l'impression de s'en aller à la maison. Strul, le garde, lui courut après et le rappela. L'adjudant avait encore quelque chose à lui dire.

— Écoute Moritz, dit l'adjudant. Moi, j'ai vingt-cinq ans de service. Je suis père de famille. Je ne veux pas renoncer à ma carrière à cause de ta déclaration. Ton cas n'est pas aussi simple qu'il en a l'air. Tu t'appelles Moritz. Pourquoi t'appelles-tu Moritz si tu n'es pas juif ? Et d'une ! Tu parles yiddish. Et de deux ! As-tu déjà vu un Roumain qui parle yiddish ? Est-ce que je parle yiddish moi ?

— J'ai appris au camp ! répondit Moritz. Quand on sait l'allemand et qu'on entend toute la journée parler yiddish, on finit par l'apprendre. Ça n'est pas difficile.

— Écoute, dit l'adjudant. Premièrement : tu as un nom juif. Deuxièmement : tu parles yiddish. Troisièmement : tu es inscrit dans ces papiers comme étant juif. Et tu voudrais me faire croire que tu es Roumain ?

L'adjudant avait à la main la déclaration signée par Moritz. Il la posa sur la table comme s'il l'avait jetée dans la corbeille à papier.

Iohann ne quitta pas la pièce. Le dépit lui serrait la gorge.

— Je jure sur tous les saints que je ne suis pas juif, mon adjudant.

— C'est ce que nous verrons plus tard, répondit l'adjudant. En attendant, j'ai pris note de ta déclaration et je vais rapporter ce que j'ai constaté. Je suis un homme juste, moi. Je l'ai été toute ma vie. En dehors de ta déclaration, j'ai pris note également du fait que tu as un nom juif dont tu ne connais pas l'origine et que tu parles yiddish, mais que tu déclares l'avoir appris au camp et que des témoins peuvent le certifier. En venant ici tu ne le savais pas, n'est-ce pas ?

— Non, répondit Moritz.
— Passons à autre chose, dit l'adjudant. De quelle religion es-tu ?
— Orthodoxe.

L'adjudant le regarda soupçonneux.
— Tu connais la manière dont sont baptisés les juifs ?
— Je la connais.
— Et tu déclares ne pas être comme eux ?
— Je ne le suis pas.
— C'est sûr ?
— Sûr, mon adjudant.
— Passe près de la fenêtre à la lumière et fais voir que tu n'es pas baptisé comme les juifs ! ordonna l'adjudant.

Iohann Moritz s'approcha de la fenêtre. Il déboutonna son pantalon et le laissa tomber. Il resta nu et regarda l'adjudant.
— Ce n'est pas la peine de rougir comme une femme, dit l'adjudant. Il n'y a pas de quoi avoir honte. Mets-toi dans la lumière et laisse-moi voir. Je veux constater de mes propres yeux, pour savoir ce que je dois écrire dans mon rapport.

L'adjudant quitta son bureau. Il s'agenouilla devant Moritz et se mit à étudier avec soin l'endroit en question. Il comparait ce qu'il voyait avec ce qu'il avait déjà vu ou ce dont il avait entendu parler. Mais il ne savait pas très bien à quoi s'en tenir. Et dans le rapport il lui fallait être exact. Il se mit debout, et alluma une cigarette. Il était tout rouge.
— Tu me causes un tas d'ennuis, Moritz, dit-il. Tu crois que la patrie m'a envoyé ici pour regarder ta... Je suis militaire, mon garçon, et ce n'est pas là mon affaire. Si je le fais, c'est pour être juste. Peut-être bien que tu n'es vraiment pas juif, et alors ce n'est pas la peine que je te garde ici.

L'adjudant ouvrit la porte de la chambre d'à côté et appela le garde Strul.
— Examine Moritz ! lui ordonna-t-il et dis-moi si on la lui a coupée comme à toi.

Strul s'agenouilla devant Moritz. Il était employé de banque. Il faisait chaque chose avec une précision mathématique, et beaucoup d'attention. Comme pour les chif-

91

fres. Il mit la main dessus, et l'examina attentivement. Puis il se mit debout au garde-à-vous et rapporta :

— S'il est circoncis cela ne peut être que superficiel.

— Qu'est-ce que ça veut dire « superficiel » ? dit l'adjudant. Réponds-moi clairement. Il l'est, ou il ne l'est pas ?

— Je ne peux pas le préciser, répliqua Strul. Il me semble bien voir qu'il y a une coupure partielle, mais je ne saurais affirmer si elle a été faite par un rabbin ou provient d'autres causes.

— Tu vois bien, Moritz, que ton cas est très compliqué. Mais je vais quand même envoyer les papiers. Et maintenant tu peux sortir. Toi, Strul, reste ici et aide-moi à rédiger le rapport !

Moritz sortit du bureau en reboutonnant pensivement son pantalon.

33

Après l'arrestation de Iohann Moritz, le prêtre Koruga qui était revenu de la ville alla à la gendarmerie. Il devait être neuf heures du matin. Le gendarme-chef venait à peine de rentrer du village. Il était furieux.

— Moi, j'ai reçu un ordre de réquisition et je n'ai fait que l'exécuter ! dit le gendarme. Je ne peux pas vous donner d'autres renseignements. Je n'en sais pas plus que vous. Renseignez-vous à la gendarmerie de la ville.

— Moritz est à la gendarmerie de la ville ? demanda le prêtre.

— Ça non plus, je ne le sais pas, dit le gendarme. Et même si je le savais je ne pourrais pas vous le dire. Ce sont des secrets militaires. Les hommes sont réquisitionnés pour travailler aux fortifications et il est interdit de divulguer l'endroit où ils se trouvent.

Le prêtre se leva et le remercia pour les renseignements reçus. Il se rendit à la gendarmerie, en ville, l'après-midi même. Mais Iohann Moritz n'était pas là. Personne n'en avait entendu parler.

— Était-il juif? demanda un jeune officier.

— Il est chrétien orthodoxe. Il appartient à ma paroisse, répliqua le prêtre.

— Alors il n'a pas été envoyé chez nous! dit l'officier. Allez voir le gendarme du village, et demandez-lui de nous communiquer le numéro sous lequel il a été expédié. Hier et aujourd'hui nous n'avons reçu que des convois de juifs. Mais puisque vous dites que l'homme auquel vous vous intéressez n'est pas juif, alors il ne doit pas être du nombre.

— Il n'est pas juif, affirma le prêtre.

Le lendemain il retourna à la gendarmerie avec le numéro du rapport. L'officier de la veille chercha dans un registre et lui dit :

— Nous regrettons de ne pouvoir vous fournir aucune indication. C'est un dossier secret. Il vous faut l'autorisation du ministère de la Guerre.

— Je veux seulement savoir si Moritz Ion est arrêté et l'endroit où il se trouve, dit le prêtre. Cela ne peut être secret.

— Il est arrêté, répondit l'officier. Mais nous ne pouvons vous dire l'endroit où il se trouve. Nous ne le savons d'ailleurs pas. Il a été remis à l'État-Major et l'État-Major de l'armée ne nous indique pas l'endroit où il envoie les hommes qu'il reçoit de chez nous, ni ce qu'il fait d'eux.

Sa voix était dure. Après avoir trouvé le nom de Iohann Moritz dans le registre, il avait regardé le prêtre avec mépris.

Le prêtre Alexandru Koruga partit. L'officier dit à haute voix derrière son dos :

— C'est un pope, mais il ment comme un arracheur de dents. Il déclare que l'individu en question est orthodoxe et je le trouve porté dans le registre comme juif. Si jamais il remet les pieds ici, mettez-le dehors!

34

Le prêtre Koruga écrivit à Traian pour le mettre au courant de l'arrestation de Iohann Moritz. Il le pria d'aller intercéder en sa faveur au Ministère de la Guerre et à l'État-Major. Il reçut une réponse de Traian qui était intervenu partout où cela lui avait été possible et avait reçu la promesse que Moritz serait relâché.

Après réception de la lettre, deux, puis trois, puis quatre semaines passèrent. Puis deux mois. L'été tirait à sa fin. Et ce fut le tour de l'automne. Iohann Moritz n'était pas encore de retour. Le prêtre Alexandru Koruga alla voir le préfet de la commune. En allant vers la ville il rencontra sur son chemin le vieux Goldenberg, le père de Marcou, et l'invita à prendre place dans la voiture. Le juif avait maigri.

— Depuis le jour où il a été arrêté, je n'ai plus de nouvelles de Marcou ! dit le commerçant. Puis il soupira : J'ai dépensé une fortune pour qu'il aille à l'école et aux universités de Bucarest et de Paris. Et maintenant qu'il a son doctorat et qu'il est rentré à la maison, ils l'ont arrêté et l'ont envoyé creuser des tranchées, comme si c'était pour creuser des tranchées qu'il avait passé son doctorat en droit !

Le prêtre sortit un pain chaud de sa serviette, le coupa en deux et en tendit la moitié à Goldenberg.

Ils mangeaient tous les deux en silence. Le chemin montait. Le cheval allait au pas. En arrivant au sommet de la colline, le juif parla :

— Ils ont pris ma maison. Elle est réquisitionnée. Dans quelques jours je dois déménager. Autrement les gendarmes m'expulseront. C'est la maison que j'ai construite à la sueur de mon front. D'abord c'est Marcou qui a été réquisitionné. Et maintenant la maison. En quoi suis-je coupable, mon père ?

Le juif s'était tu. Le cheval s'arrêta.

— Je finirai par me pendre. Je n'en peux plus, dit le juif. Le cheval reprit sa marche. A l'entrée de la ville, Goldenberg descendit de la voiture. Le prêtre le vit disparaître dans les ruelles étroites du ghetto.

35

Après s'être séparé de Goldenberg, le prêtre Koruga alla à la préfecture. Il laissait le cheval aller au pas. Le prêtre regardait les maisons, des tas de maisons superposées en étages qui n'en finissaient plus de monter plus haut, toujours plus haut.

Devant la préfecture le cheval s'arrêta tout seul. Le prêtre y venait au moins une fois par semaine pous essayer de savoir ce qui était arrivé à Moritz. Le cheval savait bien où se dirigeait le prêtre en allant en ville. Et il s'arrêta de lui-même devant l'immeuble. Le préfet n'était jamais à son bureau. Et même lorsqu'il s'y trouvait, il était toujours occupé. Le prêtre Alexandru Koruga n'était jamais arrivé à lui parler. Les secrétaires et les concierges le connaissaient et lui souriaient chaque fois avec compassion. Mais aujourd'hui le secrétaire lui fit un sourire qui ne ressemblait pas aux autres.

— M. le préfet vous reçoit, dit-il. Dans une demi-heure ce sera votre tour.

Une heure après, le prêtre Alexandru Koruga se trouvait enfin devant le préfet.

— Un jeune homme de ma paroisse a été arrêté il y a six mois, dit le prêtre. Je voudrais savoir l'endroit où il se trouve et pourquoi il a été arrêté. J'ai entendu dire qu'il se trouvait dans un camp de juifs. Mais il est Roumain et chrétien. C'est moi qui l'ai baptisé. Je voudrais intervenir pour qu'il soit mis en liberté.

— En principe, je refuse toute intervention, répondit le préfet.

— Mais l'homme dont je suis venu vous parler n'est coupable de rien.

— Mais l'homme dont vous êtes venu me parler se trouve dans un camp de juifs, répliqua le préfet. Vous venez de le déclarer.

— Mais il n'est pas juif.

— C'est la même chose. Du moment qu'il est dans un camp de juifs il tombe sous le coup de lois et dispositions spéciales qui ne sont pas de mon ressort. Voilà pour la première question. Quant à la seconde, que je considère comme principale, et pour laquelle je vous ai accordé cette audience, je vais vous la dire : je n'aime pas que les prêtres de mon département, au lieu d'avoir soin de leur paroisse, interviennent continuellement auprès des autorités avec toutes sortes de requêtes. Nous nous trouvons en état de guerre et chacun doit être à son poste. Considérez mon avertissement comme officiel. Je ne voudrais pas être mis dans l'obligation de prendre des sanctions en ce qui vous concerne.

— Travailler pour le bien de l'Homme et pour la Justice humaine c'est travailler pour l'Église et pour Dieu ! répondit le prêtre. Intervenant pour Iohann Moritz j'interviens pour l'Église et pour Dieu. C'est là ma mission de prêtre. Ce qui vient d'arriver à Iohann Moritz est injuste.

— L'injustice n'existe que dans votre imagination ! (La voix du préfet était cassante.) Nous sommes en état de guerre. Nous luttons pour la Patrie et l'Église contre l'Antéchrist. Vous soutenez qu'il est injuste qu'un individu quelconque ait été envoyé travailler aux fortifications, et serve ainsi notre cause sacrée ?

— Cet individu est un être humain, répondit le prêtre. Cet être humain a été arrêté et envoyé aux travaux forcés sans être coupable et sans même avoir été jugé.

— Sornettes que tout cela, mon père. S'il fallait nous occuper de chaque individu à part, la marée bolchevick nous submergerait bientôt et nous ne tarderions pas à nous balancer au bout d'une corde, vous le premier. Nous avons la certitude de combattre pour la Croix !

— Celui qui ne tient pas compte de l'homme ne saurait

prétendre lutter pour la Croix, répondit le prêtre. Personne ne peut être en même temps le défenseur de la Croix et son ennemi.

— Vous voudriez peut-être que nous relâchions votre Moritz et que nous laissions les Bolchevicks entrer dans le pays, mettre le feu à nos églises, violer nos femmes et nous mettre dans les fers. C'est ainsi que vous entendez lutter pour l'Église ?

— Même le plus noble idéal, national, social ou religieux, ne peut excuser l'injustice faite à un seul homme. *Accusatio ordinatur ad bonum commune quod intenditur per cognitionem criminis : nullus autem debet nocere alicui injuste, ut bonum commune promoveat* (1). Transformer des hommes en esclaves au nom du Christ, c'est un crime contre le Christ.

— Vous êtes sûr que l'individu n'est pas juif ? demanda le préfet.

— Absolument sûr.

— Mais alors il a été commis une terrible infamie ! dit le préfet. Le coupable doit être puni. Qui a donné l'ordre de réquisition ?

— Je ne sais pas, répondit le prêtre. Depuis six mois je ne fais que de demander à toutes les autorités : à la police, à la gendarmerie, à l'armée. Partout. Personne ne veut me le dire. A chaque fois on me répond que c'est un secret.

— C'est normal, dit le préfet. Ces opérations sont strictement secrètes. Moi non plus, je ne peux rien vous dire. Il faut que vous passiez d'abord par l'État-Major. Après avoir reçu une autorisation, vous reviendrez ici, nous consulterons les dossiers et nous verrons qui a signé l'ordre de réquisition. Et si c'est un abus, soyez certain que celui qui l'a commis sera puni d'une façon exemplaire. Mais avant d'avoir en main un papier officiel vous autorisant à vous occuper de l'affaire nous ne pouvons vous fournir aucun renseignement.

Le préfet se leva. L'audience avait pris fin. Le prêtre Koruga ne bougea pas de sa chaise.

---

1. Thomas d'Aquin.

— Se peut-il, monsieur le préfet, que l'homme soit arrivé à un tel degré d'insensibilité que tel une machine, il reste sourd à l'appel de son prochain ? Je n'arrive pas à croire que vous n'ayez pas compris ma requête. Vous êtes un Homme. L'Homme a des sens. Et une âme. L'Homme n'est pas une machine. Et en vérité, ne réalisez-vous pas l'injustice commise à l'égard de Ion Moritz ?

— Mon père, dit le préfet, pour être absolument sincère, je dois vous avouer que je regrette beaucoup de n'être pas en mesure de vous servir. Je crois que vous avez raison. Je vous dis tout cela parce que moi aussi je suis fils de prêtre. Mais en principe je ne m'occupe ni des juifs, ni des francs-maçons, ni des gardes de fer. Ce sont là des affaires trop dangereuses et qui peuvent vous sauter à la figure dès qu'on y touche. Je suis fonctionnaire et ne veux en aucun cas gâcher ma carrière. Je ne m'en mêle pas, c'est tout.

Le prêtre Koruga se leva. Le voyant partir le préfet lui serra la main et lui dit :

— Je regrette de ne pouvoir rien faire pour votre homme... Comment s'appelle-t-il déjà ? Moritz, je crois ? En d'autres occasions venez me voir et je serai tout à votre service.

36

A la sortie de la ville il y avait une église. Le prêtre s'y arrêta. Il pensa au gendarme de Fântâna, au préfet, au jeune officier de la gendarmerie, à tous les policiers et fonctionnaires qui l'avaient laissé attendre à leurs portes, et qui gardaient Iohann Moritz prisonnier. Il enleva son chapeau et dit cette prière de W.H.Auden :

« *Et maintenant, prions à l'intention de ceux qui détiennent quelque malheureuse parcelle d'autorité, prions pour tous ceux à travers lesquels nous devons subir la tyrannie impersonnelle de l'État, pour tous ceux qui enquêtent et contre-enquêtent, pour tous ceux qui délivrent les autorisa-*

tions et promulguent les interdictions, prions pour qu'ils n'en viennent pas à considérer la lettre et le chiffre comme plus réels et plus vivants que la chair et le sang... Et faites, Seigneur, faites que nous autres, simples citoyens de cette terre, nous n'en arrivions pas à confondre l'homme avec la fonction qu'il occupe. Faites que nous ayons toujours présent à l'esprit que c'est bien de notre impatience ou de notre paresse, de notre abus ou de notre peur de la liberté, de nos propres injustices enfin, qu'est né cet État que nous devons subir, pour la délivrance et la rémission de nos péchés. »

Le prêtre couvrit ses cheveux blancs de son chapeau et continua sa route vers Fântâna. Au carrefour, il rencontra le vieux Goldenberg qui venait lui aussi de la ville. En arrivant devant le juif, le cheval s'arrêta. Le cheval connaissait le marchand juif et savait que le prêtre le faisait toujours monter dans sa voiture.

37

Le chef de la gendarmerie de Fântâna reçut l'ordre de dresser un inventaire de tous les biens immeubles appartenant aux juifs du village. Il fit l'inventaire de tout ce que possédait le vieux Goldenberg. Mais il ne l'envoya pas. Il savait que Moritz se trouvait lui aussi dans un camp de juifs. En envoyant Moritz à la gendarmerie de la ville avec l'ordre de réquisition, le gendarme ne l'avait pas fait passer pour juif. Il n'aurait pu le faire sans commettre un faux, car Moritz était Roumain. Les dispositions pour la réquisition de la main-d'œuvre prévoyaient que seuls seraient requis les juifs et les indésirables. Le gendarme avait réquisitionné Moritz comme indésirable. Cela était légal. Chacun pouvait être considéré par un gendarme comme indésirable. Il n'y avait pas de dispositions précises à cet égard. Mais à la gendarmerie de la ville, Moritz avait été inscrit dans le registre des juifs. C'était la faute de la gendarmerie ou plutôt la faute de Moritz, car il portait un nom juif. Le chef de poste commençait à regretter que toute cette histoire soit arrivée. Il avait cru tout d'abord que Moritz allait être gardé quelques semaines. Mais six mois étaient déjà passés. Et voilà que maintenant il recevait l'ordre de réquisitionner les biens des juifs. En toute justice la maison de Moritz n'aurait pas dû être réquisitionnée. Mais dans les registres de la gendarmerie, il était écrit qu'il y avait deux juifs à Fântâna : Goldenberg et Moritz.

Le gendarme se creusait la tête pour trouver une solution. S'il annonçait à la gendarmerie que Moritz n'était pas juif et qu'il ne pouvait pas inscrire sa maison sur la liste de réquisition, une enquête serait sûrement ordonnée pour établir les causes d'arrestation de Iohann Moritz. Le chef de poste ne voulait pas d'enquête. Il préférait s'en dispenser : Suzanna pouvait déposer contre lui. Il fallait trouver un autre moyen. Le chef de poste demanda conseil à Goldenberg.

— Si Suzanna divorce, elle a le droit de garder la maison. Il n'est indiqué nulle part qu'elle soit juive. En tout cas, en ville, tous les juifs qui avaient épousé des chrétiennes ont agi ainsi.

Le gendarme se dit que Suzanna ne voudrait jamais divorcer. Elle savait bien que Moritz n'était pas juif et tout cela finirait par déclencher un scandale. Surtout s'il lui venait à l'idée de prendre un avocat. Une enquête serait aussitôt ordonnée.

— Le divorce s'obtient facilement, dit le vieux Goldenberg. Il suffit que la femme déclare, par écrit, vouloir quitter son mari pour des « motifs d'ordre ethnique ». Dès que la demande est présentée, le divorce est accordé. Il n'y a même pas d'audience. Tout se résout par voie administrative. Ce sont les nouvelles lois.

38

Le gendarme écrivit lui-même la demande de divorce comme venant de Suzanna, puis il alla chez elle pour la lui faire signer.

— Ton mari est dans un camp de juifs, dit le gendarme. Et maintenant j'ai reçu ordre de réquisitionner votre maison. Dans les actes il est écrit que ton mari est juif. Moi je sais bien qu'il ne l'est pas. Mais son nom lui porte malheur. Pourquoi diable s'appelle-t-il Moritz ?

Suzanna l'écoutait, le menton appuyé contre la porte. Elle le regardait fixement et tout d'un coup des larmes se mirent à couler de ses yeux grands ouverts.

— Tu m'as pris mon homme, dit-elle. Et maintenant tu veux prendre ma maison ! Je te tuerai plutôt, tout gendarme que tu es ! Mais tu n'auras pas ma maison !

Suzanna se pencha, prit une grosse pierre et la lança par-dessus la porte. Le gendarme se jeta de côté.

— Je ne veux pas prendre ta maison, dit-il. Je t'ai justement apporté ce papier à signer pour que tu puisses garder la maison.

Et il tendit à Suzanna la demande de divorce et le stylo. Elle la prit mais ne put la lire. Ses yeux étaient encore tout pleins de larmes.

— Qu'est-ce qu'il y a d'écrit ici ?

— C'est une demande de divorce, dit le gendarme. C'est une simple formalité pour que tu puisses garder la maison.

— Tu veux me faire divorcer, cria-t-elle.

Telle une tigresse elle aurait voulu le mettre en morceaux. Il lui prit une main par-dessus la porte et tenta de la calmer.

— C'est une simple formalité, lui dit-il. Ce n'est pas un vrai divorce. Si tu ne signes pas, dans quelques jours je dois te mettre dehors. Et où iras-tu, au seuil de l'hiver, avec les enfants sur les bras ?

Suzanna ne voulait rien entendre :

— Iani est mon mari. Plutôt mourir que m'en séparer.

Le gendarme resta devant la porte près d'une heure. Suzanna se sentait lasse. Elle avait trop pleuré. Elle entra dans la maison. Puis elle revint devant la porte. Elle lui lança encore des pierres. Elle prit une hache et le menaça. Puis elle se dit qu'il valait mieux signer un papier qu'être mise à la porte de sa maison. A son retour, Moritz allait comprendre et lui pardonner d'avoir signé. Il verrait bien qu'elle lui était restée fidèle, qu'elle avait travaillé, gardé la maison, soigné les enfants. Qu'elle était restée sa femme à lui, seulement à lui. Et elle signa. Le gendarme mit la demande de divorce de Suzanna dans la poche intérieure de sa tunique et partit. Maintenant il pouvait dormir tranquille : il n'y aurait plus d'enquête !

Si le capitaine était venu enquêter, il aurait pu être mis aux arrêts, deux ou trois jours. Mais il n'y avait plus de danger. Il sourit et se mit à siffler.

39

Les prisonniers du camp de Moritz auraient tous pu s'évader. Il n'y avait que cinq soldats pour les garder. Mais ils savaient bien qu'un jour ou l'autre ils seraient pris, et pas un n'essayait de s'enfuir.

Marcou Goldenberg s'était évadé. Mais après s'être enfui, il avait rencontré l'adjudant en route. Et maintenant il se trouvait de nouveau au camp.

L'adjudant rassembla les prisonniers avant l'heure du travail et leur dit :

— Qu'est-ce que je dois faire ? Mettre Goldenberg aux fers et l'envoyer à la Cour martiale, ou le laisser ici ? Vous chargez-vous de le garder pour qu'il ne fasse plus pareille bêtise ?

Les prisonniers prirent la responsabilité de garder Marcou Goldenberg. Jusqu'alors il n'avait jamais travaillé au canal. Il était tout le temps malade et avait été employé comme fourrier au bureau. Mais maintenant le vieux Lengyel lui donna une bêche, et lui indiqua la portion de canal qu'il avait à creuser.

Marcou Goldenberg refusa. Il préférait avoir les mains coupées plutôt que de creuser un seul arpent de terre.

— Ce travail est contre mes convictions politiques ! dit-il.

Les prisonniers firent cercle autour de lui. Personne ne creusait le canal par conviction politique. Et c'est pourquoi tous étaient très curieux d'entendre ce qu'il allait dire.

— Le canal est creusé pour arrêter l'avance de l'armée rouge, dit Marcou Goldenberg. Moi, je suis communiste. Je ne veux en aucun cas mettre d'obstacle sur le chemin de mes camarades !

Les prisonniers apprécièrent l'attitude courageuse de Marcou. Ils étaient tous d'accord. Mais lorsqu'ils apprirent que le morceau de terrain de Goldenberg devrait être creusé par eux dans le cas où ce dernier ne le ferait pas, leur enthousiasme tomba bien vite. Le vieux Lengyel donna le signal de départ pour le travail et promit d'arranger la chose.

Dès que les autres commencèrent à travailler, Lengyel vint se mettre à côté de Marcou qui restait sur le bord du canal, mains dans les poches.

— Nous, les juifs, nous avons une qualité que nul autre peuple de l'Occident ne peut égaler. Nous savons faire des transactions. Notre peuple est assez sage pour apprécier le compromis et mépriser les attitudes tranchées. C'est une vertu que nous tenons de l'Orient. Tu me comprends. Celui qui sait ménager la chèvre et le chou est un sage. Tu as méprisé cette sagesse et tu as pris position, oubliant que cette attitude est caractéristique des peuples barbares, des peuples de soldats. Les nations raffinées et cultivées peuvent se permettre le luxe d'avoir plusieurs attitudes à la fois et de choisir, entre elles toutes, celle qui s'adapte le mieux à la situation présente. Si tu ne veux pas tenir compte de cette sagesse, cela te regarde. Nous avons compris que tu ne voulais pas creuser le canal.

— A aucun prix ! dit Marcou.

— Mais ta portion de canal doit être creusée chaque jour par quelqu'un, pendant toute la durée de ton séjour ici. Jusqu'à présent tu as été à l'hôpital. A partir d'aujourd'hui...

— Je sais, dit Goldenberg. Mais je ne creuserai pas !

— Si tu ne travailles pas, nous devons le faire à ta place. Nous l'avons fait aujourd'hui, dit Lengyel. Mais il n'est pas possible que tu restes là à ne rien faire les mains dans les poches, et que nous travaillions pour toi !

— Je ne vous ai pas demandé de le faire ! dit Marcou Goldenberg, méprisant. Si vous voulez le faire, cela vous regarde. Si vous y trouvez du plaisir...

— Nous n'y trouvons aucun plaisir et tu le sais bien. Mais nous ne pouvons quand même pas mettre l'adjudant au courant de ton attitude et te faire envoyer devant la Cour martiale menottes aux mains.

— Dites-lui que je suis un saboteur ! Pourquoi n'allez-vous pas le lui dire tout de suite ?

— Écoute Marcou, fit Lengyel, tu es docteur en droit, tu dois comprendre la situation. Nous ne pouvons demander ton arrestation et te voir sortir du camp entre des baïonnettes. Nous ne pouvons pas le faire. Aujourd'hui, à travers toute l'Europe, les fascistes font la chasse aux juifs — comme à des bêtes sauvages. Mais les fascistes sont nos ennemis, Goldenberg. Nous, les juifs, nous ne pouvons pas demander qu'un juif soit mis en prison et envoyé devant une Cour martiale. Mais nous ne pouvons pas non plus creuser et travailler à ta place. Nous arrivons à peine à creuser chacun notre portion de terrain.

— A quoi bon tout ce sermon ? Tu espères me prendre par les sentiments ? demanda Marcou sarcastique. Si tu crois pouvoir me convaincre, tu perds ton temps.

— Je n'aurai pas cette naïveté, dit Lengyel. Tu es un fanatique. Et tout fanatique est une bête enragée dont il ne faut pas trop approcher. Mais tu as un père et une mère. Oh ! je sais bien que tu n'y penses jamais. Mais nous y pensons à ta place. Ils t'attendent à la maison. Tu es juif. Et cela nous ne pouvons pas l'oublier. Tu es notre frère. Le même sang coule dans nos veines. Même si tu l'as oublié, cela est ainsi. Et c'est pourquoi nous cherchons une solution de compromis pour concilier ton fanatisme, les intérêts de notre communauté et notre sentimentalisme que tu tournes en ridicule.

Les autres prisonniers faisaient cercle autour d'eux et écoutaient.

— Tu ne veux pas travailler au canal parce qu'il représente un obstacle pour tes camarades de l'armée soviétique, dit Lengyel. Nous ne pouvons te forcer. Mais tu dois faire un autre travail qui n'ait pas de signification politique ou militaire. Est-ce que tu préfères, par exemple, nettoyer les cabinets ? Nous sommes de corvée aux cabinets à tour de rôle. Si tu consens à les nettoyer chaque jour, celui qui devrait être de corvée ce jour-là pourrait creuser le canal à ta place. Mais je te préviens que c'est un travail dur et dégoûtant.

Le vieux Lengyel était sûr que Goldenberg, une fois obligé de choisir, accepterait plutôt de travailler au canal. Il savait bien que personne ne pouvait résister à une telle corvée plus de deux jours, surtout lorsqu'il s'agit d'un intellectuel.

— Réfléchis bien, je te donne jusqu'à ce soir pour y penser.

— Ce n'est pas la peine d'attendre. Ma décision est prise, dit Marcou.

— Et alors ?

— Je choisis les cabinets, répondit Goldenberg. C'est une activité constructive. Le travail au canal est criminel, réactionnaire et fasciste. Je préfère être de corvée aux cabinets tous les jours plutôt que de contribuer à élever des obstacles contre mes camarades de l'armée rouge.

Le vieux Lengyel devint blême. Son plan avait échoué.

— Tu ferais mieux de réfléchir encore avant de prendre une telle décision, dit le vieux.

— Absolument pas, dit Goldenberg, et il lui tourna le dos.

Aucun des prisonniers n'eut le courage de s'approcher de Marcou et lui parler. Seul Iohann Moritz osa le faire.

— Tu es fou, Marcou ! dit Moritz. Comment peux-tu préférer être de corvée de chiottes tous les jours ? C'est pire qu'au bagne.

— Fous-moi le camp, cria Goldenberg. Je sais tout seul ce que j'ai à faire !

— On ne le dirait pas, répliqua Moritz.

A ce moment il se rendit compte que le regard de

Marcou Goldenberg ressemblait exactement à celui de
Iorgu Iordan.

Iohann Moritz s'éloigna de lui.

40

Le lendemain le vieux Lengyel eut des remords. Il avait
conscience de s'y être mal pris. Lui-même était un vieillard
trop sensible. Le soir même il alla trouver Marcou pour le
faire revenir sur sa décision. Il voulait le tirer de là à tout
prix. Il avait l'impression de l'avoir lui-même condamné à
ce travail.

Marcou n'avait pas encore terminé. Toute la journée il
avait transporté les seaux fétides de la fosse qui servait de
cabinets, jusqu'aux limites du camp. Là, il les vidait en
plein champ.

Il avait plu tout le temps et la fosse se remplissait sans
cesse d'eau. Sa tâche s'en était trouvé accrue. Marcou était
à bout. Il était maigre et avait les poumons malades.

— Je crois que tu vas y renoncer, dit Lengyel. Ce n'est
pas un travail pour toi.

Marcou descendit dans la fosse et remplit le seau. Puis il
remonta et prit les saletés avec la pelle.

— A ta place je ne pourrais jamais demeurer toute la
journée dans toute cette saleté et toute cette puanteur.

Marcou ne répliquait pas. Il pouvait à peine se tenir
debout. Mais il continuait. Il souleva les deux seaux et
passa devant le vieux. Lorsqu'il revint, Lengyel lui dit
encore :

— Dorénavant tes habits et ta peau garderont tout le
temps cette odeur. Tu ne pourras plus te reposer cette nuit
à cause de la puanteur.

Le vieillard s'apprêtait à lui dire qu'à partir du lendemain, il pourrait de nouveau travailler au bureau comme
fourrier. Mais Marcou ne pouvait plus attendre. Il était

arrivé au bout de ses forces. Il avait une pelle à la main. Il la leva en l'air, ferma les yeux et frappa. Le tranchant de la pelle atteignit Lengyel en plein sur le crâne. Lengyel chancela. Marcou ne le voyait plus. Ses mains s'étaient crispées sur le manche de la pelle. Et il frappa encore une fois, puis une autre. Les coups tombaient maintenant dans le vide. Le vieux s'était écroulé. Marcou restait sur place, la pelle à la main. Il ouvrit les yeux et vit le vieux Lengyel, qui gisait à ses pieds, la tête fendue. Il n'avait pas voulu le tuer. Il avait agi par désespoir. Mais il ne regrettait rien.

41

Depuis ce jour-là, quatre mois étaient passés. Iohann Moritz revoyait encore la tête du vieux, fendue en deux à coups de pelle et Marcou sortant du camp entre les baïonnettes, mais tout cela lui semblait bien loin, enfoui dans le passé. Il se demandait même si cette histoire n'avait pas eu lieu des années et des années auparavant. Les morts passent vite. Marcou n'était pas mort, mais ceux qui sont au bagne sont oubliés aussi vite que les morts.

Ce jour-là il neiga. L'adjudant leur annonça l'inspection d'un général.

— Nous attendons aussi la visite du roi, dit l'adjudant Le roi vient voir le canal que nous avons creusé. C'est le roi lui-même qui en a dessiné les plans. C'est pourquoi il veut le voir.

Moritz pensa à Marcou qui devait être quelque part au fond d'une mine de sel. Puis il pensa au roi qui avait dessiné lui-même le plan du canal. Il le voyait à sa table de travail, le crayon à la main, dessinant. Comme dans les images. Le canal était très long. Il avait bien plus de cent kilomètres à ce qu'on en disait. Mais chaque prisonnier n'en connaissait que le petit bout qu'il creusait lui-même. Il n'en pouvait voir beaucoup plus. Le canal avait trois mètres de profondeur et des bords escarpés. Il allait être rempli d'eau. Moritz essayait de s'imaginer l'eau coulant là où il était en train de creuser à cet instant même. Il avait entendu dire qu'après la guerre, sur le canal passeraient même des navires. Pour le moment il devait servir à arrêter l'avance russe. C'est pourquoi le travail était secret. Seuls le roi et quelques généraux en avaient connaissance. L'adjudant le leur avait dit. Moritz avait souvent vu en rêve le roi et les quelques généraux se parlant à l'oreille. Ils discutaient de ce canal auquel il travaillait, lui, Moritz. Il avait bien compris la raison pour laquelle les prisonniers n'avaient pas la permission d'écrire à la maison, à leur femme ou à leurs enfants ; il fallait que le secret soit gardé et que les Russes ignorent ce travail. L'adjudant leur avait dit que les Russes avaient partout des espions qui voulaient photographier ce canal auquel il travaillait, lui, Moritz. Mais la police les attrapait chaque fois. Les prisonniers ne pouvaient être relâchés car de retour à la maison ils pourraient divulguer le secret du canal.

Iohann Moritz voudrait bien, une fois la guerre finie, revenir un jour par ici, pour montrer à Suzanna, sa femme, et à ses garçons, le canal auquel il avait travaillé. Le canal alors serait rempli d'eau. Mais lui, Moritz, avait bien marqué dans sa mémoire l'endroit où il avait travaillé pour se le rappeler. Les enfants en seraient émerveillés. Ils ne pourraient jamais croire qu'à cet endroit même, il y avait eu autrefois un champ où paissait le bétail, et ils iraient raconter aux autres enfants de l'école ce qu'avait fait leur père. Ils seront fiers d'avoir un tel père. Les autres enfants n'auront pas de père qui ait accompli de tels exploits. Moritz était tout fier. Au début il était tourmenté par l'idée de sa maison. Peut-être que dans la cour les briques avaient trop séché. Peut-être que Suzanna n'avait pas pu transporter le bois de la forêt. Peut-être qu'elle n'avait pas pu récolter tout le maïs. Il n'en dormait pas la nuit. Mais cela se passait tout au début. Il avait fini par y penser de moins en moins. Suzanna avait sûrement dû tout arranger. Et ce qu'elle n'avait pas pu faire avec ses faibles forces de femme, il le ferait lui-même à son retour. A partir du jour où l'adjudant l'avait examiné, lui avait fait enlever son pantalon, et s'était rendu compte qu'il n'était pas juif, Iohann Moritz s'attendait sans cesse à être relâché. Il pensait que l'ordre était arrivé depuis longtemps déjà, mais qu'on ne pouvait pas le relâcher, tant que le canal n'était pas terminé. Mais à présent le roi et ses généraux allaient venir voir si ce canal, auquel il avait travaillé, leur plaisait. Ensuite on le laisserait retourner chez lui. Moritz n'en voulait pas à l'État de l'avoir envoyé ici. Tout au début, il était furieux contre le soldat qui l'avait escorté de Fântâna à la ville. Puis contre le chef du poste. Il croyait que c'était lui qui l'avait réquisitionné. Et il le croyait encore aujourd'hui. Mais sa fureur était passée. Lorsqu'il sera de retour dans son village, si jamais il rencontre le gendarme Dobresco dans la rue, il le saluera en enlevant son chapeau comme par le passé. Si on l'avait relâché six ou sept mois auparavant, il lui aurait tourné le dos. Peut-être même l'eût-il injurié, car le gendarme s'était moqué de lui avec cet ordre de réquisition. Mais maintenant sa colère était passée. Tout passe avec le temps. Il savait que d'ici peu il serait de retour chez lui. Il languissait de son village et de sa femme. Les enfants avaient dû pousser. Petru allait venir au-devant de lui, à la porte de la maison. Moritz se laissait bercer par ses rêves. Il se voyait déjà entrant dans la maison, prenant Petru dans ses bras, serrant Nicolae contre lui. C'était comme s'il le tenait déjà. Puis il raconterait à Suzanna comment il avait travaillé et où il avait été. Mais il ne lui dirait rien des coups qu'il avait reçus. Et il lui cacherait aussi qu'il avait crevé de faim. A quoi bon lui faire de la peine ? Il lui dira seulement qu'il a appris le yiddish et que personne dans ce camp, pas même les juifs, n'avaient cru qu'il était Roumain. Ils ne l'avaient cru qu'au moment où l'adjudant lui avait ordonné d'enlever son pantalon pour regarder si... Suzanna allait bien en rire surtout quand elle saurait que l'adjudant avait donné l'ordre à Strul, le fourrier, de l'examiner aussi. Il dira à Suzanna que l'adjudant et le fourrier Strul étaient restés bouche bée et lui avaient dit :

— Nous devons te faire sortir du camp, car tu n'es pas

juif et le roi a ordonné que seuls les juifs creusent ce canal.

Suzanna allait être heureuse que toute cette histoire ait pris fin, et qu'il soit de nouveau à la maison. Elle allait venir auprès de lui, se serrer avec amour contre lui et lui dire :

— Tu es mon mari et tu m'es plus cher que le soleil qui brille dans le ciel !

Voilà à quoi rêvait Moritz en attendant la visite du général. Mais le jour même on annonça que le général ne viendrait que le lendemain. Les prisonniers qui l'avaient attendu, bêche à la main, alignés sur trois rangs, se dispersèrent.

Moritz fut appelé au bureau.

— L'adjudant veut te parler, dit Strul.

Moritz sentit son cœur battre très fort. Il se disait que l'ordre de mise en liberté était arrivé. C'est pour cela que l'adjudant le faisait appeler au bureau. Mais il ne posa pas de question à Strul. Il avait de la peine à cacher sa joie. Il se doutait bien qu'il serait mis en liberté dès que le canal serait terminé. Mais le canal n'était pas encore achevé et la bonne nouvelle lui tombait du ciel. L'adjudant portait un uniforme neuf. Le plancher était fraîchement lavé pour l'inspection du général. La table du bureau était couverte de papier bleu, sans une tache, les dossiers rangés en petits tas soignés. Moritz s'arrêta près de la porte. Il salua. Il était impatient d'apprendre la bonne nouvelle. Mais il faisait semblant de ne rien savoir. Il ne voulait pas montrer qu'il était joyeux comme un enfant. Sur une autre chaise, près de l'adjudant, se tenait le Dr Samuel Abramovici. C'était un prisonnier aussi, mais il s'était lié d'amitié avec l'adjudant et restait tout le temps avec lui au bureau. Strul prit place dans un coin, devant la petite table, couverte elle aussi de papier bleu. Tous le fixaient, les yeux grands ouverts. Ils étaient sérieux. Enfin l'adjudant se décida à parler :

— Moritz, mon garçon, ta femme a divorcé ! Elle n'est plus ta femme.

Et il continua en frottant sa petite moustache :

— On nous a envoyé la déclaration de divorce, que tu

dois signer, pour prouver que tu en a pris connaissance.
 L'adjudant posa un papier sur le coin de la table, puis tendit à Moritz le porte-plume. Mais Moritz ne bougea pas de la porte.

— Le divorce a été demandé pour raisons d'ordre ethnique. Elle ne veut plus être la femme d'un juif.

L'adjudant ajouta avec un ton de reproche :

— Tu me racontais des tas de blagues comme quoi tu étais Roumain et chrétien. Tu voulais me rouler, hein ? Tu ne pensais pas avoir affaire à un vieux renard comme moi ! Je n'ai pas fait suivre ta demande, et j'ai eu raison. Ta femme vient de divorcer parce que tu es juif. Et plus que tout autre, elle doit savoir à quoi s'en tenir, hein ?

L'adjudant se mit à sourire. Mais lorsqu'il regarda Moritz, et le vit se décomposer et devenir blême, son sourire disparut.

— Toutes les femmes sont comme ça ! dit-il. Dès que tu as été parti, elle a dû en trouver un autre. Toutes les femmes sont des putains. Bah ! il ne faut pas s'en faire...

Moritz aurait voulu le mettre en pièces. Il ne pouvait l'entendre dire que sa femme était une putain. Il grinçait des dents. La colère bouillonnait en lui. Il aurait voulu se dominer, mais sa gorge se serrait. Il était sur le point d'éclater.

Il serra ses poings pour s'empêcher de frapper l'adjudant, de frapper tout le monde autour de lui.

— Ma femme n'est pas une putain, dit-il.

— Tu dis vrai, répliqua l'adjudant. Tu es un homme dont la femme n'est pas une putain, car tu n'as plus de femme. Tu en as eu une, jusqu'au...

L'adjudant tira à lui le papier qui se trouvait sur le coin de la table et lut la date de l'en-tête :

— Jusqu'au 30 janvier, continua-t-il. C'est à cette date qu'a été prononcé le divorce, et que tu es redevenu garçon !

L'adjudant se remit à sourire. Le Dr Abramovici souriait lui aussi, du bout des lèvres.

— Ma femme n'a pas demandé le divorce ! dit Moritz. Je connais Suzanna.

— Si tu ne veux pas le croire, ça te regarde, dit

l'adjudant. Mais il faut que tu signes ici comme quoi tu as pris connaissance du divorce, et que tu es de nouveau célibataire !

— Je ne suis pas célibataire, dit Moritz.

— Bon, tu n'es pas célibataire, mais tu dois signer tout de même comme quoi tu as pris connaissance de l'acte !

Moritz fixa du regard le stylo que lui tendait l'adjudant et s'écria :

— Je ne signerai rien du tout !

L'adjudant se mit en fureur. Ses joues s'empourprèrent. Il s'était rappelé qu'il était militaire et que la réponse de Moritz constituait un acte d'indiscipline.

— Signe ! ordonna-t-il. Tu oublies où tu te trouves ? Tu perds la tête ?

Iohann Moritz prit le stylo et signa. Cette fois-ci c'était un ordre ; il devait obéir.

Après avoir écrit son nom sur la feuille de papier, en bas, dans le coin à droite, à l'endroit même où l'adjudant avait mis son doigt, il posa le stylo sur la table et voulut quitter la pièce. Ses yeux étaient pleins de larmes et la tête lui tournait.

— Lis ! dit l'adjudant. Tu dois savoir ce que tu as signé.

— Je n'ai pas besoin de lire ! répondit Moritz. Je sais que ce n'est pas vrai.

Il voulut ouvrir la porte. Mais sa main tâtonnait comme dans le noir et n'arrivait pas à trouver la poignée.

— Reste fumer une cigarette, dit le Dr Abramovici, et il lui tendit son étui.

Moritz revint sur ses pas. Il prit une cigarette et commença à fumer. Mais il ne se rappelait pas à quel moment le Dr Abramovici lui avait tendu le briquet pour l'allumer. Il fit un effort pour se souvenir. Mais il n'avait devant ses yeux que la flamme du briquet. Une flamme jaune qui dansait et qui s'agrandissait démesurément.

— Est-ce que tu as des enfants ? demanda le docteur.

Moritz se réveilla comme d'un songe. Il répondit. Mais c'était un autre en lui qui parlait. Ce n'étaient pas ses lèvres qui remuaient. Puis il sortit du bureau sans trop savoir comment. Et il demeura, tout le jour, au bord du canal, sur la terre gelée. Il n'avait pas froid. Mille choses lui passaient par la tête. De temps en temps le papier qu'il venait de signer lui revenait à l'esprit et la colère l'envahissait.

Le lendemain matin il alla de nouveau voir l'adjudant. Il demanda le papier et le lut. Jusqu'à ce moment il n'avait pas cru. Maintenant il savait que c'était vrai. Suzanna avait divorcé parce qu'elle croyait, elle aussi, qu'il était juif, et qu'elle avait trouvé un autre homme.

Il ne se fâcha plus quand l'adjudant lui dit qu'il était garçon. Son cœur se serrait, mais il ne se fâcha plus car il savait que c'était vrai. Il l'avait lu de ses yeux.

42

Le lendemain l'adjudant apparut vêtu de son bel uniforme neuf. Les prisonniers attendirent jusqu'à midi, alignés le long du canal. Mais le général ne vint pas.

Le troisième jour, l'adjudant remit son uniforme de tous les jours. Il annonça que le général s'était fâché et ne viendrait pas voir le canal.

Durant une semaine ils ne travaillèrent plus. Puis le camp de Iohann Moritz se déplaça vers le Nord.

Jusqu'alors ils avaient creusé dans l'argile jaune et molle. Maintenant le canal devait être creusé dans la pierre.

L'adjudant partit en camion chercher d'autres outils, car les anciens n'étaient bons que pour creuser dans l'argile. Il fut absent trois jours. Puis il revint avec deux camions remplis d'outils propres à entamer et à casser les blocs de pierre. Le travail était dur. Il faisait froid. Moritz trima tout l'hiver. La nourriture était mauvaise. Les hommes tombaient comme des mouches. Il y en avait de malades. Quelques-uns mouraient. Moritz ne fut pas malade. Il eut seulement mal à la gorge pendant une semaine. Mais le travail avançait très lentement. En avril ils se trouvaient au même endroit qu'à Noël. Ils n'avaient pu creuser que quelques dizaines de mètres. On disait que cinq cent mille hommes avaient creusé le canal, cet hiver-là. Le travail allait encore durer tout l'été et ne serait achevé que pour l'automne prochain. En octobre on y ferait arriver l'eau. Mais quelques mois plus tard ils reçurent l'ordre de cesser le travail. L'adjudant leur fit savoir que l'état-major avait renoncé à ce canal. Le roi Charles II avait été détrôné et s'était enfui. Et en même temps que lui, s'étaient enfuis ou avaient été destitués, tous les généraux qui l'avaient aidé à établir les plans de ce canal. Maintenant, au Palais, étaient arrivés d'autres généraux qui prétendaient que le plan du canal dessiné par le roi n'était pas bon. Ils avaient donné l'ordre de cesser tout travail. Les juifs furent embarqués dans des trains et transportés à la frontière ouest de la Roumanie pour élever là-bas des fortifications contre les Hongrois.

En quittant son chantier, Iohann Moritz regrettait que le roi eût mal dessiné le plan. Tout le travail avait été inutile.

43

Le nouveau camp se trouvait dans une forêt à la frontière de la Roumanie et de la Hongrie. Ils avaient voyagé trois jours et trois nuits en train. En partant ils avaient emporté les outils avec lesquels ils avaient creusé le canal. L'adjudant avait pris tout son bureau, une baraque en bois, et l'avait mis dans le train. Strul avait transporté ses registres. Les prisonniers avaient même gardé leurs poux avec eux. Et chacun en possédait quelques douzaines. Mais dans le nouveau camp les outils du canal ne leur étaient plus nécessaires. Ils devaient maintenant abattre des arbres pour les fortifications. Iohann Moritz n'avait jamais vu de fortifications. Il ne savait même pas comment elles étaient faites. Cependant ils abattaient les arbres par forêts entières, et les transportaient à la frontière.

Il y avait des milliers et des milliers d'hommes qui ne

faisaient qu'abattre des arbres et les transporter dans la vallée.

Iohann Moritz essayait de voir les fortifications mais il n'y réussissait pas. A son avis, de tout ce bois coupé, on devait élever un mur géant entre les Hongrois et les Roumains. Peut-être bien, après tout, que c'était là l'idée de l'État-Major ; lui n'en savait rien. Mais il attendait impatiemment de voir se dresser le mur géant qui devait séparer les deux pays. Lorsque le mur sera achevé, lui Moritz, pourra le voir, du haut de la forêt. Il avait entendu dire que les Hongrois faisaient les mêmes fortifications sur leur terre à eux, de l'autre côté de la frontière. Iohann Moritz était curieux de voir lesquelles seraient les plus hautes. Il était content d'entendre l'adjudant leur dire que les fortifications des Hongrois ne valaient pas deux sous, et que les Roumains pourraient passer dessus, en une seule nuit, s'ils le voulaient. Mais les Roumains ne le voulaient pas. Iohann Moritz s'imaginait très souvent les soldats roumains passant en Hongrie. Il aurait voulu les voir. Si jamais il se trouvait encore là, au moment du combat, il les apercevrait du haut de la forêt. L'adjudant leur disait que les fortifications roumaines étaient si hautes que même un oiseau ne pourrait voler par-dessus. Et c'est pourquoi Moritz s'imaginait qu'elles devaient être très, très hautes. Il y avait des oiseaux qui volaient si haut dans le ciel qu'on arrivait à peine à les voir. Et si eux, ne pouvaient pas passer au-dessus des fortifications roumaines — l'adjudant le leur avait certifié — cela voulait dire que ceux d'en bas ne pourraient plus apercevoir le haut des fortifications qui se perdrait dans le ciel au milieu des nuages. Iohann Moritz se demandait où allaient se trouver les troncs d'arbres qu'il avait abattus de sa propre main. Il aurait voulu les marquer d'un signe et au moment où les fortifications seraient terminées, pouvoir les reconnaître. Peut-être ses troncs d'arbres à lui se trouveraient-ils tout en haut près du sommet. Et chaque jour, en coupant du bois dans la forêt, Iohann Moritz pensait à ces choses-là. Le temps passait plus vite. C'étaient peut-être des bêtises. Si quelqu'un avait pu voir ses pensées, il se serait roulé par terre de rire. Mais lui, les aimait bien. Il ne voulait jamais penser à sa maison, à son village. Il sentait son sang lui monter à la tête.

Un beau jour Strul vint le trouver dans la forêt et l'appela au bureau. Depuis qu'il avait signé le papier de divorce, Moritz n'avait jamais remis les pieds au bureau. Chaque fois qu'il y entrait et qu'il voyait la table et l'adjudant, il se rappelait le coin sur lequel se trouvait le papier ce jour-là et la manière dont il s'était accoudé pour signer. C'est pourquoi il ne voulait plus y revenir. Il ne voulait plus le voir, même de loin. Mais maintenant qu'il y était appelé, il devait bien s'y rendre. L'adjudant n'était pas dans le bureau. Seuls se trouvaient dans la pièce le Dr Abramovici, Strul et le cuisinier du camp Hurtig. Moritz les salua. Ils répondirent amicalement à son salut. Puis ils lui tendirent une chaise.

Moritz s'attendait à voir apparaître l'adjudant. Si on l'avait fait venir de la forêt, c'est que l'adjudant avait à lui communiquer quelque chose d'important.

— L'adjudant n'est pas là. Nous pourrons causer tranquillement, dit le Dr Abramovici. Il tendit à Moritz une cigarette. Le Dr Abramovici avait toujours des cigarettes. Et des bonnes, de celles qui sont chères.

— Iankel, dit le Dr Abramovici, ta femme t'a quitté. Moritz changea de couleur. Il était tout blême.

— Cela ne vous regarde pas, dit-il. C'est mon affaire et non pas celle des autres.

— Je voulais seulement dire que personne ne t'attend à la maison si tu quittes le camp, dit le Dr Abramovici. Personnellement, je ne crois d'ailleurs pas que quelqu'un en sorte avant la fin de la guerre. Et la guerre peut durer encore dix ans.

Iohann Moritz soupira. S'il restait encore dix ans dans le camp, il aurait les cheveux tout blancs.

— Voudrais-tu t'en aller dans un autre pays ? demanda le Dr Abramovici.

Moritz se souvint qu'il avait voulu partir pour l'Amérique avec Ghitza Ion. « Si seulement il avait plu ce jour-là, aujourd'hui je serais en Amérique. Si je n'avais pas rencontré Suzanna ce soir-là », se dit-il. S'il n'avait pas rencontré Suzanna ce soir-là, aujourd'hui il serait très loin. Il ne se trouverait pas dans le camp.

— Je veux bien partir, dit Moritz tout joyeux. J'ai déjà voulu partir en Amérique, mais ça n'a pas pu se faire...

— Cette fois-ci ça se fera, répliqua le Dr Abramovici. Si tu veux partir, en quelques mois tu seras en Amérique.

Moritz regarda Abramovici, Strul et Hurtig. Ils le regardaient aussi. On voyait bien qu'ils ne se moquaient pas de lui. Si ç'avait été pour blaguer, ils ne l'auraient pas fait venir de la forêt.

— Je le veux bien ! dit Moritz.

— Alors tu n'as qu'à partir avec nous, dit le docteur. Avec nous trois. Nous voulons passer en Hongrie. As-tu peur de t'évader ?

— Je n'ai pas peur, dit Moritz.

— En Hongrie il n'y a pas de lois antisémites, dit le docteur. J'ai une sœur qui s'est mariée à Budapest et y habite. Elle m'attend. M. Hurtig a, lui aussi, des parents en Hongrie. Mais nous avons besoin de quelqu'un qui nous donne un coup de main pour transporter les bagages. J'en ai beaucoup : six valises. J'ai pris tout ce qui avait de la valeur. A partir de la frontière, sur le territoire hongrois, nous aurons à faire une dizaine de kilomètres à pied. Je ne peux pas les porter tout seul. Et puis aucun de nous ne parle le hongrois. Et nous avons pensé à toi.

— Comment pourrons-nous sortir d'ici ? demanda Moritz.

— L'adjudant nous amènera en camion, du camp jusqu'à la frontière, dit le docteur. Nous ne pourrions pas partir autrement. Les patrouilles gardent tous les chemins. Mais nous serons en camion militaire.

— L'adjudant sait que nous nous évadons ?

— Certainement ! dit Hurtig. Il a une famille nombreuse et a besoin d'argent. A sa place, ne ferais-tu pas comme lui ?

Moritz ne répondit pas.

— Prends encore une cigarette et va faire tes bagages ! dit le Dr Abramovici. Fais attention que les autres prisonniers ne s'aperçoivent de rien.

— Faut-il y aller tout de suite ? demanda Moritz.
— Le plus vite possible ! dit le docteur. A neuf heures l'adjudant nous attend devant la porte avec le camion. Prends tes affaires et reviens immédiatement au bureau. Nous t'y attendrons. Ne prends pas beaucoup de bagages. Tu as à transporter mes malles !

Iohann Moritz partit. Il revint sitôt après avec une serviette dans laquelle il avait fourré une chemise, un pantalon, et la moitié d'un pain.

A neuf heures ils sortirent du camp. L'adjudant les attendait. Il les embarqua dans le camion et les conduisit à la frontière.

A trois heures du matin, Iohann Moritz transportait les valises du Dr Abramovici sur le territoire hongrois. A l'aube, ils se trouvaient devant une gare. Le Dr Abramovici donna de l'argent à Moritz pour qu'il achète quatre billets de seconde jusqu'à Budapest.

44

A une réception de la légation de Finlande à Bucarest Traian Koruga fit la connaissance du général Tautou, le ministre roumain de la Guerre. Quelques jours après, il alla le trouver au ministère et lui exposa le cas de Iohann Moritz. Le général l'écouta avec intérêt. Il prit note du nom, de la profession, de la date de naissance et de l'arrestation de Iohann Moritz, et dit :

— Dans une semaine au plus tard, votre homme sera de retour chez lui. Je vais donner ordre que le cas soit immédiatement examiné et qu'on prépare les papiers de mise en liberté. Aujourd'hui nous sommes le... Le général regarda le calendrier.

— 21 août. Vous pouvez passer le 28 et je vous remettrai l'ordre de mise en liberté de votre homme.

Et il demanda :

— Ce Moritz est le serviteur de votre père ?

— C'est son homme de confiance, répondit Traian. Ce n'est pas à proprement parler un serviteur.

— A la campagne il y a crise de main-d'œuvre, répondit le général sans l'écouter jusqu'au bout. Je comprends que vous vous démeniez tellement pour ce pauvre bougre. Un homme de plus, cela compte pour la moisson. Surtout que nous sommes en pleine saison maintenant.

La conversation continua sur ce ton.

Traian essaya d'expliquer au général qu'il intervenait pour Moritz non parce qu'il était le serviteur de son père et nécessaire aux travaux des champs, mais tout simplement parce qu'il avait été arrêté injustement.

— Mon intervention est un simple acte d'humanité, un acte gratuit.

— Mais moi aussi je suis obligé d'agir de même, dit le général. Je vais souvent à la campagne pour baptiser ou marier des paysans. Aujourd'hui il faut utiliser toutes les méthodes possibles pour les faire travailler. Il faut leur laisser l'illusion qu'on est leur ami et aller jusqu'à s'asseoir à la même table qu'eux. Je comprends très bien ce que vous voulez dire. Votre père se trouve dans la même situation que moi.

Le général ouvrit un tiroir de son bureau, en retira le dernier roman de Traian et le posa sur la table. C'était un exemplaire tout neuf, les feuillets n'en étaient même pas coupés.

— J'ai envoyé mon aide de camp à la librairie pour l'acheter, dit le général. Auriez-vous la gentillesse d'écrire une dédicace pour ma fille ? Elle s'appelle Elisabeth, elle a dix-huit ans et dévore les romans. Vous êtes l'un de ses auteurs préférés. A déjeuner, lorsque je vais lui raconter que vous êtes venu me voir, elle me posera un tas de questions, sur votre costume, la cravate que vous portiez, les cigarettes que vous fumiez. La jeunesse est comme cela, que voulez-vous !

Traian descendit l'escalier du ministère de la Guerre assuré que cette fois-ci enfin il obtiendrait la mise en liberté de Iohann Moritz. Il passa prendre chez la fleuriste le bouquet de roses blanches qu'il avait commandé le matin même, puis il entra dans le bureau de poste et envoya un télégramme à son père : « 29 août serai Fântâna avec ma fiancée et avec ordre mise en liberté Iohann Moritz. »

45

— Le 29 août nous serons à Fântâna dans la maison de ton père ? demanda Eleonora West. (Elle était enchantée.) C'est bien dans une semaine, n'est-ce pas ? Je voudrais déjà y être !

Elle prit les roses blanches des mains de Traian Koruga et les disposa dans un vase. Traian regarda longuement les boucles rousses qui lui tombaient sur les épaules, sur sa robe de soie noire. Il contempla sa silhouette élancée, ses jambes fines.

— Nora ! Tu sais ce que je me demande chaque fois que je te regarde ?

Souriante, elle tourna la tête vers lui.

— Je me pose la même question que le poète Tudor Arghezi : « Ta mère fut-elle une fée, une biche, ou un roseau ? Quelle semence a donc pu mûrir entre ses flancs ? Celle d'un esprit sans doute, ou bien d'un voëvode, car tu n'es sûrement pas de la race des mortels... » Tu es trop belle. Il doit sûrement y avoir des chevreuils dans ton arbre généalogique. Tes yeux ont le regard effarouché des écureuils. C'est d'eux que tu tiens cette souplesse. Tu dois avoir aussi des algues parmi tes ancêtres. Ton corps garde l'harmonie des herbes d'eau. Tu es capricieuse comme la caresse d'un chat angora.

Eleonora West demeurait le dos tourné, les joues enfouies dans le bouquet de roses.

— T'ai-je fait de la peine ? demanda Traian.

— Non, répondit-elle.

— Tu es devenue triste. Même en ne voyant pas tes yeux je devine leur mélancolie. Est-ce à cause de ce que j'ai dit ?

— Non! répondit-elle en esquissant un sourire. Je ne suis pas triste. Je pensais seulement à mon arbre généalogique où il serait vraiment difficile de trouver des biches, des princes, des fées, des algues, des écureuils...

Ils se mirent à table. Ils étaient tout seuls dans l'immense salle à manger aux meubles de vieux chêne.

La maison d'Eleonora West était l'une des plus célèbres de Bucarest. Elle en avait dessiné le plan elle-même. Les meubles, les tapis, tout avait été exécuté d'après ses dessins.

Eleonora avait vingt-neuf ans et était la directrice du plus grand journal roumain, *l'Occident*. Elle était passée par les plus célèbres universités d'Europe. Elle écrivait les articles de fond de son journal, elle dirigeait une maison d'édition, une revue littéraire et artistique, participait à la vie politique, culturelle et mondaine. Traian la connaissait depuis quelques années déjà. Leur amour était aussi grand qu'au début. Peut-être était-il devenu encore plus profond. Mais ils ne s'étaient pas mariés. Chaque fois que Traian le lui demandait, Eleonora West répondait :

« Je ne serai jamais une bonne épouse. J'aime trop mon métier pour y renoncer sans avoir l'impression d'avoir gâché quelque chose de très précieux dans ma vie, d'avoir tout raté. »

— Je crois que Iohann Moritz sera relâché! dit Traian. Le ministre de la Guerre m'a promis de le faire d'ici le 29 août. J'ai télégraphié à mon père que j'arrivais à Fântâna avec ma fiancée et avec l'ordre de mise en liberté de Iohann Moritz. Il sera doublement heureux.

— Tu tiens à tout prix à me présenter à tes parents comme ta fiancée? demanda Nora.

— Oui. J'y tiens énormément, dit-il. Mais si tu le veux, je peux y renoncer. Mon père en sera chagriné, mais il sait tellement bien pardonner.

— Pourquoi lui présenter ta fiancée et non pas ta femme? demanda Nora. Si nous nous marions après-demain matin, en arrivant à Fântâna nous serons déjà mari et femme.

Traian Koruga crut qu'elle plaisantait. Cela faisait deux

ans qu'il essayait en vain de la convaincre. Elle l'aimait, mais elle ne voulait pas être sa femme. Elle ne voulait être la femme de personne. Et maintenant tout à coup, elle lui proposait de l'épouser.

— C'est sérieux ?

Il se leva et baisa sa main.

— Qu'est-ce qui s'est passé ? Ce matin au téléphone tu ne m'as rien dit. Comment t'es-tu décidée ?

— Il ne s'est rien passé du tout ! répondit-elle. Le 29 août en allant à Fântâna nous serons mariés. Tu me l'as demandé à maintes reprises. Aurais-tu changé d'avis entretemps ? Tu aurais dû me le dire.

Traian Koruga se rendait très bien compte qu'un événement important avait dû se passer. Un événement qui avait poussé Nora à devenir sa femme. Mais quel était cet événement ? Il ne pouvait le deviner.

— Pour le moment, marions-nous civilement, dit-elle. Le mariage religieux sera célébré plus tard à Fântâna. Tu rêvais toujours d'un mariage à l'église de ton père. Tu me voyais en robe blanche, entourée de jeunes paysannes, avançant vers l'autel... J'obtiendrai la dispense pour le mariage civil. Je téléphonerai moi-même au procureur général.

— Nora, dis-moi, que se passe-t-il ? demanda Traian. Quelque chose de grave a dû t'arriver.

— Il n'est rien arrivé du tout ! dit-elle. Absolument rien. Ou plutôt il y a que je me suis décidée à devenir ta femme. J'ai pris spontanément cette décision et je veux la réaliser au plus vite pour que rien n'intervienne et ne se mette au travers. Le bonheur que je m'offre est tellement essentiel pour moi, que je voudrais le toucher tout de suite, le tenir entre mes mains bien serrées. J'ai peur de le perdre en attendant trop. C'est tout. Ne me crois-tu pas ?

46

Après le déjeuner Traian Koruga et Eleonora West demeurèrent dans la bibliothèque et regardèrent les livres et les tableaux.

Traian était convaincu que Eleonora lui avait dit la vérité. Mais ils ne parlèrent plus du mariage. Ils éprouvaient tous les deux le besoin d'échapper aux pensées qui les obsédaient. Ils s'arrêtèrent devant un tableau de Picasso.

Eleonora West regardait le tableau qui représentait une femme à tel point défigurée par la souffrance que son visage ne gardait plus rien d'humain. C'était une vision de chair déchiquetée, un portrait de l'homme que la douleur avait démonté comme une machine. Il n'en restait que les éléments essentiels : les yeux, le nez, la bouche, les oreilles. Chacun de ceux-ci vivait isolément, une vie individuelle. A cause de la souffrance ils s'étaient repoussés l'un l'autre. Le corps humain avait renoncé à son unité.

Traian Koruga se tourna vers Nora et un instant il eut l'impression qu'elle ressemblait à ce portrait. Aucun appareil photographique n'aurait pu fixer son expression à ce moment. La douleur était trop profonde. Le visage d'Eleonora West était aussi ravagé que le visage de la femme de Picasso. Il était comme traversé par ces courants de haute fréquence qui ne peuvent vous électrocuter, justement à cause de leur trop grande force.

— A quoi penses-tu, Nora ? demanda-t-il.

— A rien, répondit-elle. Nous allons boire du café, veux-tu ?

Et sans plus attendre sa réponse, elle lui tourna le dos, comme elle l'avait fait lorsqu'il lui avait parlé de sa parenté avec les biches et les algues marines.

47

Le mariage civil eut lieu à la mairie. Traian Koruga et Eleonora West étaient en costume de ville. Deux amis de Traian leur servaient de témoins. Après le mariage ils déjeunèrent dans un restaurant de Baneasa.

— Pour le mariage religieux nous ferons une grande fête, dit Traian.

Il se mit à lui raconter les coutumes d'une noce roumaine à la campagne.

— La noce sera précédée sur le chemin de l'église par des paysans à cheval ; cinquante jeunes paysans, en costumes nationaux, sur des chevaux tout blancs. Une charrette attelée de quatre bœufs les suivra. Dans la charrette, la coutume veut qu'on expose les cadeaux reçus par la mariée et sa dot. Mais notre charrette à nous sera chargée de fleurs. Nous aurons douze parrains. En plein service religieux au moment où les mariés et les parrains se tiennent par la main et dansent une ronde, du haut de l'église tombe une pluie de bonbons, que les enfants vont chercher jusque dans les jambes des mariés. Nous en ferons tomber par sacs entiers pour que tous les enfants de Fântâna en aient tout leur saoul. Quand j'étais gosse moi aussi je ramassais des bonbons à tous les mariages, mais jamais assez, jamais plus de quatre. Je veux qu'à notre mariage tous les enfants puissent s'en remplir les poches. Nous ferons venir douze orchestres de tziganes avec violons et guitares. Le vin coulera à pleins tonneaux et tout le village sera ivre. Notre noce se fera dans une clairière et nous inviterons des milliers de gens. Et la noce durera une semaine.

Nora regarda sa montre. Dans un quart d'heure elle avait rendez-vous avec l'avocat Léopold Stein.

— Allons-nous-en ! dit-elle. Des affaires urgentes m'attendent au bureau.

Traian arrêta son récit des noces à Fântâna. Ils se levèrent tous les deux et partirent.

48

Traian Koruga conduisit Nora jusqu'à la rédaction. Le palais du journal *l'Occident* était un immeuble ultra-moderne à la façade de marbre blanc. Il avait été construit par Eleonora West sur l'emplacement d'une ancienne imprimerie. Il regarda les six étages qui brillaient à la lumière du soleil. Il sourit. « C'est l'œuvre de Nora », pensa-t-il.

— Je t'attends dans la voiture, dit-il.

Il savait bien que Nora avait l'habitude de conduire toute seule l'auto en rentrant du bureau, mais il croyait qu'aujourd'hui elle ferait exception. C'était le jour de leur mariage.

— Je rentrerai toute seule, après avoir liquidé ce que j'ai à faire, dit-elle.

Puis elle attendit de le voir partir, monta les marches de l'escalier de marbre, et disparut dans l'immeuble par la grande porte en fer forgé, que lui avait ouverte toute grande le portier galonné d'or.

49

Eleonora West entra dans le bureau d'un pas de royale indifférence. Elle fit semblant de ne pas remarquer la présence du vieillard vêtu de noir qui s'était levé à son arrivée. Elle posa son sac et ses gants sur le bureau, puis invita d'un signe le vieillard à s'asseoir. Elle prit une cigarette et s'efforça de l'allumer en maîtrisant le tremblement de ses doigts. Puis elle s'installa dans le fauteuil et fixa du regard le vieillard.

— Je vous écoute monsieur Stein, dit-elle.

Le vieux ouvrit la serviette qu'il tenait sur ses genoux et en retira une liasse de papiers qu'il mit au bord de la table. Nora suivit tous ses mouvements avec une attention soutenue.

— L'affaire est arrangée, mademoiselle West, dit-il. Voilà les documents. Et il sortit du dossier deux papiers qu'il lui présenta.

— Ce sont les seuls actes existant dans les archives de Ploesti? demanda Nora.

— Les seuls existant dans les archives jusqu'à ce matin, répondit le vieillard. Maintenant les documents sont sur votre bureau. Dans les archives il n'y a plus rien.

Eleonora West jeta un regard méprisant sur les papiers. Elle les plia et les mit dans le tiroir.

— Il serait plus prudent de les détruire tout de suite, dit le vieux.

Nora regarda le vieillard, ses lunettes cerclées d'or, son col raide, ses habits de coupe ancienne.

— Du moment que les documents se trouvent dans mon bureau, il n'y a plus rien à craindre, monsieur Stein, dit-elle.

— En ce qui me concerne je ne crains rien. Mais pour vous, il vaudrait mieux que vous les brûliez à l'instant même.

— Combien vous a coûté cette petite opération? demanda Nora.

Elle voulait changer le cours de la conversation. Elle s'était rendu compte que le vieillard avait peur. Les documents seraient brûlés. Mais elle voulait d'abord les voir.

— Exactement 100 000 lei, dit Léopold Stein.

— Et votre commission?

— Tout compris.

Eleonora West retira du bureau deux liasses de billets de banque et les tendit au vieillard. Il les mit dans la serviette, renonçant au geste qu'il venait d'esquisser suivant une longue habitude, celui de les compter d'abord.

— C'est tout ce que j'avais à vous demander, dit Nora.

Elle voulait rester seule pour lire les documents. Mais le vieillard ne bougea pas.

— Y a-t-il encore quelque chose? demanda-t-elle.

— Non il n'y a plus rien, répondit Leopold Stein. L'affaire est arrangée autant qu'elle peut l'être.

— Tout est bien en règle?

— Certainement, dit-il. Mais l'affaire ne peut être liquidée que temporellement par la destruction des documents. C'est ce que je voulais vous dire. Je me permets d'attirer votre attention sur ce point parce que j'ai été l'ami et le collaborateur de votre père et parce que je vous ai tenue sur mes genoux lorsque vous étiez petite. Je tiens donc à vous dire que l'affaire n'est arrangée que partiellement par la disparition des documents.

— Expliquez-vous, dit Eleonora West.

— C'est assez clair, mademoiselle West. Vous avez voulu posséder les actes prouvant l'origine juive de vos parents. Vous le savez. Je les ai soustraits aux archives.

— L'affaire est donc réglée.

— Vous pouvez faire disparaître les documents et non les faits eux-mêmes, dit Leopold Stein. En dépit de tout vous demeurez juive et si quelqu'un veut le prouver...

— Si quelqu'un veut le prouver il ne pourra pas le faire.

— Mais ils vous demanderont des papiers.

— Je me les procurerai, dit-elle. Avec de l'argent je peux avoir tous les papiers que je veux.

— C'est juste, répondit l'avocat. Mais dès lors nous nous heurtons au Code pénal. Et il est aussi imprudent de jouer avec le Code qu'avec le feu.

— Ne venez-vous pas de voler vous-même, ce matin, les papiers des archives de Ploesti? demanda Nora ironiquement. Alors de quel droit ces leçons de morale?

— Ce ne sont pas des leçons de morale, dit le vieillard. Je vous avertis seulement que le jeu est dangereux et que vous ne pourrez pas y jouer indéfiniment.

— Vous savez bien que c'est la seule solution, dit Nora

en allumant une autre cigarette. Je ne peux rien y changer. Du moment que la société m'interdit de vivre ma propre vie, d'avoir une maison, une profession, un mari, je suis prête à lutter avec désespoir, me servant de toutes les armes que j'ai à ma disposition. Je lutte comme un animal blessé. Tous mes instincts de conservation entrent en jeu.

— Le principal, mademoiselle West, n'est pas de combattre, mais de gagner le combat.

— Je le gagnerai, dit-elle. Elle écrasa sa cigarette dans le cendrier.

— Vous croyez vraiment que vous pourrez demeurer longtemps encore propriétaire et directrice du journal? Jusqu'à présent vous avez refusé de déclarer votre origine juive. Cela n'a été qu'un acte de courage, de jeunesse. Mais vous avez eu de la chance. Par peur, ou par lâcheté personne n'a osé déclencher une enquête. Il y a eu des dénonciations qui demandaient la réquisition de l'imprimerie et du journal ainsi que le veulent les nouvelles lois ethniques. Vous avez pu acheter ceux qui étaient chargés de l'enquête. Et vous avez de nouveau gagné. Maintenant vous venez de détruire les actes prouvant l'origine juive de vos parents. Et vous avez de nouveau gagné du temps. Mais les lois ethniques sont appliquées avec de plus en plus de sévérité. Aucun juif ne pourra y échapper. Nous n'en sommes qu'au début. Et c'est pourquoi vous pouvez encore diriger un grand journal bien que vous soyez juive et que la loi vous ait retiré jusqu'au droit de publier un seul article. Mais il faudrait penser à l'avenir.

— Même à l'avenir je serai la directrice et la propriétaire du journal *l'Occident*, répliqua Nora.

Leopold Stein connaissait la logique irréprochable de la femme qui se tenait devant lui. Mais aujourd'hui sa réponse relevait du fanatisme, et les fanatiques n'ont pas de logique. Il n'osa pas la contredire. Lorsque l'être humain renonce à la lucidité, il ne doit pas être contredit. Toute tentative de lui montrer la vérité est vouée à l'échec.

— Aujourd'hui à midi j'ai épousé un chrétien, dit Eleonora West. Le journal sera porté à son nom et ainsi personne ne pourra plus réquisitionner *l'Occident* même si la Roumanie devait se faire plus antisémite que l'Allemagne.

— Vous vous êtes vraiment mariée ?

Leopold Stein n'en revenait pas.

— A partir d'aujourd'hui je m'appelle Mme Eleonora West-Koruga, dit-elle. Mon mari est le romancier Traian Koruga qui sera dans quelques jours le directeur et le propriétaire du journal. Et lui aussi m'appartient.

Nora West riait, satisfaite. Leopold Stein fouillait dans ses poches, cherchant, il ne savait lui-même trop quoi, pour se donner une contenance, pour ne pas être obligé de parler ou d'affronter le regard d'Eleonora. Il avait besoin de quelques minutes encore pour se remettre et croire à la vérité de toute cette histoire.

— En d'autres termes, dit-il en toussant dans son mouchoir, vous cédez le journal, vous renoncez à la direction.

— Non seulement je ne cède pas le journal, mais encore je le réorganise en créant d'autres cadres. J'ai engagé un nouveau directeur.

— L'idée est géniale ! dit Leopold Stein. L'idée est merveilleuse. Et il a accepté toutes ces conditions ?

— Je ne comprends pas, répondit Nora sèchement.

— M. Traian Koruga, votre mari, a accepté cette solution ? Pour un homme cela doit être plutôt désagréable. Cela veut dire qu'il a été acheté par une femme pour un dessein bien défini.

— Mais je n'ai acheté personne ! dit Nora West nerveusement. Je l'ai épousé par amour.

Leopold Stein se leva. Il la félicita. Elle ne lui tendit pas la main. Elle feuilletait les actes de naissance de ses parents. Des larmes brillaient dans ses yeux.

— Les hommes n'ont le droit de recevoir de félicitations qu'au moment de leur mort ! dit-elle. Avec un effort d'objectivité vous le reconnaîtriez vous-même. Mais une fois morts, les hommes ne peuvent plus recevoir de félicitations. C'est dommage. Ils ratent la seule occasion de les mériter vraiment.

Le vieillard se rassit dans son fauteuil.

— Je croyais que vous vous étiez mariée par amour ! dit-il.

— Vous ne me croyez pas amoureuse ? demanda-t-elle. Intelligent comme vous l'êtes, vous n'arrivez pas à comprendre ?

— Alors pourquoi souffrez-vous à ce point ? demanda-t-il. J'ai l'impression que vous pleurez.

— J'ai l'impression que vous êtes vraiment très fatigué, monsieur Stein, dit-elle. Je ne sais pas ce que vous avez. Vous ne comprenez absolument rien. On ne dirait pas que vous êtes juif. J'aime Traian Koruga. C'est même le premier homme que j'ai aimé. Je l'aime depuis plusieurs années déjà. Je suis terriblement amoureuse de lui. Mais l'amour, d'après moi, n'est pas un motif de mariage. Je me suis mariée à cause des lois ethniques. Pour sauver le journal. Pour sauver ma vie. Me comprenez-vous maintenant ?

Leopold Stein n'avait pas l'air d'avoir compris. Il baisa la main d'Eleonora West et se dirigea vers la porte. Elle le rappela.

— A la fin de la semaine je pars pour la campagne chez mes beaux-parents, dit-elle. Le père de Traian est un prêtre orthodoxe. J'y resterai quelques jours. A mon retour je veux voir les papiers de donation de tous mes biens meubles et immeubles, le journal y compris, au nom de Traian Koruga. Si vous rencontrez une difficulté quelconque pour la donation, faites un acte de vente. Enfin trouvez vous-même la meilleure solution et la plus valable juridiquement. L'opération doit être effectuée rapidement.

— Vous êtes très intelligente, dit le vieillard.

— Je ne suis pas intelligente, répondit-elle. Je suis une femme qui lutte de toutes ses forces, avec tous ses instincts et toute sa lucidité pour défendre son droit à la vie. Au revoir, monsieur Stein.

50

Après le départ du vieillard Eleonora s'installa à son bureau, la tête entre les mains et pleura. Elle pleura comme seules les femmes peuvent le faire. Pas seulement avec les yeux. Avec tout son être. Puis elle décrocha le récepteur et appela Traian.

— Sois gentil et viens me chercher à la rédaction, dit-elle.

— Il est arrivé quelque chose?

— Il n'est rien arrivé du tout. Mais viens me chercher. Je te jure qu'il n'est rien arrivé. Absolument rien. Mais viens vite.

Traian Koruga se leva pour partir. Mais en sortant de la bibliothèque il regarda à nouveau la femme de Picasso. La moitié de l'œil riait et l'autre pleurait. C'est pourquoi il avait été coupé en deux, pour qu'elle puisse rire et pleurer avec lui, en même temps et avec une égale intensité.

51

En attendant Traian Koruga, Eleonora West décrocha le récepteur et demanda Leopold Stein. Il habitait à proximité du journal et avait juste eu le temps d'arriver chez lui.

— Monsieur Stein, dit-elle, dites-moi en toute sincérité : croyez-vous que je me sois mariée par amour ou par intérêt? Je vous en prie ne me ménagez pas. Donnez-moi votre opinion sincère.

— Qu'en pensez-vous, vous-même? demanda Stein.

— Je ne le sais pas, répondit-elle. Et même si on me coupait la tête je serais incapable de répondre d'une façon précise. Il y a des moments où j'ai l'impression d'avoir agi simplement par amour. Quelquefois je me dis l'avoir fait pour les deux à la fois. Mais aucune de ces explications ne me paraît valable. Je ne suis sûre que d'une seule chose : c'est que je ne pouvais plus attendre et que cela devait être fait. Mais je voudrais en connaître moi aussi la véritable raison.

— Ni l'une ni l'autre.

— Je ne me suis donc pas mariée par intérêt comme une femme...

— Non, madame West. Vous êtes trop fière pour épouser quelqu'un par intérêt même si votre fortune et votre journal étaient en péril.

— Vous en êtes sûr ?

— Certain !

— Je me suis donc mariée par amour ?

— Pour aimer vraiment il faut pouvoir croire en l'avenir. Il faut croire au bonheur et ce qui est plus absurde, il faut surtout croire que ce bonheur est éternel et qu'il peut nous être offert par l'être aimé. Vous êtes trop lucide pour y croire. Et c'est pourquoi — excusez-moi de vous le dire — vous ne vous êtes pas mariée par amour.

— Alors ? demanda-t-elle.

— Ni par amour ni par intérêt, répondit Leopold Stein. Par peur. Ce geste a eu la rapidité étonnante du désespoir.

— Et l'amour n'y est pour rien ? demanda Eleonora West.

— Il y est pour quelque chose. Mais votre amour ressemble à celui qu'ont dû ressentir les femmes à l'époque où elles habitaient les forêts, menacées, à chaque moment du jour et de la nuit, d'être dévorées par les bêtes sauvages. Alors seulement les femmes s'accrochaient désespérément aux genoux des hommes, réclamant protection, amour, vie, et désirant toutes ces choses avec une intensité et une passion égales. Les femmes ne peuvent ressentir pareil amour qu'en cas de tremblements de terre, de déluge, de grands cataclysmes : toutes les fois que le monde semble prêt à s'effondrer.

— Pourquoi ne m'avez-vous pas dit tout cela lorsque vous vous trouviez devant moi ?

— Je ne voulais pas vous faire douter de votre force et de votre puissance. Je voyais bien que vous trembliez de peur, je voyais bien que vous aviez agi par peur. Et j'avais pitié de vous. Lorsque vous étiez gosse je vous ai tenue sur mes genoux, ne l'oubliez pas.

Traian Koruga entra dans le bureau. Nora accrocha le récepteur et alla à sa rencontre. Elle se serra contre lui. Elle riait. Traian l'embrassa.

— Je suis content de te voir de bonne humeur, dit-il. Au téléphone j'avais cru t'entendre pleurer

52

Le 21 août, la veille de son départ pour Fântâna, Traian se rendit au ministère de la Guerre pour prendre l'ordre de mise en liberté de Moritz. Il était heureux, comme s'il avait déjà le papier en poche.

Il monta l'escalier en courant. L'aide de camp, qui connaissait les bonnes relations que le ministre entretenait avec Traian Koruga, l'introduisit immédiatement. Traian entra dans le cabinet du général. Il avait sur lui un exemplaire de luxe, illustré, de son premier roman. Il y avait écrit une dédicace aimable. Le général ne vint pas à sa rencontre. Il ne se leva même pas comme il l'avait fait lors de leur première entrevue. Il faisait semblant de lire.

— Je vous dérange, monsieur le ministre ? fit Traian.

— Non, vous ne me dérangez pas, répondit le général froidement. Asseyez-vous, s'il vous plaît.

Le général ne lui tendit pas la main. Traian le remarqua.

— Je regrette d'avoir à vous annoncer une mauvaise nouvelle, dit le général, venant tout droit à la question. L'individu pour lequel vous êtes intervenu la semaine dernière et pour lequel vous venez probablement aujourd'hui encore, ne peut être relâché. Tout au moins il ne peut pas être relâché maintenant. Nous devons au préalable mener une enquête et établir si votre affirmation concernant son origine ethnique se trouve justifiée.

Traian Koruga voulut quitter la pièce sur-le-champ. Mais il se souvint de Moritz et ne bougea pas.

— Voilà. Eh bien, monsieur Koruga, il ne vous reste qu'à attendre le résultat de la commission d'enquête.

Cette phrase terminait l'entretien et le général l'invitait clairement à sortir du bureau. Traian avait bien compris, mais cette fois-ci encore il ne sortit pas. Le lendemain il devait partir pour Fântâna. Son père attendait l'ordre de mise en liberté de Moritz.

— Monsieur le ministre, dit Traian, il y a exactement une semaine vous m'aviez promis de me donner cet ordre. Vous m'aviez dit textuellement que ma simple affirmation présentait pour vous une garantie suffisante et qu'une enquête ne serait pas nécessaire.

— Il y a une semaine la situation était autre.

— Je ne vois pas en quoi la situation a pu changer, dit Traian. Iohann Moritz est enfermé dans un camp de juifs bien qu'il soit Roumain.

— C'est ce que la commission d'enquête établira.

— Mais les travaux de la commission peuvent durer encore des mois et des mois, dit Traian. Le pauvre homme est arrêté depuis bientôt un an et demi.

— Je le sais, dit le général. Les travaux de la commission peuvent durer encore un an. Et même deux. Aujourd'hui nous n'avons plus de temps à perdre avec les enquêtes comme en temps de paix. Aujourd'hui nous sommes en guerre.

— Mais, mon général, ma déclaration ne représente-t-elle pas une garantie suffisante pour relâcher Moritz d'abord et mener l'enquête ensuite ?

— Non ! dit le général.

— Je regrette de vous voir changer d'avis d'une semaine à l'autre, dit Traian, en se levant.

— Je le regrette aussi, mais je n'y suis pour rien !

— Est-ce une allusion personnelle, monsieur le ministre ?

— Ce n'est pas une allusion. Je me réfère à des faits concrets.

— Cette fois c'est à moi de vous demander des explications, dit Traian tout blême.

— Des explications, monsieur Koruga ? A l'heure même où tous les juifs du monde luttent du côté des bolcheviks contre notre pays et veulent asservir notre Patrie, vous, un vrai Roumain et un des plus grands écrivains du pays, vous épousez une juive !

Le général était rouge de fureur.

— En tant que militaire, continua le général, je considère votre geste comme une trahison. M'entendez-vous ? Une trahison. Après ce que vous venez de faire, comment pourrais-je encore me fier à votre parole ? Votre intervention me fait même croire que Moritz est juif. Et je ne serais pas surpris de voir ma supposition confirmée. Est-ce que je peux encore vous croire sur parole ?

— Évidemment non, dit Traian. Puis il partit.

En descendant les escaliers il sentit le livre sous son bras. Il l'ouvrit et déchira la page dédicacée. Puis il monta en auto.

53

« Eleonora est juive ! se dit Traian. Et elle n'a même pas voulu m'en parler. »

Il se sentait bafoué, trompé dans son amour...

A la sortie de la ville il arrêta l'auto. Il ouvrit la portière et contempla les champs.

« Elle ne m'en a jamais rien dit. Mais aussi, je ne lui ai jamais rien demandé. C'eût été ridicule de demander une chose pareille. Aucun homme ne demande à la femme qu'il aime son origine ethnique. »

Il se souvint de lui avoir parlé maintes fois de son arbre généalogique, de sa parenté avec les chevreuils, les algues, les écureuils et les voëvodes. Et à chaque fois Eleonora West s'était assombrie. Maintenant à peine, Traian comprenait et se sentait coupable.

« Elle a peut-être cru alors que je faisais allusion à son origine juive. Elle a dû terriblement souffrir ! »

Il ferma la portière et reprit la route de la ville. Il pensait à la femme du tableau de Picasso.

« Maintenant je regrette de ne pas l'avoir su plus tôt. Si je l'avais su je lui aurais épargné bien des souffrances. Pauvre Nora ! »

Traian arrêta l'auto devant la première fleuriste et acheta un bouquet de roses blanches à l'intention de Nora. La vendeuse enveloppait les roses en lui souriant.

54

— Dis-moi ce que tu es en train d'écrire ! dit Nora.

Traian Koruga avait commencé à travailler à son nouveau roman. Eleonora l'entendait quitter le lit à quatre heures du matin, enfiler sa robe de chambre et sortir de la pièce. Il ne sortait plus de son bureau qu'à l'heure du petit déjeuner qu'ils prenaient ensemble. Depuis leur mariage deux mois s'étaient écoulés. Dans un vase sur la table il y avait des fleurs.

— Tu ne veux pas me raconter ? demanda Nora. Elle était impatiente. Traian avait toujours évité de lui parler de son roman. A chaque fois il éludait. Mais maintenant il ne pouvait plus refuser.

— J'ai fait une fois une croisière en sous-marin, dit-il. Je suis resté mille heures sous l'eau. Il y a dans les sous-marins un appareil spécial pour indiquer le moment précis où il faut renouveler l'air. Mais, il y a longtemps, il n'y avait pas d'appareils et les marins prenaient à bord des lapins blancs. Au moment où l'atmosphère devenait toxique, les lapins mouraient et les marins savaient alors qu'ils n'avaient plus que cinq ou six heures à vivre. A cet instant, le capitaine devait prendre la décision suprême : ou bien il faisait un effort désespéré pour remonter à la surface, ou bien il ne quittait pas le fond et mourait avec tout l'équipage. D'habitude, pour ne pas se voir mourir ils s'abattaient entre eux à coups de revolver.

« Dans le sous-marin sur lequel je me trouvais il n'y avait pas de lapins blancs, mais des appareils. Le capitaine a observé que je percevais toute diminution de la quantité d'oxygène. Il s'est moqué de ma sensibilité, mais pour finir il n'a plus utilisé les appareils. Il n'avait qu'à me regarder. Et je lui indiquais avec une précision, toujours confirmée par les appareils, s'il y avait assez d'air ou non.

« C'est un don que nous avons — les lapins blancs et moi — de sentir six heures avant le reste des humains le moment où l'atmosphère devient irrespirable. Depuis un certain temps j'éprouve cette même sensation que j'avais à bord du sous-marin : l'atmosphère est devenue suffocante.

— Quelle atmosphère ? demanda Nora.

— L'atmosphère dans laquelle vit la société contemporaine. L'être humain ne peut plus la supporter. La bureaucratie, l'armée, le gouvernement, l'organisation d'État, l'administration, tout contribue à suffoquer l'homme. La société actuelle sert les machines et les esclaves techniques. Elle est créée pour eux. Mais les hommes sont condamnés à l'asphyxie. Ils ne s'en rendent pas compte. Ils persistent à croire que tout est normal, comme par le passé. Les hommes de mon sous-marin résistaient eux aussi dans l'atmosphère infectée. Après la mort des petits lapins, ils vivaient six heures encore. Mais moi je sais que tout est fini.

— C'est là le sujet de ton roman ?

— Dans mon roman, je décris la manière dont meurent, dans des tourments affreux, tués par une atmosphère qui ne permet pas l'existence, les hommes de cette terre. Et puisque je n'ai pas pu prendre toute l'humanité en exemple, je n'ai pris que dix êtres que je connais le mieux.

— Et tous tes personnages meurent ?

— Après la mort des lapins blancs, les hommes ne

peuvent plus vivre que six heures au maximum. Mon roman décrit les six dernières heures de la vie de mes meilleurs amis.

— Et qu'est-ce que tu as écrit jusqu'à présent ?

— Le premier chapitre, dit Traian. L'un des personnages a été arraché de parmi nous et...

— Qu'est-ce qui lui arrive ?

— Pour le moment on lui a pris sa liberté, sa femme, ses enfants, sa maison... Il a été affamé, frappé. On a déjà commencé à lui arracher les dents. Plus tard on lui arrachera les yeux et la chair qui colle encore à ses os. Et ses os seront brisés. Les derniers tourments lui seront probablement appliqués d'une manière automatique et électrique.

— Tout cela s'est passé vraiment ? demanda Nora.

— Tout est vrai, dit Traian. Dans mon roman j'ai écrit le nom de la rue, de la ville et du pays où habitent mes personnages. J'ai divulgué jusqu'à leur numéro de téléphone. D'ailleurs toi aussi, tu connais mon premier personnage. Tu peux vérifier l'authenticité des faits relatés.

— Qui est ton premier personnage ?

— Iohann Moritz.

Le front de Nora se rembrunit. Tout ce que Traian venait de raconter sur Iohann Moritz était vrai.

— J'ai terriblement pitié de lui ! dit-elle. C'est donc lui le héros de ton premier chapitre. Et qui sera le héros du second ?

— Je n'en sais rien encore, dit Traian. Peut-être mon père ou ma mère. Peut-être moi, ou peut-être toi. De toute façon ce sera l'un d'entre nous.

— Et tous les chapitres ressembleront à celui de Iohann Moritz ? demanda Nora. Il n'y a pas dans ton roman une seule belle destinée, une seule *happy end* ?

— Non, pas une seule, répondit Traian. Après la mort des lapins blancs il n'y a plus de *happy end* possible. Il y a seulement quelques heures avant que tout soit fini.

LIVRE SECOND

55

IOHANN Moritz se trouvait depuis déjà deux heures en Hongrie. Les trois juifs et lui-même avaient d'abord attendu devant la gare. Ils avaient eu peur de pénétrer dans la salle d'attente. Puis leur train était arrivé.

Le Dr Abramovici, Strul et Hurtig montèrent dans un wagon de deuxième classe. Iohann Moritz demeura sur le quai et leur tendit les valises par la fenêtre. A la dernière minute, il sauta sur le marchepied. Hurtig le prit par le bras, le tira à l'intérieur et referma la portière. Moritz était tout pâle. Il avait eu peur en pensant qu'il aurait pu rester seul sur le quai. Que serait-il devenu, en Hongrie, sans le Dr Abramovici et les autres ? Il remercia Dieu d'avoir pu monter à temps.

Le Dr Abramovici et Hurtig trouvèrent immédiatement des places. Strul et Iohann Moritz regardèrent dans tous les compartiments. Les lumières étaient éteintes, tous les voyageurs dormaient et il n'y avait aucune place libre. Ils restèrent dans le couloir assis sur les valises. Peu de temps après une femme descendit et Strul prit sa place dans le compartiment. Moritz demeura seul dans le couloir. Le Dr Abramovici ouvrit la porte du compartiment et lui dit :

— Ne t'endors pas, on pourrait voler les valises.

— Je ne m'endormirai pas, répondit Moritz. Mais dès

que le docteur ferma la porte du compartiment, il s'endormit. Il tombait de sommeil. Il ferma les yeux et ne les rouvrit qu'à Budapest.

Lorsqu'il descendit du train, il faisait déjà jour. Moritz avait soif, mais Hurtig ne lui donna pas la permission d'entrer dans un restaurant pour boire une limonade. La police pourrait le trouver dans le restaurant, découvrir qu'il s'était évadé de Roumanie et les arrêter tous les quatre.

— Ma sœur te donnera un grand verre d'eau, dit le Dr Abramovici.

Et ils partirent plus loin. A la gare ils s'arrêtèrent un moment devant la file d'autos et de voitures.

— C'est plus sage d'aller à pied, dit Hurtig. Le cocher pourrait nous dénoncer. Ce serait bête de nous faire arrêter à présent que nous sommes arrivés à Budapest ! Et ils partirent à pied. Moritz portait des valises sur ses épaules et à la main. Elles étaient très lourdes. Mais il avait moins de difficulté à les porter que la nuit d'avant lors du passage de la frontière.

— Peut-être ces valises me semblent-elles moins lourdes parce que je marche sur l'asphalte, pensa-t-il en appuyant très fort la plante du pied nu sur l'asphalte froid. Les tramways ne circulaient pas encore. Il était trop tôt. Moritz regardait les lumières électriques s'éteindre toutes seules dans la rue et demanda à Hurtig qui les éteignait.

— Ne parle donc plus roumain, espèce d'âne ! dit Hurtig en colère. Si on nous entend parler roumain nous risquons tous d'aller en prison.

— Il est défendu de parler roumain ?

— Ce n'est pas défendu, dit Hurtig. Mais ici tous les Roumains sont envoyés dans les camps de concentration. La Hongrie est l'ennemie de la Roumanie. As-tu compris maintenant ?

— Et comment parlerons-nous alors ?

— Yiddish, répondit le Dr Abramovici. En Hongrie les juifs ne sont pas poursuivis comme en Roumanie. Jusqu'à présent tout au moins, il n'y a pas encore de lois antisémites.

Iohann Moritz se garda bien de dire un seul mot en

roumain. Mais il ne parla pas yiddish. Il était las. En arrivant chez la sœur du docteur, rue Petöfi, Moritz chancelait de fatigue sous le poids des valises. Il les déposa devant la porte. La bonne vint et lui donna un coup de main pour les monter. Moritz l'accompagna dans la cuisine. Elle portait une robe bleue. Cette robe, Moritz avait l'impression de l'avoir déjà vue quelque part. Puis il se rappela que Suzanna en portait jadis une pareille.

56

La sœur du Dr Abramovici avait de l'embonpoint. Elle portait une robe de chambre à grandes fleurs rouges. Elle parlait vite et beaucoup. Elle fit appeler Iohann Moritz dans la pièce où se trouvaient le Dr Abramovici, Hurtig, Strul et Isaac Nagy, le beau-frère du docteur, et leur donna à tous de l'eau-de-vie. Moritz demeura debout. Il n'y avait pas assez de chaises pour tout le monde. La sœur du docteur apporta une théière et la mit au milieu de la table. Elle regarda Moritz et lui dit :

— Tu n'as pas de place. Va prendre le thé à la cuisine.

— Il vaut mieux en effet, dit Nagy en hongrois. Nous avons à parler de choses sérieuses entre nous.

Moritz comprit que ces messieurs n'aimaient pas s'asseoir à table à côté de lui. Mais il ne s'en froissa pas. Iulisca était toute contente de le voir arriver à la cuisine. Elle lui versa trois tasses de thé avec beaucoup de sucre et du citron. Puis elle lui servit trois grosses tranches de pain avec du jambon et du beurre. Moritz mangea vite, il avait une faim de loup. Puis il voulut se laver, mais Iulisca lui dit :

— Viens d'abord avec moi au marché ! Tu te laveras quand nous serons de retour.

Iohann Moritz prit le panier et partit avec Iulisca pour faire des courses. Ensuite, chaque matin, il l'accompagnait au marché.

En revenant du marché il coupa du bois et le porta à la cuisine. Après le déjeuner, il lava la vaisselle avec Iulisca. Elle avait une nature gaie et blaguait sans cesse. Iohann Moritz se plaisait bien dans cette maison.

57

Tout au travail de la cuisine et aux blagues de Iulisca, Moritz ne s'était même pas rendu compte que la journée avait passé sans qu'il ait vu le Dr Abramovici et les autres. Il demanda vers midi de leurs nouvelles. La sœur du Dr Abramovici lui dit qu'ils dormaient. Puis il s'occupa de ses affaires et n'y pensa plus. Le soir venu, en se mettant au lit, il se rendit compte qu'il ne leur avait pas parlé de la journée. Ils avaient pourtant mangé à la maison. Moritz en était certain car il avait lavé les assiettes du déjeuner. Et à cinq heures ils étaient encore là pour le café car il avait lavé cinq tasses. Mais il ne se rappelait plus le nombre de couverts du dîner. Iulisca avait apporté toute une pile d'assiettes et Moritz ne les avait pas comptées avant de les laver. Il ne pouvait même pas s'endormir tellement il était tourmenté. Il avait l'impression qu'il y avait eu moins d'assiettes après le dîner.

« Peut-être Hurtig est-il allé chez ses parents », se dit-il. Il regrettait que Hurtig soit parti sans l'avoir vu. Mais après tout peut-être avait-il dîné à la maison et Moritz s'était-il seulement imaginé voir moins d'assiettes. Mais le lendemain matin, Moritz put constater qu'il avait deviné juste. Hurtig était parti la veille. Le soir il n'avait pas dîné chez Isaac Nagy. Mais le Dr Abramovici et Strul étaient encore là. Vers dix heures Iulisca lui apporta leurs souliers et il les cira soigneusement. Puis il voulut les porter dans la maison. Mais Iulisca l'arrêta sur le seuil. Elle prit les souliers et les porta elle-même. En revenant elle dit à Moritz :

— Madame m'a défendu de te laisser entrer. Elle est comme ça, que veux-tu, elle a toujours peur qu'on la vole.

58

Dans le courant de l'après-midi, le Dr Abramovici fit venir Moritz dans la salle à manger.

— Prends ces valises et viens avec moi, lui ordonna-t-il.

Moritz était content. Il savait bien que le docteur allait l'appeler, qu'il ne l'avait pas oublié.

— Pourquoi vas-tu nu-pieds ? demanda le docteur en colère, lorsqu'ils descendirent dans la rue.

Moritz eut honte. Mais il n'avait pas de chaussures. Il regarda tout autour de lui dans la rue et ne vit personne aller pieds nus. Il parcourut le reste du chemin, la tête basse. Il avait regardé attentivement les pieds des gens qui passaient près de lui. Tous étaient chaussés, tous portaient des souliers ou des bottes. Moritz était tout honteux. Il aurait voulu que la terre s'ouvrît pour l'engloutir. Il essaya de demander pardon au docteur, mais le docteur marchait devant lui, mains dans les poches comme s'il l'ignorait.

59

Ils s'arrêtèrent devant la porte d'une vieille maison, avec un petit jardin fleuri. Le docteur prit les valises et entra tout seul. Moritz resta sur le seuil. Il lut l'écriteau fixé au mur. Il y était écrit « Consulat ». Puis il se remit à regarder les gens qui passaient dans la rue.

Le Dr Abramovici ne demeura pas longtemps absent. Il revint sans les valises. Il descendait les marches en riant. Mais en voyant Moritz qui l'attendait appuyé au mur, son sourire se figea sur ses lèvres. Il s'arrêta sur place, mit les mains dans les poches, et parut réfléchir un moment. Son front s'était rembruni. Sur le chemin du retour, le docteur ne desserra pas les dents. Iohann Moritz marchait derrière lui à une grande distance pour que les gens ne puissent pas deviner que M. le docteur était accompagné d'un homme nu-pieds. Moritz n'aurait voulu pour rien au monde causer cette honte au Dr Abramovici.

Devant la porte de Isaac Nagy, le docteur s'arrêta. Il attendit que Moritz soit auprès de lui, et lui dit :

— Iankel, ton cas est des plus compliqués. La communauté juive de Budapest qui nous fait les papiers pour le départ en Amérique ne veut pas s'occuper de toi. Je leur ai dit que tu es venu avec nous, je les ai suppliés de t'aider, mais en vain. Ils m'ont répondu qu'ils ne pouvaient pas s'occuper des chrétiens. Le comité juif doit aider les juifs. C'est pour cela qu'on l'appelle « Comité israélite ». Et toi, tu n'es pas juif. N'est-il pas vrai ?

— Je ne le suis pas, monsieur le docteur.

— Ils ont raison, continua le Dr Abramovici. Mais je regrette qu'il en soit ainsi. Je voulais t'emmener avec moi en Amérique. Mais je ne suis pas homme à t'abandonner.

Le Dr Samuel Abramovici ouvrit son porte-monnaie et commença à compter les billets. Iohann Moritz regardait les billets hongrois. Il s'étonnait de les voir tellement petits.

— Voilà 20 pengoes, dit le Dr Abramovici, pour te payer de ta peine. C'est une grosse somme d'argent. Ici en Hongrie il faut travailler une semaine pour gagner 20 pengoes. Et toi tu les as gagnés rien qu'en transportant des valises pendant quelques heures.

Iohann Moritz n'avait jamais pensé réclamer de l'argent parce qu'il avait transporté les valises. Il ne l'avait pas fait pour de l'argent. Mais le docteur demeurait la main tendue. Moritz prit l'argent et le fourra dans sa poche.

— Le plus important c'est de t'avoir fait sortir du camp, et de t'avoir amené ici, continua le Dr Abramovici. Si nous ne t'avions pas aidé à t'évader, tu serais encore en train de pourrir là-bas. Mais je ne te demande rien en échange. Je ne suis pas homme à réclamer quoi que ce soit pour les services que je rends aux autres.

60

Iohann Moritz se trouvait depuis une semaine en Hongrie. Et aujourd'hui il faisait le même travail qu'au premier jour : il accompagnait Iulisca au marché, coupait le bois, descendait le seau à ordures et lavait la vaisselle. Le soir, il nettoyait la cuisine, lavait le plancher et les escaliers.

Un dimanche matin, Isaac Nagy rencontra Iohann Moritz dans le couloir et lui dit d'une voix dure :

— Tu n'as pas encore trouvé de travail ? Il y a bientôt une semaine que tu es ici. Tu ne crois quand même pas que je vais te faire l'aumône toute ma vie.

Et Isaac Nagy partit sans ajouter un mot. Iohann Moritz regrettait de ne pas avoir cherché de travail. Il n'y avait même pas pensé. Il se croyait engagé comme serviteur chez Isaac Nagy.

« Comment ai-je pu être assez idiot pour ne pas chercher de travail ? se dit-il. Ces gens ont raison. Ils ne peuvent pas me nourrir toute leur vie. »

Ce soir-là, Iohann Moritz en parla à Iulisca qui lui promit de lui trouver quelque chose. Elle connaissait quelqu'un à la fabrique de chocolat.

— Et peut-être m'apporteras-tu du chocolat, dit-elle. A moins que tu ne le donnes à une autre.

— Comment le donnerais-je à une autre ? dit Moritz, chagriné que Iulisca ait même pu penser telle chose.

— Je t'apporterai tout le chocolat qu'on me donnera. Je n'en goûterai même pas.

Cette nuit-là Iohann Moritz fit un rêve. Dans son rêve il travaillait déjà à la fabrique de chocolat.

Le lendemain matin le Dr Abramovici fit ses adieux à sa sœur et à son beau-frère et partit. Moritz transporta les valises à la gare et les monta dans le wagon-lit.

— Vous vous en allez très loin ? demanda-t-il.

— En Suisse, dit le docteur. Je vais me reposer quelques semaines avant mon départ pour les États-Unis.

Au moment du départ, le Dr Abramovici lui tendit la main.

Iohann Moritz sentit le rouge lui monter au visage. Sur le quai tous les messieurs avaient regardé le Dr Abramovici lui serrer la main à lui, un homme qui n'avait pas de chaussures aux pieds.

Lorsque le train se mit en marche, Abramovici cria par la fenêtre :

— Au revoir, cher Iankel ! Je ne t'oublierai pas. Je ferai quelque chose pour te tirer de là.

— Au revoir, dit Moritz. Lorsque le train eut disparu dans le lointain, Iohann Moritz se mit à pleurer. Il se sentait abandonné et seul au monde. Hurtig et Strul étaient partis sans même lui dire au revoir. Et maintenant le docteur aussi venait de partir. Moritz demeura encore longtemps sur le quai. Jamais il ne s'était senti aussi étranger. Puis il se souvint de sa fabrique de chocolat. Son chagrin s'évanouit et il partit. En remontant la rue Petőfi il pensait :

« Lorsque je commencerai à travailler, j'achèterai à Iulisca un collier de perles de verre. »

61

Iohann Moritz et Iulisca allèrent au marché plus tôt que de coutume. Ils achetèrent au plus vite la viande, les légumes et tout ce dont ils avaient encore besoin, puis remontèrent une rue aux maisons basses.

Moritz tenait le panier de sa main droite, et le bras de Iulisca de sa main gauche. Ils marchaient très vite.

— La fabrique de chocolat se trouve à l'autre bout de la ville, dit Iulisca. Il faut nous dépêcher.

Ils étaient en nage. S'ils tardaient trop, Iulisca n'aurait

plus le temps de préparer le déjeuner. Elle avait parlé à un garçon de son village qui travaillait à la fabrique. Il lui avait dit d'amener Moritz un matin, discuter avec le chef. « S'il vient on l'engage tout de suite car nous manquons d'ouvriers. »

— Peut-être m'engageront-ils tout de suite! dit Moritz en se frayant chemin à travers une cohue de gens amassés à un carrefour. S'ils m'engagent sur-le-champ, lundi prochain j'aurai ma première paye. Et peut-être aussi du chocolat pour toi.

Il lui serra fortement le bras. Ils se regardèrent et se mirent à rire.

— Puis je vais prendre une chambre, continua-t-il. Je ne peux pas rester toute ma vie à la charge de tes patrons. Je chercherai une chambre près de la fabrique.

— Est-ce que je pourrai venir chez toi? demanda Iulisca.

Mais il ne l'entendit pas. Ses regards étaient attirés par la cohue. Il se demandait pourquoi il y avait tant de monde. Il y en avait des centaines qui se bousculaient. Iulisca s'arrêta et essaya de voir, elle aussi, ce qui se passait. Elle s'était souvenue qu'ils devaient se dépêcher.

— Prenons une autre rue, dit-elle. Autrement je n'aurai plus le temps de préparer le déjeuner.

Ils étaient revenus sur leurs pas et marchaient plus vite encore pour regagner le temps perdu. Mais l'autre bout de la rue était fermé par un cordon de police.

Iulisca regarda les agents du coin de l'oeil et pressa le pas pour passer plus vite.

— Les gendarmes et les soldats sont les hommes les plus ordinaires du monde! dit-elle. Jamais je n'épouserai un gendarme.

Iulisca se retourna pour voir si Moritz l'avait entendue. Mais Moritz n'était pas derrière elle. Iulisca le chercha du regard dans la foule. Elle l'aperçut près des gendarmes. Il lui faisait signe de la main.

Iulisca alla vers lui. Elle comprenait maintenant ce qui se passait. Ils se trouvaient pris dans une rafle. Les gendarmes avait fait un barrage et contrôlaient les papiers de tous les passants avant de les laisser continuer leur route. Ils ne demandaient rien aux femmes, et c'est pourquoi elle avait pu passer.

Iulisca se rappela que Moritz n'avait aucun papier sur lui et elle eut peur. Elle retraversa le cordon de gendarmes. L'un d'eux voulut lui pincer le bras, mais elle s'écarta et s'approcha de Moritz. Il se trouvait maintenant dans un groupe qu'un gendarme, baïonnette au canon, menait vers un camion. Moritz avait soulevé le panier au-dessus de sa tête pour qu'elle puisse le voir et vienne le chercher. Iulisca voyait bien le panier. Mais elle ne pouvait plus avancer. Les gendarmes ne la laissaient pas aller plus loin. Elle leur expliqua qu'elle voulait prendre son panier à provisions. Mais ils ne voulaient pas l'écouter, ou bien ne la comprenaient pas. Elle eut beau jurer et se fâcher ; rien n'y fit.

Iohann Moritz était monté dans le camion. Il laissait pendre le panier au-dehors. Il espérait que Iulisca viendrait le chercher.

Puis le camion démarra. Il mit le panier à légumes entre ses genoux. « Mme Nagy va la battre si elle rentre sans son panier », pensa-t-il. Il eût été capable de sauter du camion pour lui porter le panier. Mais il ne pouvait pas le faire. Deux gendarmes, baïonnette au canon, se tenaient aux deux coins de la banquette. En les regardant, Iohann Moritz oublia le panier à provisions et se rendit compte qu'il était arrêté.

62

Depuis ce jour-là quatre semaines s'étaient déjà écoulées. De tout ce qui pouvait se passer en dehors des murs de sa cellule, Moritz ne savait rien. Il n'avait même plus vu le soleil. La fenêtre de sa cellule donnait sur la cour et ses murs gris et élevés lui cachaient tout l'horizon et le ciel avec. Depuis quatre semaines il n'avait pas respiré une bouffée d'air frais. Les autres détenus sortaient une heure par jour dans la cour. Il les entendait quitter leur cellule et y rentrer. Moritz savait qu'ils étaient allés prendre l'air. Il le sentait à leurs pas.

Mais maintenant le couloir était calme. Le jour n'était pas encore levé. Moritz ouvrit les yeux. Ses paupières se décollaient avec difficulté. Moritz porta la main à ses yeux et toucha ses paupières. Elles étaient enflées. Le sang s'y était caillé. A quel moment l'avait-on amené dans la cellule ? Il ne se souvenait pas. « Ils ont dû me porter dans leurs bras. » Parfois il ne voyait même plus où il posait le pied, lorsqu'on le ramenait dans sa cellule. D'autres fois il ne pouvait plus bouger des heures durant. On le portait dans les bras. D'habitude il se rappelait toujours le moment où on cessait de le frapper, où les gardes le prenaient, le ramenaient dans sa cellule, et l'allongeaient sur son lit. Mais cette fois-ci il ne se souvenait de rien. D'absolument rien. Cela lui arrivait pour la première fois. « Ils ont dû y aller un peu fort ! » pensa-t-il. Il parlait de lui comme d'un étranger. Il porta la main à son visage. La barbe était épaisse et dure. Le sang s'était collé à sa moustache, à ses cheveux, à ses sourcils. Maintenant encore le sang caillé craquelait sous ses doigts, rugueux comme de la terre sèche. Iohann Moritz passa la langue sur ses lèvres. Elles étaient enflées et lui faisaient mal comme des abcès prêts à crever. Les dents aussi le faisaient souffrir. Jusqu'à présent il en avait perdu quatre. Un jour, il les avait crachées avec le sang, comme des noyaux, après avoir reçu des coups de poing dans la mâchoire. Ce jour-là aussi, la mâchoire lui faisait mal, le même mal qu'aujourd'hui. « S'ils m'ont encore fait sauter des dents, je ne pourrai même plus manger mon pain », se dit-il. Il ne se donna pas la peine de les tâter du bout de la langue, pour voir s'il lui en manquait d'autres. Tout mouvement le faisait souffrir. Il ferma de nouveau les yeux. Le temps passa. Il entendait des pas s'approcher dans le couloir. Mais il ne tendit pas, comme d'habitude, l'oreille pour savoir quels étaient ces pas, d'où ils venaient et où ils pouvaient bien aller. Toute sa chair était meurtrie, ses pensées engourdies. Lorsqu'on vint le chercher pour l'interrogatoire et qu'il descendit du lit, Moritz eut envie de pousser un hurlement. La plante des pieds était gonflée comme un pain chaud. Il ne se rappelait pas avoir reçu de coups sur la plante des pieds. Le gardien le poussa brutalement. Moritz passa le seuil de sa cellule. Il avait mal, très mal dans le dos, là où le gardien venait de le frapper. Puis le mal passa et ses pieds le firent souffrir. A chaque pas c'était comme si quelqu'un lui avait arraché un lambeau de chair.

Il était à cent pas du bureau de l'inspecteur Varga qui menait l'enquête. Il avait encore cent pas à faire. Et rien qu'à y penser, il sentit toutes ses forces l'abandonner et s'écroula par terre. Le gendarme passa son bras sous ses aisselles et le souleva. Iohann Moritz était devenu aussi léger qu'un enfant. Les os et la peau : c'était tout ce qui pouvait encore peser quelque chose. Quant à la chair et à la graisse, il n'en était plus question.

63

Lors de son arrestation, Iohann Moritz avait fait une déclaration. Il avait raconté exactement comment il était arrivé en Hongrie. Les gendarmes ne l'avaient pas cru. Ils l'avaient frappé pour lui faire dire la vérité. Mais, après avoir été torturé, Moritz avait répété son histoire exactement de la même façon. Et alors ils l'avaient battu de nouveau.

Maintenant il se trouvait à la prison du Service Secret hongrois. Et chaque jour il était interrogé, puis battu.

— Pourquoi as-tu été envoyé en Hongrie ? demanda l'inspecteur.

— Personne ne m'a envoyé en Hongrie. répondit Moritz.

— Tu as déclaré avoir été conduit jusqu'à la frontière par un adjudant, en camion militaire !

— C'est vrai. L'adjudant s'appelait Apostol Constantin. C'était le commandant du camp, répondit Moritz. C'était l'ami du Dr Abramovici. Il nous a accompagnés pour que les patrouilles ne nous arrêtent pas.

— C'était le commandant Tanase Ion, des services d'espionnage roumain, dit l'inspecteur. Nous savons qu'il travaille dans ce secteur. Il nous envoie des agents chaque mois. C'est lui qui t'a envoyé. Mais nous voulons savoir pourquoi il t'a envoyé. Quelle est ta mission?

Moritz baissa les yeux.

— J'ai dit toute la vérité! dit Moritz.

Il savait que dans quelques instants il serait mené à la chambre de torture au sous-sol. Sa chair commençait déjà à lui faire mal.

— Tu ne te rends donc pas compte que toute cette comédie ne sert à rien? dit l'inspecteur. C'est stupide de résister encore. Tu as déclaré avoir été enfermé dans un camp de juifs en Roumanie pendant dix-huit mois.

— J'y ai été, dit Moritz.

— Tu n'y as même pas mis les pieds. Tu es Roumain.

— Je suis Roumain, dit Moritz.

— En Hongrie, tu as voulu te faire passer pour juif, dit l'inspecteur. Et pour nous forcer à te croire tu as déclaré avoir été envoyé en Roumanie dans un camp de juifs. Puis tu as déclaré avoir passé la frontière avec encore trois juifs.

— Cela aussi est vrai, dit Moritz.

— Ce n'est pas vrai. Tu es venu tout seul. Et tu n'as pas habité chez Isaac Nagy. Personne n'a habité chez les Nagy depuis six mois. Tu t'imaginais que nous allions te croire sur parole, et ne pas faire d'enquête. Dans ce dossier, j'ai les déclarations écrites de Mme et de M. Nagy. Ils n'ont jamais entendu parler de toi. Mme Rosa Nagy n'a pas de frère docteur.

— Ils ont dit qu'ils ne me connaissaient pas? demanda Iohann Moritz. Madame ne peut pas dire une chose pareille. J'ai travaillé dans la maison, j'ai fait le marché avec Iulisca, j'ai lavé la vaisselle...

Iohann Moritz se mit à pleurer. L'inspecteur cria :

— Et ceci aussi est un mensonge. Mme Rosa Nagy n'a

pas de domestique du nom de Iulisca. Si tu voulais mentir, tu aurais dû connaître au moins le nom de la domestique !

L'inspecteur riait :

— J'ai interrogé aussi la domestique de Mme Nagy. Elle se trouve dans la maison depuis huit ans. Iulisca, c'est toi qui l'as inventée. Tu pensais nous tromper, hein ? C'est le commandant Tanase qui t'a mis en tête l'histoire de Iulisca pour que tu puisses nous la répéter ?

Iohann Moritz ferma les yeux. Il attendait qu'on fasse appeler le gardien. Il attendait qu'on le mène à la chambre d'en bas. Il ne voulait plus penser à rien. Pourtant il était torturé par l'idée que Mme Nagy avait pu déclarer ne pas le connaître. Il ne pouvait le croire.

Iohann Moritz entendit la porte s'ouvrir. Puis des pas s'approchèrent. Ce n'était pas ceux de la sentinelle qui devait l'amener à la chambre du sous-sol. Il ouvrit les yeux. Isaac Nagy se trouvait devant lui. Il portait un costume neuf, marron, et ne le regardait même pas.

— Vous connaissez cet individu ? demanda l'inspecteur.

— Je le vois aujourd'hui pour la première fois, répondit Isaac Nagy, toisant Moritz du regard.

— Trois juifs réfugiés de Roumanie ont-ils habité chez vous ? demanda l'inspecteur.

— A part ma femme, moi-même et ma domestique, personne n'a habité chez moi depuis de longues années.

— Je vous remercie ! dit l'inspecteur.

Isaac Nagy sortit du bureau. Sa femme entra dans le bureau immédiatement après. Elle déclara aussi ne pas le connaître et ne l'avoir jamais vu jusqu'à ce jour.

— Vous avez un frère docteur en Roumanie ? demanda l'inspecteur.

— Je suis fille unique, répondit Rosa Nagy.

L'inspecteur jeta un regard sévère à Iohann Moritz et demanda à Rosa Nagy :

— Avez-vous jamais eu à votre service une nommée Iulisca ?

— Jamais ! répondit-elle. Depuis huit ans que je me trouve à Budapest je n'ai eu qu'une seule domestique du nom de Joséphina.

Mme Nagy sortit du bureau en souriant. Après elle, une vieille femme entra qui déclara s'appeler Joséphina et être au service de la famille Nagy depuis huit ans sans interruption. L'inspecteur demeura de nouveau seul avec Iohann Moritz.

— Maintenant, au moins, reconnais-tu avoir menti? demanda-t-il. Dis la vérité! Pourquoi t'ont-ils envoyé en Hongrie?

Iohann Moritz se mit à pleurer...

64

Du bureau de l'inspecteur Varga, Iohann Moritz fut conduit directement à la chambre de torture, comme d'habitude. Mais jamais encore, il n'avait eu aussi peur qu'aujourd'hui. En pénétrant dans la chambre du sous-sol, la lumière le frappa en plein visage. Dans cette pièce régnait toujours une lumière blanche comme la craie. Les lampes étaient grandes et puissantes.

Iohann Moritz ferma les yeux. Mais la lumière lui brûlait les tempes comme du feu.

— Déshabille-toi! ordonna le gardien en riant. C'était l'un des deux hommes gras, à moustaches, qu'il trouvait toujours en train de jouer aux cartes. Moritz défit le col de sa chemise. S'il ne se déshabillait pas au plus vite, l'un des deux gardiens viendrait le frapper à coups de cravache à travers la figure. Il le savait bien.

Mais ses doigts étaient tout enflés et il n'arrivait pas à défaire les boutons minuscules de la chemise. Moritz avait terriblement peur de faire attendre les deux hommes. Jamais encore il n'avait tellement redouté la cravache. Il jeta un regard du côté des deux gardiens qui continuaient à jouer aux cartes. Ils étaient tellement pris au jeu qu'ils n'observaient même pas la lenteur de ses gestes. Moritz réussit enfin à enlever sa chemise. Il n'avait pas à laisser tomber son pantalon. Il restait debout. Devant lui se trouvait un râtelier où s'alignaient des baguettes de fer comme celles dont on se sert au régiment pour nettoyer le canon des fusils. Elles étaient alignées suivant leur grosseur. A gauche du râtelier se trouvaient celles de la grosseur d'un pouce. Les autres suivaient, de plus en plus minces. Il y avait vingt grosseurs différentes et deux baguettes de chacune. Moritz les comptait aujourd'hui pour la première fois. La plus mince se trouvait à l'autre bout du râtelier, à droite. Elle était aussi fine qu'un brin de paille. Moritz savait la souffrance exacte que produisait chacune de ces baguettes.

— Au travail, mon garçon! ordonna l'un des deux gardiens en se mettant debout. Sur la table les cartes demeuraient éparses.

— Qui ne travaille pas, ne dîne pas, dit-il.

Moritz le vit s'étirer. Il portait un tricot bleu qui moulait son buste épais. Il avait l'air d'avoir sommeil.

Le second gardien éteignit sa cigarette et jeta un regard à Moritz :

— Alors? Est-ce qu'aujourd'hui tu voudras nous dire pourquoi ils t'ont envoyé ici?

La voix du gardien était aussi paisible que s'il lui avait demandé du feu pour allumer une cigarette.

Après avoir parlé il bâilla et s'étira, tout comme avait fait le premier.

— Puisque je vous dis que personne ne m'a envoyé ici! répondit Moritz.

Les deux gardiens tournèrent vivement la tête. Ils tressaillirent comme touchés au fer rouge. Leurs yeux scintillaient de colère. Iohann Moritz se mit à trembler. L'un des gardiens se dirigea vers lui et lui donna un coup en plein visage, sous le menton. Il le frappa une fois. Puis encore une fois. Moritz ne sentait plus son menton.

Le second l'attrapa et l'étendit sur le banc qui se trouvait près du râtelier. Puis il grimpa à califourchon sur son dos. Chaque jour lorsque le gardien s'asseyait ainsi sur lui, Moritz croyait qu'il allait périr étouffé. Mais aujourd'hui il aurait vraiment voulu mourir. Il sentit le creux de sa poitrine s'écraser contre le banc. Ses poumons, pressés par le poids du gardien comme par des meules de moulin, ne pouvaient plus aspirer l'air.

— Tu dis? demanda le gardien qui l'avait frappé au visage. L'autre ne répondit pas. Moritz sentit le premier coup l'atteindre à la plante des pieds. Il serra convulsivement les jambes. Le gardien, assis sur lui, les saisit à pleines mains et les cloua au banc. Le deuxième coup suivit. C'était probablement une grosse baguette. La plante des pieds ne lui faisait plus mal. Seul son cerveau en souffrait. Lorsque les coups se mirent à pleuvoir, il ne les ressentit plus dans le cerveau mais dans la poitrine. Ensuite dans les épaules. Puis il ne sentit plus rien. Son corps était raidi. Mais cela ne dura pas. Maintenant il avait l'impression de recevoir des coups de couteau dans la plante des pieds, tellement cela le brûlait. Ce devait être les baguettes fines. Les coups se répercutaient à travers ses genoux et l'atteignaient aux reins. Il perdit le contrôle de sa vessie et de son ventre. Les coups continuaient à pleuvoir. Iohann Moritz eut la nausée. Une lumière jaune dansait devant ses yeux. Les aliments qu'il avait ingurgités commencèrent à sortir par la bouche. Le pantalon mouillé s'était collé à la peau. L'eau et le pain qu'il avait avalés refusaient de lui rester dans l'estomac.

Iohann Moritz se voyait englouti par cette lumière jaune qui l'entourait. Sa bouche était remplie d'un suc amer et verdâtre. Les liquides sortaient de son corps par le nez, par la bouche, par tous les orifices. Ils étaient mélangés à une mousse verte comme de la bave de crapaud. Iohann Moritz sentait sa vie s'échapper de partout. Seul son esprit demeurait encore éveillé. Le gardien le frappait avec des baguettes de plus en plus fines, mais Moritz ne ressentait plus rien. Le sang, qui, lui non plus, ne pouvait supporter les coups, essayait de s'évader de cette enveloppe de chair torturée, déchirée. Il éclata par toutes les portes qu'il trouvait ouvertes. Le sang fuyait le corps de Iohann Moritz par le nez, les oreilles, et se mêlait à l'urine. Le sang le quittait même par les pores. Il ne voulait plus de ce corps déchiqueté par la souffrance. Il devait s'évader. A n'importe quel prix. De partout.

65

En se réveillant, Iohann Moritz se souvint de la confrontation de la veille avec Isaac et Rosa Nagy. « S'ils avaient dit la vérité, l'inspecteur m'aurait relâché, et hier je n'aurais pas été torturé. » Jamais encore il n'avait été battu comme la veille. Tout son corps n'était qu'une plaie. Des pieds à la tête une grande plaie qui saignait.

« Isaac Nagy leur a dit qu'il ne me connaissait pas. Et sa femme aussi », Moritz se revit cirant chaque matin les souliers de Isaac Nagy, coupant — sur l'ordre de Rosa Nagy — le bois, lavant le plancher de la cuisine. « Comment ont-ils pu dire ça ? Ils ont même prétendu n'avoir jamais vu Iulisca et n'avoir jamais eu de domestique du non de Iulisca. »

Iohann Moritz était à bout de forces. Il savait bien que son corps et son esprit étaient faibles et qu'hier et avant-hier il avait été ramené dans la cellule sans se rappeler comment et à quel moment on l'avait ramené. Ce devait être à cause des coups. Mais il était *sûr* d'avoir habité chez Isaac Nagy. Il était *sûr* que leur domestique s'appelait Iulisca. Et pourtant. Isaac Nagy avait dit NON. Sa femme avait dit NON. Il les avait entendus de ses propres oreilles dire NON.

Iohann Moritz ferma les yeux.

66

Peu de temps après, on vint de nouveau le chercher. Moritz se mit à trembler. Pour la première fois, il était décidé à se tuer. Il ne pouvait plus supporter tant de souffrance. Le gardien laissa la porte ouverte et demeura sur le seuil. A travers les cils, Moritz l'aperçut qui riait.

— Allons, lève-toi, dit le gardien.

Moritz revit en pensée l'inspecteur Varga. Il entendit sa voix. Puis il revit la chambre de torture, les baguettes de toutes tailles, il sentit tout le poids du gardien peser sur son dos. Ses lèvres se firent suppliantes et murmurèrent :

— Non... Pas aujourd'hui. Demain. Et après-demain et tous les jours jusqu'à la fin de ma vie. Chaque jour. Et à l'enquête et à la torture. Mais pas aujourd'hui...

— Aujourd'hui nous te relâchons, dit le gendarme.

Iohann Moritz ne voulut pas le croire. Il n'arrivait plus à y croire. Et pourtant ce jour-là il fut relâché.

Mais ils ne le laissèrent pas libre. Il était citoyen roumain. Il fut envoyé dans un camp de travail.

67

Avant de sortir de prison, Iohann Moritz reçut une lettre de Iulisca. C'est le gardien du bureau de l'inspecteur Varga qui la lui apporta. Il entra dans la cellule juste au moment où Moritz partait. Moritz l'ouvrit et vit l'écriture de Iulisca.

« Cher Ianos. Depuis quatre jours je ne suis plus au service de M. Nagy. Et je t'écris pour que tu le saches et que tu ne viennes pas me chercher rue Petöfi, quand on te relâchera. Je pars à la campagne chez ma mère, dans la commune de Balaton, du district de Tisa où je t'attends avec amour. Tu peux venir dès que tu sortiras de prison. — IULISCA. »

En bas dans le coin de droite elle avait encore écrit :

« J'ai été hier chercher mes affaires chez M. Nagy. M. Nagy et sa dame te prient de ne pas être fâché contre eux parce qu'ils ont déclaré à la police qu'ils ne te connaissaient pas. En ville des juifs viennent d'être arrêtés.

Ils ont eu peur de dire qu'ils avaient reçu chez eux des étrangers. Ils t'envoient leurs compliments. M. Isaac m'a donné pour toi un costume presque neuf. Tu le trouveras chez moi en venant. Il est très brave et Mme Rosa de même. Ils ont eu peur d'être arrêtés et c'est pourquoi ils ont dit qu'ils ne te connaissaient pas. Les temps sont durs. La peur vous ferait tuer père et mère. Je t'embrasse. — IULISCA. »

68

Les membres du gouvernement hongrois se trouvaient depuis trois heures déjà en conseil secret au Palais de la Régence.

La conférence venait de prendre fin. Cependant, le ministre des Affaires étrangères, debout, prit de nouveau la parole :

— Le problème des cinquante mille ouvriers n'est pas résolu, dit-il. Et c'est le plus important.

— La question a été réglée, dit le chef du gouvernement. Sa voix était dure.

La décision vient d'être acceptée à l'unanimité.

Les ministres se tenaient prêts à partir, serviettes à la main. Le ministre des Affaires étrangères faisait semblant de ne pas le remarquer. Il continua :

— Il nous faut trouver quelque chose à donner, dit-il. L'équilibre de nos relations avec le IIIe Reich doit être maintenu. Ce ne sont pas des rapports d'égalité et nous devons le reconnaître, quoi qu'il nous en coûte. La situation de la Hongrie à l'égard de l'Allemagne est la situation d'un subalterne et non d'un allié. Mais cette situation ne peut être changée que contre celle de pays occupé militairement, ce qui serait pire. Au départ, on nous avait demandé de fournir trois cent mille ouvriers. Le chiffre a été réduit à cinquante mille hommes. Mais ceux-là au moins nous devons les donner.

— Mon gouvernement ne cédera pas aux Allemands un seul citoyen hongrois comme esclave, dit le président du Conseil rouge de colère. L'affaire est donc liquidée.

— L'Allemagne y tient beaucoup, répliqua le ministre des Affaires étrangères. Cette demande nous a été adressée comme un ultimatum. Leur industrie a besoin de main-d'œuvre. Si nous ne leur cédons au moins cinquante mille hommes, ce refus peut nous être fatal. Je suis informé qu'au cas où cette demande ne serait pas satisfaite, l'occupation militaire de la Hongrie serait considérée comme imminente. Il est de mon devoir de vous en avertir. Vous assumez toute la responsabilité d'un refus.

— Ne pourrait-on pas trouver un compromis? suggéra un ministre.

— Si nous envoyons un seul Hongrois comme esclave en Allemagne la situation est tout aussi grave et l'histoire ne nous pardonnera jamais un pareil geste, dit le président du Conseil. En conséquence notre réponse ne peut être qu'un refus catégorique. En cette matière il n'y a pas de compromis possible!

— Et si nous envoyions en Allemagne cinquante mille travailleurs et que ces cinquante mille travailleurs ne soient pas citoyens hongrois, dit le ministre de l'Intérieur? Nous avons dans les camps de concentration plus de trois cent mille étrangers. Pourquoi ne les céderions-nous pas à l'Allemagne?

— Je m'oppose à cette solution, répliqua le ministre des Affaires étrangères. Elle ne ferait que compliquer la situation. Elle est contraire aux lois internationales concernant les prisonniers et les internés politiques. Nous avons besoin de la sympathie des pays étrangers. En adoptant cette solution, l'honneur de la Couronne de Saint-Étienne serait gravement atteint. Le seul résultat serait de nous créer de nouveaux ennemis.

Au bout d'une demi-heure, un compromis fut enfin trouvé. Les ministres décidèrent d'envoyer en Allemagne cinquante mille ouvriers non hongrois choisis parmi ceux dont la nationalité n'était pas bien définie. Le ministre de l'Intérieur prit l'engagement de trier de telle manière les ouvriers, qu'aucun ne puisse apporter la preuve certaine d'appartenir à une autre nation.

— Et nous sauvons ainsi le sang hongrois, dit le ministre de l'Intérieur. L'histoire ne pourra jamais nous accuser d'avoir envoyé des Hongrois en captivité. Notre but est tellement noble, que l'histoire excusera les moyens employés.

69

Le comte Bartholy, le chef de la presse hongroise, entra dans son bureau et appela sa secrétaire. Il voulait lui dicter le communiqué officiel contenant les décisions prises par le gouvernement en séance secrète.

« Un homme dont on ne respecte ni l'honneur ni la dignité est un esclave ! » se dit en lui-même le comte Bartholy. « Aujourd'hui celui qui veut vivre dignement se condamne lui-même au suicide. Notre société interdit la dignité et l'honneur personnels, c'est-à-dire toute la vie d'homme libre. Elle ne permet qu'une vie d'esclave. Mais cela ne saurait durer. Une société dans laquelle tous les hommes — depuis le ministre jusqu'au domestique — sont des esclaves doit s'effondrer. Et le plus vite serait le mieux. »

— Vous avez dit quelque chose, monsieur le Ministre ? demanda la secrétaire entrant dans le bureau.

— Non, dit-il. Écrivez, s'il vous plaît : Communiqué officiel : le Conseil des ministres, en séance privée, a pris la décision de faciliter l'obtention des visas et des conditions de voyage aux ouvriers hongrois désireux de partir en Allemagne pour se spécialiser dans les différentes branches de l'industrie technique. Le nombre d'ouvriers auxquels le gouvernement facilitera les conditions du voyage a été provisoirement limité à cinquante mille. C'est tout. Communiquez-le immédiatement aux journaux, ordonna le comte Bartholy, et qu'il soit publié en première page.

70

Le comte Bartholy dîna le soir même au restaurant avec son fils qui était aussi son chef de cabinet.

Au café, le comte demanda à son fils :

— Que penses-tu de cette question d'ouvriers envoyés en Allemagne ?

— Un véritable K.O. sur le ring politique ! répondit Lucian. Le procédé a été magistral. Au lieu d'ouvriers hongrois nous envoyons aux Allemands des étrangers récoltés dans les prisons et les camps de concentration. L'arrogance allemande mérite bien cette leçon. C'est une idée de génie.

— Sais-tu qu'en échange nous recevons certains avantages de la part des Allemands ? demanda le comte. Ou, pour m'exprimer plus clairement : sais-tu que nous sommes payés pour livrer ces cinquante mille hommes ?

— Cela va de soi, dit Lucian. Nous n'allons quand même pas donner aux Allemands de la main-d'œuvre sans rien en retour.

— Et tu ne te sens pas offensé en sachant que ton père a participé aujourd'hui à la vente d'êtres humains ? Ce genre de commerce est la dernière marche sur l'échelle de la déchéance morale.

— Comme tu es drôle, dit Lucian. Voilà donc pourquoi tu es si sombre ce soir...

— Ne cherche pas à t'esquiver ! répliqua le comte. Reconnais-tu, oui ou non, que j'ai pris part à un trafic d'esclaves ?

— Si tu tiens à poser le problème ainsi, alors, oui, tu as pris part à un trafic d'esclaves, dit Lucian en souriant.

— Et cela ne te dérange pas ?

— Ce serait absurde, dit Lucian. D'ailleurs je crois que le motif de ta mauvaise humeur doit être cherché autre part. Cela ne saurait être un motif de souci, même passager. Nous avons été forcés d'envoyer des ouvriers en Allemagne. Si nous n'avions pas trouvé ce procédé nous aurions été forcés d'envoyer des Hongrois. Et c'eût été très grave !

— Oui, du point de vue hongrois c'eût été plus grave ! dit le comte. Mais du point de vue humain, c'est la même chose. Nous venons de vendre aux Allemands des êtres humains.

— Mais ce sont les nécessités de l'heure qui nous y obligent. Nous ne pouvons pas les éviter.

— L'Europe a abandonné le trafic d'esclaves depuis quelques centaines d'années. Les derniers êtres qu'on ait vendus ont été les nègres en Amérique. Maintenant le trafic d'esclaves est défendu sur toute la surface du globe. L'abolition de l'esclavage est une des plus importantes réalisations de notre civilisation. Et maintenant nous revenons sur nos pas, nous remontons le cours du temps et nous reprenons le trafic d'esclaves. Du XXe siècle, nous sommes revenus brusquement à l'époque pré-chrétienne, sautant à pieds joints par-dessus la Renaissance et le Moyen Age.

— Mais, père, les choses ne doivent pas être vues sous un angle aussi tragique, dit Lucian. Somme toute, ces ouvriers qui vont en Allemagne ne sont pas enchaînés. Ils vont là-bas comme travailleurs.

— Ils ne seront pas enchaînés parce qu'ils sont dans l'impossibilité de s'enfuir. La Société contemporaine a ses méthodes pour garder les esclaves, méthodes que ne possédaient pas les Grecs. Je ne pense pas seulement aux mitrailleuses, aux barrières de fil de fer barbelé que traverse un courant électrique, mais à toutes les méthodes de la technique bureaucratique qui doit surveiller l'être humain : les cartes d'alimentation, l'autorisation de la police pour pouvoir avoir un lit à l'hôtel, monter dans un train, se promener dans la rue ou changer de résidence. Les Grecs et les Égyptiens n'auraient jamais enchaîné leurs esclaves s'ils avaient possédé les moyens de contrôle de notre Société moderne. Mais l'esclavage demeure le même.

— Il vaut mieux ne pas penser à tout cela, dit Lucian.

Nous ne pouvons rien changer. Nous n'avons pas le choix. Nous ne sommes pas le seul pays qui ait vendu des esclaves à l'Allemagne. La Croatie, la Roumanie, la France, l'Italie, la Norvège et presque tous les pays de l'Europe l'ont fait. Que pouvons-nous faire d'autre que nous retirer du gouvernement et lutter contre l'Allemagne parce qu'elle achète des esclaves et que les autres pays les lui vendent ? Un autre gouvernement viendrait alors au pouvoir, gouvernement qui enverrait quand même des ouvriers en Allemagne. Et même si nous parvenions à détruire le Reich allemand le problème ne serait pas encore résolu. Les Russes remplaceraient les Allemands et les Russes sont les plus grands trafiquants d'esclaves du monde. En Russie soviétique chaque homme est la propriété de l'État...

— Et cet état de choses ne t'épouvante pas ?
— Non.
— C'est cela qui est plus grave, dit le comte. Car cela veut dire que tu n'as plus aucun respect de l'être humain. Et, toi aussi, tu es un être humain. Tu n'as donc plus aucun respect pour toi-même ?
— Je respecte chaque homme selon sa valeur, dit Lucian. Je ne crois pas que tu aies quelque chose à me reprocher dans ce domaine.
— Tu respectes l'homme comme tu respecterais ton automobile, parce qu'il représente une certaine valeur.
— Et qu'y a-t-il à redire ?
— Mais respectes-tu l'homme pour sa valeur intrinsèque, sa valeur humaine ?
— Bien sûr. Je ne pourrai jamais faire souffrir quelqu'un sans en avoir pitié et en éprouver du remords.
— Mais, même à un chien tu ne ferais jamais de mal sans en avoir pitié parce que tu sais que lorsque tu lui donnes des coups de cravache il en souffre. Tu as pitié de l'homme comme tu aurais pitié de n'importe quel être vivant. Je voudrais savoir si tu respectes l'être humain en tant qu'être humain, en tant que valeur unique, irremplaçable, même lorsqu'il n'a aucune valeur sociale où ne t'inspire pas la pitié ou la tendresse comme un animal ?
— Je ne me suis jamais posé cette question, dit Lucian.

Je sais que je respecte l'homme par rapport à sa valeur sociale et en tant qu'animal vivant. Tout le monde, d'ailleurs, pense et sent comme moi...

— Es-tu sûr, Lucian, que le monde aujourd'hui pense et sente comme toi ? demande le comte.

— Absolument sûr, dit Lucian. Le plus stricte raisonnement logique nous l'impose. L'homme est une valeur sociale. Pour le reste il n'y a que des hypothèses.

— C'est extrêmement grave.

— Que vois-tu de grave là-dedans ?

— Notre culture a disparu, Lucian. Elle avait trois qualités : elle aimait et respectait le Beau, habitude prise chez les Grecs. Elle aimait et respectait le Droit, habitude prise chez les Romains ; elle aimait et respectait l'Homme, habitude prise très tard et avec force difficultés chez les chrétiens. Ce n'est que par le respect de ces trois symboles : l'Homme, le Beau et le Droit que notre culture occidentale a pu devenir ce qu'elle a été. Et maintenant elle vient de perdre la part la plus précieuse de son héritage : l'amour et le respect de l'Homme. Sans cet amour et sans ce respect, la culture occidentale n'existe plus. Elle est morte.

— L'homme a connu à travers l'histoire des époques plus noires que celle que nous traversons, dit Lucian. L'homme a été brûlé en pleine place publique, brûlé sur les autels, broyé sur la roue, vendu et traité comme un objet. Ce n'est peut-être pas juste de porter des jugements aussi sévères à l'égard de notre époque.

— C'est très vrai, dit le comte. A ces moments très sombres l'homme était ignoré et le sacrifice humain était pratiqué par barbarie. Mais nous venions de vaincre la barbarie et nous commencions à apprécier l'être humain. Nous en étions tout au début et nous devions continuer encore à apprendre. Mais l'apparition de la Société technique a détruit ce que nous avions gagné et créé durant des siècles de culture. La Société technique a réintroduit le mépris de l'être humain. L'homme est réduit aujourd'hui à sa seule dimension sociale... Nous devrions peut-être nous en aller. Il doit être tard ?

Lucian regarde sa montre-bracelet.

— Ma montre est arrêtée, dit-il. Tu veux me dire l'heure, père?

— C'est la vingt-cinquième heure!

— Je n'ai pas compris, dit Lucian.

— Je te crois sans peine. Personne ne veut comprendre. C'est la vingt-cinquième heure. L'heure de la civilisation européenne.

71

— Ils t'ont vendu aux Allemands, mon cher Moritz, dit le chef de l'équipe en riant. Je me demande combien ont pu encaisser les Hongrois en échange de ta peau. Tu ne vaux pas très cher, pourtant. Tout au plus une caisse de cartouches, car j'ai entendu dire que les Allemands n'ont pas payé en argent. Ils ont donné des armes et des munitions. Je ne crois pas que les Allemands aient donné plus d'une caisse de cartouches pour toi. Une caisse de cartouches pour le tout : la peau et les os!

Le chef de l'équipe riait en lui tapant sur l'épaule :

— Le prix est assez fort! Les Russes n'auraient pas donné autant. Chez eux les hommes sont encore meilleur marché.

Iohann Moritz n'apprécia pas la plaisanterie. Mais il se tut. Le chef de l'équipe était un étudiant de Bucarest. Il avait été interné lui aussi par les Hongrois et, depuis huit mois, ils travaillaient ensemble aux fortifications. Iohann Moritz savait que l'étudiant aimait dire des blagues. Mais il n'avait pas mauvais cœur.

— Tu ne crois pas qu'ils t'ont vendu? demanda l'étudiant.

— Non, je ne crois pas, répondit Iohann Moritz. On peut enfermer les hommes dans des camps, dans des prisons, les faire travailler, les torturer, ou les tuer, mais non pas les vendre!

— Cependant ils t'ont vendu, mon cher Moritz, dit l'étudiant. Je peux jurer mes grands dieux qu'ils l'ont fait. Et toi, et moi, et tous les Roumains, les Serbes et les Ruthènes que nous trouvons ici au camp de travail, ils nous ont tous vendus aux Allemands. Ils ont même passé entre eux des actes de vente pour cinquante mille têtes.

L'étudiant partit.

Iohann Moritz pensa à ce qu'il venait d'entendre. « Il a voulu se payer ma tête, se dit-il. Cela ne peut être vrai. »

Mais pendant toute la journée les paroles de l'étudiant ne le quittèrent plus. Il ne pouvait se défendre de penser que les Allemands l'avaient acheté et l'avaient payé d'une caisse de cartouches. Mais en réfléchissant bien, Iohann Moritz se rendait compte qu'il était bête d'y croire.

Leur camp se trouvait à la frontière roumano-hongroise. Ils creusaient des tranchées. Le travail était à moitié fini. Antim, l'étudiant, prétendait que les Hongrois en avaient pour dix mois encore, avant de voir leurs tranchées achevées. Pour presser le travail, ils faisaient venir sans cesse d'autres internés. Il y avait même des bagnards marqués au fer rouge. Ils n'avaient pas assez d'hommes. Et pourtant, un jour, on donna l'ordre de départ. Tous les Roumains et les Serbes du camp où se trouvait Moritz furent embarqués dans un train. Moritz avait entendu dire que les Hongrois n'étaient pas contents de la manière dont travaillaient les Roumains et les Serbes, et voulaient les remplacer par d'autres qui pourraient achever le travail plus vite.

Antim prétendait qu'on les emmenait en Allemagne parce qu'ils avaient été vendus.

Il y avait d'autres Roumains qui le disaient aussi. Mais la plupart n'en croyaient rien. Moritz pas plus que les autres.

Un matin Moritz descendit du train pour faire ses besoins. Dans le train il n'y avait pas de waters et ils devaient tous attendre que le convoi s'arrête. Alors, ils s'éparpillaient sur les remblais et faisaient leurs besoins, gardés par les sentinelles.

Aujourd'hui le train s'était arrêté en plein champ. Il faisait gris. Il pleuvait. Moritz demeura plus longtemps sur le champ. Quand il s'approcha du wagon, il vit que sur chaque compartiment il y avait quelque chose d'écrit à la craie. Iohann Moritz s'approcha et lut en allemand : « Les ouvriers hongrois saluent leurs camarades du Grand Reich allemand ! » Et sur le deuxième wagon : « Les ouvriers hongrois travaillent pour la victoire de l'Axe. » Iohann Moritz appela Antim et lui montra les inscriptions.

— Maintenant tu crois enfin que les Hongrois nous ont vendus aux Allemands ?

— Je ne crois pas, dit Moritz. On ne peut croire une chose pareille !

— Attends et tu vas te convaincre !

Moritz attendit.

Le train demeura dans la campagne jusqu'au soir. Au coucher du soleil, les sentinelles se répandirent dans les champs et cueillirent des fleurs. Moritz n'avait jamais vu des soldats, baïonnette au canon, cueillir des fleurs sous le commandement d'un officier. L'officier aussi cueillait des fleurs. Puis ils revinrent tous, des bouquets à la main et ornèrent chaque wagon de feuilles vertes, d'herbe, de guirlandes et de branches comme pour une noce. Il faisait sombre. Le train se mit en marche. Moritz aurait voulu demeurer éveillé pour voir ce qui allait arriver, mais il s'endormit. Lorsqu'il se réveilla il faisait déjà jour. Les portes des wagons étaient fermées. Dehors il y avait du bruit. Le train était arrêté dans une gare. Jusqu'alors le train ne s'arrêtait qu'en plein champ, ou, tout au plus, un peu avant l'entrée des villes. Sous les fenêtres, on entendait des bruits de voix et de locomotives. Moritz tendit l'oreille et écouta quelqu'un qui passait justement devant le wagon en parlant fort.

— Il parle l'allemand, dit Iohann Moritz, et il se rendit compte que l'étudiant Antim n'avait pas menti. Ils avaient été vendus aux Allemands. « Peut-être les Allemands ont-ils vraiment donné pour m'avoir une caisse de cartouches aux Hongrois, une caisse pour les os, la chair, la peau, enfin pour moi tout entier. »

— Nous avons tous été vendus comme esclaves pour la vie, dit l'étudiant Antim.

Il venait d'apprendre à l'instant même qu'ils se trouvaient en territoire allemand. Antim se mit debout et fit un discours. Tous l'écoutaient. Iohann Moritz, lui, ne l'écoutait pas. Sa pensée était restée accrochée à ces mots : « Esclave pour la vie. » Iohann Moritz se voyait déjà restant toute sa vie dans les camps de concentration, creusant des canaux, des tranchées, affamé, battu, dévoré par les poux.

Puis il se voyait crevant dans un camp. En pensant qu'il pouvait mourir dans un camp, ses yeux se remplirent de larmes. Il avait vu mourir beaucoup de prisonniers. Il avait même creusé leur tombe. Après leur mort on leur enlevait leurs vêtements et on les enterrait tout nus. « Comme des chiens, pensa Moritz. Aux chiens on prend la peau avant de les enterrer pour en faire des gants. Aux prisonniers on prend les habits. Peut-être au moment où je mourrai moi, aura-t-on déjà pris l'habitude d'écorcher les hommes aussi. » Moritz se mit brusquement debout. « Ils peuvent me garder toute la vie dans les camps, se dit-il. Mais avant de mourir je voudrais qu'ils me relâchent. Au moins une heure avant de rendre l'âme, je voudrais qu'ils me mettent en liberté, pour ne pas mourir enfermé. C'est grand péché que de mourir enfermé. Mais, s'ils m'ont vendu aux Allemands, ils ne me relâcheront jamais, pas même une heure avant de mourir. »

72

— Dans dix jours au plus tard, je dois être partie, dit Eleonora West. Si je ne quitte pas le pays avant, le mandat d'arrêt me trouvera ici. Dix jours, c'est le plus long terme que je puisse m'accorder. Et peut-être est-il encore trop long.

Eleonora West regarda Leopold Stein qui se trouvait devant elle, assis dans le même fauteuil que d'habitude et, pour se prouver à elle-même qu'elle n'exagérait rien, elle récapitula en pensée la situation.

Le terme fixé aux citoyens d'origine israélite pour se faire inscrire au bureau du ministère de l'Intérieur avait expiré. Ceux qui s'étaient dérobés à cette mesure étaient par un nouveau décret-loi condamnés à dix ans de prison. Elle ne s'était pas présentée. Le Parquet avait été saisi d'une dénonciation et avait ouvert une enquête. Le dossier du procureur contenait des documents qu'elle avait ignorés et qui prouvaient incontestablement sa véritable origine ethnique. Le dossier ne pouvait pas disparaître. Toutes les tentatives faites pour acheter, comme par le passé, ceux qui menaient l'enquête, avaient échoué.

— Cette fois-ci, nous sommes vaincus, monsieur Stein, dit Eleonora West. Je dois abandonner le combat et m'enfuir. C'est la seule chose qu'il soit encore en mon pouvoir de faire. Durant deux ans et demi, j'ai tenu tête à tous, j'ai affronté toutes les attaques. Cela a été plutôt difficile mais je l'ai fait. Le destin n'aide pas à l'infini les téméraires.

— La bataille n'est pas encore perdue, dit Leopold Stein. Mais c'est un terme trop court. Nous pourrons vendre l'imprimerie, le journal et la maison et obtenir de bons prix. De même pour le mobilier, les tableaux et la bibliothèque. Ce sont des affaires qui peuvent être arrangées ; la somme qui en résultera pourra être déposée à une banque en Suisse. Mais en dix jours, il est impossible que nous puissions obtenir la nomination de M. Koruga et les passeports.

— Actuellement ne peuvent sortir de Roumanie que ceux qui partent en missions officielles, dit Nora. Mon mari doit absolument être nommé directeur de l'Institut roumain de Culture de Raguse. Sur la base de cette nomination, je reçois, étant sa femme, le passeport et les visas. Mais cela doit se faire vite. Le procureur m'a indiqué que la seule chose qu'il puisse encore faire pour moi était de ralentir le cours de l'enquête pendant dix jours. Après ce délai, il décline toute responsabilité et sera obligé de lancer le mandat d'arrêt.

Leopold Stein eut un moment, devant ses yeux, l'image d'Eleonora West en prison. Il l'écarta tout de suite avec horreur.

— Vous n'avez rien dit à votre mari? demanda-t-il. C'est un mauvais calcul, parce qu'il finira bien par l'apprendre. Et s'il l'apprend une heure plus tôt, il peut peut-être nous aider à sortir de l'impasse. Que dira-t-il en voyant une nomination et des passeports qu'il n'a jamais demandés?

— Je ne peux pas le lui dire, dit Eleonora West. Je n'ai aucune raison pour lui cacher un fait qui, d'ici deux semaines, sera du domaine public. Il saura bien que je suis juive. Mais je ne peux pas le lui dire encore. Je suis trop fatiguée. Je ne peux plus fournir d'effort. Et pour lui dire le seul secret que j'aie gardé pendant deux ans, il faut un courage que je n'ai plus. Maintenant je suis à bout. Ma volonté a été trop longtemps tendue. Je suis lasse, lasse, lasse.

Eleonora West mit sa tête dans ses mains. Elle s'était accoudée au bureau. Leopold Stein la regardait fixement.

Elle avait vraiment l'air fatiguée. Il s'attendrit. Mais il ne pouvait lui être d'aucun secours. Il ouvrit la serviette pour ne pas être obligé de la regarder, pour ne plus la voir rester ainsi la tête dans ses mains, effondrée. Dans sa serviette, parmi les actes de vente de la maison, de la terre, de l'imprimerie, du journal et des tableaux d'Eleonora West, se trouvait aussi un portefeuille au monogramme en or de Traian Koruga.

Leopold Stein le mit sur le bureau devant Eleonora. Elle le regarda, puis le prit.

— C'est demain le deuxième anniversaire de votre mariage, dit le vieillard. Je sais que vous avez été trop préoccupée pour acheter quelque chose à votre mari. Je vous ai apporté ce portefeuille pour que vous lui en fassiez cadeau. Il lui fera sûrement plaisir. C'est une assez belle chose.

— C'est demain le deuxième anniversaire de mon mariage? dit Eleonora. Je l'avais totalement oublié. Je vous remercie, monsieur Stein, d'y avoir pensé à ma place. Traian sera enchanté.

Elle regarda le portefeuille tout en passant doucement la main dessus comme pour le caresser.

— Je ne sais pas pourquoi je persiste à garder ce secret. Peut-être que je l'aime trop. Il ferait tout pour m'aider s'il le savait. J'en suis certaine. Mais je ne lui dirai pas. J'ai trop peur de le perdre. Je sais que ma peur est absurde. Chaque fois que je me décidais à lui en parler, j'étais brusquement envahie par la peur et j'ai continué à garder ce secret horrible. Traian est le seul être qui m'attache encore à la vie. Si je le perdais, je me perdrais moi-même.

Eleonora West posa le portefeuille et dit brusquement :

— Savez-vous ce que m'a dit le procureur général? Il a prétendu que je n'étais pas mariée.

La voix d'Eleonora tremblait.

— Et il a raison. Je me suis mariée après que la loi interdisant aux Roumains d'épouser des juives fut entrée en vigueur. La loi a été promulguée en avril et moi j'ai épousé Traian deux mois plus tard. D'office mon mariage est nul. Tous les mariages effectués après cette date en connaissance ou en non-connaissance de cause, sont automatiquement annulés.

Eleonora West se tut. Elle entendait encore résonner à ses oreilles la voix du procureur : « M. Traian Koruga n'est pas votre mari. D'après la loi il n'est pas marié. Votre mariage s'annule de lui-même. M. Traian Koruga peut épouser à n'importe quel moment une autre femme, sans que pour cela il soit considéré comme bigame. Si vous aviez un enfant, ce serait un enfant naturel et il devrait porter le nom de West et non celui de Koruga. Vous-même, madame, vous vous inscrivez en faux chaque fois que vous signez du nom de Eleonora Koruga. »

— Payez n'importe quelle somme, monsieur Stein, dit Eleonora West. Dans un délai très court nous devons à tout prix avoir les passeports et les visas en main. Les passeports au nom de M. et Mme Koruga...

73

Cinq jours plus tard, Leopold Stein revint avec la nomination de Traian Koruga comme directeur de l'Institut roumain de Raguse et les passeports diplomatiques reliés en cuir bleu.

— Nous avons gagné, madame Koruga ! dit-il tout réjoui. J'ai réservé les couchettes de wagon-lit jusqu'à Vienne. Vous partez lundi. Je suis heureux que vous puissiez partir.

Leopold Stein essuya ses lunettes. Eleonora West, qui n'avait pas cessé d'examiner les passeports, regarda le vieillard. Elle vit qu'il avait beaucoup maigri. Elle aurait voulu lui demander s'il ne partait pas lui aussi, mais Leopold Stein lui dit :

— Je ne sais pas si nous nous reverrons jamais. Cette nuit même, un nombre considérable de juifs seront transportés en Transnistrie. Je suis content que vous partiez. Si jamais vous revenez, vous ne retrouverez plus un seul juif à Bucarest. Moi non plus. Un homme de mon âge ne fait pas de vieux os dans les camps de concentration d'au-delà du Boug.

74

Traian Koruga était dans son bureau. Nora n'y entrait jamais lorsqu'il travaillait. Mais aujourd'hui elle pénétra dans la chambre, les passeports à la main. Traian Koruga était à sa table de travail, la tête enfouie entre ses mains.

— J'ai un cadeau pour nos deux ans de mariage. J'ai fait en sorte que tu sois nommé directeur de l'Institut de Culture Roumaine de Raguse.

172

En lui tendant le décret de nomination elle ajouta :

— La Dalmatie possède un des plus beaux rivages du monde. Tu pourrais continuer tranquillement ton roman.

— Comment as-tu réussi à faire cela toute seule ? demanda Traian. Et surtout comment as-tu pu garder ce terrible secret ?

Traian l'embrassa.

— Nora, tu es géniale ! dit-il.

Puis il continua :

— Si tu savais comme je suis enchanté. J'avais besoin de changer de climat pour pouvoir continuer ce roman. Je ne pouvais plus écrire le chapitre suivant. Je sentais qu'il devait être écrit autre part. Je le pressentais. Ce sera peut-être le chapitre le plus fort du livre...

Eleonora West s'approcha de lui et l'embrassa sur la bouche pour qu'il ne puisse pas raconter le « chapitre suivant ». Elle avait trop peur.

LIVRE TROISIÈME

75

— O̱n nous a recommandé de te donner un travail facile, dit le fonctionnaire de la fabrique. Tu es encore malade. D'ailleurs on ne nous envoie que des malades.

Il regarda Iohann Moritz avec haine. Puis il jeta un regard sur le papier qu'il tenait à la main et de nouveau il regarda Moritz avec suspicion. Depuis deux ans qu'il se trouvait en Allemagne, Moritz était toujours regardé de la même manière. Il était sans cesse soupçonné de crimes qu'il n'avait pas commis, mais qu'il était assuré de commettre un jour.

— Hongrois ? demanda le fonctionnaire. J'ai déjà eu des Hongrois et je n'ai pas été content. Peut-être en sera-t-il autrement en ce qui te concerne !

Il eut un petit rire et se mit à lire, à haute voix :

— Moritz Ianos, Hongrois, trente-deux ans, ouvrier non qualifié, arrivé en Allemagne le 21 juin 1941.

Iohann Moritz qui se savait devenu depuis deux ans citoyen hongrois, parce que cela était écrit ainsi dans les papiers, suivit les gestes du fonctionnaire qui lisait maintenant la liste des fabriques, des usines et des camps de travail du Grand Reich Allemand, où lui, Iohann Moritz avait travaillé jusqu'à ce jour. La liste était très longue. Tous les genres d'industries y passaient. Iohann Moritz se sentait fier d'avoir passé par tellement d'endroits. Un moment il eut devant les yeux la vision des dizaines de camps entourés de barbelé, des dizaines de camps où il avait travaillé, des fabriques, des villes, des souffrances qu'il avait endurées. Moritz s'attendait à ce que le fonctionnaire fût émerveillé du courage avec lequel il avait affronté et subi tant d'épreuves avant d'arriver ici, devant lui. Mais le fonctionnaire jeta un coup d'œil indifférent sur tous les noms d'endroits où Moritz avait souffert et s'arrêta au dernier paragraphe : « Sorti de l'hôpital pour ouvriers étrangers n° 707, le 8-3-43. »

Moritz était ébahi de voir un homme parcourir ainsi la liste de ses souffrances, sans s'apitoyer. Mais le fonctionnaire ne s'attendrit pas. Il prit le crayon et écrivit, en bas de la page dans un petit coin qu'il trouva encore libre : « Présenté au travail à la fabrique de boutons Knopf und Sohn le 10-3-43. » Puis il mit le carton dans un tiroir qui en contenait d'autres semblables et regarda Moritz :

— « Discipline, obéissance, travail, ordre ! » Telle est notre devise pour les ouvriers étrangers. Dans cette fabrique il y a aussi des ouvrières allemandes. J'attire ton attention sur un fait très important : tout contact avec une femme allemande est puni d'au moins cinq ans de prison. Notre directeur est intraitable sur ce chapitre. Toute femme allemande possède, collé à la peau, un petit billet qui te donne droit à cinq ans de prison. Si jamais tu mets la main là où il ne faut pas, tu sais ce qui t'attend. Et ne va pas t'imaginer que tu puisses obtenir autre chose d'elle. Le Hongrois que nous avons eu avant toi est aujourd'hui en prison. Je l'ai prévenu à son arrivée, tout comme je te préviens aujourd'hui, mais il n'a pas voulu tenir compte de mes avertissements. Il croyait sans doute, puisqu'il faisait noir et qu'il s'était caché avec la femme sous la couverture, que personne n'irait le découvrir. Mais dans notre Grand Reich Allemand tu ne peux faire un seul mouvement sans qu'on le sache aussitôt. Même sous la couverture. Tu ne peux faire un seul geste sans que nous soyons informés sur-le-champ. Nous devinons tout ce qui te passe par la tête. Tes pensées. Toutes tes pensées. Nous photographions dix fois par jour toutes tes pensées! Passons au second point : notre fabrique travaille pour la guerre. Tout ce que tu vois et tout ce que tu entends est secret militaire. L'ouvrier étranger ne doit pas savoir ce que produit la fabrique, comment et combien elle produit. Si tu essaies de l'apprendre, tu risques ta tête. En janvier un Italien a été exécuté. Actuellement un Tchèque va être jugé pour avoir essayé de percer les secrets de l'usine Knop und Sohn.

Le fonctionnaire se mit debout et se dirigea vers la porte suivi de Iohann Moritz.

— Je n'ai pas été content des Hongrois qui sont passés par ici jusqu'à aujourd'hui, dit le fonctionnaire. Tous sont maintenant en prison. L'un d'eux a même été condamné à vingt ans de travaux forcés pour sabotage. Espérons que tu feras exception bien que je ne croie pas aux exceptions!

Le fonctionnaire s'arrêta devant une machine qui apportait des caisses sur un rail. Au bout du rail, un ouvrier prenait chaque caisse et la posait sur un petit chariot qui se trouvait près de lui. Au moment même où le fonctionnaire s'approcha de l'ouvrier, le chariot partit sur le rail chargé de caisses. Un autre chariot, vide, était arrivé près de l'ouvrier. Ce dernier ne paraissait pas remarquer le changement survenu et continuait à prendre, l'une après l'autre, les caisses apportées par la chaîne, et les posait sur le chariot vide, comme il l'avait fait pour la précédente. On voyait bien que les caisses devaient être lourdes.

— Ce sera ton travail à partir de demain, dit le fonctionnaire. C'est simple. Tu auras à prendre les caisses pleines qui sortent de l'atelier et à les mettre sur le chariot vide qui les transportera à l'entrepôt. L'ordre doit être rigoureux : c'est la loi la plus importante. As-tu déjà travaillé en usine?

Iohann Moritz regardait l'ouvrier qui se penchait mécaniquement, raidissait son bras mécaniquement, prenait la caisse de boutons, et la déposait sur le chariot, sans penser à ce qu'il faisait, mais sans penser à autre chose non plus. Il ne pensait même pas à ceux qui se trouvaient près de lui. Peut-être ne les avait-il pas seulement vus.

— Les machines ne tolèrent pas le désordre, dit le fonctionnaire. Les machines ne tolèrent pas l'anarchie, la paresse et l'indolence humaines !

Iohann Moritz jeta un regard au fonctionnaire.

— Tu n'as pas la permission de penser à autre chose. Les machines te punissent tout de suite. Toute ton attention doit être portée vers le robot, vers ton camarade, l'ouvrier technique qui t'apporte la caisse et te la tend. Tu n'as qu'à te pencher, à la prendre de ses mains et à la déposer sur le chariot !

Le fonctionnaire souriait.

Iohann Moritz essayait de voir les bras de son camarade technique, mais il ne les apercevait nulle part. Et alors il regarda à nouveau le fonctionnaire. Le fonctionnaire souriait toujours.

— Le robot ne peut s'adapter à l'homme. C'est toi qui dois t'adapter à lui et coordonner tes mouvements aux siens. Et c'est normal ! dit le fonctionnaire. Car c'est lui l'ouvrier parfait, et toi, tu ne l'es pas. Aucun homme ne peut être un ouvrier parfait. Les machines seules savent l'être. Et nous devons les regarder pour apprendre à travailler. As-tu compris ? Elles t'enseigneront la discipline, l'ordre, la perfection. En les imitant tu deviendras un ouvrier de première classe. Mais tu ne seras jamais un ouvrier de première classe. Tu es Hongrois, et dans les usines, les Hongrois regardent les femmes, et non les machines.

Iohann Moritz aurait voulu dire qu'il était Roumain et non Hongrois. Il aurait voulu recommencer à raconter son histoire, à parler des prisons où il avait été, des coups qu'il avait reçus à Budapest mais le fonctionnaire regardait avec admiration les machines apporter les caisses blanches, silencieusement, à intervalles réguliers. Des machines, il porta son regard sur Iohann Moritz et ses yeux se firent méprisants. Moritz sentit ce mépris le couvrir tout entier, et il s'abstint de raconter son histoire sur les prisons de Budapest et l'inspecteur Varga.

— L'homme est un travailleur inférieur! dit le fonctionnaire. Surtout l'homme d'Orient. Vous, Orientaux, vous êtes inférieurs aux machines. Comme s'il ne suffisait pas d'être un homme, il faut encore que tu sois Oriental, et Hongrois, et que tu sortes de l'hôpital par-dessus le marché! Un malade, voilà ce que tu es!

Iohann Moritz voyait bien que le fonctionnaire souffrait. Il aurait voulu l'assurer qu'il allait se donner toutes les peines du monde pour bien travailler.

— Comment pourrais-tu être comparé à une machine? Il faudrait que tu puisses te regarder!

Le fonctionnaire le mesura des pieds à la tête.

— C'est une impiété, une offense envers les machines que d'oser même penser à les comparer à toi. Elles sont parfaites. Et toi... On ne devrait même pas leur donner de pareils serviteurs. Et maintenant suis-moi. Je vais te donner tes vêtements de travail. Tu ne peux pénétrer dans l'usine qu'en uniforme d'ouvrier. L'uniforme d'ouvrier est comme celui d'un prêtre. Mais cela, tu ne peux le comprendre. Vous, les Hongrois, vous ne regardez que les femmes. Vous êtes tous des barbares.

76

Le lendemain matin à quatre heures, Iohann Moritz entra tout seul dans la grande salle cimentée et s'approcha du chariot qui lui avait été désigné la veille. Il y avait encore cinq minutes avant que le travail commence. Il était tout ému. Il portait une salopette bleue qui lui couvrait tout le corps et les sabots dont il était chaussé résonnaient sur le ciment comme des coups de marteau. Il avait d'abord essayé de marcher sur la pointe des pieds. Il n'aimait pas faire tant de bruit à lui tout seul. Mais les sabots tapaient tout aussi fort. Lorsqu'il se trouva au milieu de la salle, il entendit quelqu'un l'appeler. Il n'avait pas prononcé son nom mais Moritz savait bien que c'était lui qu'on appelait. Il en était certain. Et il tourna la tête. A ce moment même, on l'appela une seconde fois. Il entendit clairement :

— Salve Sclave !

Une masse de cheveux noirs, un visage aux grands yeux, à moustache et aux dents blanches comme de la porcelaine était apparu derrière une petite fenêtre aux barreaux de fer. L'homme était jeune, maigre comme un squelette et fixait sur Moritz de grands yeux noirs ardents. On ne voyait pas son corps. A l'instant précis où leurs regards se rencontrèrent, il lui dit comme s'ils se connaissaient déjà de longue date :

— Salve Sclave !

— Je m'appelle Ianos Moritz, dit Iohann Moritz, certain que le jeune homme le confondait avec quelqu'un qui se nommait Salve Sclave. La sirène de l'usine se mit à siffler. Les machines démarrèrent. Moritz se trouvait à son poste, sur la balustrade. Le jeune homme aux cheveux noirs resta un moment encore à la fenêtre, lui souriant amicalement. Il avait entendu ce que lui avait répondu Moritz et cependant, avant de disparaître, il dit encore une fois, en le fixant :

— Salve Sclave !

Iohann Moritz attrapa les premières caisses qui apparurent sur le rail et les posa sur le chariot vide. Si les caisses n'avaient pas été tellement lourdes, même un enfant de sept ans aurait pu faire ce travail. Moritz savait que ces caisses contenaient des boutons. Il aurait bien aimé les voir. Mais toutes ces caisses étaient fermées. Et même si elles avaient été ouvertes, il n'aurait pas eu le courage de soulever le couvercle et de regarder les boutons. « En janvier un Italien a été exécuté... Aujourd'hui un Tchèque va être jugé. »

Moritz se rappela que ce dernier avait voulu percer les secrets de l'usine Knop und Sohn. Il pensait au Tchèque, qui devait se trouver à ce moment même devant les juges et qui demandait sans doute pardon d'avoir appris les secrets de la fabrique de boutons. Ensuite il pensa à l'Italien auquel on avait coupé la tête. Il avait vu beaucoup d'Italiens et tous étaient très gais. Et c'est pourquoi il s'imaginait que celui qui avait été exécuté avait dû être, lui aussi, d'un naturel très gai. Il voyait la tête de l'Italien à la moustache noire et fine, rouler en souriant aux pieds du bourreau.

Iohann Moritz se jura de ne jamais regarder les boutons même si l'une des caisses venait à s'ouvrir par hasard. Cela ne valait vraiment pas la peine de se faire couper la tête pour avoir regardé des boutons. Ensuite il se dit que ces boutons étaient destinés à l'armée. En prenant la caisse dans ses bras et en la posant dans le chariot vide, car celui qui était chargé était parti sans qu'il l'eût observé, il se demanda quel genre de boutons cela pouvait bien être. Il y avait bien des boutons pour la marine, pour l'infanterie et pour l'aviation. Il y en avait des noirs, des dorés, des kakis. Moritz aurait aimé que la caisse qu'il tenait entre ses bras fût remplie de boutons dorés. C'étaient les plus beaux. On dirait des petites pièces d'or. C'est ceux-là que les marins avaient sur eux. « Peut-être bien que cette caisse contient des boutons pour les marins... »

Iohann Moritz se rappela tout à coup les paroles du fonctionnaire : « Nous apprenons tout ce qui te passe par la tête. Nous photographions tes pensées. »

Il se força de ne plus penser aux boutons de la caisse. C'était un secret et Moritz ne voulait pas connaître les secrets de l'usine.

Après un certain temps il se rendit compte qu'il était en train de se demander ce que pouvait faire l'armée allemande d'une telle quantité de boutons. Tous les soldats et tous les officiers allemands qu'il avait aperçus avaient déjà des boutons à leurs uniformes et à leurs manteaux. Les boutons qu'on fabriquait maintenant étaient donc destinés à garnir des uniformes neufs.

Iohann Moritz regarda la multitude de caisses qui s'écoulaient les unes à la suite des autres comme un fleuve tranquille et se dit : « Elles doivent contenir des millions de boutons. Il y a là de quoi en mettre sur tous les uniformes de l'armée allemande. Peut-être les Allemands ont-ils donné l'ordre que tous les soldats aient des uniformes neufs et c'est pourquoi ils fabriquent tellement de boutons. »

Iohann Moritz se demanda si ces uniformes neufs n'étaient pas destinés à ceux qui défileront à la fin de la guerre, dans la grande rue de la ville, drapeaux en tête, aux sons d'une fanfare militaire. Tous les soldats auront des boutons dorés, brillants comme le soleil.

Iohann Moritz se prit à sourire. Il se voyait déjà dans la foule assistant à la parade, tout fier de savoir que les boutons de tous les officiers et de tous les soldats et même les boutons des généraux étaient passés par ses mains à lui. « Ceux que j'ai maintenant entre les mains seront cousus sur l'uniforme d'un général. Et tous les manteaux et tous les uniformes du général seront ornés de boutons qu'on sortira exprès de cette caisse-ci. Peut-être aura-t-on besoin de toute la caisse pour lui tout seul. »

Iohann Moritz s'était laissé aller à ses pensées et avait oublié de soulever la caisse qui se trouvait devant lui. Elle sortit des rails et tomba par terre, avec fracas. Moritz se précipita pour la prendre. A ce moment même, d'autres caisses arrivèrent à la place de la précédente. La seconde fut, elle aussi, jetée hors du rail et fit encore plus de bruit. Elle tomba sur le ciment. Moritz essaya de la soulever. Il était arrivé à prendre la première caisse sous le bras. Il reçut la troisième caisse dans le dos. Il laissa tomber les deux autres. Il était brusquement pris de panique. Une panique comme il n'en avait jamais connue jusqu'alors. Une quatrième caisse était tombée. Puis une cinquième.

Moritz reprit sa place sur l'estrade. Il laissa les caisses qui étaient tombées et commença à poser dans le chariot celles qui continuaient à arriver. Il regarda un moment la machine, comme s'il voulait l'implorer, convaincre la chaîne de s'arrêter jusqu'à ce qu'il eût ramassé les autres caisses. Mais les caisses arrivaient régulièrement, à la file. Moritz jeta un regard craintif tout autour. Il avait peur d'être puni. Mais personne ne vint rien lui dire.

A midi la machine s'immobilisa. Jusqu'à cet instant il avait tremblé tout le temps de peur d'être pris en faute. Il descendit de l'estrade, releva les caisses et les posa sur le chariot. Maintenant il était content, car personne ne saurait jamais rien de la faute qu'il avait commise.

Mais le chariot, qui partait automatiquement, s'était arrêté lui aussi, en même temps que toute l'installation et demeurait immobile sur le rail, avec sa charge de cinq caisses.

Iohann Moritz pensa un instant à le pousser avec la main. Mais le chariot était bloqué. Il ne démarrait qu'automatiquement.

Moritz voulut prendre les caisses dans ses bras et les transporter à l'entrepôt. Mais il ne pouvait passer à travers la porte du mur, faite à la taille du chariot.

Il demeurait avec ses deux caisses sur les bras, ne sachant qu'en faire. Une voix résonna derrière lui. Moritz remit craintivement les caisses dans le chariot et se retourna.

Derrière la petite fenêtre à barreaux le visage aux traits osseux et aux yeux noirs avait réapparu. Le jeune homme, qui l'avait appelé le matin même, le regardait amicalement. Il dit pour la deuxième fois :

— Salve Sclave !

Moritz oublia sur-le-champ les caisses et la faute qu'il venait de commettre et lui sourit en retour :

— Ce n'est pas comme ça que je m'appelle !... Je m'appelle Ianos Moritz ! Tu dois me prendre pour un autre.

Les lèvres du jeune homme s'écartèrent largement, laissant voir les dents très blanches. Il riait de bon cœur. Puis il disparut de la fenêtre, en criant une dernière fois :

— Salve Sclave !

Moritz alla déjeuner en pensant que la ressemblance entre lui et ce Salve Sclave devait être parfaite du moment que le jeune homme aux yeux noirs l'appelait ainsi, même après qu'il lui eût dit son nom.

Avec le temps, il apprit que le jeune homme de la fenêtre appelait tous les camarades étrangers qui travaillaient à l'usine Salve Sclave. C'était un Français. Il prétendait s'appeler, lui aussi, Salve Sclave. Mais Moritz apprit par la suite que son nom était Joseph.

77

Iohann Moritz travaillait depuis cinq mois déjà à l'usine de boutons et il n'avait plus laissé tomber une seule caisse. Dès qu'elles arrivaient devant lui, il les posait sur le chariot. Il les prenait sans les voir, sans penser aux boutons qu'elles pouvaient contenir, ni aux généraux qui allaient les porter, ni aux soldats qui, à la parade pour la fin de la guerre, allaient défiler sur la place avec leurs uniformes tout neufs et les boutons brillants contenus dans les caisses qu'il tenait entre les mains.

Iohann Moritz ne pensait plus. Il ne rêvait plus. Même pas à la tête de l'Italien qui avait roulé aux pieds du bourreau en souriant.

A certains moments, il aurait voulu savoir ce qui était arrivé au Tchèque qui se trouvait devant les juges le jour même où il était entré à l'usine, s'il avait été condamné ou si on lui avait pardonné.

Ceci se passait tout au début. Maintenant, Moritz n'avait plus de curiosité pour rien. Lorsqu'il pénétrait dans la salle des machines le Français paraissait toujours à la fenêtre de la fonderie et criait :

— Salve Sclave !

Moritz lui répondait : « Salve Sclave ! » sans penser à ce qu'il disait. Il lui souriait sans même s'apercevoir qu'il souriait. Puis il prenait place sur son estrade et attendait les caisses pleines de boutons. Une seule fois il avait essayé de simplifier son travail et de prendre deux caisses à la fois pour les mettre dans le chariot. Mais le rail ne le lui avait pas permis. La chaîne avait touché le bord d'une des caisses en grinçant comme si elle avait voulu mordre. Toutes les fibres de Moritz avaient frissonné comme si on lui avait arraché les dents. A partir de ce moment-là, il n'avait plus jamais essayé de prendre deux caisses à la fois. La machine ne le voulait pas. Et il devait faire ce que désirait la machine. Même s'il avait pu prendre cinq caisses à la fois, il ne l'aurait pas fait. Il était pris par la cadence et il ne pouvait plus se dérober. Le travail n'était ni facile ni difficile. Autrefois, lorsqu'il travaillait dur, il était en sueur, il se fatiguait et il jurait. Maintenant il ne transpirait plus, et ne jurait plus. Il n'avait l'impression ni de travailler ni de rester à ne rien faire. Autrefois, lorsqu'il travaillait, Iohann Moritz pensait à toutes sortes de choses et le temps passait plus vite. Maintenant il ne pensait plus. Pendant qu'il soulevait les caisses et les mettait dans le chariot, il aurait eu tout le temps de s'imaginer mille et mille choses. Mais sa tête était vide : il n'y avait plus d'images dedans. Pensées et rêves l'avaient quittée. Et il ne pensait même pas à son travail. Il savait bien qu'il effectuait ce travail non seulement avec ses bras, mais aussi avec son cerveau. S'il en avait été autrement, son cœur et son cerveau auraient été autre part. Mais ils étaient là, près des caisses, près de la machine.

Iohann Moritz sentait que son être se desséchait comme une plante privée d'eau. Le soir, lorsqu'il se mettait au lit, il avait l'impression de se baisser pour prendre une caisse. Le matin, lorsqu'il se levait du lit, il avait l'impression de se redresser après avoir posé une caisse, et d'avoir les mains vides pendant un moment encore. Son sommeil s'était vidé de rêves. Son front et ses yeux s'étaient assombris. Ils avaient pris la couleur des machines et non celle de la terre. Ces derniers temps, Iohann Moritz avait même fini par oublier que les caisses qu'il chargeait contenaient des boutons, et lorsqu'il lui arrivait de se le rappeler — et cela ne lui arrivait pas souvent — il souriait. Et son sourire était sec comme la terre après la sécheresse.

Les docteurs prétendaient qu'il était malade et Iohann Moritz fut interné à l'infirmerie du camp.

78

Iohann Moritz se trouvait maintenant dans la baraque en bois qui servait d'infirmerie. Les fenêtres étaient garnies de barbelés. Il y était depuis quatre semaines. Ses poumons étaient pris. Tout son corps brûlait comme une flamme et il se sentait fondre. Il ne rêvait qu'à l'usine de boutons et il avait envie d'y retourner. Il demeurait ainsi, les yeux fermés toute la journée. Aujourd'hui, autour de lui, il y avait du bruit. « Ce doit être les docteurs qui viennent faire leur tournée de visites », se dit-il. Il sentit tout à coup un parfum de peau fraîchement lavée qu'il n'avait plus respiré depuis longtemps, mais qu'il connaissait bien et il ouvrit les yeux en souriant. Une femme en uniforme militaire se tenait près de son lit. Elle était jeune et blonde. Son corps sentait le savon et l'air frais. Elle le regardait durement, mais il continuait à sourire. Deux gendarmes et les docteurs de l'infirmerie l'entouraient. L'un des docteurs demanda pendant qu'elle le regardait :

— C'est lui ?

La femme lisait la feuille médicale du lit de Moritz, en lui jetant des regards soupçonneux. Tout le monde en Allemagne gardait le même soupçon dans les yeux.

— Hongrois ? demanda-t-elle. Avec les Italiens ce sont les plus dangereux !

Les mains de la femme attrapèrent le bout de la couverture et, l'écartant, découvrirent sa poitrine. Ensuite elle dit :

— Ce n'est pas lui ! L'autre avait du poil sur la poitrine !

Elle s'éloigna, s'arrêtant devant les autres lits, regardant tous les visages, et découvrant quelques malades. Elle n'avait pas trouvé celui qu'elle cherchait. Les gendarmes la suivaient.

Cette odeur, qui n'était pas composée seulement d'eau, de savon et de parfum, persista dans la pièce après son départ. Moritz se souvint que le parfum de la peau de Suzanna et de Iulisca était le même.

Un docteur dit :

— L'un de vos camarades a fait l'amour avec une Allemande, la nuit dernière. La femme qui vient de sortir les a surpris. La fille a été arrêtée. Mais lui a pu prendre la fuite. C'était un homme brun, à la poitrine poilue. La fille n'a pas voulu donner son nom. Mais ils le trouveront bien et il en aura pour cinq ans de prison, le pauvre !

Le docteur était Hollandais. Il regardait par la fenêtre.

— Ils l'ont attrapé ! dit-il.

Moritz se souleva sur son séant. Sous la fenêtre passait un Serbe, poings liés. C'était un bel homme aux cheveux noirs. Il marchait entre deux gendarmes. Moritz le connaissait. Il travaillait à la fabrique de cordes et c'était un garçon très gai. La demoiselle en uniforme le suivait.

— Je vous l'avais bien dit que je finirais par l'avoir, dit-elle.

79

Lorsqu'il se trouvait à côté de Joseph, Moritz n'avait pas peur. C'était la seule personne à côté de laquelle il n'eût pas peur. Ces derniers temps, tout lui faisait peur. À l'usine, il était terrifié à l'idée de laisser tomber la caisse ou de la prendre trop tard sur le rail. Il avait peur de regarder une Allemande. Il avait peur d'apprendre par hasard un secret concernant les boutons. Il avait peur de tous les Allemands. Mais pas seulement des hommes allemands, mais aussi, et surtout, de la terre allemande, des paroles allemandes, de l'air qu'il respirait, car celui-là aussi était allemand. En Roumanie, Iohann Moritz avait été enfermé, affamé, battu. Mais il n'avait pas eu peur. Il n'avait même pas eu peur des Hongrois qui lui avaient lacéré la peau, lambeau par lambeau. C'étaient des êtres humains. Iorgu

Iordan, lui aussi, était un être humain et Moritz n'avait pas eu peur de lui.

Moritz n'avait jamais tremblé devant les hommes car il savait qu'ils étaient bons et méchants en même temps. Les uns étaient plutôt bons, les autres plutôt méchants. Mais tous étaient l'un et l'autre à la fois.

En Roumanie, l'adjudant lui avait offert une cigarette après lui avoir enlevé deux dents d'un coup de poing. En Hongrie, les gendarmes lui avaient donné de l'eau et du tabac après lui avoir brûlé la plante des pieds au fer rouge.

En Allemagne, il n'avait jamais été battu. Chaque jour il recevait le quart d'un pain, du café chaud et de la soupe. Le travail était plus facile ici qu'au canal en Roumanie ou qu'aux fortifications en Hongrie. Mais il ne pouvait pas vivre en Allemagne. Moritz était certain que les Allemands allaient lui couper la tête. Il se rendait bien compte qu'il était bête de croire cela. Mais il sentait qu'il s'en irait un jour menottes aux mains même s'il n'était coupable de rien. Ils l'enverront en prison même s'il n'apprenait pas le secret des boutons. Les hommes d'ici étaient mauvais comme les machines. Et après tout peut-être que les machines n'étaient pas mauvaises. Peut-être que les Allemands n'étaient pas méchants. Mais Moritz ne pouvait pas vivre auprès des machines. Il se desséchait. Et il en avait peur. Il avait peur de toutes les machines et des hommes qui leur ressemblaient. Il se sentait tout seul parmi eux et parmi les machines. Il avait envie de crier, tellement il se sentait seul. Et c'est pourquoi il avait tant d'affection pour le Français.

Joseph vint le trouver.

— Salve Sclave ! dit-il.

— Salve Sclave ! répondit-il en souriant.

Joseph aimait qu'on réponde à son salut par cette formule.

— Nous sommes tous des esclaves, dit Joseph. Et il est bon que nous nous le rappelions les uns aux autres, mille fois par jour pour ne pas l'oublier, fût-ce un seul instant. Si nous perdons de vue que nous sommes des esclaves, tout est perdu. La conscience doit demeurer éveillée.

C'était un dimanche après-midi. Iohann Moritz et Joseph

restaient étendus sur l'herbe à l'ombre d'une baraque. Joseph racontait à Moritz qu'il aimait une femme. Et Moritz savait qu'elle s'appelait Béatrice, qu'elle habitait Paris, qu'elle avait de grands yeux noirs et qu'elle pleurait chaque nuit parce que Joseph était prisonnier. Le Français lui en avait tant et tant raconté que Moritz était certain, si jamais il rencontrait un jour Béatrice, de la reconnaître entre mille. Moritz croyait même à certains moments l'entendre parler. Sa voix ressemblait à une chanson. Moritz sentait Béatrice comme une présence entre lui et Joseph. Et c'est pourquoi lorsqu'il se trouvait à côté de ce dernier, il avait l'impression qu'ils étaient trois à causer là ensemble. Et il s'étonnait même que Béatrice ne se mêle pas à la conversation et ne réponde pas...

80

— Tout le monde dans les baraques! ordonna le commandant du camp par le haut-parleur.

— De nouveau une perquisition, dit Moritz en se mettant debout.

Joseph le suivit en disant :

— Qu'est-ce qu'ils nous veulent encore ?

Le Français était mécontent. Il n'aimait pas rester dans les baraques le dimanche après-midi.

Les ouvriers quittèrent la cour par petits groupes. C'était un jour de soleil et il faisait chaud.

Moritz et Joseph se mirent à la fenêtre et regardèrent ce qui se passait dans la cour à travers le grillage de barbelé.

— C'était donc vrai! dit Moritz.

Trois camions militaires étaient entrés dans la cour et s'étaient arrêtés sous leurs fenêtres.

Ces derniers temps le bruit courait que des femmes allaient être amenées au camp. Dans d'autres camps cela s'était vu. Les prisonniers ne l'avaient pas cru. Et maintenant les femmes étaient là. Des femmes pour eux.

Les trois camions contenaient des femmes. Des brunes, des blondes et des rousses.

— Tu vois bien que c'était vrai! dit Iohann Moritz. Il n'osait pas le croire encore, même en le voyant de ses propres yeux. Mais les femmes étaient là. Moritz les regardait. Elles étaient toutes fardées, poudrées et portaient des robes légères. Elles jetaient des regards aux fenêtres où s'étaient entassés les prisonniers. Et elles riaient. Ensuite, elles commencèrent à descendre des camions. Quand elles sautaient hors des camions, le vent soulevait leurs jupes. Moritz voyait leurs combinaisons, leurs pantalons, de toutes couleurs, fins comme des feuilles de cigarettes et le haut de leurs cuisses. Derrière le dos de Moritz, les prisonniers riaient. Lui, n'en croyait pas ses yeux. Il n'arrivait pas à rire.

— Les femmes ne doivent pas quitter les camions, ordonna le commandant du camp. Personne n'a donné l'ordre de descendre!

La voix du haut-parleur s'était faite dure et autoritaire. Personne ne pouvait voir le commandant du camp. Il parlait de son bureau. Les femmes rebroussèrent chemin. Elles remontèrent toutes dans les camions aussi vite qu'elles en étaient descendues, s'entassant les unes sur les autres. Elles avaient peur d'être punies parce qu'elles étaient descendues sans attendre l'ordre.

Lorsqu'elles grimpèrent dans les camions, les prisonniers revirent leurs genoux, leurs combinaisons et leurs pantalons aux couleurs tendres. Elles riaient toujours. Mais cette fois-ci leurs rires étaient étouffés et craintifs.

— Dix femmes pour chaque baraque! ordonna le commandant du camp. Elles y resteront jusqu'à neuf heures du soir. Les chefs des baraques ont reçu des dispositions spéciales pour le déroulement du programme et sont considérés responsables du maintien de l'ordre et de la discipline.

Le haut-parleur se tut.

Les femmes demeuraient tranquillement dans les camions. Elles attendaient d'autres ordres.

— Merde! dit le Français et il grinça des dents.

Moritz crut que le Français lui adressait la parole et il tourna la tête. Joseph était furieux et ne le regardait pas.

— Les femmes doivent descendre des camions en ordre, par groupes ! ordonna la voix du haut-parleur. C'étaient ce qu'elles attendaient. Elles commencèrent à sauter des camions et se divisèrent en cinq groupes. Cinq hommes, les chefs des cinq baraques, vinrent les chercher et leur firent signe de les suivre. Les femmes riaient toujours en suivant les cinq hommes.

Moritz ne voyait pas du tout comment allait « se dérouler le programme ». Il était curieux. Il savait bien que les femmes venaient faire l'amour avec les prisonniers. Les Allemands prétendaient que le rendement n'était pas suffisant si les prisonniers ne faisaient pas l'amour. Les Allemands aimaient que le travail soit bien fait. Et c'est pourquoi ils avaient fait venir les femmes, pour que les ouvriers travaillent mieux à l'usine de boutons, à la fabrique de cordes et à la fonderie de la ville.

Iohann Moritz ne comprenait pas pourquoi les hommes travaillent mieux s'ils ont fait l'amour. Et il ne voyait pas du tout comment les prisonniers pourraient bien faire l'amour avec les femmes qu'on mettrait à leur disposition dans chaque baraque. Les dortoirs étaient grands et contenaient beaucoup de lits. Les hommes étaient nombreux et il y avait peu de femmes. Il était impossible que chaque prisonnier couche avec une femme dans son lit. « Peut-être qu'elles passeront de lit en lit ! » se dit Moritz. Puis il pensa que les femmes auraient honte de passer de l'un à l'autre. Il n'avait jamais pensé voir des femmes dans sa baraque aux fenêtres garnies de barbelé. Et pourtant elles étaient là, à la porte.

Le chef de baraque leur parlait, probablement pour leur donner des instructions sur la manière de procéder. Elles riaient très fort.

— Sortons, veux-tu ? demanda Joseph. Allons là où nous étions tout à l'heure.

Moritz sortit de la baraque avec le Français. D'autres hommes sortaient aussi.

Sur le seuil, ils frôlèrent les femmes. Elles sentaient le

parfum et la poudre. Elles regardèrent Joseph et Iohann Moritz qui partaient et se mirent à rire. Elles se moquaient d'eux, parce qu'ils quittaient la baraque.

Iohann Moritz sentit une main de femme passer sur son visage et le caresser. Il baissa les yeux. La main était moite et parfumée.

— Salvete Sclavi ! dit Joseph lorsqu'il fut près d'elles.

Il reçut en réponse de gros rires.

Joseph, lui, ne riait pas. Son front s'était rembruni.

En arrivant dans la cour, il s'étendit sur l'herbe et regarda le ciel. Moritz s'étendit à ses côtés et se mit à penser à ces femmes. Joseph devait y penser aussi, mais Moritz ignorait quelles pouvaient bien être ses réflexions.

— Tu peux y aller, si tu veux, dit le Français.

— Non, je n'y vais pas, répondit Moritz.

Ils ne dirent plus un mot. C'était la première fois que le Français se trouvait à ses côtés sans lui parler de Béatrice.

— Ce sont des Polonaises des camps de concentration, dit Joseph. Si les détenues des camps de concentration font ce métier pendant six mois, elles sont mises en liberté sitôt après... Mais en six mois elles sont complètement démolies. Elles ne quittent les camps de concentration que pour entrer directement à l'hôpital, à l'asile, ou à la morgue.

— Je croyais que c'était leur métier, dit Iohann Moritz.

Maintenant il en avait pitié. Il ne savait pas que c'étaient des prisonnières.

— Ce ne sont pas des professionnelles, Jean. — Le Français l'appelait toujours Jean. — Ces femmes sont des esclaves et font un effort désespéré pour reconquérir leur liberté. Ce sont des esclaves qui essaient de briser leurs chaînes, sans aucun outil, simplement avec leurs pauvres mains vides. C'est héroïque. Malheureusement, elles ne réussissent pas à briser leurs chaînes. Elles déchirent leur propre chair. Les chaînes de l'esclavage sont plus fortes que la chair humaine.

A neuf heures du soir les femmes quittèrent le camp.

En remontant dans les camions elles ne riaient plus. Elles fumaient.

Joseph leur cria, au départ, d'une voix franche, de camarade :

— Salvete Sclavi !

Cette nuit-là, le Français s'évada du camp.

81

— Les officiers ont besoin d'un interprète pour les langues balkaniques, dit le fonctionnaire de la fabrique, conduisant Iohann Moritz au bureau. Sois convenable et respectueux ! continua-t-il. Ce sont des officiers de l'O.K.W. !

Iohann Moritz attendit devant la porte au moins une heure. Puis il fut introduit. La fumée des cigarettes et l'odeur du vin le prirent à la gorge. Sur la table, il y avait des verres et des bouteilles vides.

Lorsque Iohann Moritz entra, personne ne tourna la tête pour le regarder. Iohann Moritz demeura contre la porte. La fumée le suffoquait. Il aurait voulu leur dire qu'il n'était pas un bon interprète, et revenir à ses caisses de boutons. Au moins là-bas il y avait du silence et la fumée des cigarettes ne l'étouffait pas. Il admirait la bande rouge sur les pantalons des officiers. Tous étaient jeunes. Moritz les compta. Ils étaient sept. L'un d'eux s'approcha de Moritz et mit la main sur sa tête. Puis il la lui fit tourner comme un ballon avec lequel on veut jouer. Il contempla son profil droit. Puis son profil gauche.

— Tourne-toi ! lui dit-il. Il regarda sa tête de dos. Puis il lui tâta l'épaule et lui mit la main sous le menton. Il lui dit d'ouvrir la bouche et regarda ses dents. Ensuite il lui ordonna :

— Déshabille-toi !

Iohann Moritz enleva sa salopette et la posa sur le plancher contre le mur. L'officier le suivait tout le temps du regard.

Pendant qu'il se déshabillait, l'officier soupesait tous ses gestes. Les autres continuaient à parler et ne s'intéressaient pas à lui.

— Messieurs, dit l'officier qui avait ordonné à Moritz de se déshabiller et qui était un colonel S.S., Messieurs, je veux me livrer devant vous à une démonstration !

Tout le monde se tut et fit cercle autour de Iohann Moritz qui demeurait nu et perplexe devant eux. Il avait été appelé comme interprète et ne comprenait rien à ce que disait maintenant le colonel. Il revit en pensée les démonstrations de cirque. Au cours de ces démonstrations un homme de la salle était appelé sur la scène et le prestidigitateur lui sortait de la poche des chats vivants, des lapins et des oiseaux. Pour lui, c'était cela des démonstrations. Il n'en connaissait pas d'autres. Et maintenant, voilà que le colonel voulait faire une démonstration avec lui. Peut-être une démonstration comme celles qu'il avait vues au cirque lorsqu'il était soldat. Iohann Moritz était très intrigué. Il souriait. Il n'avait pas peur des démonstrations. Il savait bien que les hommes que le prestidigitateur choisissait dans la salle pour se livrer à ses tours ne sentaient rien. Ils étaient seulement émerveillés. Et lui aussi serait sûrement émerveillé au moment où le colonel sortirait des lapins, des chats et des oiseaux de ses aisselles ou de ses poignets. Moritz continuait à sourire amicalement au colonel. Iohann Moritz aimait les prestidigitateurs. « Je pourrais m'exercer pendant mille ans, je n'arriverais toujours pas à faire comme eux ! » se disait-il. Il admirait le colonel qui savait faire des tours. Iohann Moritz se souvint des paroles de sa mère. Elle disait que les faiseurs de tours étaient les serviteurs du diable. Il se sentait vaguement inquiet. Il ne souriait plus. Le diable lui avait toujours fait peur.

— Messieurs, dit le colonel, cet individu est entré il y a dix minutes dans le bureau. Je ne l'avais jamais vu auparavant. Je ne sais même pas pourquoi il est venu ici !

— C'est l'interprète que vous avez demandé pour les langues balkaniques, dit le fonctionnaire de l'usine.

— J'avais complètement oublié vous avoir demandé un

interprète, dit le colonel. Au moment où il est entré sa figure m'a frappé.

Le colonel mit sa main sur la tête de Iohann Moritz. Il souriait. Moritz attendait avec impatience que le colonel fasse surgir des lapins de ses aisselles. Le colonel était sérieux. Mais Iohann Moritz savait bien qu'au cirque tous les prestidigitateurs étaient sérieux. Même quand le public riait à se tordre, le prestidigitateur demeurait grave.

Moritz attendait les éclats de rire. Il se préparait même à rire. Il n'avait plus ri depuis longtemps.

— Je l'ai vu pour la première fois en même temps que vous, il y a à peine dix minutes, nous n'avons pas échangé une seule parole et cependant je puis vous raconter avec force détails, en prenant comme points de départ des constatations scientifiques, la biographie de cet homme et l'histoire de sa famille depuis trois cents ans.

Iohann Moritz se rappela avoir vu au cirque lorsqu'il était soldat, de ces numéros aussi. Le prestidigitateur appelait quelqu'un de la foule et lui disait son nom, son âge, s'il était marié et des tas de choses dans ce goût-là. Tout le monde s'étonnait que le prestidigitateur sache ces secrets. Mais Iohann Moritz n'aimait pas ce genre de démonstrations. Il n'aimait que les démonstrations avec les chats et les lapins. Il regrettait que le colonel ne sache pas faire de ces tours-là. Il aurait bien aimé voir surgir de ses poches un chat. Au cirque il s'était présenté lui aussi devant le prestidigitateur. Mais il y avait eu chaque fois tellement de monde que le prestidigitateur en avait toujours choisi un autre.

— La connaissance de la race a fait des progrès tellement considérables sous le régime national-socialiste, dit le colonel qui s'appelait Müller, qu'elle se trouve en avance sur celle des autres pays, d'au moins cent ans. En regardant cet individu tout nu, je peux vous dire quels ont été ses ancêtres, quels mariages ils ont contractés et quelles sont les coutumes de sa famille. Vous pourrez vérifier aussitôt mes allégations en posant des questions directement au sujet.

— Incroyable ! dirent les officiers. Ils avaient resserré le cercle autour de Iohann Moritz.

— D'après la conformation du crâne et le modelé de l'ossature frontale, nasale, et faciale, d'après la structure du squelette et spécialement de la cage thoracique et la position des clavicules, l'individu appartient à un groupe germanique qui vit aujourd'hui en petit nombre dans la vallée du Rhin, dans le Luxembourg, en Transylvanie et en Australie. Il y a bien encore dix-huit familles en Chine et aux États-Unis, mais elles n'ont pas été portées dans les statistiques parce que leur existence a été découverte à peine quelques mois avant la déclaration de guerre. Dans nos statistiques, que nous publierons dans un numéro spécial, nous fournirons des données précises, et pour la première fois complètes, sur ce groupe germanique qui porte le nom de « Famille héroïque ». Cette famille comprend au maximum huit cents membres. Leurs ancêtres ont émigré par séries du sud-ouest de l'Allemagne entre les années 1500 à 1600. Ce sont des Allemands de la plus pure espèce et ils ont réussi à garder jusqu'à aujourd'hui leur sang pur de tout mélange, malgré les fortes pressions exercées sur eux au cours de l'histoire. La race, messieurs, a un instinct de conservation qui dépasse bien des fois celui de l'individu. La « Famille héroïque », dont fait partie le jeune homme qui se trouve devant vos yeux, a suffisamment démontré la ténacité de l'instinct de conservation de notre race. Quelle cause a pu déterminer, pendant trois ou quatre cents ans, les ancêtres de ce jeune homme à épouser seulement des femmes de leur race, lorsque tout autour d'eux devaient se trouver d'autres femmes beaucoup plus attirantes ? C'est l'instinct de conservation de la race, la voix du sang qui a fait éviter aux membres de cette famille le péché mortel du croisement des races. Dans toute l'histoire de cette famille, il n'y a pas un seul cas de mariage avec une femme d'autre race. Et c'est là, la seule explication du fait, qu'aujourd'hui encore, après quatre siècles, le jeune homme qui se trouve devant vous ressemble exactement à ses ancêtres. Regardez ces cheveux solides mais soyeux. Exactement les cheveux de la

« Famille héroïque », tels qu'ils étaient il y a quatre siècles et tels qu'on les trouve encore dans les reliques qui nous sont parvenues. Ils ne peuvent être confondus avec d'autres et les connaisseurs les identifient immédiatement. Ils sont légèrement plus soyeux que les cheveux des principaux groupes germaniques, mais il est visible que la racine est la même. Le nez, le front, les yeux, le menton de ce jeune homme se trouvent dessinés dans nos estampes d'il y a quatre siècles. Aucun changement n'est intervenu entretemps !

Les officiers touchèrent la tête de Moritz et palpèrent ses cheveux. Ils le regardaient avec admiration.

Moritz sentait tous les yeux braqués sur lui. Jamais encore il n'avait été contemplé ainsi. Il était un héros. Mais il avait peur de décevoir les officiers. Il regrettait de n'avoir rien fait pour mériter leurs louanges — louanges qui n'étaient prodiguées, il le savait bien, qu'à ceux qui étaient décorés de la Croix de Fer avec brillants et feuilles de chêne.

Les doigts du colonel Müller palpèrent à nouveau les épaules de Iohann Moritz avec admiration et dévotion, tout comme s'il avait touché les reliques de sainte Paraschiva, la Miraculeuse de l'église des Trois Hiérarques.

Iohann Moritz baissa les yeux, tout honteux de n'avoir pas été combattre sur le front de l'Est, et de n'avoir accompli aucun acte de bravoure.

— Ce groupe que nous avons appelé « la Famille héroïque », dit le colonel, offre le plus grand exemple d'héroïsme racial. Ce jour est pour moi une véritable fête, car il m'a enfin été donné de découvrir un pareil exemplaire. Je vous dirai en passant, qu'un de mes ancêtres avait épousé une jeune fille de la « Famille héroïque ». Malheureusement ils n'ont pas eu d'héritiers, car il est mort à la guerre, trois mois après son mariage. Mais c'est un épisode secondaire. Je voudrais que la photo de ce jeune homme, accompagnée de données anthropométriques et historiques, figure dans l'ouvrage que je suis en train de préparer et auquel je travaille déjà depuis dix ans sous les directives du Reichsführer Dr Rosenberg. Il constituera le couronnement de mon travail.

— Veuillez recevoir nos félicitations, dirent les officiers, en se mettant au garde-à-vous.

Le colonel était tout rouge d'émotion. Il leva le bras droit pour saluer puis il serra la main de chacun.

Moritz demeurait immobile et le regardait.

— Tu es du Rheinland, du Luxembourg ou de Transylvanie ? demanda le colonel.

— De Transylvanie, répondit Iohann Moritz.

Les officiers poussèrent des cris d'admiration. Le colonel Müller rayonnait de bonheur.

— Je vous préciserai le domicile exact de ce jeune homme, dit le colonel Müller, et s'adressant à Moritz :

— Es-tu né à Timisoara, à Brasov, ou au pays des Szeklers ?

— Au pays des Szeklers, répondit Moritz.

— Admirable ! dit le colonel.

Il se frottait les mains joyeusement.

— Il était impossible que je me trompe. Au moment où il a ouvert la porte, j'ai eu l'impression de voir descendre parmi nous un personnage de la galerie de portraits de la « Famille héroïque ». Je connais par cœur ces portraits de famille. Vous aussi vous pourrez les admirer dans mon livre, il y aura des planches en couleurs. Je vous le dis, messieurs, ce jeune homme est un exemplaire parfait de la « Famille héroïque ». Il confirme toute ma théorie.

Le colonel demanda au fonctionnaire d'apporter la fiche de Moritz.

— Les misérables ! s'écria le colonel furieux en lisant la fiche. Un membre de la « Famille héroïque » n'a jamais porté le nom de Ianos. Ce nom est un sacrilège !

Le colonel se tourna vers Moritz. Son front s'était rembruni.

— C'est ton père qui t'a donné le nom de Ianos ? demanda le colonel.

— Non, mon colonel. Je ne m'appelle pas Ianos, dit Iohann Moritz.

Il voulait leur dire qu'il s'appelait Ion.

— Il était exclu qu'un membre de la « Famille héroïque » baptisât ses enfants d'autres noms que ceux du calendrier allemand. Cela n'est jamais arrivé depuis quatre cents ans. Il était impossible que ce jeune homme s'appelle Ianos.

Le colonel regarda à nouveau Moritz. Cette fois il était content. Il se réjouissait que Moritz ne s'appelât pas Ianos.

— Qui t'a donné ce nom de Ianos ?

— Je ne sais pas, dit Iohann Moritz. En arrivant en Allemagne il y a deux ans ils l'ont inscrit dans mes papiers.

— Il ne s'appelle pas Ianos ! dit le colonel. La « Famille héroïque » a eu mille et mille fois à subir pareille infamie. Les peuples au milieu desquels ils ont vécu leur ont changé les noms, sans réussir à leur faire changer de sang. Le sang de la « Famille héroïque » est demeuré pur comme une larme de cristal.

Le colonel se dirigea vers le fonctionnaire de l'usine et lui dit :

— Ce jeune homme est mis à partir d'aujourd'hui à la disposition de l'Institut national d'études de la Race. C'est un exemplaire dont nous avons besoin.

— Il ne travaillera plus à l'usine ? demanda le fonctionnaire.

— Non, répondit le colonel sèchement. Je vous enverrai ultérieurement des dispositions spéciales à son égard.

Le colonel regarda Iohann Moritz et pensa : « La science a fait des progrès extraordinaires. Mais nous sommes encore loin de la perfection. Cet exemplaire d'élite, ce représentant d'un groupe ethnique extrêmement intéressant devrait être conservé dans un Jardin anthropologique, qui abriterait tous les types rares et précieux de la race humaine. Mais ce jardin n'a malheureusement pas encore été créé. En Europe nous avons des parcs pour la sélection et la conservation des différentes races d'oiseaux et d'animaux. Mais les préjugés nous ont empêchés de créer les « Parcs anthropologiques ». Et c'est une grande perte pour la science. Dans ce domaine, les Américains ont pris les devants. Ils ont des parcs où ils enferment les exemplaires intéressants d'Indiens. Mais nous aussi nous en construirons en Europe. Il faut d'abord que nous ayons la Victoire. Dans une prochaine conférence je proposerai l'institution du premier Parc anthropologique. La science aura ainsi à sa disposition des exemplaires rares qu'elle pourra étudier à son aise. Ce membre de la « Famille héroïque » sera un des premiers éléments qui ornera notre parc, et c'est moi qui en ferai le don. »

Le colonel Müller regarda Moritz et sourit. Il se l'imaginait dans le Parc anthropologique, dans le pavillon de la Race allemande, y habitant avec sa femme et ses enfants.

— Ce rêve se réalisera un jour... dit le colonel. Pour le moment, nous devons trouver à ce jeune homme une occupation digne de son origine. La chose qui l'enchanterait le plus serait d'être soldat. Je connais bien la « Famille héroïque ». C'est le groupe le plus guerrier de la race germanique. Donnons-lui la possibilité d'être soldat.

Les officiers félicitèrent à nouveau le colonel Müller. Sa proposition leur avait plu. Le colonel rougit à nouveau de plaisir. Il demanda à son aide de camp sa serviette et écrivit sur un papier à en-tête de l'O.K.W. une recommandation pour l'enrôlement de Iohann Moritz comme soldat S.S. Ensuite il tendit le papier au fonctionnaire de l'usine.

— Faites toutes les formalités nécessaires, ordonna-t-il. Et sans retard.

Le colonel Müller se tourna en souriant vers Iohann Moritz :

— Au cours du mois prochain, je veux recevoir de toi une photo en uniforme de soldat. Elle me sera extrêmement précieuse pour mon étude sur la « Famille héroïque » à laquelle tu appartiens. J'en enverrai une au Dr Gœbbels. Et tu pourras te contempler dans les journaux et les revues illustrées.

82

— Cet homme est inapte pour le service armé, dit le capitaine, docteur de la commission de recrutement, après avoir examiné Iohann Moritz. Il a des taches sur le poumon droit. Les soldats doivent avoir des poumons solides.

Trois semaines étaient déjà passées depuis l'entrevue de Moritz avec le colonel Müller.

Iohann Moritz avait d'abord pensé que les soldats recevaient presque un demi-pain par jour, de gros souliers à travers lesquels l'eau ne passait pas, de bons vêtements bien chauds, qu'ils mangeaient bien et qu'ils avaient des cigarettes. Il savait qu'il valait mieux être soldat que prisonnier. Et malgré tout, en entendant qu'on ne voulait pas l'accepter il fut content.

— Ce jeune homme est recommandé par le colonel Müller du Grand Quartier Général et de l'Institut national d'études de la Race, dit le docteur en feuilletant le dossier. Nous ne pouvons pas le réformer.

Les trois docteurs regardèrent Moritz.

— Est-ce que tu sais faire un travail de bureau ? demanda le capitaine. Quel métier avais-tu comme civil ?

— Laboureur, répondit Moritz.

Les docteurs se consultèrent et dirent à Moritz d'attendre le résultat dehors. Lorsqu'ils le rappelèrent, ils lui communiquèrent qu'ils l'avaient reconnu bon pour le service et lui donnèrent l'ordre avec lequel il devait se présenter à son unité.

— Tu es affecté au service auxiliaire, dit le capitaine. Puisque tu ne peux pas faire un travail de bureau, tu seras affecté à une compagnie de garde.

83

Le commandant du camp disciplinaire siffla pour donner le signal du déjeuner. Le soldat Iohann Moritz tressaillit en entendant le signal. Il avait totalement oublié qu'il se trouvait dans la guérite de garde et s'était mis à chercher fébrilement sa gamelle. Il devint tout rouge de dépit.

« Idiot que je suis ! se dit-il en serrant le fusil entre ses mains. J'ai de nouveau oublié que j'étais sentinelle et non prisonnier. »

Depuis trois jours qu'il se trouvait dans ce poste, il avait le même réflexe à chaque signal d'appel. Il ne pouvait se mettre en tête qu'il était soldat. En voyant les barbelés qui entouraient le camp et la file de prisonniers, il oubliait totalement où il se trouvait et il se croyait enfermé. Tant d'années passées dans les camps avaient fini par lui faire entrer dans le sang et dans la peau l'idée qu'il était prisonnier pour la vie. Il ne pouvait s'imaginer autre chose. Lorsque quelqu'un venait le relever, Moritz se mettait à trembler, croyant que le soldat venait en fait pour l'arrêter. En ce moment même, en regardant les prisonniers faire la queue devant les marmites de soupe, Moritz oublia qu'il se trouvait dans la guérite et se demanda pourquoi son tour à la soupe tardait tellement. Il se voyait dans la file des prisonniers.

Moritz avait cherché du regard, dès le premier jour, des gens connus parmi les prisonniers. Il n'en avait pas trouvé et s'en était étonné. En Allemagne, il avait passé par des dizaines de camps et il avait dû avoir comme camarade au moins un des prisonniers de ce Straflager. Il aurait aimé y retrouver quelque connaissance. Il n'avait pas la permission de parler aux prisonniers. Mais il aurait voulu apercevoir, même de loin, un visage ami.

Iohann Moritz oublia à nouveau qu'il était soldat et sentinelle, et se mit à crier :

— Joseph ! Joseph !

Les prisonniers groupés dans la cour le regardèrent. Joseph le regarda, lui aussi, et se remit à manger. Le Français ne l'avait pas reconnu.

Moritz l'appela encore une fois. Joseph demeura, gamelle à la main et le fixa du regard. Ensuite il s'éloigna davantage.

— Tu ne me reconnais pas ? cria Moritz. Je suis Moritz Ianos.

— Salve Sclave ! dit le Français en riant. Maintenant il

l'avait reconnu. Il mit la gamelle par terre et s'approcha de la barrière de barbelé.

— Comment es-tu arrivé là-bas, Jean? demanda Joseph.

Iohann Moritz lui raconta en quelques mots la manière dont il était devenu soldat. Joseph comprenait mieux l'allemand maintenant. Mais une assez grande distance les séparait et ils s'entendaient à peine.

— Et toi comment es-tu arrivé ici?

— Ils m'ont pris, cinq jours après mon évasion, répondit Joseph. Veux-tu envoyer une lettre à Béatrice? Nous n'avons pas la permission d'écrire et je n'ai pas eu de ses nouvelles depuis quatre mois déjà.

Iohann Moritz demanda l'adresse. Le Français l'écrivit sur un morceau de papier. Pendant que Joseph écrivait, le soldat Iohann Moritz tira de sa poche le paquet de cigarettes qu'il avait reçu la veille de la compagnie et le jeta par-dessus les barbelés, dans la cour du camp, aux pieds du Français.

— Demain je t'apporterai encore des cigarettes et du pain, dit Moritz. J'enverrai la lettre ce soir même.

Joseph se pencha, prit le paquet de cigarettes et jeta le papier contenant l'adresse de Béatrice, en mettant une petite pierre dedans. Mais le papier tomba au milieu des barbelés. Joseph voulait se remettre à écrire l'adresse.

— Laisse, je la prendrai moi-même, dit Moritz. Moi, ils ne me fusilleront pas si je m'approche de la barrière.

Au moment où Iohann Moritz descendait les marches de l'escalier de la tour de garde, il vit au loin venir vers lui le caporal qui devait le relever. Moritz remonta précipitamment les marches et cria à Joseph :

— Le caporal arrive et je ne peux plus prendre l'adresse. Demain à neuf heures je serai à mon poste et je prendrai le papier. Attends-moi. Et maintenant au revoir!

— Salve Sclave! répondit Joseph.

Il s'éloigna en allumant une cigarette. Il portait le même costume gris, un peu plus déchiré qu'auparavant et il était très maigre. Dans le camp on mangeait très mal.

Pendant que le caporal le relevait, Iohann Moritz regarda du coin de l'œil Joseph et se dit :

« Demain je lui apporterai un pain tout entier. »

84

Cette nuit-là, Iohann Moritz eut la fièvre. Le lendemain, il fut transporté en ambulance à l'hôpital. Il savait que Joseph devait l'attendre près du mur pour chercher le pain et les cigarettes qu'il lui avait promis. Et il avait encore à ramasser le petit papier contenant l'adresse de Béatrice. Il regrettait que le Français l'attende en vain et soit déçu. « Pauvre Joseph ! pensa Iohann Moritz. Peut-être a-t-il attendu avec impatience qu'il fasse jour et qu'à neuf heures je lui donne le pain ! »

Iohann Moritz se consola à la pensée que, dans quelques jours, il serait rétabli et qu'il pourrait lui porter chaque jour du pain et des lettres de Béatrice.

Mais Iohann Moritz avait une double pneumonie. Il resta deux mois à l'hôpital militaire.

Le 1ᵉʳ février, le docteur lui dit :

— Cette semaine-ci tu pourras sortir de l'hôpital. Tu auras un congé médical de trente jours.

Iohann Moritz se dit que s'il avait le congé, il ne pourrait aller voir Joseph. Le Français attendait sans doute toujours que Iohann Moritz prenne l'adresse de Béatrice et lui écrive. Il attendait le pain et les cigarettes promises.

Iohann Moritz se décida à renoncer au congé médical et à rejoindre la compagnie.

— Tu dois te remettre, mon garçon, dit le docteur. Tu as besoin de bien manger et de te reposer. Autrement tu es fichu. Où veux-tu passer ton congé ?

Iohann Moritz n'eut plus le courage de lui dire qu'il renonçait à son congé. Mais il rougit.

— Je comprends, dit le docteur. Tu n'as pas où aller. Je

pourrais bien t'envoyer dans un sanatorium pour convalescents, mais je crois que ce n'est pas ce qu'il te faut. Tu as besoin d'une atmosphère chaude, familiale...

Iohann Moritz s'attendrit. Le docteur avait deviné ses pensées. Il ne voulait ni argent, ni sanatorium, ni bonne nourriture. Il désirait un endroit où il puisse se trouver comme chez lui.

— Tu as besoin d'une femme qui te soigne et qui t'aide, dit le docteur. Tu dois retrouver la confiance en toi. Autrement, tu ne guériras jamais. Dans les sanatoriums pour convalescents, tu trouveras des femmes tant et plus. Mais elles ne sont là que pour les nécessités sexuelles. Pour un malade dans ton état physique et psychique ce n'est pas l'article qu'il faut. Toi, mon garçon, tu as besoin de tendresse et non d'excitation.

Le docteur jeta un regard tout autour. Il était sûr de son diagnostic. Il savait ce qui convenait à son patient. Sa conscience professionnelle lui commandait de prescrire la tendresse, l'atmosphère de famille, la confiance, le dévouement d'une femme. Mais il ne pouvait offrir au patient aucun de ces médicaments. Cependant le patient ne pouvait guérir sans cela. Le regard du docteur s'arrêta sur l'infirmière qui se tenait à ses côtés, les fiches à la main.

— Schwester Hilda ! dit le docteur. Vous habitez en ville avec votre mère ?

— A deux pas de l'hôpital, répondit-elle. Avec ma mère.

Hilda regardait le docteur dans les yeux, avec la confiance d'un soldat qui attend, discipliné, les ordres de son officier.

Le docteur sourit. Il avait l'impression d'avoir trouvé l'article nécessaire.

— Je vous confie Iohann Moritz et vous le traiterez exactement comme votre mari. Dans un mois, vous me l'amènerez complètement rétabli. Je veux le voir avant de le renvoyer à son unité. Il a besoin d'une femme qui soit à la fois sa bien-aimée, sa sœur et sa mère !

— Je comprends, docteur.

C'était une fille aux joues roses et rebondies. Hilda avait

vingt ans. Elle était courte de taille, et grassouillette.

Le docteur l'examinait satisfait. Il croyait voir en elle la tendresse nécessaire à Iohann Moritz. Regardant ses cheveux le docteur se dit : « Il est préférable qu'elle soit blonde. Une brune n'aurait pas été recommandée pour le cas du patient. Les blondes apaisent par leur présence même. »

— Vous aurez, à cette occasion, un congé de quatorze jours, dit le docteur. Durant ce temps vous vous occuperez exclusivement de lui. Vous n'avez qu'à prendre tous les jours la nourriture à la cuisine de l'hôpital. Mais il faut aussi que vous fassiez la cuisine à la maison. Il a besoin de plats préparés avec amour et non de repas pris à la marmite commune.

— Je comprends, docteur! dit Hilda. Elle se sentait toute fière de sa mission. Elle savait que toutes ses collègues seraient jalouses d'elle.

— Est-ce que vous avez une chambre à part?

— Certainement, dit Hilda en rougissant.

— Je crois que le garçon vous plaît? dit le docteur.

Sans plus attendre la réponse, il ordonna :

— Préparez-moi la feuille de sortie pour lui, les feuilles de congé pour vous deux, et un bon d'aliments pour trente jours, deux personnes, et des suppléments, catégorie A.

— *Jawohl!* dit Hilda, et elle ouvrit la porte.

Le docteur s'arrêta sur le seuil, regarda Iohann Moritz et lui dit en hâte :

— Au revoir mon garçon et reviens-moi vite, guéri !

85

Iohann Moritz jeta un regard dans la cour de l'hôpital. Il neigeait. Il apercevait au fond la barrière de barbelés. Il demeura longtemps à la fenêtre. Tout à coup, deux mains froides se posèrent sur ses yeux. Il se retourna. C'était

Hilda. Il l'avait complètement oubliée. Et les paroles du docteur, il les avait aussi oubliées.

— Mets ton uniforme et viens à la caisse pour prendre ta solde, dit Hilda. J'ai la feuille de sortie de l'hôpital et la feuille de congé. Mon congé aussi a été signé.

Hilda parlait vite. Elle l'aidait à endosser son uniforme. Elle mit la main sous son pull-over pour le lui arranger. Iohann Moritz sentit la main de Hilda sur sa poitrine et eut la sensation que c'était une main familière, une main connue depuis longtemps. Elle l'habillait comme s'il était de longue date déjà son enfant, ou son mari.

Jusqu'à ce jour, Hilda avait été distante et froide à son égard. Elle lui apportait les médicaments, elle prenait sa température et elle partait tout de suite. Mais à présent, elle était devenue brusquement amicale et intime. Plus intime même que Suzanna et Iulisca.

Moritz sentait que Hilda s'était éprise de lui. Elle s'était éprise brusquement : sur l'ordre du docteur. Elle l'aimait. Elle tenait la promesse faite au docteur. La main qui avait touché la peau de Moritz sur sa poitrine, qui avait arrangé le pull-over et fermé les boutons de sa tunique était la main d'une femme amoureuse. Exactement comme l'avait demandé le docteur.

— Le docteur nous a donné la permission de prendre un lit de l'hôpital, dit Hilda. Un grand lit blanc, de la section chirurgicale. Avec deux couvertures en laine. Le mien était trop petit pour deux personnes.

Hilda pensait au lit.

— Le docteur dit qu'il ne faut pas que je t'excite trop, dit-elle. Et c'est tout à fait naturel. Tu as été gravement malade. Mais après une semaine de régime, une bonne nourriture et du repos, tout changera.

— Qu'est-ce qui changera ? demanda Moritz.

Elle s'interrompit et l'embrassa vite sur les lèvres.

— Tu verras.

Iohann Moritz encaissa sa solde. Il n'était pas heureux. Il avait exécuté un ordre. Ce n'était pas l'ordre de travailler aux fortifications ou à la fabrique de boutons ou d'être gardien de camp. Il avait reçu l'ordre d'aller avec Hilda, et

86

— Tu sais, dit Hilda, après une semaine de vie commune avec Iohann Moritz, si nous nous marions j'aurai encore quatorze jours de congé.

Il la regarda avec tendresse.

— Tu m'as dit hier que nous allions nous marier, continua-t-elle.

— C'est vrai, dit Moritz. Il se rappela que la veille il avait bu avec Hilda et sa mère cinq bouteilles de vin.

— Pourquoi ne le ferions-nous pas ? dit Hilda. Si nous nous dépêchons, j'obtiens un congé supplémentaire. Et toi aussi, tu en obtiens un. On nous donnera un appartement, de quoi le meubler, et une prime de deux mille marks. Tu ne coucheras à la caserne que les jours où tu seras de service. J'en ai parlé à ma mère et je crois que la meilleure chose à faire serait de nous marier tout de suite.

Moritz ne disait rien. Hilda crut qu'il ne voulait pas passer son congé à faire des démarches.

— Tu n'as pas besoin de te déranger, dit-elle. Tu n'as qu'à rester à la maison comme maintenant et te reposer tranquillement. Je ferai toutes les démarches nécessaires au *Standesamt*, au *Wohnungsamt*, à l'*Ernährungsamt*, à l'*Arbeitsamt*, au *Polizeiamt* (1), bref partout où il le faudra. Il ne faut surtout pas que tu te fatigues.

Iohann Moritz était d'accord. Les arguments de Hilda étaient logiques. S'ils se mariaient il ne pouvait en résulter que des avantages.

---

1. Office d'état civil ; Office du logement ; Office du ravitaillement ; Office du travail ; Police.

Et ils se marièrent. Ils eurent un appartement de trois chambres, salle de bains et cuisine. On leur remit aussi les deux mille marks, ainsi que des tickets pour la literie, le linge, les meubles, la vaisselle, le bois, le charbon, le vin et la viande pour les noces, une radio et beaucoup d'autres choses encore.

— Nous aurions été bien bêtes de ne pas nous marier puisque nous avons tellement d'intérêt à le faire, dit Hilda en aidant Moritz à s'habiller pour aller à la caserne. Tu ne dors pas mieux à la maison qu'à la caserne ?

— Bien sûr, répondit-il.

— Et les plats que je prépare pour toi le soir, ne sont-ils pas meilleurs que ce que tu manges à ta compagnie ? Hilda était enchantée.

— Dans deux mois je déclare que je suis enceinte, je prends un autre congé de sorte que tu pourras également déjeuner à la maison. Nous toucherons encore plus d'aliments. Les femmes enceintes ont droit à trois cartes d'alimentation. Tu pourras très bien manger. Je voudrais tellement te voir engraisser !

Iohann Moritz sourit et lui dit :

— Tu es une bonne fille, Hilda !

87

Le poste de gendarmerie de Fântâna reçut une circulaire en double exemplaire, à afficher. Le gendarme Nicolae Dobresco la lut : « Le juif Moritz Ion, dit Iohann, dit Jacob, dit Iankel, est recherché par tous les postes de police du pays. Il s'est évadé d'un camp de travail. Toute personne qui l'héberge, ou, sachant où il se trouve, ne le dénoncera pas aux autorités, est passible de prison. »

Dans le coin de droite de l'affiche, il y avait la photo de face et de profil de Iohann Moritz.

Le chef de poste la regarda et se dit : « Cet individu était donc vraiment juif ! » Il fit appeler un soldat.

— Prends ton fusil et amène-moi tout de suite la mère et le père du juif, lui ordonna-t-il. Colle l'affiche sur le mur extérieur. Colle-la bien pour qu'elle ne s'envole pas au moindre coup de vent.

Il neigeait à Fântâna. Le chef du poste regarda par la fenêtre. Sur la route devant la gendarmerie, passait le prêtre Alexandru Koruga. Ses épaules étaient voûtées et il portait une serviette sous le bras.

Peu de temps après, le sergent revint.

— J'ai amené seulement la femme, dit-il. Le père est malade.

Le chef de poste se mit en colère. Il aurait voulu interroger les deux parents à la fois.

— Si vous l'ordonnez, je l'amène de force, dit le soldat. Mais il ne peut pas se tenir sur ses jambes. J'ai tiré la couverture et je l'ai regardé. Son corps est enflé comme une outre.

Le chef de poste réfléchit un moment. Puis il renonça à l'interrogatoire du père de Iohann Moritz. Il ordonna au soldat d'introduire la femme qui attendait devant la porte.

Aristitza entra dans le bureau, blême de colère.

— Comment oses-tu envoyer le gendarme me chercher avec un fusil comme une criminelle? demanda-t-elle. Tu n'as pas assez de voleurs et de criminels à faire venir au poste et tu as commencé à arrêter les honnêtes gens à leur place? Ou bien c'est moi qui ai commis un crime?

Aristitza était hors de ses gonds. Lorsque le soldat était entré dans la maison pour l'emmener, elle avait décidé d'arracher les yeux au chef de la gendarmerie.

— Tu n'es pas une criminelle, dit le gendarme. C'est ton fils qui est recherché par toute la police.

Aristitza regarda l'affiche que lui tendit le chef, et voyant la photo de son garçon, elle se mit à pleurer.

— Ce qu'il a pu maigrir, le pauvre! dit-elle.

Du moment que Iohann avait maigri, c'est donc qu'il était maltraité et plus rien d'autre ne l'intéressait.

— Lis, ordonna le gendarme.

— A quoi bon? dit-elle en essuyant ses yeux. Je vois le portrait et je sais qu'il doit crever de faim, qu'il doit être dévoré par les poux, qu'il est battu et enfermé. Que veux-tu que je lise encore ? Ça me suffit comme ça !

Le gendarme lut la circulaire à haute voix. Aristitza lui coupa la parole dès la première phrase :

— Lis encore une fois, gendarme, dit-elle. Peut-être n'ai-je pas très bien compris. Tu as dit : « Le juif Moritz Ion », n'est-ce pas ? Si tu as bien lu, alors il ne s'agit pas de mon garçon ! Moi, je n'ai pas de garçon juif !

Le chef lui tendit l'affiche. Aristitza s'attendrit de nouveau, en voyant à quel point son fils avait maigri.

— C'est bien lui, n'est-ce pas ? demanda le gendarme.

— C'est bien lui, le pauvre ! répondit Aristitza. Puisse Dieu ne jamais pardonner leurs péchés à ceux qui l'ont enfermé !

— Tu le reconnais ? dit le gendarme. Alors pourquoi soutiens-tu encore qu'il n'est pas juif ? Ne perdons pas notre temps. Tu ferais mieux d'écouter ce que je te lis. Tout ce que tu peux déclarer n'a aucune valeur. Tu es une personne particulière. Moi je crois seulement ce que disent les officiels. Ce papier est un acte émanant de l'autorité. Donc il est sacré. Et il affirme que ton fils est juif.

— Si tu oses dire encore une fois que mon fils est juif, je te crève les yeux, dit Aristitza. Tu veux me mettre en colère ? Pauvre gosse ! A son départ il était beau et fier comme un sapin et maintenant il ne lui reste que la peau et les os !

— N'insulte pas l'autorité ! dit le gendarme. Sinon je te dresse un procès-verbal d'outrage à un agent de la force publique !

— Ion, je l'ai fait avec mon mari, pas avec l'Autorité ! dit Aristitza. C'est moi qui l'ai porté dans mon ventre, et lui ai donné mon lait, ce n'est pas l'Autorité. Et moi je sais qu'il n'est pas juif !

— Le ministère de l'Intérieur affirme textuellement, dans cette circulaire, que Moritz Ion est juif.

— Que le ministère de l'Intérieur vienne me le dire ici, s'il a le courage ! Je lui cracherai en plein dans la figure, s'il prétend connaître mieux que moi ce que j'ai porté dans mon ventre !

— Si tu es Roumaine, peut-être que ton mari est juif. L'un d'entre vous doit l'être en tout cas. Ça, c'est un acte officiel. Peut-être ne le saviez-vous pas vous-mêmes.

— Est-ce que tu es saoul ? demanda Aristitza. Comment ne saurais-je pas devant quelle icône je me mets à genoux et quel est mon Dieu ?

— Il ne s'agit pas d'icône, dit le gendarme. On peut être juif chrétien. Il s'agit du sang.

— Mon sang à moi et le sang de mon mari, c'est un sang de chrétiens. Mais ceux qui ont enfermé mon fils et le font souffrir dans les prisons sont des païens !

— Tu es sûre que ton mari est chrétien ? demanda le gendarme, insinuant. Durant toutes ces années de vie commune, tu aurais peut-être pu observer quelque chose. Pour les hommes c'est plus facile d'avoir la preuve que pour les femmes. Ou peut-être, ne le connais-tu pas en détail ?

— Tu oses me dire que je ne connais pas celui à côté de qui j'ai dormi pendant trente-cinq ans ? hurla Aristitza. Même une putain se rend compte quel homme entre dans son lit, et tu oses me dire que j'ai dormi trente-cinq ans à côté de mon mari sans le connaître ? L'Autorité sait peut-être mieux que moi comment est le garçon que nous avons fait ensemble ? L'Autorité et toi, gendarme, vous venez me demander, à moi, compte de ce que j'ai porté dans mon ventre et nourri de mon lait ?

Les yeux d'Aristitza s'étaient braqués sur l'encrier qui se trouvait en face d'elle. Elle voyait rouge. L'encrier qu'elle voulait attraper pour le lancer à la tête du gendarme était rouge. Les murs étaient rouges. Et le gendarme était rouge aussi.

Le gendarme aperçut la direction du regard, et tira prudemment l'encrier vers lui.

Les doigts d'Aristitza s'étaient agrippés à sa jupe avec fureur, comme si c'était le cou de l'Autorité qu'elle tenait entre ses mains. Au moment où l'encrier disparut de ses yeux, elle sentit que sa dernière arme lui était prise.

Aristitza grinça des dents. Puis elle prit les pans de la jupe de ses deux mains et la releva en se couvrant la tête avec. La jupe large et plissée d'Aristitza s'envola, comme secouée par l'orage. Sa chemise aussi s'était relevée. Son corps à la peau ridée et olivâtre était nu. Les seins pendaient comme deux sacs vides et noircis. Le gendarme vit ainsi, pendant quelques instants, toute la nudité d'Aristitza, de face, de dos et de profil. Il ferma les yeux. La porte du bureau claqua avec fureur. Les murs tremblèrent. Du plafond tombèrent des morceaux blancs, de plâtre.

Aristitza était sortie. Sa voix résonnait encore comme un klaxon enroué aux oreilles du gendarme :

— Voilà ma réponse ! Vous n'avez qu'à le lécher, toi et ton Autorité, l'un après l'autre !

88

En arrivant chez elle, Aristitza se débarrassa du châle qui couvrait ses épaules et s'accroupit devant l'âtre. Elle mit du bois sur la braise et regarda les grandes flammes danser, longues et rouges, devant ses yeux. Des larmes lui coulaient le long des joues. « Je n'en dirai rien à mon mari ! pensa-t-elle. Il est malade et il ne faut pas qu'il se tourmente. »

Aristitza tourna la tête. Le vieux dormait sur le dos. A travers ses larmes, elle le regarda et pensa à Ion que l'Autorité et les gendarmes torturaient depuis cinq ans dans toutes les prisons, parce qu'ils le prenaient pour un juif. « Et lui, le pauvre ne l'est même pas. S'il était juif il ne resterait pas enfermé. Mais Ion est un grand niais qui croit tout ce que lui disent les gens. Si jamais ils l'ont frappé pour qu'il avoue qu'il est juif, il l'aura dit. Et l'Autorité l'aura cru ! »

Aristitza demeura ainsi, la tête entre ses mains et pleura. Elle ne pouvait plus se contenir. Elle devait dire à son mari que la photo de leur fils était imprimée sur des affiches vertes comme celles des élections, et qu'elle était collée sur la porte de la gendarmerie. « Mais je ne lui dirai pas que Ion est maigre comme un chien. Il en aurait trop de chagrin. Pourtant je lui raconterai comment le gendarme m'a dit que Ion était juif. »

— Iancou ! cria Aristitza. Réveille-toi ! Si tu dors toute la journée tu ne pourras plus te reposer la nuit !

Le vieux ne répondit pas. Il ne répondait jamais lorsqu'on le réveillait. Mais maintenant il ne dormait pas. Ses yeux étaient largement ouverts et il entendait sans doute tout ce qu'on lui disait. Mais il était trop paresseux pour répondre.

— Iancou ! dit-elle. Le gendarme m'a dit que tu étais juif. Crois-tu qu'il ait du toupet. Mais je lui ai répondu comme il le méritait.

Aristitza crut voir que son mari souriait. Ils s'étaient beaucoup disputés durant leurs trente-cinq ans de ménage. Mais elle avait eu toujours beaucoup d'affection pour lui. Elle le grondait parce qu'il était trop doux et trop bon. Il se faisait rouler par tout le monde. Mais elle l'aimait bien. Aristitza aimait son mari de toute la force de son âme.

— Iancou, si tu ne guéris pas d'ici demain matin, j'irai à la ville et j'amènerai un docteur, dit-elle. Je vendrai un cochon et je paierai le docteur. Si tu guéris nous achèterons un autre cochon. Mais toi, tu dois guérir.

Le vieux ne répondait toujours rien.

— Ouvre les yeux, Iancou, je veux te donner une cigarette, dit-elle. J'en ai caché une pour toi.

Elle se leva et prit sur la poutre une cigarette qu'elle avait mise de côté pour son mari.

— Tu as des allumettes à côté de toi ? demanda-t-elle en s'approchant du lit, la cigarette à la main. Elle voulut mettre elle-même la cigarette à la bouche de son mari, ainsi qu'elle le faisait quelquefois, le matin, aux premiers temps de leur mariage. Elle savait qu'il n'allait pas ouvrir les yeux, mais qu'il entrouvrirait les lèvres lorsqu'il sentirait la cigarette.

Mais aujourd'hui, les lèvres enflées du vieillard ne remuaient pas. Et même lorsque Aristitza en approcha la cigarette, elles demeurèrent immobiles.

— Qu'est-ce que tu as, Iancou ? dit la femme. Elle le prit par l'épaule et le secoua. En le touchant de sa main, Aristitza sentit à travers la chemise, la peau froide de l'homme. Elle lui tâta le front. Le front était glacé. Le vieux était mort.

Aristitza se mit à crier. Puis elle voulut s'enfuir de la chambre. Mais elle revint sur ses pas et retourna auprès du mort. De l'allumette avec laquelle elle voulait lui donner du feu pour la cigarette, elle alluma un cierge et le mit à la tête du lit. Elle pleurait très fort, car elle savait que personne n'était plus là pour l'entendre...

89

Aristitza pleura jusqu'à l'épuisement. Elle était enrouée. Elle se lamentait à mi-voix. Elle pleurait ainsi doucement près du mort, sans paroles, sans bruit, presque en pensée. Mais sa douleur n'en était pas moins grande.

Puis sa pensée se fatigua aussi. Ses pleurs cessèrent. A ce moment, Aristitza se trouva toute seule avec elle-même. Pendant qu'elle pleurait c'est comme si quelqu'un avait été à côté d'elle. Elle aurait voulu recommencer, mais elle n'en pouvait plus. Elle se mit debout et attisa le feu.

Elle mit de l'eau sur le feu pour le dîner. Comme chaque jour. Elle tira les rideaux des fenêtres. Après qu'elle eut tout fini, elle se sentit encore plus seule. Elle était étourdie, lasse. Elle regarda le visage du mort. Aristitza n'avait pas peur des morts. Cette nuit-là, elle allait dormir toute seule avec le mort dans la pièce. Et les trois nuits suivantes, jusqu'à ce qu'il soit enterré, elle allait demeurer dans la maison, toute seule avec le mort.

Aristitza se souvint des paroles du gendarme : « Peut-être que ton mari est juif ! »

Elle se tenait au milieu de la pièce les bras croisés sur la poitrine et ne savait que faire.

L'eau bouillait mais elle n'avait pas faim. Le lit était défait et elle aurait pu s'y étendre. Mais elle n'avait pas sommeil. Elle devait pourtant agir, faire à tout prix quelque chose. Son cerveau et son corps étaient secoués et excités par la douleur. Ils ne pouvaient se tenir tranquilles. Il fallait qu'elle se remue. Puis il y avait encore la solitude. Elle tira encore une fois les rideaux des fenêtres. Ensuite elle s'approcha du mort. Il lui semblait que le gendarme était à côté d'elle et lui disait : « Peut-être que ton mari est juif ! »

Aristitza regarda le mort. Puis elle écarta la couverture. Le mort était bouffi. Aristitza jeta un coup d'œil sur la chemise et les caleçons de grosse toile qu'elle avait tant de fois lavés et repassés de ses propres mains. Elle défit la ceinture des caleçons et les retira jusqu'aux genoux. La peau du mort était violacée.

— Pourquoi aurais-je honte ? dit Aristitza à haute voix. C'est mon mari !

Elle se souvint des temps où ils étaient jeunes tous les deux et qu'elle le voyait tout nu, à côté d'elle. Maintenant, le corps de l'homme était violacé.

« Ton mari est peut-être juif ! » La phrase sonna encore une fois aux oreilles d'Aristitza. Sa main chercha au bas du ventre les organes de son mari. Ils étaient violets, eux aussi, comme les paupières, le nez, les lèvres. Violets et froids. Aristitza retira ses mains. Elle avait tressailli. Elle remonta très vite les caleçons du mort et le recouvrit. Puis elle se mit debout et se signa. Elle tremblait toute.

— Mon Dieu, je vous remercie de m'avoir arrêtée à temps.

Elle se signa encore une fois.

— Si j'avais regardé j'aurais été brûlée en Enfer. C'eût été un grand péché. Mais je n'ai pas regardé. Je n'ai rien vu. Et je ne veux pas voir ou savoir s'il est juif. Je ne veux pas !

Aristitza regarda le mort.

— Pardonne-moi, Iancou, dit-elle en pleurant. Je te jure que je n'ai rien vu et que je ne voulais rien voir. Tu sais bien, Iancou, que je n'ai jamais péché à ce point-là. Tu me connais assez bien pour le savoir. Le gendarme et l'Autorité m'ont fourré le péché dans ma tête, puissent-ils être brûlés du feu de l'Enfer tous les deux !

90

Le soldat Iohann Moritz parcourut les rues de la ville, en escortant cinq prisonniers. Il était sept heures du matin. En passant devant sa maison, Hilda sortit à la fenêtre et lui fit signe de la main. Elle avait dans ses bras Franz, leur enfant. Moritz entendit la voix de Hilda : « Tu sais, c'est ton père. Regarde, il a un casque et un fusil. »

Franz n'avait que trois mois. Il ne pouvait pas voir que Moritz avait un fusil et escortait des prisonniers à travers la ville. Mais Hilda lui montrait chaque matin le même tableau pour qu'il puisse être fier de son père. Fier comme elle l'était, elle-même.

Iohann Moritz pensa tout le reste du chemin à l'enfant et à Hilda.

Dès qu'ils sortirent de la ville, les prisonniers traversèrent une prairie. Moritz les suivait, silencieux, fusil à l'épaule. Puis ils allèrent se mettre sous un pont. C'était leur chantier de travail. Moritz les suivit. Le fleuve était à sec. En arrivant sur la rive, les prisonniers se tournèrent vers Moritz en riant bruyamment. Ici, personne ne pouvait les voir.

— Salve Sclave ! Tu as bien dormi ? demanda l'un des prisonniers en serrant amicalement la main de Moritz. C'était Joseph.

— Salve Sclave ! répondit Moritz. Il serra les mains des autres prisonniers et appuyant son fusil contre un rocher, il entrouvrit son manteau et en retira une boule de pain et cinq paquets de cigarettes.

— Je te dois encore quinze marks, dit Moritz, en tendant les cigarettes à Joseph. Je n'ai pas pu acheter du savon. J'essaierai d'en apporter demain. Il sortit du sac, qui lui pendait sur le côté, un pain et le donna à Joseph Les prisonniers s'assirent et allumèrent des cigarettes. Moritz fumait, lui aussi. Chaque matin, depuis qu'ils travaillaient à ce pont, ils se reposaient et riaient ainsi une demi-heure, là sous le pont, avec Moritz. Puis ils se mettaient au travail jusqu'à midi. C'était la plus belle heure du jour pour les prisonniers comme pour Moritz. Il leur donnait les lettres qu'il recevait pour eux de France, à son adresse, les cigarettes, le pain et tout ce qu'il achetait en ville à leur intention. Puis ils se mettaient à travailler. La plupart du temps, Moritz leur donnait un coup de main. Il le faisait discrètement pour ne pas être aperçu. Mais il le faisait avec plaisir. Les prisonniers ne voulaient pas le laisser faire. Mais il avait pitié d'eux. Les cinq prisonniers étaient tous des intellectuels et ne savaient pas trop comment s'y prendre. Moritz prenait la bêche et leur montrait. Il était habitué à ce genre de travail.

— Jean, aujourd'hui, j'ai quelque chose à discuter avec toi, dit Joseph.

Les autres prisonniers se mirent debout et commencèrent à travailler. On entendait les pelles et les bêches frapper la pierre, à coups réguliers.

— Nous allons nous évader, dit Joseph, dès qu'il fut seul avec Moritz. Pas aujourd'hui, mais un de ces jours nous allons nous évader tous les cinq.

Moritz regarda le Français. Il croyait que Joseph blaguait. Mais Joseph ne blaguait pas.

— Quel tort t'ai-je fait, à toi et aux autres pour que vous vous évadiez ? demanda Moritz. Vous voulez que je pourrisse en prison tout le restant de mes jours ?

Moritz était blême de colère.

— Tu sais bien que je n'aurais jamais le cœur de vous tirer dessus si vous vous évadez, dit Moritz. Moi, je ne peux pas vous tuer. Et si je ne vous tire pas dessus, j'irai en prison. Mais je crois que tu as blagué.

— Non, je ne blague pas, dit Joseph. Nous devons nous évader. Mais toi, tu ne seras pas enfermé.

Moritz ne voulait plus l'écouter.

— Je vais demander à la compagnie qu'on me change de poste, dit-il. A partir de demain matin, je ne reviendrai plus avec vous au pont. Tout cela parce que vous voulez vous évader. Moi, je ne veux ni tuer ni être enfermé. Je n'ai jamais tiré sur personne. Et je suis resté assez d'années déjà en prison. A partir de demain, je ne viens plus avec vous. Quand je n'y serai plus, vous pourrez vous évader. Cela vous regarde.

— Pourquoi ne veux-tu pas me laisser te dire notre plan? demanda Joseph. Tu dois t'évader avec nous.

— Je n'ai pas de raison de m'évader! répliqua Moritz. J'ai une femme et un enfant. Je ne suis pas enfermé. Si j'étais enfermé, alors peut-être que je m'évaderais.

— Mais tu es enfermé aussi, mon cher Jean, dit Joseph. Toi tu es simplement un esclave avec un fusil sur l'épaule, tandis que nous, nous sommes des esclaves sans fusil. Mais, pour le reste, nous sommes de la même espèce. Tu dois t'évader avec nous.

— A partir de demain matin, je ne viens plus avec vous, dit Moritz en allumant une cigarette. Il était rouge de colère.

— Mais nous voulons ton bien, mon vieux, dit Joseph. Tu sais que la guerre sera bientôt finie. Les Alliés avancent. Tu ne te rends pas compte que si jamais ils te trouvent en uniforme de S.S. tu auras ton compte? Tu seras enfermé pendant dix ou vingt ans.

— Ne dis pas de bêtises, dit Moritz. Si les Alliés arrivent, ils n'auront pas lieu de m'enfermer. Je n'ai fait de mal à personne. A la radio aussi, on dit que les Alliés sont des hommes justes.

— Mais tu es leur ennemi, Jean. Tu es l'ennemi de la France, de ma patrie et de toutes les nations alliées.

— Moi je suis l'ennemi de la France? demanda Iohann Moritz en colère. C'est parce que je suis l'ennemi de la France que je vous achète du pain, des cigarettes et tout ce que vous désirez?

Moritz jeta sa cigarette.

— Je ne savais pas que vous me considériez comme votre ennemi. Moi je croyais être votre ami.

— Tu es l'ami des Allemands, et tu luttes pour eux, dit Joseph. Tu es soldat d'Hitler. Tu ne dois pas l'oublier.

— Quand j'ai une bouteille de bière, est-ce avec les Allemands ou avec vous que je la bois ? Est-ce à la caserne que je la bois ou avec vous, ici sous le pont ? demanda Moritz furieux. Réponds-moi, Joseph ? avec qui est-ce que je fume le tabac que j'ai ? Avec qui est-ce que je reste à causer pour dire tout ce que j'ai sur le cœur, avec eux, ou avec vous ? Je ne dis jamais rien aux Allemands à la caserne. C'est seulement à vous que je le dis, parce que je suis votre ami. Mais vous, vous prétendez que je suis votre ennemi. Tu viens de me dire que j'étais l'ami des Allemands. Tu m'as jamais vu restant à causer avec eux comme avec des amis ? Moi, j'ai été ami avec vous, et seulement avec vous !

Les mains de Moritz tremblaient en portant la cigarette à sa bouche.

— Tu disais que les Alliés allaient me mettre en prison pour vingt ans. Et peut-être que ce seront les Français, eux-mêmes, qui m'enfermeront, n'est-ce pas ?

— Oui, dit Joseph. Si l'armée française vient ici, ils te mettront en prison.

— Eh bien, s'il en est ainsi, c'est que toute justice a disparu de sur la terre. Et alors, même s'ils me fusillent, je ne le regretterai pas. Pourquoi vivre encore, s'il n'y a plus de justice, si toi et les autres vous prétendez que j'ai été et que je suis votre ennemi. A partir de demain, je ne viens plus avec vous au pont. Si vous voulez vous évader, cela vous regarde. Je ne m'en mêle pas. Je ne vous arrêterai pas. Si je peux vous donner un coup de main, sans risquer ma peau, je le ferai volontiers. C'est une bonne action que d'aider un prisonnier qui veut s'enfuir et je le ferai. Mais je ne m'évaderai pas avec vous et je ne veux pas aller au bagne pour le restant de ma vie à cause de vous.

— Le problème ne se pose pas de cette manière, dit Joseph. Nous voulons te sauver aussi. C'est cela l'amitié. Nous voulons t'emmener avec nous en France.

— J'ai ma femme et mon enfant ici, dit Moritz. Je ne peux pas venir avec vous.

— Dans quelques mois, les Alliés seront là. Alors nous ferons venir ta femme et ton enfant en France. J'ai une ferme dans la banlieue de Paris. Tu resteras à la ferme. Tu es laboureur. Tu en prendras soin et tu gagneras de l'argent. Ensuite tu achèteras de la terre et une maison. La France est belle. Les hommes y sont bons. Que veux-tu faire en Allemagne après la fin de la guerre ? Nous nous évaderons ensemble.

— Moi, je ne m'évade pas, dit Moritz.

— Nous laisserons de l'argent à ta femme pour qu'elle ait de quoi vivre jusqu'à ce que nous revenions la prendre avec nous en France, dit Joseph. Nous avons mis une somme de côté pour elle, cinq mille marks. Dans quelques mois, nous serons de retour et nous pourrons l'emmener. La France te sera reconnaissante si tu sauves cinq prisonniers français. Que réponds-tu à tout cela ?

Iohann Moritz ne répondit rien. Tout le temps il ne fit que penser à la ferme qu'il aurait en France. Il essayait de s'imaginer la terre qu'il allait acheter là-bas, la maison qu'il allait bâtir et la vie qu'il allait mener avec Hilda et Franz. « J'aurai d'autres enfants encore, se dit-il. Je voudrais avoir une petite fille et l'appeler Aristitza comme ma mère. » Moritz se surprit à sourire à son avenir. Puis il s'assombrit et dit :

— Moi, je ne veux pas m'évader.

91

Hilda accueillit Iohann Moritz au seuil de la porte. Elle était habillée pour sortir. Elle voulait aller au cinéma.

Moritz ne savait plus quel film il avait vu. Ses pensées étaient ailleurs. Il se rappelait seulement les actualités U.F.A. où il avait vu les derniers combats du front : des tanks brisés, des maisons brûlées, des hommes morts. On avait aussi montré la carte. Le front s'était rapproché des frontières du Reich. En sortant du cinéma, Moritz n'avait pas envie de parler. Avant d'aller se coucher, il regarda le bébé dans son berceau. Puis il se mit au lit. Il ne pouvait pas s'endormir.

— Hilda, si l'Allemagne est vaincue, qu'allons-nous devenir ? demanda-t-il.

— L'Allemagne ne sera jamais vaincue ! répondit Hilda.

Moritz pensa aux combats qui étaient menés sur tous les fronts et qu'il avait vus au cinéma, à la carte, à Joseph, à l'enfant au berceau. Puis il dit :

— Hilda, moi, je sais que l'Allemagne va perdre la guerre. Et alors qu'allons-nous devenir ? Moi, ils me feront prisonnier. De quoi allez-vous vivre toi et l'enfant ?

— Nous vaincrons ou alors nous mourrons jusqu'au dernier, dit Hilda. Aucun Allemand n'acceptera de vivre dans une Allemagne occupée.

— Et si nous ne mourons pas ? demanda Moritz.

— Nous mourrons en combattant ! dit Hilda. Celui qui ne meurt pas en combattant, au moment où tout est perdu, n'a qu'à se suicider.

— C'est ce qui arrivera aux hommes, dit Moritz. Mais que feront les femmes ?

— Les femmes feront la même chose, dit Hilda. Je serai la première à me suicider avec mon enfant, si nous perdons la guerre. Je ne survivrai pas un seul jour à la défaite. Mais l'Allemagne ne perdra pas la guerre. Elle ne sera jamais vaincue ! dit-elle. Comment peux-tu le penser un seul instant ? Et maintenant bonne nuit !

Hilda tira la couverture par-dessus sa tête.

Iohann Moritz pensa à Hilda et à Franz. Il les voyait mourir. Toute la nuit il rêva que les Alliés avaient pénétré en Allemagne et se trouvaient devant sa maison avec leurs tanks. Il rêva qu'Hilda prenait son fusil, tirait sur Franz dans son berceau, et se tuait elle-même, aussitôt après. Moritz se réveilla en sueur, criant dans son sommeil. La fenêtre était éclairée. Dehors il faisait déjà jour. Hilda dormait encore. Moritz sortit doucement du lit pour ne pas la réveiller. Il s'habilla et alla à la caserne. Il ne demanda pas qu'on lui donne un autre poste, comme il avait eu l'intention de le faire la veille. Les Français ne dirent rien en le voyant arriver, mais ils en furent tout joyeux. Ils avaient eu très peur que Moritz ne vienne plus avec eux, au travail.

Lorsqu'ils arrivèrent sous le pont, Joseph dit comme d'habitude :

— Salve Sclave ! Tu as bien dormi ?

Iohann Moritz se souvint des rêves de la veille, de ce rêve, où l'enfant était tué et Hilda se suicidait.

— Joseph, dit Moritz. Tu me jures que tu vas emmener ma femme et mon enfant en France, si les Allemands sont vaincus ?

— Dès que les troupes alliées arriveront ici, nous les emmènerons à Paris. Nous te jurons de le faire.

Iohann Moritz mit son arme de côté et raconta aux Français la discussion qu'il avait eue, avec Hilda en revenant du cinéma.

— Et si vous arrivez trop tard, quand elle aura tué l'enfant et se sera tuée elle-même ?

Les Français lui promirent qu'ils seraient là, avec la première colonne alliée. Les yeux de Moritz étaient remplis de larmes.

— Si vous me promettez cela, alors je viens avec vous, dit-il. Quand devons-nous nous évader ?

— Demain matin, dit Joseph. Nous allons venir comme d'habitude au travail, mais nous ne reviendrons plus au camp. Tu fais une action glorieuse pour la France, dit Joseph. La France te sera reconnaissante.

— Je ne fais rien pour la France ! répondit Moritz. Je connais Hilda. Elle tient toujours sa parole. Si nous ne venons pas à temps, elle va se tuer avec son enfant dans les bras. Tous les deux. Elle a un cœur de pierre, dit Moritz. Comment peux-tu croire que je m'évade pour la France ? Toi, tu as beaucoup appris et beaucoup lu, et tu dois comprendre. Moi, je ne sais pas ce que c'est la France. Qu'est-ce que j'ai, moi, de commun avec la France ? Moi je sais que j'ai une femme et un enfant et qu'ils sont en péril. C'est pour eux que je m'évade avec vous !

92

Lettre de Traian Koruga à son père :

« Père, je t'écris par courrier diplomatique, et je te prie de me répondre sans une minute de retard. J'ai peur qu'il ne te soit arrivé quelque chose. Tu peux rire de ma panique. Tu peux dire que c'est de l'hystérie. Mais je t'en supplie, réponds-moi aussitôt. Je veux savoir si tu es vivant.

« Mon roman avance. Je suis arrivé au chapitre IV, à la troisième heure après la mort des lapins blancs. Les esclaves techniques détruisent tout sur leur chemin et les lumières s'éteignent les unes après les autres. Les hommes errent dans une obscurité voisine de la mort.

« Nous t'embrassons ainsi que maman. — TRAIAN et NORA.

« *Raguse, Dalmatie, 20 août 1944.* »

LIVRE QUATRIÈME

93

Le prêtre Koruga répondit aussitôt à Traian. Il lui annonçait que lui et sa femme se trouvaient en parfaite santé, et qu'à Fântâna tout était comme par le passé. Seul, Iohann Moritz n'était pas rentré et nul ne savait ce qu'il avait pu devenir.

Le procureur George Damian pénétra dans la cour au moment où le vieillard relisait la lettre. Il était venu passer deux jours à la campagne avec le prêtre. Il y venait d'ailleurs à peu près chaque semaine. Les deux hommes partirent mettre la lettre à la poste.

— Traian est terriblement inquiet en ce qui nous concerne, dit le prêtre en montrant au procureur la lettre qu'il venait de recevoir.

Le procureur la lut en souriant :

— Traian est poète. Il exagère toujours, dit-il. Et je le crois surmené par-dessus le marché.

Dans la cour de la mairie, il y avait beaucoup de monde.

La carriole du facteur n'était pas repartie. Le prêtre voulut lui donner la lettre. Le facteur refusa de la prendre :

— Nous n'acceptons plus les lettres pour l'étranger, dit-il. Aujourd'hui à six heures de l'après-midi, la Roumanie a capitulé. Le pays sera occupé par les Russes. Le roi a parlé à la radio !

Le prêtre Koruga mit l'enveloppe dans sa poche.

94

Ce soir-là, les paysans se réunirent dans la cour de la maison du prêtre Alexandru Koruga. Ils étaient venus lui demander conseil. Les Russes étaient déjà entrés dans la ville voisine. Les citadins s'enfuyaient à la campagne. On racontait des horreurs. Des femmes avaient été violées et pendues. Les hommes étaient fusillés dans les rues.

Le prêtre Alexandru Koruga apparut sur le balcon. Les paysans étaient sombres et soucieux.

— D'autres hommes dirigent le pays, leur dit-il. Ils sont plus mauvais encore que les précédents car ce sont des étrangers. Mais les vrais chrétiens savent que toutes les dominations d'ici-bas sont dures à supporter. Le vrai royaume est celui du Ciel.

— Devrons-nous donc nous réfugier dans les forêts et continuer la lutte contre l'occupant? demanda un jeune paysan. Que nous conseillez-vous de faire?

— L'Église ne peut pousser les chrétiens au combat pour la conquête d'un pouvoir terrestre.

— L'Église nous conseille-t-elle de tendre les mains pour qu'on nous y mette des chaînes? demanda le paysan. L'Église veut-elle que nous restions les bras croisés pendant qu'on viole nos femmes et qu'on brûle nos maisons? L'Église ne peut nous demander cela. Et si l'Église nous le demande nous ne serons plus avec l'Église!

Les jeunes paysans approuvèrent. Le prêtre Koruga était très calme.

— Jésus-Christ a appris aux chrétiens à se soumettre à la domination terrestre. Vous me direz que la domination actuelle en Roumanie est étrangère, cruelle et païenne. Je le sais. Mais ceux qui gouvernaient le pays où naquit Jésus-Christ étaient eux aussi étrangers, cruels et païens. Pensez aux milliers d'enfants qui furent égorgés en Judée sur l'ordre du roi Hérode après la naissance de Jésus-Christ. La domination était cruelle. Peut-être aussi cruelle que la domination communiste. Mais Jésus ne s'est pas révolté et n'a poussé personne à la révolte. Il a dit : « Donnez à César ce qui appartient à César et à Dieu ce qui appartient à Dieu. »

— Et vous, mon père, vous ferez donc des prières à l'église pour Staline ? demanda le jeune paysan. Si vous faites des prières pour Staline cela veut dire que vous priez pour l'Antéchrist. Et nous, nous ne mettrons plus les pieds à l'église !

— Si ceux qui gouvernent le pays ordonnent que je fasse des prières pour Staline, comme j'ai fait jusqu'à présent pour le roi, je me soumettrai. Je sais que Staline est athée et païen. Mais les païens sont cependant des hommes. Et si leurs âmes sont chargées de péchés, c'est parce qu'elles se sont égarées hors des sentiers du Christ. Un prêtre doit prier pour tous les hommes, et surtout pour les âmes chargées de péchés.

— Vous pouvez prier pour Staline, mais nous, nous n'entrerons plus à l'église, dit le jeune paysan.

Il demanda d'un ton hostile :

— Et si nous nous retirons dans les forêts pour lutter contre les Bolcheviks, pour notre liberté, est-ce que le dimanche à l'église, vous ferez des prières pour nous aussi ?

— Le prêtre dira des prières également pour ceux qui luttent dans les forêts et dans les montagnes, et non seulement les dimanches mais deux fois par jour, parce que la vie de ceux qui luttent est toujours en danger et qu'ils ont besoin de la prière du prêtre et de la charité de la Vierge.

Le silence se fit parmi la foule.

— Si jamais vous faites une seule prière pour nous, vous serez fusillé ! dit Apostol Vasile.

— Ce n'est pas là un motif pour que je cesse de prier pour vous. La mort n'a jamais épouvanté un chrétien.

— Nous, nous partons dans les bois, dit Apostol. Avant de partir je vous prie de nous bénir et de nous faire tous communier. On ne sait pas ce qui va nous arriver et si nous reviendrons jamais. Nous partons lutter pour la Croix et pour l'Église !

— Si vous voulez lutter pour la Croix et pour l'Église par l'épée, vous vous engagez dans la voie du péché, dit le prêtre, et vous feriez mieux de rester chez vous. L'Église et la Foi chrétienne ne se défendent pas les armes à la main.

— Nous allons lutter pour la Roumanie qui est un pays chrétien, dit Apostol Vasile.

Il répartit les paysans en petits groupes. La plupart avaient décidé de se retirer dans la forêt. C'étaient les meilleurs de tout le village.

Parmi eux, il y avait aussi des femmes et des garçons qui étaient encore à l'école.

Ils s'agenouillèrent sur l'herbe de la cour.

Le prêtre Koruga leur lut une prière. Puis il les bénit chacun à son tour.

— Je vous prie de me donner à moi aussi votre bénédiction ! dit le procureur George Damian.

Il s'agenouilla devant le prêtre.

— Je veux me retirer dans les bois avec eux et combattre pour la liberté des hommes et pour l'humanité.

— L'Église offre sa bénédiction à tous ceux qui la demandent, dit le prêtre.

— L'Église bénit-elle aussi ceux qui vont commettre une mauvaise action ? demanda le procureur. Ou bien êtes-vous convaincu de la justice de notre cause ?

— Aime et fais ce que tu voudras, dit le prêtre. Si votre action, monsieur le procureur, vient d'un élan sincère, n'ayez pas peur du péché. Vous êtes dans le droit chemin.

Le procureur baisa la main du prêtre Alexandru Koruga, comme venaient de le faire les paysans, et sortit de la cour avec les groupes qui partaient vers la forêt.

Dans la maison, la femme du prêtre pleurait.

95

Deux heures étaient passées depuis le départ des paysans. Le prêtre essaya de lire pour dissiper son inquiétude. Mais deux paysans qui n'étaient pas du village pénétrèrent dans la bibliothèque, sans même frapper à la porte. Ils avaient des brassards tricolores et des revolvers. Le prêtre fit semblant de ne pas voir les armes, et les accueillit en souriant.

— Il me semble qu'on m'appelle à la mairie, dit le prêtre à haute voix pour être sûr d'être entendu par sa femme dans la pièce à côté. Il ne voulait surtout pas l'effrayer.

— Nous avons reçu l'ordre de vous amener devant le Tribunal du Peuple ! dit l'un des paysans à haute voix.

Le prêtre jeta un regard vers la chambre où devait se tenir sa femme. « Peut-être n'a-t-elle rien entendu », pensa-t-il. Puis il posa le livre sur le fauteuil et sortit.

Avant de quitter la cour, il jeta un regard derrière lui, un regard d'adieu.

Les deux paysans l'escortaient et se tenaient à ses côtés. Il franchit le seuil, la tête haute. Il ne marchait pas comme un prisonnier. Il avait l'air de toucher le ciel de son front.

Et il marcha ainsi, dans la ruelle du village, de sa maison jusqu'à la mairie...

96

Le « Tribunal du Peuple » était présidé par Marcou Goldenberg. Il était assis dans le fauteuil du maire dans la grande salle de la mairie.

Marcou Goldenberg avait la tête rasée comme les bagnards. Les Russes l'avaient libéré, quelques jours auparavant, de la prison où il purgeait sa peine pour l'assassinat de Lengyel.

A la table du maire, à sa droite, se tenait Aristitza, la mère de Iohann Moritz. Marcou Goldenberg l'avait choisie comme juge parce qu'elle était la plus pauvre « citoyenne » de Fântâna. A sa gauche, Ion Calugaru qui avait tué un gendarme à coups de hache quelques années auparavant. C'était ce qui avait déterminé son choix.

Le prêtre Koruga les salua. Marcou Goldenberg le regarda fixement, mais ne répondit pas à son salut.

Aristitza et Ion Calugaru baissèrent les yeux. Ils firent semblant de ne pas le voir. Ils en avaient déjà jugé d'autres avant l'arrivée du prêtre. En ce moment, la grande salle de la mairie était vide. Il n'y avait plus que les juges et les deux paysans à brassard tricolore.

Marcou Goldenberg lui demanda son nom, son âge et son métier.

— Être prêtre ce n'est pas avoir un métier ! dit Goldenberg. Le cordonnier fait des chaussures, le tailleur fait des habits. Chaque travailleur produit quelque chose. Peux-tu me dire ce que produit un prêtre ?

Aristitza et Ion Calugaru tenaient les yeux toujours baissés. Les deux paysans à brassard riaient dans le dos du prêtre.

— Tu n'as aucun métier ! dit Goldenberg. C'est un crime de n'avoir appris aucun métier. Tu as vécu en parasite aux dépens des travailleurs !

Marcou Goldenberg avait le visage aussi jaune qu'un citron. Ses lèvres étaient minces et violettes. Le prêtre se souvint que le vieux Goldenberg, le père de Marcou, avait les mêmes lèvres, tout aussi minces. Mais les siennes souriaient. Celles de Marcou demeuraient crispées.

— Tu sais pourquoi tu as été appelé devant le Tribunal du Peuple ? demanda Goldenberg.

— Non, répondit le prêtre.

— Réponse typique de réactionnaire ! s'écria Marcou. Le réactionnaire déclare toujours ne pas connaître le motif pour lequel il est jugé. Reconnais-tu avoir organisé les bandes de fascistes qui sont partis dans les bois ?

— Je n'ai pas organisé de bandes. Je reconnais avoir fait des prières, dans la cour de ma maison pour les jeunes hommes du village qui m'avaient demandé de prier pour eux.

— Et ce n'étaient pas des bandes de fascistes? demanda Goldenberg. Pourquoi as-tu prié pour eux, si tu n'es pas le confesseur de ces bandits?

— Je sais que les jeunes hommes pour lesquels j'ai fait ces prières se trouvaient dans un moment difficile, dit le prêtre. J'ai prié la Vierge de les aider et de leur montrer le chemin de la Vérité et de la Justice.

— Le Tribunal du Peuple te condamne à mort, par pendaison! dit Marcou Goldenberg. Tu es reconnu coupable d'avoir organisé la rébellion armée contre l'ordre public!

Aristitza et Ion Calugaru levèrent les yeux, effrayés. Ils regardèrent Marcou.

Goldenberg écrivait et ne les regardait pas.

Aristitza et Ion Calugaru tournèrent leurs yeux vers le prêtre. Le père Koruga leur sourit avec douceur.

— L'exécution aura lieu demain matin à l'aube, devant le peuple! dit Marcou. La séance du Tribunal du Peuple est levée.

97

Le prêtre Koruga fut saisi par les deux paysans à brassard tricolore et enfermé dans l'étable de la mairie, où se trouvaient aussi George Damian, pris avant même d'être arrivé à la forêt, le chef du poste de gendarmerie de Fântâna, Vasile Apostol et huit paysans, les plus fortunés du village. Tous étaient condamnés à mort par pendaison et devaient être exécutés le lendemain à l'aube. Le Tribunal du Peuple en avait décidé ainsi.

Au cours de la nuit, les prisonniers furent sortis un à un

de l'étable et fusillés près de la fosse à purin. Marcou Goldenberg avait reçu l'ordre de ne pas faire d'exécutions publiques afin de ne pas provoquer une révolte des masses contre l'armée rouge. Il acheva chaque prisonnier, de sa propre main, d'une balle dans la nuque.

98

Après minuit, Aristitza entendit frapper un coup au carreau. C'était Suzanna, la femme de Iohann Moritz.

En entendant ses lamentations, Aristitza s'imagina que les Russes étaient entrés dans le village et l'avaient violée. Elle se leva avec fureur. Elle savait qu'une patrouille soviétique devait arriver et que les Russes violaient les femmes, mais elle ne tolérait pas que sa bru y ait passé la première, sa bru à elle, la Citoyenne juge au Tribunal du Peuple !

— Que t'arrive-t-il ? demanda Aristitza ouvrant la porte.

— Le prêtre Koruga a été fusillé ! dit Suzanna.

— Ce n'est pas vrai ! dit Aristitza. Goldenberg veut le pendre demain à l'aube dans la cour de l'église. Mais il ne pourra pas le faire. Je suis aussi juge du village, moi ! Il n'est pas le seul. Demain matin, nous jugerons à nouveau le procès et nous relâcherons le prêtre. J'en ai parlé à Calugaru. Passe chez la femme du prêtre et dis-lui de dormir tranquillement.

— Le prêtre Koruga est mort ! dit Suzanna. Des hommes ont vu lorsqu'il a été fusillé et me l'ont dit.

Aristitza ne voulait pas le croire. Elle ne retourna pas dans sa chambre. Elle se dirigea avec Suzanna vers la mairie. Elle n'avait sur elle que la robe avec laquelle elle avait dormi. La nuit était claire. Les deux femmes marchaient au milieu de la route, sans parler. Suzanna pleurait doucement. De temps en temps, elle essuyait ses yeux avec un pan de sa robe. Aristitza était furieuse. Elle respirait péniblement. A plusieurs reprises elle se tourna vers sa bru et lui cria :

— Tu dors en marchant? Qu'est-ce qui coule dans tes veines? Du sang ou du petit-lait?

Suzanna pressait le pas en pensant qu'elle se hâtait en vain. Le prêtre était mort. Personne ne pouvait plus rien pour lui.

A la mairie, les lampes étaient allumées, mais il n'y avait personne.

— Allons à l'étable! dit Aristitza. Je suis juge et j'ai le droit de demander et de savoir tout ce qui s'est passé.

Dans l'étable, il faisait noir. La porte était fermée, mais le verrou n'était pas tiré. En y entrant, Aristitza fut saisie de peur.

— Tu n'as pas d'allumettes? demanda-t-elle à Suzanna.
— Non, mère.
— Tu n'as jamais rien, dit Aristitza en colère. Même quand tu t'es mariée, tu n'avais rien. Il fallait que tu trouves un benêt comme mon fils pour te prendre comme tu étais.

Suzanna ne se fâcha pas. Elle savait que la colère d'Aristitza ne lui était pas adressée. Aristitza avait peur que la mort du prêtre ne soit confirmée et c'est pourquoi elle la grondait.

— Y a-t-il quelqu'un ici? cria Aristitza. Elle demeurait plantée au milieu de l'étable.

— Il n'y a personne, mère, dit Suzanna. Marcou a emmené tous ceux qui se trouvaient dans l'étable et les a fusillés dehors près de la fosse à purin.

— Tu rêves, non? dit Aristitza. Comment pouvait-il les fusiller sans nous avertir, nous les juges?

Suzanna se tut. Les deux femmes sortirent dans la cour et cherchèrent du regard, dans le noir, les corps des fusillés.

— Il n'y a rien dans la cour, dit Aristitza. Je l'ai bien dit que tu rêvais. Peut-être les a-t-on enfermés autre part et les réactionnaires du village n'ont attendu que ça pour répandre le bruit que Marcou les a fusillés.

Suzanna s'éloigna d'Aristitza et se mit à chercher avec

233

attention dans la cour, tout autour de la fosse à purin. Elle était certaine que le prêtre avait été fusillé. Les paysans qui avaient vu la scène racontaient à travers le village que Marcou Goldenberg avait fait sortir, un à un, tous ceux qui se trouvaient dans l'étable, que les prisonniers avaient les mains liées et qu'il leur avait tiré dans le dos.

— Allons chercher Goldenberg, dit Aristitza.

Suzanna poussa un cri et s'écroula dans l'herbe. Aristitza vint vers elle en fureur.

— Qu'y a-t-il encore, espèce de bonne à rien? cria Aristitza. Tu as aperçu ton ombre et tu as buté dessus?

Mais les paroles restèrent dans sa gorge. Près de Suzanna, au bord de la fosse à purin, des corps s'allongeaient dans l'herbe.

Aristitza vint tout d'abord le cadavre d'un homme à chemise blanche qui se trouvait aux pieds de Suzanna. Un autre, tout noir, était étendu à quelques pas de là. Et puis d'autres, et d'autres encore. Aristitza se signa pour se donner du courage.

— Lève-toi, j'ai besoin de toi, ordonna-t-elle. Elle n'avait pas peur des morts, mais, en ce moment, elle ne voulait pas se trouver seule.

Suzanna se leva. Elle tremblait. Aristitza la prit par la main. Les deux femmes cherchaient les morts, en se penchant tour à tour sur chacun d'eux. Elles regardaient attentivement chaque visage pour le reconnaître. Il y en avait neuf sur les bords de la fosse à purin et trois à l'intérieur.

Aristitza examinait avec soin un des cadavres.

— C'est Nicolae Ciubotaru, l'ancien maire, dit-elle. Elle s'agenouilla et colla son oreille sur la poitrine de Ciubotaru pour voir si son cœur battait encore. Elle se releva et dit :

— Mort!

Et elle passa plus loin, et se pencha à nouveau. Elle mit son oreille contre la poitrine d'un autre cadavre.

— Le corps est encore chaud, mais le cœur est mort. Celui-là, c'est Constantin Solomon, Dieu ait son âme, dit Aristitza. Il m'a demandée en mariage quand j'étais jeune.

Et pour que la douleur ne l'envahisse pas, elle cria en colère à Suzanna :

— Regarde voir, toi aussi, s'il y en a encore de vivants ! Pourquoi restes-tu à pleurnicher comme une sotte ?

— Je ne peux pas, mère, dit Suzanna. J'ai peur.

— Pourquoi as-tu peur ? dit Aristitza. Pose ton oreille sur chaque poitrine. Retiens un moment ta respiration et écoute si le cœur bat. S'il ne bat plus, prie Dieu de recevoir son âme et signe-toi. S'il bat, alors nous aurons autre chose à faire qu'un signe de croix. As-tu compris ?

— J'ai compris, mais j'ai peur, dit Suzanna.

— Bonne à rien ! cria Aristitza en colère. Comment mon garçon a-t-il pu t'épouser !

Aristitza s'était penchée sur un autre cadavre.

— Celui-là doit être le jeune procureur qui venait chaque semaine chez le prêtre Koruga, dit-elle. C'était l'ami de M. Traian. Un garçon comme il faut.

Aristitza écarta le veston et écouta un moment. Elle se leva et dit :

— Dieu ait son âme ! Il est mort, lui aussi. Le pauvre a peut-être une femme et des enfants qui l'attendent à la maison.

Aristitza avait presque oublié la présence de Suzanna. Elle avait trouvé le corps du prêtre Koruga et s'était penchée dessus avec respect et dévotion. Elle avait écarté sa soutane et écoutait. Elle dit à voix basse :

— Le prêtre n'est pas mort, ma fille.

Suzanna commença à pleurer encore plus fort en entendant que le prêtre n'était pas mort.

— Tu es devenue folle ? demanda Aristitza. Au lieu d'être heureuse, tu te mets à pleurer ? Viens près de lui pour écouter comme son cœur bat joliment.

Suzanna s'agenouilla devant le prêtre mais ne se pencha pas pour écouter battre son cœur. Aristitza prit la main du prêtre entre les siennes et dit :

— Il est encore chaud, ma fille. Regarde comme il est chaud.

Les oreilles, les yeux et les mains d'Aristitza auraient voulu percevoir avec plus de précision encore la vie qui se trouvait dans le corps du prêtre. Mais en dehors de la chaleur de la main et des joues, et des battements du cœur, les sens d'Aristitza ne pouvaient plus rien saisir de la vie de l'homme qui se trouvait près d'elle.

— C'est ça la vie : quelques battements de cœur, et un peu de chaleur qui se dégage de la chair.

Aristitza estimait que c'était trop peu.

— Si ce n'est que cela la vie des hommes, c'est vraiment peu de chose, dit-elle.

Le calme régnait tout autour.

— Il sent bon le basilic et l'encens, dit Aristitza. Le corps du prêtre ressemble à une église, tellement il sent bon. Comme une vraie église.

Sauf le prêtre, tous étaient morts. Quelques-uns étaient encore chauds, ceux-là n'étaient pas morts sur-le-champ. Ils avaient souffert encore longtemps. On voyait à leurs cadavres qu'ils avaient dû se rouler dans l'herbe, avant de rendre l'âme. Les autres étaient glacés. Ceux-là étaient morts dès que la balle leur était entrée dans le corps.

Aristitza essuya ses mains sur sa jupe. C'était la cinquième ou la sixième fois qu'elle faisait le même geste et ne savait pas trop pourquoi elle le faisait. Maintenant ses genoux aussi étaient mouillés.

— Ça doit être leur sang, dit Aristitza. Dans cette obscurité, j'ai mis mes pieds et mes mains en plein dans leur sang. C'est un grand péché que de fouler aux pieds le sang d'un homme. Mais Dieu me pardonnera. C'était à cause de l'obscurité.

Tandis qu'Aristitza était descendue dans la fosse à purin et examinait les autres corps, Suzanna frictionnait le front du prêtre.

— Où est la plaie? demanda Aristitza, sortant de la fosse et essuyant de nouveau ses mains sur ses jupes.

— Je ne sais pas, mère.

— Tu ne sais jamais rien, dit Aristitza. Nous devons mettre tout de suite quelque chose sur la plaie. Si nous ne le faisons pas, tout le sang s'écoulera et la vie avec.

Aristitza trouva un endroit plus trempé de sang. Le prêtre était blessé dans le dos, en haut de l'épaule droite.

— Donne-moi vite des chiffons pour mettre sur la plaie, ordonna Aristitza.

Suzanna se demandait où elle allait pouvoir trouver des chiffons. Aristitza perdit patience. Elle releva sa jupe pour déchirer un morceau de sa chemise. Ses mains cherchaient, crispées entre la peau et la robe, mais ne trouvaient pas de chemise. Elle releva sa jupe jusqu'à la poitrine.

— Où diable s'est donc fourrée cette chemise? dit Aristitza. Puis elle se rappela que le matin même, en se dépêchant pour aller au Tribunal du Peuple, elle avait oublié d'enfiler sa chemise.

— Je n'ai que la robe et pas de chemise, dit-elle.

Aristitza prit le prêtre dans ses bras, et défit la soutane, découvrant l'épaule là où il était blessé.

— Passe-moi ta chemise, Suzanna, ordonna-t-elle.

Elle essuya de ses mains le sang de la plaie.

— Comme il sent bon le basilic et l'encens. Son corps sent comme une église, dit-elle.

Aristitza se retourna vers Suzanna qui venait d'enlever sa robe et se débarrassait maintenant de sa chemise. Suzanna était toute nue.

— Tu es folle, ma fille? cria Aristitza. Tu n'as pas honte de te mettre toute nue, devant le prêtre et devant les morts!

— Comment voulez-vous que je vous donne ma chemise si je n'enlève d'abord la robe? demanda Suzanna.

— Ordure que tu es! dit Aristitza sans l'écouter. Tu montres ta nudité devant le prêtre et les morts.

Et elle cracha par terre.

99

Aristitza et Suzanna s'arrêtèrent au bord d'un champ de maïs et posèrent le corps du prêtre sur l'herbe. Elles l'avaient transporté de l'étable jusqu'à cet endroit, enveloppé dans sa soutane comme dans un drap. Au début, elles avaient pris chacune un des bouts de la soutane et l'avaient emmené comme sur une civière. Mais il était trop lourd. Leur visage était en sueur. Chaque fois qu'elles s'arrêtaient, Aristitza se penchait pour voir si le cœur du prêtre battait toujours. Ensuite, elles repartaient. Maintenant, elles ne transportaient plus le prêtre comme sur une civière, mais le traînaient par terre, enveloppé dans la soutane.

— Dieu fasse qu'il ne meure pas en route ! dit Aristitza. Dépêchons-nous. Nous aurons assez de temps pour nous reposer, demain et après-demain et tous les jours qui viennent.

Aristitza avait eu peur de transporter le prêtre chez elle. Les communistes pourraient le découvrir. « Et si la première fois, il a pu être sauvé, la seconde fois il n'y échappera pas, se dit-elle. Il vaut mieux le porter chez nos garçons de la forêt. Ils vont le soigner et le guérir. Les communistes ne pourront pas le trouver dans la forêt. »

— L'agent sanitaire est avec eux, dit Suzanna. Si seulement nous pouvions le trouver. Il a pris avec lui une caisse de médicaments et des pansements.

— Nous le trouverons, dit Aristitza.

Mais plus elles se rapprochaient de la forêt, plus leur enthousiasme diminuait. La forêt était grande. Y trouver l'agent sanitaire n'était pas possible. Autant chercher une aiguille dans une meule de foin.

— Si nous ne trouvons pas nos garçons, dit Aristitza, nous le cacherons loin des communistes. Ce sera toujours ça de fait. Puis nous verrons bien. Tu resteras avec lui dans la forêt et j'irai au village. Avant l'aube, je serai de retour avec de la nourriture, de l'eau et peut-être une vieille femme qui sait guérir les plaies.

Suzanna se mit à pleurer. Elle avait peur de rester seule dans la forêt en pleine nuit. Elle priait Dieu, silencieusement, de leur faire rencontrer les garçons.

100

Une route longeait la forêt. Avant de la traverser, Aristitza tendit l'oreille pour entendre si quelqu'un ne passait pas. Sur la route, une colonne d'autos avançait lentement, tous phares éteints.

Le bruit étouffé des moteurs parvenait jusqu'à elles comme un bourdonnement de frelons. La colonne approchait, montant une pente. Les deux femmes posèrent leur fardeau sur l'herbe et se cachèrent dans le maïs, tout au bord de la route.

— C'est une colonne russe, dit Aristitza. Mais ça ne fait rien. Nous les laisserons passer. Ils ne peuvent nous voir.

Les autos arrivaient. Quand elles se trouvèrent à leur hauteur, toute la colonne s'arrêta. Le bourdonnement des moteurs cessa. On entendait les grillons. Quelques soldats descendirent des autos. Ils parlaient à voix basse.

— Ce sont des Allemands! dit Suzanna.

Aristitza tendit l'oreille. Puis elles s'approchèrent de la colonne, se traînant par terre tout au long du champ de maïs. Et elles écoutèrent attentivement.

— Ce sont des Allemands, dit Aristitza. Si on leur demandait de quoi soigner le prêtre? Ils doivent bien avoir un infirmier ou un docteur parmi eux.

Les deux femmes sortirent du champ de maïs.

— Tu ne sais pas un mot d'allemand? demanda Aristitza. Un seul mot? Si nous ne leur parlons pas, ils vont croire que nous sommes des ennemies et ils nous fusilleront.

— Je ne sais pas un mot d'allemand, répondit Suzanna.

Les deux femmes firent encore quelques pas vers la colonne. Puis elles s'arrêtèrent. Elles demeuraient sur la route serrées l'une contre l'autre, sans bouger. La main d'Aristitza se crispa au poignet de Suzanna.

— Tu es la plus jeune, dit-elle. Essaie de te rappeler un mot d'allemand. Dans ta vie, tu as dû entendre des Allemands. Ton père parlait l'allemand. Quand on est jeune on a de la mémoire.

— Je ne me rappelle rien, dit Suzanna. Disons-leur quelque chose en roumain !

— Que veux-tu qu'on leur dise en roumain ? dit Aristitza en colère. Ils ne comprendront pas, et ils croiront que nous sommes communistes.

— Crions « Christ », mère ! dit Suzanna. Les Allemands sont tous chrétiens. S'ils nous entendent dire « Christ », ils verront bien que nous ne sommes pas communistes. « Christ » cela veut dire des pensées honnêtes et bonnes.

— Essaie toujours, dit Aristitza. Si les Allemands te comprennent, c'est que tu n'es pas aussi bête que tu en as l'air !

— Je n'ai pas le courage d'y aller toute seule, dit Suzanna. Crions ensemble.

Les deux femmes se serrèrent encore plus, l'une contre l'autre, et se mirent à crier, d'abord doucement puis de plus en plus fort :

— Christ ! Christ !

— Qui est là ? demanda une voix autoritaire.

Les femmes ne comprirent pas ce que demandait l'Allemand et répondirent en chœur :

— Christ !

Deux soldats se dirigèrent vers elles. Aristitza tremblait de peur. Elle tremblait plus fort que Suzanna. Les Allemands ne comprenaient pas ce qu'elles voulaient. Elles allèrent chercher le prêtre Koruga dans le champ de maïs et vinrent le poser au beau milieu de la route, devant la colonne.

Les Allemands allumèrent des lampes et regardèrent le visage du prêtre.

— C'est un prêtre ? demanda un officier.

— Christ ! répondit Aristitza.

— Les Bolcheviks l'ont fusillé ? demanda l'officier.

Aristitza crut comprendre que l'officier demandait si le blessé n'était pas bolchevik. Elle répéta, convaincue :

— Christ !

La colonne allemande était en retraite. L'officier qui avait parlé aux femmes donna l'ordre de départ. Il fit signe à Aristitza d'écarter le blessé pour que les autos puissent passer.

Aristitza lui prit la main en l'implorant de leur donner un docteur ou un infirmier pour soigner le prêtre.

En entendant les autos démarrer à nouveau Aristitza fut prise de panique. Elle ne voulait pas laisser partir les Allemands avant qu'ils aient pansé le prêtre. Elle se mit à genoux devant l'officier et lui baisa la main. Elle savait qu'elle ne pourrait jamais trouver un autre docteur.

— Que veut cette femme ? demanda le commandant de la colonne.

— Elle veut qu'on emmène un blessé jusqu'en ville. C'est un prêtre orthodoxe.

— Pourquoi ne pas le faire ? dit le commandant. Nous sommes un peuple civilisé même dans la défaite ! Chargez le blessé dans l'ambulance. Faites vite, nous partons.

Aristitza et Suzanna virent les soldats poser le prêtre sur un brancard et l'envelopper d'une couverture. Puis les autos démarrèrent. Aristitza voulut monter, elle aussi, à côté du prêtre. Les soldats se moquèrent d'elle, et fermèrent la porte de l'ambulance.

La colonne se mit en route. Suzanna la regarda disparaître dans la nuit et se mit à pleurer comme si elle implorait du secours.

— Que t'arrive-t-il encore ? demanda Aristitza la prenant par les épaules et la secouant. Tu veux que les Russes t'entendent crier ?

— Dieu va nous punir pour le péché que nous venons de commettre, dit Suzanna. Nous n'aurions pas dû le donner aux Allemands ! Qui sait ce qu'ils vont en faire !

— Ils vont le mener à l'hôpital, dit Aristitza. Et il vaut mieux pour lui qu'il soit à l'hôpital qu'en forêt.

Mais quelques instants après, elle se mit aussi à pleurer. Elle regrettait d'avoir agi de la sorte.

— Nous n'aurions pas dû le donner aux Allemands ! s'écria-t-elle. Nous avons fait là un grand péché et Dieu nous punira ! Nous allons brûler en enfer. Et c'est ta faute si nous avons donné le prêtre aux Allemands !

Les deux femmes auraient voulu courir après la colonne et reprendre le prêtre. Mais la route était déserte.

Elles regagnèrent le village.

101

Le lendemain matin Aristitza fut arrêtée. A la mairie elle fut battue à coups de corde mouillée. Elle reconnut avoir sorti le prêtre de la fosse et l'avoir donné aux Allemands.

A neuf heures, on la fusilla près de la fosse à purin. Suzanna s'enfuit du village avec ses deux enfants.

Lorsque les hommes de Marcou Goldenberg vinrent l'arrêter, ils trouvèrent la maison de Iohann Moritz déserte...

102

— C'est le plus beau jour de ma vie ! dit Joseph en se mettant au lit.

Les prisonniers français évadés grâce à Iohann Moritz venaient de passer les lignes américaines quelques heures auparavant.

Iohann Moritz et Joseph se trouvaient dans une belle chambre dans un hôtel de l'U.N.R.A. Ils avaient mangé un tas de bonnes choses, avaient bu du vin et fumé des cigarettes très chères. On leur avait donné des colis de nourriture, de vêtements et bien d'autres choses encore. Iohann Moritz regardait les paquets posés l'un près de l'autre sur le tapis, près du mur. Il se sentait honoré comme il ne l'avait jamais été jusqu'à présent. Les Américains lui avaient donné des chemises, des costumes tout neufs, un rasoir, des souliers, du savon, des cigarettes. Ils lui avaient donné tout cela à lui, Iohann Moritz, dès qu'ils l'avaient vu. Il était fier. Pour la première fois il croyait, lui aussi, avoir fait une grande action pour la victoire des Alliés.

— Si je n'avais pas accompli une grande action, les Américains ne m'auraient pas donné tant de choses.

Il se rappela que les Américains ne lui avaient même pas demandé son nom, et il s'imagina qu'ils avaient été avertis de l'évasion, avant même leur arrivée. Tous les Américains lui souriaient, comme pour lui montrer qu'ils étaient au courant de tout ce qu'il avait souffert et du courage qu'il avait montré.

Iohann Moritz était fatigué, mais il ne voulait pas se coucher. Il regardait tout autour de lui et il n'arrivait pas à croire qu'on avait spécialement réservé cette chambre pour lui. Tous les objets posés sur les chaises, sur la table ou sur le tapis, étaient à lui. Les Américains les lui avaient donnés parce qu'il avait eu le courage de sauver cinq prisonniers français du camp de concentration.

— Notre évasion a été une évasion parfaite, dit Joseph.

Iohann Moritz se rappela comment il était sorti ce matin-là de la cour du camp avec les cinq prisonniers. Ils avaient traversé les rues de la ville. Hilda était toujours à la fenêtre avec l'enfant auquel elle disait : « Regarde, celui qui a un fusil et un casque, c'est ton père. » Moritz avait souri de son sourire de tous les jours. Mais il ne s'était pas arrêté au pont. Les prisonniers l'avaient dépassé. Il avait marché derrière eux, son fusil à l'épaule, jusqu'à la lisière de la forêt. Tous les gens qu'ils rencontraient sur la route croyaient voir tout simplement un soldat escorter cinq prisonniers. Mais c'étaient déjà des évadés. Il avait bien semblé à Moritz qu'une femme l'avait regardé plus longuement et il avait senti battre son cœur. Il avait peur. D'autres gens encore l'avaient regardé, l'air soupçonneux. Mais Iohann Moritz avait fait semblant de ne pas les voir.

En arrivant dans la forêt, il avait mis un costume civil que les Français avaient emporté pour lui. Joseph avait brisé son fusil contre des rochers. Quand les éclats l'avaient touché, Iohann Moritz avait senti que quelque chose venait de se briser dans son cœur. Mais il n'avait pas voulu le montrer. Puis les Français avaient mis le feu à son uniforme. En voyant sa tunique brûler, Iohann Moritz avait eu envie de pleurer. Mais il s'était retenu pour ne pas fâcher les Français. Ils injuriaient toujours Hitler. Iohann Moritz ne comprenait rien à tout ce qu'ils disaient.

Puis ils avaient marché pendant toute une semaine dans la forêt. Un beau jour, en sortant du bois, ils avaient vu sur la route des autos américaines. Les Français avaient commencé à chanter. Tous étaient fatigués, mais ils chantaient comme des fous dans la forêt. Ils avaient mis des rubans tricolores à leur boutonnière et à celle de Iohann Moritz. Puis, ils étaient sortis devant les autos. Les Américains leur avaient donné des cigarettes et les avaient emmenés à l'U.N.R.A. où des chambres étaient préparées, et le déjeuner servi. On aurait dit qu'ils y étaient attendus.

Depuis leur arrivée et jusqu'à ce jour, les Américains n'avaient fait que leur donner des paquets et de la nourriture. Iohann Moritz avait l'impression d'avoir vécu un conte de fées. En regardant les paquets et Joseph, il se rendit compte que tout cela était vrai. Tout cela lui était arrivé à lui, Iohann Moritz, parce qu'il avait fait une belle et grande action pour la victoire des Alliés.

Joseph s'était endormi. Iohann Moritz se disait que d'ici il partirait en France. Il se mit à penser à la maison qu'il allait bâtir, à Hilda et à Franz. « Quand la guerre sera finie, je ferai venir mon père et ma mère en France », se dit-il.

Puis il s'endormit, lui aussi, tout habillé, en travers du lit, en rêvant à son bonheur futur, et jusqu'au matin il ne bougea plus.

103

Il y avait déjà deux semaines que Iohann Moritz était à l'U.N.R.A. Il avait raconté aux Américains comment il s'était évadé avec les cinq Français. Les Américains l'avaient félicité. Puis, ils lui avaient demandé d'écrire le récit de l'évasion. Ils voulaient publier dans leurs journaux l'histoire de Iohann Moritz. Tout le monde allait l'honorer et parler de lui.

De jour en jour, Iohann Moritz était plus convaincu d'avoir aidé les nations alliées à gagner la guerre. Il était heureux et fier d'avoir fait quelque chose pour les nations alliées et de voir que les nations alliées étaient contentes de lui.

Un beau jour, le directeur fit venir Iohann Moritz dans son bureau. Il l'avait déjà appelé à plusieurs reprises pour le faire raconter son évasion.

Iohann Moritz était entré, tout joyeux, dans le bureau. Le directeur l'avait invité à prendre place dans un fauteuil. Il lui avait tendu la boîte de cigarettes et lui avait souri. Iohann Moritz était émerveillé de l'honneur qu'on lui faisait. Chaque fois, il était reçu de la même façon, mais il ne pouvait toujours pas s'y habituer.

— Vous n'avez plus le droit d'habiter et de prendre vos repas à l'U.N.R.A., dit le directeur en allumant de son briquet la cigarette de Iohann Moritz. A partir de demain, vous ne pouvez plus venir à table et vous devez quitter la chambre que vous occupez à l'hôtel.

Iohann Moritz devint tout pâle. Il se demandait ce qu'il avait bien pu faire pour fâcher à tel point les Américains. « Je dois être très coupable s'ils me mettent dehors et me jettent tout d'un coup à la rue », se dit-il.

Jusqu'à ce jour, il avait reçu un tas de cadeaux des Américains. Il avait cinq colis d'objets pour lui, et pour Hilda. Les Américains lui avaient même donné des jouets et des vêtements pour Franz, quand ils avaient appris qu'il avait un enfant. Ils avaient demandé la photo de Franz et l'avaient tous regardée.

« Et maintenant, tout à coup, ces mêmes hommes me mettent dehors. J'ai dû faire une très grande faute », pensa Moritz.

— L'U.N.R.A. protège seulement les citoyens des

nations alliées, dit le directeur. Et vous, vous êtes l'ennemi des nations alliées.

Iohann Moritz pensa aux cadeaux reçus pour le fait qu'il avait accompli. Tous lui avaient dit qu'il avait fait quelque chose de très important pour les Alliés. Et maintenant ces mêmes hommes prétendaient que lui, Iohann Moritz, était l'ennemi des nations alliées.

— Vous êtes un ennemi des nations alliées, répéta le directeur.

— Mais je n'ai rien fait contre les nations alliées! dit Iohann Moritz. Je vous jure, monsieur le directeur, que je ne suis coupable en rien vis-à-vis des nations alliées!

— Vous n'êtes pas Roumain? demanda le directeur sévèrement. Les Roumains sont les ennemis des Alliés. Vous êtes Roumain, donc, automatiquement, vous êtes notre ennemi. L'U.N.R.A. ne saurait loger et nourrir les ressortissants des pays ennemis. Vous devez quitter votre chambre.

Iohann Moritz sortit de la pièce, la tête basse. Il aurait voulu retourner à sa compagnie. Il se souvint qu'il avait brisé son fusil dans la forêt et que les Français avaient mis le feu à son uniforme. Il ne pouvait pas revenir à sa compagnie sans arme. « Et maintenant où vais-je bien pouvoir aller? » se demanda Iohann Moritz.

104

Aussitôt après que Moritz eut déserté, Hilda fut arrêtée. A la police elle déclara ne rien savoir. La mère de Hilda fut arrêtée également, deux jours après. Elles furent interrogées, puis battues. Mais les inspecteurs ne purent rien tirer d'elles. A la perquisition ils tombèrent sur les lettres du colonel Müller.

— C'est l'ami de Iohann! dit Hilda. Il nous envoyait deux cents marks par mois. A Pâques, à Noël et pour nos anniversaires, il nous envoyait des provisions et des cigarettes.

La police militaire avertit le colonel Müller de l'évasion de Iohann Moritz, espérant obtenir un complément d'information.

Deux jours après, ils reçurent du quartier général un télégramme long d'une page.

Le colonel Müller écrivait à la police :

« Depuis quatre siècles on n'a enregistré aucun cas de désertion parmi les membres de la « Famille héroïque » dont Iohann Moritz fait partie. Stop. Il est absolument exclu que Iohann Moritz ait déserté. Stop. Je suis convaincu que sa disparition a été provoquée par un rapt ou un assassinat. Stop. Disparition de Iohann Moritz constituerait pour l'histoire de la « Famille héroïque » une perte irréparable. Stop. Il doit être retrouvé à n'importe quel prix. Stop. Ne souillez pas du soupçon de désertion l'une des plus courageuses et honorables familles de sang germanique. Stop. Ne pas employer le mot désertion dans l'enquête que vous menez. Stop. La femme et l'enfant de Iohann Moritz sont considérés d'office comme protégés par l'Institut d'Études et Recherches allemandes. Stop. Jusqu'au moment où Iohann Moritz sera retrouvé sa femme et ses enfants recevront une pension alimentaire de l'Institut. Stop. La police locale est invitée à veiller sur la femme et l'enfant. Stop. Tenez-moi au courant des recherches. Stop. Toute nouvelle information concernant Iohann Moritz doit m'être communiquée télégraphiquement au quartier général. Stop. Colonel Müller. O.K.W. »

— Si le colonel apprend que nous avons arrêté la femme de Moritz, nous serons transférés sur le front par mesure disciplinaire, dans les vingt-quatre heures, dit le capitaine chef de la police militaire. Nous ferions mieux de demander à la femme de ne pas communiquer au colonel qu'elle a été arrêtée.

— Que ferons-nous du dossier ? demanda le lieutenant qui était à la tête de la police judiciaire.

— Classez l'affaire immédiatement. Il n'est pas bon de jouer avec l'O.K.W., dit le capitaine.

— N'empêche que c'est une bêtise de ne pas se rendre compte que nous avons affaire à un déserteur, dit le capitaine. Les hommes supérieurs font parfois plus d'erreurs que le commun des mortels. Le colonel Müller est un savant. J'ai lu plusieurs de ses articles dans les revues. Il a également publié des livres. Mais il est trop exclusif. Comment peut-il s'imaginer que Moritz n'a pas déserté ?

Hilda fut reconduite chez elle dans la voiture du capitaine.

— Quand vous aurez encore besoin de l'auto, vous n'aurez qu'à téléphoner, lui dit le chef de la police. Ma Mercédès est à votre disposition, nuit et jour. Quelque désir que vous ayez, vous n'avez qu'à me le faire connaître. Je vous serai fort reconnaissant de ne pas écrire au colonel Müller que vous avez été arrêtée. Nous ne l'avons fait que pour donner l'exemple. Cela a été une simple formalité.

— Mon mari n'a donc pas déserté ? demanda Hilda. Il a été envoyé en mission spéciale ?

— Nous ne pouvons pas vous répondre, dit le chef de la police. Mais votre mari n'a pas déserté. Le reste est secret.

Hilda rougit de plaisir. A partir de ce jour-là sa vie ne fut plus qu'un conte des *Mille et Une Nuits*.

Elle était convaincue que son mari avait été envoyé en mission spéciale par l'O.K.W. « Autrement, pourquoi auraient-ils mis l'auto à ma disposition », se disait-elle.

Elle restait des heures durant devant la fenêtre et s'imaginait Iohann Moritz dans toutes sortes de situations pleines de mystère comme dans les films d'aventure.

« Il n'a rien voulu me dire, se dit-elle. Il me considère comme inférieure. Je ferai tous les efforts possibles pour être digne de lui. » Hilda embrassa son enfant et lui dit :

— De toute ma vie je n'ai eu de moment plus heureux que celui-ci. Seule la femme d'un Iohann Moritz peut connaître pareil bonheur, le bonheur d'être femme de héros.

105

— Je ne peux pas croire que la guerre soit perdue, dit Hilda. Tous les gens de la ville se sont enfuis dans les forêts ou à la campagne. Ils disent que les Russes sont à 10 kilomètres d'ici. Tous les voisins sont partis. Mais moi, je ne le crois pas. Il s'agit là de propagande ennemie, pour provoquer la panique. Moi, je reste sur place. L'Allemagne ne peut pas perdre la guerre.

— Apporte-moi une cuvette d'eau pour me laver, ordonna l'officier auquel elle parlait. Il se débarrassa de son manteau de cuir et le pendit au portemanteau. Sa valise était sur la chaise. Il enleva sa tunique et la mit sur le dossier de la chaise. Il n'avait plus que son pull-over.

Hilda suivait tous ses mouvements. Elle aurait pu rester ainsi à le regarder des heures durant et le voir enlever son manteau de cuir, l'accrocher au portemanteau, déboutonner sa tunique.

— Apporte-moi de l'eau chaude pour que je puisse me raser, dit l'officier. Puis il lui tourna le dos et ouvrit la valise. Hilda sortit de la pièce en laissant la porte ouverte. Par la fenêtre de la cuisine elle pouvait voir l'auto militaire qui était arrêtée devant la porte. L'officier était venu avec cette auto. Hilda regarda la montre de la cuisine. Il y avait à peine un quart d'heure que l'officier était là. « J'ai pourtant l'impression de le connaître depuis toujours », se dit-elle.

L'officier avait frappé. Elle lui avait ouvert. Il lui avait dit qu'il voulait se laver et changer de vêtements. Tout cela du ton autoritaire avec lequel il devait donner des ordres à ses soldats. Et sans plus attendre la réponse, il était entré dans la maison. Il avait passé près de Hilda qui était restée sur le seuil, et l'avait frôlée. Elle avait senti l'odeur du manteau de cuir mêlée à l'odeur de vent, de poussière, et de guerre. Et elle l'avait suivi comme grisée.

Le nouveau venu était grand, un vrai géant. Il avait ouvert la porte de la salle à manger d'un geste familier. On aurait dit qu'il se trouvait chez lui. Il était entré. Puis il avait commencé à se déshabiller. La porte était restée ouverte. Hilda avait attendu sur le seuil qu'il lui donnât un ordre. Mais le géant se déshabillait sans même la regarder.

Lorsqu'il avait enlevé son casque, Hilda avait vu ses cheveux gris d'argent. Puis il avait enlevé son manteau. Hilda avait remarqué ses étoiles de lieutenant.

« C'est un officier de réserve », s'était-elle dit.

A plusieurs reprises, le géant l'avait regardée. Mais ses regards l'avaient simplement traversée, sans la voir. Hilda avait commencé à parler. Elle lui avait dit tout ce qui lui passait par la tête. Le géant ne répondait rien et ne la regardait même pas.

Après avoir enlevé sa tunique, il lui avait simplement ordonné de lui apporter de l'eau et une cuvette. Hilda aurait voulu l'inviter à se laver dans la salle de bains. Leur maison avait une belle salle de bains. Mais puisqu'il avait demandé une cuvette elle n'osait pas le contredire.

En remplissant la cruche d'eau, Hilda regarda encore une fois l'auto qui se trouvait devant la porte. L'auto était pleine de poussière tout comme le manteau de cuir du géant. Lorsqu'elle entra dans la chambre avec la cuvette, le géant était en manches de chemise.

— Donne-moi un miroir, dit-il. Il paraissait absorbé dans ses pensées et fatigué. Hilda pensa qu'il aurait peut-être voulu dormir. Elle lui aurait fait le lit dans la chambre à coucher et l'aurait laissé se reposer.

Ces derniers jours, de nombreuses colonnes de troupes avaient traversé la ville. Des soldats et des officiers avaient frappé à sa porte et lui avaient demandé l'hospitalité pour une nuit, de l'eau pour se débarbouiller ou pour réchauffer des conserves. Et elle avait tout fait pour les servir. Elle avait pensé à son mari. Elle savait que Iohann Moritz se trouvait en mission spéciale et elle voulait se montrer digne de lui et servir, à son tour, la Patrie.

Ces soldats et ces officiers, elle les avait fait dormir dans la salle à manger. Mais le géant, elle l'inviterait à dormir dans la chambre à coucher. C'est elle qui dormirait sur le canapé de la salle à manger.

Hilda se dit que le géant ne choisirait peut-être pas le lit de Iohann, mais le sien. Cette pensée la fit frissonner tout entière. Elle prit le miroir devant lequel Iohann avait coutume de faire sa barbe et le porta au géant. Il se promenait à travers la pièce, le col défait. Il prit le miroir de ses mains, chercha une place où l'accrocher, et n'en trouva pas. Il était haut de taille, et en posant le miroir sur la table il aurait dû se pencher pour se raser. Sans dire un mot, il mit le miroir entre les mains d'Hilda et commença à se savonner le visage.

— Plus haut ! ordonna-t-il.

Son visage était tanné par le soleil et le vent. Ses joues étaient couvertes d'une barbe rousse. Hilda tenait le miroir à la hauteur de la bouche. Elle le remonta encore jusqu'à la hauteur du front. Lorsque le géant s'approchait du miroir, elle sentait sa respiration. Ses mains tremblaient. Mais elle crispait ses doigts sur le miroir et s'efforçait de le tenir tout droit.

— Un peu plus haut ! répéta-t-il d'une voix dure.

Hilda releva le miroir plus haut que son front. Elle avait des fourmis dans les bras. Elle aurait voulu dire quelque chose mais le bruit régulier du rasoir qui coupait le poil roux de la barbe couverte de savon la forçait à se taire. Hilda ferma les yeux et écouta le bruit de la lame. Ses narines dilatées humaient l'odeur du savon. Ce n'était pas seulement un parfum de savon mais un parfum d'homme, de guerre et de chemin sans fin. C'était l'odeur du manteau de cuir. Le géant n'avait pas observé qu'elle chancelait. Il se rasait avec soin pour ne pas se couper.

Après qu'il eut fini, il se savonna les mains dans la cuvette blanche.

— Relève les manches de la chemise, dit-il.

Hilda roula les manches de la chemise. Elle avait peur de toucher la peau du géant. Sa main frôla la sienne et elle frissonna. L'odeur de forêt et de vent que le géant avait apportée avec lui avait rempli toute la maison. Hilda sentait ce parfum s'imprégner dans les meubles, dans les tapis, dans les murs et elle savait qu'il n'en sortirait jamais. Ce parfum avait pénétré ses robes, sa peau, ses cheveux et sa chemise et il n'en sortirait jamais, dût-elle passer le restant de ses jours à se laver.

— Maintenant je veux rester seul.

Lorsque Hilda se retourna pour fermer la porte, elle le vit nu jusqu'à la ceinture. Il enlevait sa chemise. La tête était cachée. Elle ne voyait que sa poitrine. Hilda avait vu, comme une infirmière, des milliers d'hommes nus. Mais jamais encore elle n'avait vu une poitrine pareille.

Hilda alla à la cuisine et regarda l'auto par la fenêtre.

L'enfant dormait. Hilda se demandait si le géant allait repartir tout de suite ou s'il allait se reposer d'abord. Elle aurait voulu lui préparer à dîner. Mais maintenant elle était attentive, et se tenait prête à répondre au moindre appel.

— Les Russes sont à trois kilomètres ! dit une voisine qui passait sous sa fenêtre. Tu restes encore ici ?

— Je reste, répondit Hilda. Puis elle se demanda pourquoi le géant ne l'appelait pas. Elle n'avait plus la patience d'attendre. Elle frappa à la porte. Puis elle entra. Le géant avait mis son uniforme de parade. Sa poitrine était couverte de décorations.

Hilda demeura sur le seuil, émerveillée.

Le géant lui sourit. Il souriait pour la première fois. Dans la chambre, à la place de l'odeur du vent, de guerre et de cuir, régnait maintenant un parfum de fleurs.

— Je veux savoir si tu es une vraie Allemande, dit le géant. Je veux te demander un service que seule une femme allemande peut me rendre.

— Je le suis ! répondit-elle. Et non seulement je suis une vraie Allemande mais mon mari est envoyé par le Grand...

Hilda aurait voulu raconter au géant le secret du départ de son mari. Mais elle s'était interrompue brusquement. Sur la table, se trouvaient les photos encadrées de deux belles femmes. Hilda les regarda et n'eut pas le courage de raconter le secret qu'elle n'avait encore jamais dit à personne, mais qu'elle aurait dévoilé avec plaisir au géant. Mais, maintenant qu'elle avait les photos sous les yeux, elle regrettait d'avoir eu l'intention de raconter ce qu'elle savait.

— Voici ma femme et ma fille, dit le géant. Toutes les deux sont mortes. Je les ai beaucoup aimées. Mais elles ont trompé mon amour. Et ma femme et ma fille m'ont trompé. Ma femme est enterrée. Ma fille est quelque part, je ne sais où. Elle a épousé un vaurien. Depuis lors, c'est comme si elle était morte pour moi.

Hilda regarda les photos des deux femmes. « Moi je ne l'aurais jamais trompé s'il m'avait aimée ! » se dit-elle.

A côté des deux photos de femmes se trouvait, encadrée de cuir, celle du Führer.

— Et maintenant le Führer est mort lui aussi ! dit-il. L'Allemagne n'existe plus. Moi je n'ai vécu que pour eux. Lorsque j'étais jeune, j'aimais aussi les chevaux. Mais c'était là un amour de jeunesse. Tout ce pour quoi j'ai vécu a disparu. Ils sont tous morts : ma femme, ma fille, mon Führer et ma Patrie. Maintenant c'est mon tour. Les Russes seront là dans une demi-heure. Avant leur arrivée, je voudrais accomplir le dernier devoir de ma vie.

Hilda avait les larmes aux yeux. Elle avait cru que le géant dormirait dans sa chambre à coucher. Elle avait cru qu'il aurait faim et qu'elle lui donnerait à manger. Puis elle l'avait vu revêtir son grand uniforme de parade.

— Je ferai tout ce que vous me demanderez, dit-elle. Voulez-vous partir quelque part ?

Elle regardait son uniforme.

— Je n'irai plus nulle part, répondit-il. C'est le dernier voyage de ma vie d'ici-bas.

Le géant s'était mis à rire :

— Tu croyais que j'allais partir parce que je me suis rasé, lavé et que j'ai mis mon plus bel uniforme ?

Il lui tapait sur l'épaule. Elle était humiliée. A ses côtés, Hilda se sentait petite, tout aussi petite qu'au moment où elle avait appris que Iohann avait été envoyé en mission spéciale.

— Fais attention à ce que je vais te demander, dit le géant. D'ailleurs, c'est très simple. Mais seule une femme allemande peut le faire ! Ma femme n'en aurait pas été capable. Mais toi, tu pourras. Elle était trop *weib*. Trop faible. Je ne le lui aurais même pas demandé. Avec toi, c'est différent.

Hilda était fière que le géant lui demande une chose qu'il n'aurait pas demandé à sa propre femme.

— Après ma mort, dit le géant, tu traîneras mon corps dans la cour et tu le brûleras. Tu me retrouveras mort ici, sur cette toile de tente.

Le géant avait mis par terre une toile de tente militaire. Elle était presque neuve et couvrait tout le plancher.

— Tu n'as qu'à prendre les deux bouts de la toile et me traîner dans la cour, dit-il.

Le géant sortit de sous la table deux bidons militaires.

— Voilà de l'essence. C'est de l'essence pour avion. Après m'avoir traîné dans la cour, tu me couvriras de cette toile de tente et tu verseras l'essence dessus. Puis tu allumeras avec le briquet.

Le géant souriait toujours. Il sortit de sa poche un briquet en or et le tendit à Hilda.

— Voilà le briquet pour allumer, dit-il. Si le premier feu s'éteint tu n'as qu'à verser l'essence du second bidon et allumer. Et cette fois-ci, je crois qu'il ne restera plus rien. Les Russes ne trouveront que mes cendres. Un soldat digne de ce nom ne doit même pas laisser son corps entre les mains de l'ennemi. C'est ainsi qu'ont procédé tous les soldats allemands au cours de l'histoire. Lorsque tout était fini, ils se donnaient la mort. Et ils faisaient détruire leurs corps. L'ennemi ne trouvait que des cendres noircies.

Le géant se frotta les mains. Hilda se taisait. Elle regardait les photos.

— Si tu veux brûler les photos, tu n'as qu'à les jeter dans la toile de tente et y mettre le feu. Elles brûleront en même temps que moi. Si tu veux les garder, tu le peux. Mais je ne vois pas pourquoi tu le ferais. Moi je ne suis pas d'ici. Je suis de Roumanie.

Hilda demeurait immobile. Elle s'imaginait déjà le géant étendu sur la toile de tente. Elle n'arrivait pas à croire que cela puisse être possible. Elle avait l'impression que le géant n'était pas fait pour mourir, qu'il était éternel.

— Aurais-tu peur ? Une Allemande n'a jamais peur. Surtout lorsqu'elle agit pour la Patrie, car je crois que tu es convaincue que tu sers la Patrie en remplissant les dernières volontés d'un soldat.

— Je le sais, dit Hilda. Et je n'ai pas peur. Mais je ne peux pas croire que tout cela soit vrai. Je ne crois pas que les Russes arrivent jamais jusqu'ici. Je ne crois pas que l'Allemagne soit vaincue !

— Tout est fini, dit le géant. Tout est irrémédiablement perdu. N'oublie pas de mettre le revolver dans sa gaine de cuir et d'y mettre le feu pour qu'il brûle en même temps que moi. Un soldat doit être enterré ou incinéré avec son arme.

Il y eut un moment de silence. Le géant regardait quelque part, au loin, perdu dans ses pensées comme dans une eau sans fond.

— Maintenant c'est fini, dit-il.

Hilda leva les yeux. Elle croyait que le géant voulait se suicider devant elle, et elle n'aurait pas pu supporter cela. Mais il n'avait pas l'air de vouloir se suicider encore. Le géant se tourna vers la photo du Führer. Il se mit au garde-à-vous, et salua, la main tendue.

Hilda était derrière lui. Elle regardait ses épaules et sa taille serrée dans l'uniforme. Elle voyait son bras tendu. Il était immobile comme une statue. Il se retourna, releva le bras, et la salua.

— Adieu, amie et merci ! dit-il. Je suis le lieutenant Iorgu Iordan. Mais tu n'as pas besoin de le répéter. Sois fière de ce que tu vas accomplir, c'est un honneur pour une Allemande que d'exécuter les dernières volontés d'un soldat !

Il serra la main de Hilda. Il la serra très fort comme pour une séparation.

— Maintenant je veux rester seul ! ordonna-t-il. Viens aussitôt que tu auras entendu le coup de feu. Adieu !

106

Les premiers camions russes apparurent au bout de la rue.

Hilda entendit tout d'abord le bruit des moteurs puis elle les vit par la fenêtre de la cuisine. Elle se précipita vers la chambre où se trouvait le géant. Il lui avait dit de ne pas entrer avant d'entendre le coup partir. Elle n'avait rien entendu, et n'avait pas osé enfreindre son ordre.

Les camions russes qui passaient dans la rue faisaient trembler les murs. Hilda ne pouvait plus attendre. Elle avait peur. Elle frappa à la porte et entra.

Le géant gisait au milieu de la pièce, sur le dos, étendu sur la toile de tente.

« Comment n'ai-je pas entendu le coup de feu ? » se demanda Hilda.

Le corps du géant était droit comme s'il était mort au garde-à-vous en saluant la photo du Führer. Il avait son képi sur la tête. Son visage était violacé, et comme recouvert d'une poudre de cendre. La joue droite, la bouche et le nez étaient tachés de sang. Il n'y avait pas beaucoup de sang. Rien que de minces filets.

Hilda prit le revolver tombé près de la bouche du géant et le mit dans sa gaine de cuir. Puis elle la referma. Elle se demandait comment le géant avait pu se tuer sans qu'elle entendît le coup partir.

Hilda prit les pans de la toile et les rabattit sur le mort. Avant de lui couvrir le visage, elle regarda le géant une dernière fois.

« Je n'ai pas l'impression de me trouver à côté d'un mort ! se dit-elle. La mort ne me fait pas peur. Je ne vois pas la mort même en me trouvant à ses côtés. Peut-être est-ce parce que j'ai vu à l'hôpital tant d'hommes mourir... »

Hilda couvrit le visage du géant, sans le toucher.

Maintenant, il ressemblait à tous les hommes qu'elle

avait vus. Vivant, le géant n'était pas comme les autres. Mais Hilda se souvenait à peine des temps où le géant était encore là, en vie, se rasant et mettant son uniforme. Alors, toute sa chair tremblait lorsqu'elle l'approchait.

Mais tout cela avait dû se passer des dizaines d'années auparavant. Elle l'avait presque oublié.

Dehors on entendait le bruit des camions et des tanks russes. Hilda tout à coup prit peur. Elle voulait saisir l'enfant et s'enfuir dans les bois par la petite porte du jardin. Elle se rappela la promesse faite au géant.

« Je regrette de lui avoir promis de le brûler », se dit-elle.

Elle ne pouvait porter le cadavre dans le jardin car elle risquait d'être vue par les soldats russes des camions et des tanks qui passaient devant la porte.

« Je dois attendre jusqu'à ce soir, se dit-elle. Je le porterai dans la cour et j'y mettrai le feu, dès qu'il fera nuit. Puis je m'enfuirai avec l'enfant. »

Hilda demeurait auprès du mort sans penser à rien. Puis elle se dit que si l'on trouvait le mort dans la maison, elle risquait d'être arrêtée. Elle chercha l'enfant dans la chambre d'à côté, le prit et s'assit avec lui sur une chaise, près du mort.

« Je ne peux pas ne pas tenir une promesse faite à un soldat avant sa mort », se dit-elle.

Elle ferma la porte et tira le verrou, décidée à attendre jusqu'à ce qu'il fasse nuit. Dans deux ou trois heures la nuit serait là. Hilda n'avait pas de montre. Elle se rappela que le géant en portait une au poignet. Elle écarta la toile de tente et regarda la montre du géant pour savoir combien de temps elle devait encore attendre. A ce moment, on frappa à la porte.

Hilda serra l'enfant dans ses bras et ne répondit pas.

Elle entendit qu'on parlait russe derrière la porte. Et puis de nouveau des coups dans la porte. Elle ouvrit la fenêtre qui donnait sur le jardin.

« Je ne puis m'enfuir sans avoir tenu ma promesse. Iohann « mon mari » est un héros ; moi, je n'ai pas le droit d'être lâche. »

Hilda déboucha un des bidons d'essence et le versa sur la toile de tente. Les coups de crosse qu'on donnait dans la porte allaient bientôt la faire sauter. Hilda déboucha également le second bidon et en versa la moitié. Elle avait peur que les Russes ne mettent la porte en morceaux et elle se dépêchait. Elle prit l'enfant et se dirigea vers la fenêtre.

« Après avoir sauté par la fenêtre, je jetterai le briquet allumé dans la pièce et il brûlera. Ainsi, j'aurai tenu ma parole », se dit-elle.

L'atmosphère de la chambre était empestée d'essence. L'enfant se mit à tousser. Hilda se dépêchait. Quand elle enjamba la barre d'appui de la fenêtre pour sauter dans la cour, les Russes avaient déjà commencé à enfoncer la porte à coups d'épaule. Du chambranle de la fenêtre jusqu'aux plates-bandes du jardin, la hauteur n'était pas grande. Sauter était facile. Mais à ce moment même, trois képis russes surgirent à la fenêtre.

Dans le jardin, il y avait d'autres soldats. Elle ne pouvait plus sauter. Hilda jeta un regard vers la porte. L'enfant, suffoqué par l'odeur d'essence, criait. Elle décida pourtant de sauter et de se frayer un chemin à travers les soldats russes. A ce moment même, quelqu'un tendit la main par la fenêtre en voulant la saisir et toucha son pied.

Hilda poussa un cri. Elle voulait se défendre. Elle n'avait que son briquet à la main. Sans réfléchir elle appuya sur le levier comme on appuie sur la gâchette d'un revolver lorsqu'on est attaqué. L'espace d'une seconde, il y eut une grande lumière. Puis l'obscurité se fit, une obscurité plus noire et plus profonde que la nuit. La lumière n'allait plus jamais revenir.

Les mêmes flammes qui brûlaient le corps du géant Iorgu Iordan enveloppèrent également la femme de Iohann Moritz et Franz leur enfant. Et le même feu détruisit de la cave au grenier la maison et tout ce qui s'y trouvait et les photos apportées par le géant et posées par lui sur la table, celle de la mère de Suzanna et celle de Suzanna, la première femme de Moritz.

L'essence apportée par le géant brûlait encore, élevant ses longues flammes vers le ciel.

107

Traian Koruga et Eleonora West restaient l'un à côté de l'autre devant le major Brown, gouverneur américain de la ville de Weimar.

— C'est tout, monsieur le Gouverneur, dit Traian Koruga. Le 23 août au moment où la Roumanie a demandé l'armistice, ma femme et moi avons été internés par les Croates en même temps que les autres membres de la Légation de Roumanie.

« Nous avons été internés selon les règlements diplomatiques dans un hôtel, en même temps que les représentants de tous les pays ennemis.

« Puis la Croatie a été occupée par les partisans de Tito. Nous avons été transférés en Autriche, puis en Allemagne et pour finir en Tchécoslovaquie.

« Lorsque l'Allemagne a capitulé, il ne s'est plus trouvé personne pour nous interner et nous sommes partis vers l'Ouest. Nous avons tout laissé pour partir vers l'Ouest. »

Eleonora revit les deux cents kilomètres faits à pied. Elle avait les jambes enflées et la plante des pieds couverte de durillons.

— Nous avons tout laissé et nous nous sommes enfuis à travers bois et à travers champs pour arriver en territoire occupé soit par les Américains, soit par les Anglais, soit par les Français, continua Eleonora West. Nous ne voulions pas tomber vivants entre les mains des Russes ou des partisans. Nous étions prêts à nous tuer plutôt que d'être pris par eux.

— Pourquoi aviez-vous peur des Russes et des partisans ? demanda le gouverneur. Seuls des fascistes en ont peur. Les Russes et les partisans sont nos alliés. Ils ont combattu pour la victoire des Nations unies.

— Vous n'êtes pas fasciste non plus, monsieur le Gouverneur, mais je ne crois pas que vous accepteriez que votre femme demeure en territoire occupé par les bolcheviks, ne fût-ce que vingt-quatre heures, dit Traian. Non pour des motifs politiques, mais simplement à cause de leur cruauté et de la terreur qu'ils inspirent. Et je crois que, vous non plus, vous n'auriez pas le courage de pénétrer en zone soviétique autrement qu'en uniforme et avec une bonne escorte. Est-il juste que vous nous demandiez à nous, deux êtres sans défense, pourquoi nous avons fui devant des bandes barbares, armées de fusils automatiques, du dernier modèle américain ?

— Et maintenant que désirez-vous ? demanda le gouverneur. Vous ne pouvez pas sortir d'Allemagne. Ici vous serez traités comme citoyens ennemis et vous serez soumis aux mêmes obligations que la population allemande. Vous aurez les mêmes droits qu'eux, et rien de plus.

— C'est-à-dire aucun droit, dit Koruga. Les Allemandes de Weimar sont obligées de nettoyer les waters du camp de Buchenwald et de laver le linge des détenus libérés, au moins une fois par semaine. Vous voulez obliger ma femme à accomplir ces mêmes tâches ?

— Nous ne sommes pas les ennemis de l'Amérique et des nations alliées, dit Eleonora West. Nous avons été internés pendant près d'un an par les *ennemis* des nations alliées. Et aujourd'hui, nous sommes venus vous demander l'autorisation d'habiter une chambre quelconque, dans cette région, ou de nous fournir la possibilité de partir si nous ne sommes pas admis à y résider. Nous sommes tous les deux à la rue. Nous ne savons où dormir, où manger, nous ne pouvons pas nous laver, on nous interdit de rester et on nous interdit de partir.

— Vous êtes des citoyens ennemis, dit le gouverneur. Votre présence ne m'intéresse pas. Vous avez des passeports roumains, n'est-ce pas ? Alors vous êtes des ennemis.

— Mais la Roumanie lutte depuis dix mois déjà aux côtés des Alliés contre l'Allemagne, dit Eleonora West, et vous le savez aussi bien que moi. Quatre-vingt mille Roumains sont déjà tombés pour la cause alliée. Ceux qui luttent à vos côtés sont donc des ennemis pour vous ?

— La Roumanie est un État ennemi, répéta le major Brown. Il retira un papier du tiroir et lut à haute voix : « Pays ennemis : Roumanie, Hongrie, Finlande, Allemagne, Japon, Italie. » C'est assez clair, n'est-ce pas ? Vous êtes les ennemis des États-Unis.

Trian Koruga se mit debout. Eleonora West implora du regard le gouverneur :

— Vous n'avez jamais lu dans les journaux que la Roumanie combat aux côtés des Alliés depuis presque un an ? demanda-t-elle. Nos papiers indiquent que nous avons été internés par les Allemands ne vous suffisent-ils pas ? Nous ne sommes pas vos ennemis.

— Même s'il en est ainsi, cela ne m'intéresse pas, dit le gouverneur. Les dispositions reçues par moi stipulent que les Roumains sont les ennemis des États-Unis. J'ai perdu trop de temps à discuter avec vous. Vous, madame, vous êtes mon ennemie. Mon ennemie, entendez-vous ? Et si j'étais tombé entre vos mains, vous m'auriez fusillé et vous ne seriez pas restée à discuter avec moi, comme je le fais maintenant avec vous. Ce que je viens de faire est illégal. Et je ne le répéterai plus. On ne discute pas avec des ennemis !

Le major Brown, le gouverneur militaire de la ville de Weimar, était blême de colère. Il ne répondit même pas au salut de Traian Koruga et d'Eleonora.

— Voilà l'Occident, dit Traian en descendant les marches de l'escalier. Ils ne s'intéressent ni aux faits ni à l'homme. Ils ont tout généralisé et ne s'inclinent que devant le règlement.

— Je ne peux plus marcher, dit Nora.

Traian lui prit le bras pour la soutenir. Elle s'appuya sur son épaule et se mit à pleurer.

— Nous avons parcouru les deux cents kilomètres presque en courant pour arriver chez eux. Nous avons couru tout comme vers La Mecque...

— Il ne faut pas le regretter, Nora, dit Traian. Nous avons fui la terreur russe. Il est bon que nous y ayons échappé. Mais les hommes ne peuvent se trouver bien nulle part en ce moment. La terre a cessé d'appartenir aux hommes.

108

Quatre jours après, Traian Koruga et Eleonora West retournèrent chez le gouverneur. Ils avaient besoin d'une autorisation leur permettant de résider encore une semaine à Weimar.

Nora avait les pieds enflés et ne pouvait aller plus loin.

Elle avait mis sa plus belle robe, un chapeau et des chaussures à talons hauts. Après avoir annoncé au soldat de service qu'ils voulaient parler au gouverneur, Traian dit à Eleonora :

— Tu t'es habillée comme pour une réception officielle.

Elle sourit. Elle avait mis cette robe pour la première fois trois ans auparavant, lors d'une visite faite un matin au ministre de Finlande.

— M. le Gouverneur vous prie d'attendre encore quelques instants, dit la sentinelle poliment.

Quelques minutes passèrent. Nora était contente. Un soldat se dirigea vers eux.

— Vous êtes les diplomates roumains, qui désirez parler au gouverneur ? demanda-t-il. Veuillez attendre encore un peu, et il disparut.

Eleonora West pensa que le major Brown était au fond un homme comme il faut et savait se conduire. Il venait de s'excuser par deux fois de les faire attendre cinq minutes.

Le siège du gouvernement était installé dans un grand immeuble. Le hall était immense. Nora se regarda dans la glace. Elle avait maigri et les plis de la robe tombaient mieux que la dernière fois à la Légation de Finlande.

— Suivez-moi, dit le second soldat, en se dirigeant vers eux.

Eleonora West s'éloigna de la glace en souriant. Traian

la soutenait par le bras. Ils suivirent le soldat, qui ne montait pas les escaliers comme la dernière fois, mais se dirigeait vers la sortie.

Puis il les invita à s'installer dans la jeep qui attendait devant la porte.

— Où allons-nous? demanda Traian.

Le soldat qui conduisait haussa les épaules. Il y avait du vent. L'auto traversait les rues de la ville à une allure folle. Traian se pencha à l'oreille du second soldat.

— Où allons-nous?

Le second soldat haussa les épaules tout comme son camarade. Traian se tourna vers Nora. Elle tenait les bords de son chapeau, de ses deux mains. Elle riait. Elle avait toujours aimé la vitesse.

A l'autre bout de la ville, la jeep s'arrêta devant un mur de pierre. Un portier à képi ouvrit la porte.

Mais l'auto ne pénétra pas dans la cour.

L'un des soldats remit au portier une enveloppe. Puis il fit signe à Eleonora West et à Traian de descendre.

— Où sommes-nous? demanda Eleonora West.

Les Américains attendaient qu'elle soit descendue. Ils ne répondirent pas.

— Où sommes-nous? Nora répéta la question en allemand au portier.

— A la prison de la ville, répondit-il.

Puis il prit Nora par le bras.

Nora avait voulu dire quelque chose aux soldats. Mais il était trop tard. La jeep avait disparu aussi vite qu'elle était venue.

Nora se retourna vers Traian. Il était pâle. Les portes en fer se refermèrent sur eux.

Ils se trouvaient dans la cour de la prison.

109

Traian Koruga fut enfermé dans la cellule n° 5, au rez-de-chaussée, et Nora dans la cellule n° 2, au troisième étage.

— Ils ont dû se tromper, dit Traian dès qu'il fut seul. Il essaya de deviner ce qui avait bien pu arriver. Mais il se rappela que Nora était enfermée, en ce moment même, dans une cellule semblable à la sienne et il perdit son calme.

Avant de la quitter, Traian avait voulu embrasser Nora et lui dire une phrase, un mot d'amour. Le gardien l'avait pris par l'épaule et les avait séparés brutalement.

Nora s'était retournée vers le gardien, suppliante. Il l'avait poussée violemment, vers l'autre bout du corridor.

C'est ainsi qu'ils avaient dû se séparer dans le couloir de la prison.

— Je suppose qu'ils doivent me confondre avec Dieu sait quel criminel qui porte mon nom ou me ressemble. Mais pourquoi ont-ils arrêté Nora?

Traian Koruga se mit à frapper à coups de poing dans la porte, pour faire venir le gardien.

« Je m'attendais à ce que les Russes m'arrêtent, se dit-il. Chez les Russes, des mains trop propres suffisent à vous faire arrêter. Et même s'ils m'avaient arrêté sans regarder mes mains, s'ils m'avaient arrêté sans aucun motif, je n'aurais pas été surpris. Avec les Russes je m'attendais à tout.

« J'ai fait deux cents kilomètres à pied pour fuir une société où le « manque de motifs » constitue un motif d'arrestation, d'assassinat ou de déportation. »

Les poings lui faisaient mal. Mais Traian continuait à frapper dans la porte de la cellule.

Il ne frappait plus pour faire venir le gardien mais pour se punir lui-même d'avoir couru deux cents kilomètres, et d'avoir couru en vain, traînant Nora après lui — cette femme aux pieds enflés et saignants.

« Les Allemands auraient pu arrêter Nora, se dit-il. Les Allemands étaient nazis et antisémites. »

— Que voulez-vous? demanda un gardien qui venait d'apparaître sur le seuil de la porte.

— Je veux parler immédiatement au directeur de la prison, dit Traian. Ma femme et moi, avons été arrêtés par erreur.

— Je n'en doute pas, répondit le gardien sarcastique. Tous ceux qui arrivent ici déclarent qu'ils ont été arrêtés par erreur.

— Je ne vous permets pas d'être ironique! dit Traian. Je veux parler immédiatement au directeur de la prison.

— Il n'y a aucun directeur. Vous êtes arrêtés par les Américains. Nous ne nous occupons que de l'administration. Nous sommes, nous aussi, des prisonniers en quelque sorte.

— Alors je veux parler aux Américains!

— Le sergent ne vient qu'une fois par semaine, dit le gardien, le lundi.

Traian se rappela qu'ils étaient un lundi.

— Vous voulez dire que je dois attendre jusqu'à lundi prochain, avant de voir quelqu'un? demanda Traian. Vous croyez que ma femme pourra rester toute une semaine en prison?

— Je n'y peux rien, dit le gardien. Vous pouvez me raconter tout ce que vous voulez. Et vous pouvez frapper à la porte des heures et des heures. C'est en vain. Moi je n'y peux rien. Le sergent ne reviendra que lundi prochain.

Il ferma la porte.

— Dites-le à quelqu'un ou ne le dites à personne, jusqu'au moment où je pourrais parler au directeur de la prison pour savoir le motif de mon arrestation, je ne toucherai ni à l'eau ni à la nourriture. C'est le seul moyen que j'ai de protester. Et je l'emploierai.

— Vous allez faire la grève de la faim? demanda le gardien.

— Et la grève de la soif!

Le gardien demeura un moment sur le seuil, les clefs à la main. Il regarda Traian avec pitié. Puis il ferma la porte.

— Dommage ! Vous êtes encore très jeune !

Il ferma la porte à double tour.

110

Nora West frappa de ses poings contre la porte pendant une demi-heure. Un gardien vint écouter sans ouvrir. Il regarda dans la cellule à travers le judas.

— Si vous continuez à frapper ainsi, vous serez punie, lui dit-il. Les prisonniers n'ont pas la permission de frapper à la porte de leur cellule.

Le gardien s'éloigna.

Nora West s'allongea sur le lit. Un moment après, elle se leva précipitamment. « Il doit y avoir des poux », se dit-elle. Elle avait peur. Elle aurait voulu frapper à la porte et demander une autre couverture ou s'informer au moins s'il y avait des poux ou non. Mais elle savait maintenant qu'elle n'avait pas le droit de frapper à la porte. Elle continua à marcher de long en large dans la cellule.

En son for intérieur, Eleonora West se sentait coupable. Elle savait que son arrestation, au fond, était juste. Après avoir falsifié les papiers prouvant son origine ethnique et avoir payé pour que ses actes d'état civil soient soustraits aux archives, elle avait été hantée jour et nuit par l'idée de la prison. Elle s'attendait chaque jour à voir arriver la police. Elle savait qu'elle allait être découverte et arrêtée. Pendant tout son voyage en Allemagne elle avait tremblé, chaque fois qu'elle voyait un agent : ses papiers étaient faux !

Ces dernières années n'avaient été qu'une longue attente : celle de l'heure où elle serait arrêtée.

« Et cette heure est venue, se dit-elle. Maintenant ils ont

découvert que j'étais juive et je ne peux plus me sauver. »

Elle tremblait toute. Son corps frissonnait de peur.

« Je suis absurde de croire que les Américains m'ont arrêtée parce que j'ai caché mon origine ethnique et falsifié des papiers en Roumanie. Je sens pourtant que c'est là le véritable motif de mon arrestation. Le seul. Je sais que ce n'est pas logique. Mais c'est comme cela. Je suis coupable. Et maintenant je recevrai ma punition. Une punition exemplaire. Une punition dure. Mais méritée. »

Eleonora West avait froid. Son linge mousseux et léger comme des bulles de savon, sa robe légère comme un voile ne pouvaient l'abriter contre la froide humidité des murs de pierre.

Le froid avait pénétré sa peau, et à travers la peau jusqu'aux os. Elle sentait cette humidité dans les profondeurs de son corps. Jamais, jusqu'à présent, elle n'avait eu froid aux reins. Elle ne savait même pas où se trouvaient exactement les reins, ni quelle forme ils pouvaient bien avoir. Mais à présent elle avait froid aux reins. Ils étaient glacés. Et pas seulement les reins, ses intestins étaient aussi glacés.

Eleonora West couvrit ses genoux de sa robe. Mais cela ne servait à rien. Elle avait peur de s'asseoir sur le lit. Elle se mit à trembler. Elle claquait des dents.

Dehors il faisait chaud. Mais cela n'avait aucune espèce d'importance, du moment qu'elle tremblait de froid et claquait des dents comme en plein hiver. Pour se réchauffer Eleonora West s'accroupit au milieu de la cellule. A ce moment, elle se rendit compte qu'elle devait aller aux cabinets. Elle devait y aller tout de suite. Des centaines d'aiguilles lui traversaient la vessie et elle ne pouvait plus forcer les muscles à lui obéir.

Eleonora West se rappela les romans qu'elle avait lus : dans les cellules de prisons, une cuvette remplaçait les w.-c. Mais dans sa cellule elle ne voyait qu'un lit, une petite table et une fenêtre grillée. Nora se dirigea vers la porte et leva le poing pour frapper.

« Ils me donneront bien la permission d'aller aux cabinets ! » se dit-elle.

A ce moment elle se rappela les paroles sévères du gardien allemand : « Si vous frappez à la porte, vous serez punie ! »

Elle laissa tomber sa main. Elle avait peur de frapper.

« Je suis coupable d'avoir frappé à la porte alors qu'il ne fallait pas le faire », se dit-elle, et elle recommença à marcher de long en large à travers la cellule.

Elle s'arrêta de nouveau, la main levée devant la porte. Mais elle n'eut pas le courage de frapper : « Si vous frappez à la porte, vous serez punie ! »

Pendant que ces paroles résonnaient à ses oreilles, tout son corps fut comme traversé par un courant électrique : un signal d'alarme. Elle sentit qu'elle avait perdu le contrôle de ses muscles. Elle sentit que ses fins pantalons de soie étaient en train de se mouiller. Le porte-jarretelles se mouillait aussi. Et les bas également. Quelque chose d'humide et de chaud glissait le long de ses cuisses, de ses bas, jusque dans ses souliers.

Eleonora West fit encore un effort pour se retenir. Mais ses muscles, sa chair, et tout son corps ne lui appartenaient plus. Elle s'accroupit davantage. A mesure que ses pantalons se mouillaient et devenaient de plus en plus chauds, une sensation de bien-être, de libération, qu'elle n'avait jamais connue jusqu'alors l'envahit tout entière. Chaque muscle, chaque pore, chaque fibre de son corps se détendait. Cette sensation était plus forte que tout plaisir, c'était une véritable volupté. Mais c'était presque plus qu'une volupté, c'était l'extase. Elle se détachait, grâce à cette volupté, de tout ce qui était terrestre. Elle planait. Elle se trouvait en dehors du temps : tout son corps se libérait.

Nora West avait l'impression d'uriner depuis des heures et des heures sans s'être jamais arrêtée. Mais, lorsqu'elle aperçut le ciment ruisselant tout autour d'elle, elle fut saisie d'épouvante. Elle se mit debout et se réfugia dans un coin de la cellule comme pour se cacher. C'était l'heure la plus dramatique de sa vie. Le ciment de la cellule était trempé. Les filets d'urine se glissaient sous le lit, sous la table, jusqu'à ses pieds.

Eleonora West savait bien qu'elle venait de faire quelque

chose d'interdit. Eleonora West savait qu'elle allait être découverte et punie sévèrement. La voix du gardien résonnait menaçante à ses oreilles : « Vous serez punie ! »

Eleonora West aurait voulu déchirer sa robe pour nettoyer par terre, mais c'eût été inutile, il y avait trop de liquide pour qu'il puisse être absorbé par sa robe de soie et par le peu de linge qu'elle avait sur elle, trop léger et trop fin. Et cette voix tout près d'elle, qu'elle entendait sans cesse : « Vous serez punie ! Vous serez punie ! »

Se rendant compte qu'elle ne pourrait jamais se cacher, qu'elle serait découverte et que toute tentative d'échapper au châtiment serait inutile, Eleonora West se couvrit les yeux de ses petits poings dont elle n'avait pas encore ôté les gants de dentelle, transparents comme une toile d'araignée, et se mit à pleurer de désespoir...

111

— Tout ce qui vient de vous arriver est extrêmement regrettable, dit le sergent Goldsmith, le commandant de la prison. Je tiens à vous présenter mes excuses. Je regrette de ne pas avoir été mis plus tôt au courant de votre cas.

Une semaine s'était écoulée depuis l'arrestation de Traian Koruga et d'Eleonora West. Traian restait étendu sur son lit. Il ne pouvait plus bouger. Depuis sept jours il n'avait touché ni au pain ni à l'eau.

Le sergent Goldsmith avait apporté leurs affaires dans sa voiture. Il aidait Nora à les déballer. Il leur offrait des cigarettes. Il était terriblement gêné.

— Demain matin vous serez mis en liberté, leur dit-il. Je vous chercherai personnellement un logement et je vous y conduirai dans mon auto. Je regrette sincèrement tout ce qui s'est passé.

Éleonora West et Traian Koruga ne disaient mot.

— M. et Mme Koruga ne sont pas arrêtés, dit le sergent

Goldsmith au gardien-chef. Ils ont été internés ici par erreur. Ils y resteront encore jusqu'à demain parce qu'ils n'ont pas de logement. Ils dormiront tous les deux dans cette chambre. Donnez-leur des draps propres et des couvertures. Ils sont nos hôtes, et rien que nos hôtes.

Le sergent partit. Il revint une demi-heure après avec un paquet. Il avait apporté des aliments et, pour Traian, des oranges et des grape-fruits. Avant de les quitter, il s'excusa à nouveau, serra la main de Traian et s'en alla.

Le gardien-chef assistait à cette scène en écarquillant les yeux comme devant un miracle.

— Tous ces temps-ci, j'étais sûre que les Américains viendraient nous présenter leurs excuses, dit Nora. Les Etats-Unis sont un pays de gens civilisés.

Traian avait la fièvre. Il s'endormit immédiatement. La nuit il rêva qu'il se trouvait à bord d'un sous-marin et que les lapins blancs étaient morts jusqu'au dernier. Il se réveilla en sueur, le pyjama tout mouillé, et disant : « Après la mort des lapins blancs il n'y a plus d'espoir. »

Il avait crié dans son sommeil de toute sa force, mais les marins ne voulaient pas le croire...

112

Le lendemain, le sergent Goldsmith ne vint pas. Nora l'attendit toute la journée.

— Qui sait ce qui a pu l'empêcher de venir, dit-elle. Mais il viendra sûrement demain.

Le gardien-chef partageait cette opinion. Cependant le sergent Goldsmith ne vint ni le lendemain ni le troisième jour. Une semaine après un autre sergent vint à sa place.

— Je ne suis pas au courant de votre cas ! dit le nouveau *Sachbearbeiter*. Le sergent Goldsmith est reparti pour les États-Unis. Il ne m'a laissé aucune note à votre sujet. Mais je m'informerai et lundi prochain je vous communiquerai le résultat.

Puis il partit.

C'était un jeune homme aux cheveux rouges et au visage couvert de taches de rousseur. Il n'avait pas voulu dire son nom, pas même au gardien-chef. Sa signature était illisible et il était tout le temps nerveux.

Une semaine après, il revint à la prison mais il ne passa que quelques moments au bureau.

Quand les Koruga vinrent le voir il était déjà parti. Il fallut attendre une semaine encore.

Cette fois, le sergent était de mauvaise humeur.

— J'ai demandé des instructions en ce qui vous concerne, dit-il. Vous êtes arrêtés tout comme les autres. Il n'y a aucune disposition qui nous permette de vous offrir un régime spécial.

Le sergent leur tourna le dos.

— Ils seront enfermés dans des cellules séparées, ordonna-t-il au gardien-chef. Ils auront le même régime que les autres détenus. Je ne tolère aucune exception dans la prison.

Le gardien écarquilla les yeux. Il voulait se convaincre d'avoir bien entendu. Puis il dit :

— J'ai compris. Cellules séparées. Régime ordinaire. Pas d'exception.

La voix du gardien tremblait.

113

— Ils viennent nous séparer ! dit Nora en entendant les pas du gardien dans le couloir. Elle se pendit au cou de Traian et se mit à sangloter.

— Je préfère mourir plutôt que d'être de nouveau enfermée toute seule dans une cellule !

Le gardien-chef s'arrêta sur le seuil. Il agitait les clefs. Nora ne se tourna pas vers lui. Elle savait pourquoi il était venu. Et Traian le savait aussi. Il le regardait fixement. Il aurait voulu le supplier de les laisser encore ensemble au moins cinq minutes. Mais il ne dit rien. Il se rendait compte que c'était inutile.

— Cet été je serai congédié, dit le gardien. Je suis trop vieux. A mon âge, je ne peux plus apprendre à jouer à cache-cache. Et je ne le veux même pas.

Le gardien fit une pause. Il rassemblait toutes ses forces comme s'il voulait lever un poids trop lourd. Puis il dit :

— Vous resterez ensemble comme par le passé. Ensemble et la porte ouverte.

— Le sergent est revenu sur son ordre ? demanda Nora.

— Le sergent n'est pas revenu sur son ordre, dit le gardien. Il partit en agitant ses clefs. La porte de la cellule demeura largement ouverte.

114

— Que peuvent bien avoir les Américains contre nous ? demanda Nora avec désespoir. Pourquoi nous gardent-ils en prison depuis six semaines ?

— Les Américains ne nous en veulent pas, répondit Traian. Ils n'ont même pas pris conscience de notre existence.

— Et combien de temps leur faut-il pour apprendre qu'ils nous ont arrêtés et nous gardent en prison ? demanda Nora. Moi, je ne peux plus y tenir !

— Ils ne réaliseront jamais que nous existons, dit Traian. La civilisation occidentale dans sa dernière phase de progrès ne prend plus conscience de l'individu. Et rien ne nous permet d'espérer qu'elle le fasse jamais. Cette Société ne connaît que quelques-unes des dimensions de l'individu. L'homme intégral, pris individuellement, n'existe plus pour elle. Toi, Eleonora West, qui restes en prison, bien que non coupable, moi et d'autres encore, n'existons pas pour eux. Tout simplement, nous ne *sommes* pas. Nous existons seulement en tant que fractions infinitésimales d'une catégorie. Toi, par exemple, tu n'es qu'une citoyenne ennemie, arrêtée en territoire allemand. C'est le maximum de notes caractéristiques que la Société Technique Occidentale puisse assimiler. C'est là tout ce qui peut te représenter à ses yeux. Elle ne te reconnaît que grâce à ces traits distinctifs et te traite en conséquence, avec tout le groupe auquel tu appartiens, d'après les règles de la multiplication, de la division ou de la soustraction. Tu n'es qu'une partie de la Roumanie. Cette fraction est arrêtée. La faute — ou le crime — qui sont la cause de l'arrestation appartiennent à la catégorie.

— Et cependant les Américains ont eu un motif pour nous arrêter, dit Nora. Ils nous en veulent. Ils nous suspectent. Autrement ils nous auraient relâchés. Je souffre parce que je ne connais pas le motif de l'arrestation. Car il doit y avoir un motif!

— En effet, il y a un motif, répondit Traian. Mais ce motif est absurde du point de vue humain et parfaitement justifié du point de vue de la machine. L'Occident regarde l'homme par les yeux de la technique. L'homme en chair et en os, capable de joie et de souffrance est inexistant. Et c'est pourquoi, le fait qu'ils nous aient arrêtés, nous gardent en prison et demain peut-être nous exécutent, ne peut pas être considéré comme criminel. Ce serait criminel si cela se rapportait à des hommes en chair et en os. Mais la Société occidentale est incapable de prendre acte de la présence de l'homme vivant. Lorsqu'elle arrête ou tue quelqu'un, cette Société n'arrête et ne tue pas quelque chose de vivant, mais une notion. En bonne logique, ce crime ne peut lui être imputé car aucune machine ne peut être accusée de crime. Et nul ne saurait demander à une machine de traiter les hommes selon leurs caractéristiques individuelles.

— Et quel serait le motif juste et parfait du point de vue technique qui a poussé les Américains à nous arrêter ? demanda Nora.

— Je l'ignore, répondit Traian. Tout ce que je sais est que le fait de soumettre l'homme aux lois et aux critères techniques, critères excellents en ce qui concerne les machines, équivaut à un assassinat. Un homme obligé à vivre dans les conditions et le milieu d'un poisson, meurt en quelques minutes, et vice versa. L'Occident a créé une Société semblable à la machine. Il oblige les hommes à vivre au sein de cette Société et à s'adapter aux lois de la machine. Et quelquefois, l'Occident a l'impression d'avoir réussi. Mais on tue les hommes en les soumettant aux mêmes lois qui régissent les camions et les chronomètres.

People are not alike...
Nations are not alike.
Everybody is not the same or as clever or strong as everybody else.

« Seules les machines peuvent être parfaitement égales entre elles. Seules les machines peuvent être remplacées, démontées et réduites à leurs éléments essentiels ou à quelques mouvements principaux. Lorsque les hommes leur ressembleront jusqu'à s'identifier à elles, alors, il n'y aura plus d'hommes sur la terre. »

Nora soupira.

— Tu n'existes pas en tant que personne humaine, continua Traian, ou bien, si tu préfères, tu existes, mais vue et déformée par les yeux de la machine.

« Mais, dans la Société technique, tout comme dans les Sociétés barbares, l'homme n'a aucune valeur. Ou même s'il en a une, elle est infime. Au fond, toi, tu n'es pas même arrêtée.

— Nous ne sommes pas arrêtés ?

— Même pas, dit Traian. Nous, c'est-à-dire toi et moi, nous ne sommes pas arrêtés, bien que nous soyons depuis six semaines déjà en prison. Nos personnes individuelles n'existent même pas pour la société technique occidentale.

« En conséquence, elles ne peuvent être arrêtées et ne le sont pas. »

— Cela ne me console pas, dit Nora. Nous ne sommes pas arrêtés, mais cependant nous sommes en prison.

— Mais si, c'est une consolation. C'est même la seule possible pour cette heure tardive de l'histoire.

115

— Maintenant c'est fini, dit le gardien-chef en entrant dans la cellule de Koruga. Lisez le communiqué. La Thuringe et la ville de Weimar ont été cédées aux Russes. Les troupes soviétiques ont déjà pénétré dans la ville. Des camions pleins de soldats sont arrivés durant la nuit. Les Américains se sont retirés. Ils ne gardent plus que l'immeuble du gouvernement, la prison et quelques maisons. Personne n'a la permission de partir. La ville a été encerclée par la police militaire.

Nora lut le communiqué dans le journal et regarda tour à tour Traian et le gardien appuyé contre la porte.

— Et lorsque la prison sera rendue, demanda-t-elle, nous serons sans doute livrés aux Russes, en même temps que la prison ?

— Je le crains, dit le gardien. Les Russes prendront possession de la prison ce matin, cet après-midi ou ce soir au plus tard. On ne sait pas l'heure exacte.

Traian Koruga se prit la tête entre les mains. Il réfléchit un moment et récapitula : « La fuite. Deux cents kilomètres. La Russie. La terreur. Les viols. La Sibérie. Les pieds enflés et couverts de plaies de Nora. Les commissaires politiques. Livrés en même temps que la cellule et la prison comme des esclaves enchaînés. »

— Ne vous occupez plus que de l'essentiel, car les temps sont venus, dit Traian. Ce n'est plus le moment d'avoir des secrets. Le gardien-chef pourra entendre. Je sais que les Américains vont nous livrer aux Russes, enfermés dans nos cellules. C'est criminel. Mais, en se plaçant à leur point de vue, ils sont innocents. Ils sont aussi candides que les locomotives, qui semblent sourire lorsqu'elles écrasent un homme sur la voie ferrée. Les Occidentaux ont réduit le péché lui-même à une seule dimension. Ils l'ont minimisé jusqu'à l'extrême. Je pourrais même dire qu'ils ne le connaissent plus. Ils ne sont pas coupables. C'est leur civilisation qui est coupable. Mais tout cela n'a pas d'importance en ce moment. Je l'ai rappelé simplement pour que nous ne nous fassions plus d'illusions. Dans quelques moments, nous serons cédés aux Russes, c'est-à-dire aux hommes les plus cruels qui aient jamais agi, grâce à un appareil d'État, sur toute la surface de la terre. Et si je peux supporter encore « l'homme-machine » réduit à sa fonction de robot, je ne pourrai jamais affronter « la bête sauvage motorisée ». Je ne le peux pas. Avant d'être cédé aux Russes, je ferai mon possible pour m'évader et si je n'y réussis pas, je me tuerai.

Traian se tourna vers le gardien.

— Nous aideras-tu à nous évader ? demanda-t-il.

— Je ferai tout ce qui est en mon pouvoir, répondit le gardien. Je veux partir d'ici. Je suis Autrichien. J'irai chez moi à Vienne. Mais je partirai plus tard.

— Et moi qu'est-ce que je deviens ? demanda Nora. Moi je ne peux pas m'évader ! J'ai peur. Tu ferais mieux de me tuer, Traian !

— Nous le ferons ensemble ! dit Traian.

— Il vaudrait mieux essayer de vous évader d'abord, dit le gardien. Ce n'est pas impossible. Le mur est détruit par les bombardements. Le tout est d'arriver dans la cour. A partir de là, c'est un jeu d'enfant.

116

— Je n'ai pas le courage de descendre une corde du troisième étage, dit Nora. Toi, tu es un homme. Tu peux le faire. Mais moi j'ai peur.

Traian Koruga nouait des draps et des couvertures pour en faire une corde.

— Il ne faut pas avoir peur, dit-il. Tu n'auras rien à faire. Je t'attacherai et je te ferai descendre par la fenêtre

Une fois dans la cour, tu te faufileras le long du mur et tu m'attendras, au fond, près de l'arbre que je t'ai montré.

Nora tenait la corde par un bout pendant que Traian la nouait. Elle la laissa tomber.

— Je ne peux pas m'évader. Lorsque tu me feras descendre je penserai tout le temps qu'on peut me tirer dessus. Et rien qu'à cette idée, je m'évanouirai. Tu ne crois pas qu'ils peuvent tirer pendant que je descendrai ?

— C'est possible, dit Traian. Mais nous devons essayer. Peut-être ne tireront-ils pas. En tout cas, en agissant ainsi, nous avons plus de chances d'être sauvés qu'en nous tuant directement.

— Et si nous demeurons chez les Russes ? demanda Nora. Peut-être que le diable n'est pas aussi noir qu'on nous le dit. Sous le régime communiste, il y a tout de même des hommes. Puisqu'ils arrivent à vivre, peut-être y arriverons-nous, nous aussi.

— Tu as raison, dit Traian. Dans l'État communiste aussi il y a des hommes. Peut-être même, leur vie n'est-elle pas plus difficile que celle des hommes de l'Occident.

« Il n'y a pas de point de vue objectif d'après lequel on puisse juger. Il n'y a pas de vérité objective. Tout est subjectif.

« Quant à moi, je n'accepterai jamais de vivre dans le Paradis soviétique. Mon entêtement peut paraître absurde. Mais de mon point de vue, il est justifié.

« Et pour un être humain il n'y a de choses justes, que de son point de vue personnel.

« Personnellement, je ne veux pas tomber entre les mains des brutes motorisées de la Volga.

« Je suis peut-être fou. *A spirit with any honour is not willing to live except in its own way ; a spirit with any wisdom is not over eager to live at all.* Je ne tiens pas spécialement à la vie. Je peux y renoncer n'importe quand.

« Mais si je n'y renonce pas, j'entends la vivre dans les conditions qui me paraissent les plus favorables. On aura beau me démontrer que ma manière de concevoir la vie n'est pas bonne. J'accepte n'importe quel argument. Mais je n'accepte pas que d'autres que moi m'indiquent la manière dont je dois vivre — et qu'ils croient la meilleure et m'obligent à m'y conformer. Ma vie est à moi. Ma vie n'appartient ni au kolkhose, ni à la communauté, ni au commissaire politique. Donc, j'ai le droit de la vivre de la manière que j'aurai choisie moi-même. Si j'en ai envie, je pourrai même imiter celle d'un commissaire. Mais il se trouve que je n'en ai pas envie. Si je le faisais, personne n'aurait le droit de m'accuser et de prétendre que j'agis en bien ou en mal.

« Je dispose de ma vie à ma façon. Et je me refuse à vivre cette vie à la mode soviétique.

« C'est pourquoi je me tue. »

Nora se mit à pleurer. Traian continuait à nouer la corde. Nora tenait fermement l'autre bout.

— Regarde si les Américains ont quitté le poste d'observation de la cour, dit Traian.

Nora sortit dans le couloir, alla à la porte de la prison et regarda les tours de garde pour voir si les sentinelles russes s'y trouvaient déjà.

— Il faut aller regarder toutes les cinq minutes, dit Traian. Le moment le plus favorable pour nous évader sera celui où les sentinelles russes prendront la place des sentinelles américaines. Après ce sera trop tard.

Ils continuèrent à nouer la corde. Ils y travaillèrent toute la matinée. Ils l'essayèrent pour voir si elle était assez longue et assez résistante.

Et toutes les cinq minutes, l'un deux sortait pour regarder les tours de la prison et revenait en disant :

— Toujours les Américains !

Ils se réjouissaient tous les deux. Ils avaient l'illusion que du moment que les Américains étaient encore de garde dans les tours de leur prison — tout n'était pas encore perdu.

117

A six heures du soir, on fit sortir Traian Koruga et Nora West de leur cellule et on les mit dans un camion américain avec d'autres détenus.

Traian était pâle. Nora pleurait.

— Ils ont choisi un autre endroit pour nous livrer aux Russes, dit Traian. Notre camion se dirige vers l'est.

Les rues de la ville de Weimar étaient remplies de soldats et d'autos russes.

— Tu veux que nous sautions du camion ? demanda Traian. Ils nous transportent sûrement dans une prison russe.

Ils étaient sortis de la ville. Nora regarda les champs verts. Puis elle regarda le soleil. Elle voyait bien qu'ils se dirigeaient vers l'est.

— Nous allons bientôt traverser une forêt, dit Traian. tu n'as qu'à sauter la première. Puis tu te caches dans un fourré et tu m'attends. Je sauterai derrière toi.

Nora pleurait.

— Prépare-toi, dit Traian.

— Tout à l'heure, répondit-elle. Maintenant je ne peux pas. J'ai trop peur.

— Jamais nous n'aurons une occasion aussi bonne, dit Traian. Regarde les fourrés sur le bord de la route ; rien de plus facile que de nous y cacher. Tu ne veux pas sauter ? Regarde, le camion a ralenti !

Il prit Nora par le bras. Elle s'agrippa de ses deux mains à la banquette et y crispa ses doigts.

— Non, dit-elle. Toi, tu peux sauter si tu veux. Je te jure que je ne t'en voudrai pas si tu me laisses ici et que tu t'évades tout seul.

Traian Koruga se rassit à ses côtés et ferma les yeux pour ne plus voir la forêt aux fourrés épais où ils auraient si bien pu se cacher. Ils ne retrouveraient jamais pareille occasion.

Lorsqu'il rouvrit les yeux, le soleil était devant lui, l'aveuglant. Le soleil n'était plus derrière son dos comme auparavant.

Maintenant ils se dirigeaient vers l'ouest.

— Les Américains sont quand même de braves types, dit Traian en prenant Nora par le bras. Son visage rayonnait de joie. Ils ne nous livrent plus aux Russes ! dit-il.

— Et où nous emmènent-ils ? demanda Nora.

Traian se rembrunit.

— Dans une prison américaine, dit-il. Il avait honte de s'être réjoui.

« Pardonne-moi, Nora, d'avoir été tellement joyeux. Il faut être fou pour se réjouir d'être enfermé dans une prison plutôt que dans une autre.

« Mais c'est la dernière phase atteinte par l'homme en Europe.

« Il n'y a plus à choisir qu'entre deux prisons. »

118

— C'est bien vous Iohann Moritz ? demanda l'officier américain.

Il sourit amicalement et continua :

— Le commandant de la ville veut apprendre de votre propre bouche comment s'est passée l'évasion. C'est bien vous, n'est-ce pas, qui avez sauvé cinq prisonniers du camp de concentration ?

Iohann Moritz rougit de plaisir.

Il n'aurait jamais cru que les officiers américains puissent venir le chercher en auto, pour lui faire raconter tous ses exploits. « Même le commandant de la ville a entendu parler de moi », pensa Iohann Moritz. Il dit son nom avec une joie qu'il n'avait jamais ressentie auparavant.

— Oui, c'est bien moi Iohann Moritz.

— Allons-y ! dit l'officier. J'ai mon auto.

Iohann Moritz aurait voulu mettre son veston. Il n'avait sur lui que sa chemise et son pantalon. Il aurait voulu mettre ses chaussettes aussi, car il avait les pieds nus dans ses souliers.

Mais l'officier était pressé.

— Le commandant nous attend, dit-il. Venez comme vous êtes. Dans une demi-heure, vous serez de retour. Je vous ramènerai en auto.

Ils montèrent tous les deux dans la jeep. Moritz se dit qu'il allait raconter son histoire au commandant sans rien y ajouter. Il choisissait dès à présent ses mots. Il rayonnait de plaisir. Il imaginait le visage du commandant. Il se voyait déjà, assis devant lui et lui racontant son évasion.

Entre-temps, l'auto s'était arrêtée devant une grande maison en pierre. L'officier se tourna vers Moritz.

— Vous resterez ici, dit-il.

Iohann Moritz descendit de l'auto. Il regrettait que l'officier ne l'accompagnât pas. Il aurait eu plus de courage pour raconter son histoire. Mais l'auto était repartie. La sentinelle de la porte introduisit Moritz dans la cour. Deux policiers allemands vinrent le chercher. Moritz regardait à droite et à gauche. Il n'arrivait pas à croire que le commandant de la ville puisse habiter une maison aussi laide. Mais il n'osa rien demander.

En pénétrant à l'intérieur il vit que toutes les fenêtres étaient grillées comme dans les prisons.

Iohann Moritz demanda :

— C'est ici qu'habite le commandant de la ville ?

Les policiers se mirent à rire aux éclats. Ils ne pouvaient plus s'arrêter. Ils enfermèrent Moritz au sous-sol, dans une cellule sans lumière. En tournant la clef par deux fois, ils riaient encore de la question posée par le prisonnier.

119

Corina Koruga, la femme du prêtre Koruga, fut appelée à la mairie. Il était minuit quand deux paysans à brassard tricolore frappèrent au carreau et lui ordonnèrent de les suivre. Dehors, la lune était pleine. Corina Koruga ferma soigneusement la porte et garda la clef à la main.

A la mairie, il y avait une dizaine de soldats russes qui ripaillaient avec les paysans. La femme du prêtre fut amenée devant eux. Ils lui offrirent un verre de vin et l'examinèrent sur toutes les coutures.

La femme du prêtre baissa les yeux, et adressa en pensée une prière à l'adresse de saint Nicolas.

Les soldats la forcèrent à boire. Mais elle continua à prier saint Nicolas sans regarder personne et sans toucher le verre de ses lèvres. Un soldat lui versa du vin dans son corsage. Un autre releva ses jupes et l'arrosa de vin par en dessous. Mais, elle, n'entendait rien, ne voyait rien. Elle tenait les yeux fermés et continuait à adresser des prières à saint Nicolas, qui ressemblait au prêtre Alexandru Koruga, son mari. Les Russes et les paysans lui versèrent d'autres verres de vin, sur la tête, dans sa chemise et sous ses jupes. Sa robe et sa chemise étaient trempées. Puis ils l'étendirent brutalement sur le plancher. La femme du prêtre sentait que sa robe et son corps étaient aussi mouillés que si elle était tombée à l'eau. Puis elle eut la sensation de couler et de se noyer. Saint Nicolas était resté sur la rive et priait pour elle.

Le lendemain, à la suite de ce qui s'était passé à la mairie, Corina, la femme du prêtre Koruga, se pendit dans le poulailler.

120

Nora West. Première nuit au camp de concentration de Ohrdruf.

« Ils ne peuvent tout de même pas nous avoir arrêtés sans motif », se dit Nora.

Elle était étendue. Elle n'avait pas de matelas. Pas de couverture. Rien que le lit en planches. Les hanches, les coudes, les os, tout lui faisait mal.

Quand elle était arrivée quelques heures auparavant dans le camp de concentration, il faisait déjà nuit.

Aussitôt descendus du camion qui les avaient transportés depuis Weimar, on les avait séparés, et Traian avait été emmené ailleurs. Quant à elle, on l'avait fait venir ici.

Le camp de concentration pour femmes se composait de baraques en bois. Dans la chambre où elle était couchée, il y avait encore une trentaine de femmes. Elle n'avait pu voir leur visage lorsqu'elle avait pénétré dans la baraque, car il faisait sombre. Mais elles paraissaient toutes très jeunes.

Nora s'était étendue sur le lit en bois et s'était mise à pleurer. Puis elle s'était endormie.

« Maintenant il doit être minuit, se dit-elle. Qui peuvent bien être ces femmes qui sont enfermées ici ? »

Un rire étouffé jaillit de l'autre coin de la chambre.

Nora eut l'impression que c'était un rire d'homme. Mais dans un camp de femmes il ne pouvait y avoir d'hommes. Elle tendit l'oreille. C'était sûrement un homme. Il ne riait plus, mais on sentait qu'il faisait l'amour. On entendait distinctement les ébats du couple.

L'homme se mit de nouveau à rire. Mais cette fois-ci, le rire venait d'un autre coin de la chambre.

Nora prit peur.

« Pourquoi aurais-je peur de ces hommes qui font l'amour ? » se dit-elle.

Mais elle n'arrivait pas à se calmer.

Elle se boucha les oreilles. Elle n'entendait plus rien. Elle continuait à les voir, même en fermant les yeux. La planche de son lit trembla. Nora rouvrit les yeux. La porte était largement ouverte. D'autres hommes encore étaient entrés dans la pièce. Ils demeuraient debout au milieu de la chambre et parlaient entre eux.

Une femme en chemise de nuit se tenait auprès d'eux.

Nora ne put plus se retenir et se mit à crier. Elle ferma les yeux et hurla de toutes ses forces.

Elle ne savait pas elle-même pourquoi elle avait commencé à le faire. Mais maintenant elle continuait à crier parce qu'elle avait peur des femmes et des hommes qui se trouvaient dans la chambre. Ils allaient la rouer de coups parce qu'elle avait crié et les avait empêchés de faire l'amour.

« C'est stupide, se dit-elle. Je n'aurais pas dû crier. Maintenant, ils vont tous me tomber dessus et vont me frapper jusqu'à la mort. Ils auront raison de me tuer parce que j'ai crié. »

Les hommes quittèrent précipitamment la pièce. Ils s'enfuyaient. Ils étaient nombreux. Plusieurs étaient allongés dans la chambre à même le sol et Nora ne les avait même pas entendus.

Un autre avait couché avec une femme dans un lit voisin du sien. Celui-là non plus, elle ne l'avait pas entendu.

Maintenant les hommes quittaient la chambre. Ils ressemblaient à des ombres.

Eleonora West crut voir qu'ils étaient très grands et noirs. Plus noirs que la nuit.

Quelques femmes partirent aussi avec les hommes. Mais elles revinrent sitôt après sur la pointe des pieds et se couchèrent.

Maintenant tout était calme. Les femmes étaient dans leur lit, chacune à sa place. Seules deux d'entre elles étaient restées au milieu de la pièce. Elles demeuraient debout dans l'obscurité. Elles portaient de petites chemises courtes. On apercevait dans l'obscurité leurs silhouettes épaisses. Elles ne parlaient pas et se tenaient serrées l'une contre l'autre. Nora les entendait manger. Elles grignotaient du chocolat.

Nora attendait que les deux femmes qui se tenaient au milieu de la pièce aillent se coucher. Elle avait peur qu'elles ne la frappent ou même qu'elles ne la tuent durant son sommeil. Mais les femmes demeuraient tranquillement sur place. Elles continuaient à grignoter leur chocolat et ne disaient rien.

— Qui a crié? demanda l'une d'elles à voix basse. Ce n'est pas l'étrangère, la rousse, qui est venue ce soir?

— Je ne sais pas, répondit l'autre. Mais je ne regrette pas qu'elle ait crié. Je venais de finir avec mon type et je n'avais aucune envie de recommencer...

Elles continuèrent à manger leur chocolat et ne se parlèrent plus. Nora suivait leurs mouvements. Elles se séparèrent enfin et se dirigèrent vers deux coins différents de la pièce. Elles se mirent au lit. Les planches grincèrent. Puis le silence se fit.

Mais Nora étouffait. Elle ne pouvait arriver à dormir.

Maintenant il n'y avait plus aucun homme dans la pièce. Les femmes dormaient. Mais l'atmosphère était empestée d'odeur de vin, de sueur, et d'hommes qui font l'amour. Les fenêtres étaient largement ouvertes. Mais l'odeur n'arrivait pas à sortir.

Nora West n'y tenait plus.

« Il doit exister un motif d'arrestation, se dit-elle. Autrement ils ne m'auraient pas enfermée ici. »

Elle eut envie de tousser. Mais elle mit la main à la bouche et se retint : les femmes auraient pu la battre...

121

Premier matin dans le camp de concentration d'Ohrdruf. En ouvrant les yeux Traian Koruga vit Iohann Moritz.

— Nous avons dormi toute la nuit côte à côte! dit Traian

en serrant la main de Iohann Moritz. Comment es-tu arrivé ici ?

Iohann Moritz raconta son histoire en commençant par la fin. Il parla de l'officier qui l'avait emmené pour parler de son évasion au commandant.

— Et au lieu d'aller chez le commandant de la ville ils m'ont mis en prison ! dit Iohann Moritz. J'y suis resté huit semaines, dans une cellule sans fenêtre, sans un seul rayon de lumière. J'ai attendu tout le temps que le commandant m'appelle. Mais il ne m'a pas appelé. Ils m'ont amené ici. C'est tout.

Iohann Moritz s'arrêta de raconter et se tourna vers Traian.

— Et vous, comment êtes-vous arrivé ici ?

Traian Koruga haussa les épaules.

Les prisonniers qui avaient dormi étendus par terre se réveillaient un à un. Le camp de concentration d'Ohrdruf n'était qu'un camp entouré de barbelés. Quinze mille prisonniers y étaient rassemblés. Rien que le ciel, la terre et les hommes.

Aux quatre coins de la barrière en barbelés, des soldats, mitraillette au poing, se tenaient près des tanks et surveillaient le camp.

— Vous avez des nouvelles de Fântâna ? demanda Iohann Moritz.

Il regarda Traian et dit :

— Je n'arrive pas à croire que vous soyez ici ! Comment se fait-il que nous nous retrouvions ainsi l'un en face de l'autre ? Toute cette nuit nous avons dormi côte à côte. Moi, je ne peux pas arriver à comprendre...

122

Le commandant du camp d'Ohrdruf était juif. Eleonora West se réjouit.

« Un juif comprendra mieux mes souffrances. Il va m'aider comme il le ferait pour une parente. Il va me faire sortir d'ici », se dit-elle.

Elle était décidée à tout lui raconter. A l'implorer. A lui demander de la secourir. A lui parler comme à un frère.

Les murs du bureau du commandant étaient garnis de photos prises dans les camps de concentration allemands.

Nora West les regarda. Les photos étaient de la dimension du mur. Elles représentaient des hommes morts, pendus, affamés, des prisonniers vêtus de combinaisons rayées, des monceaux de cadavres, des potences, des camions remplis de femmes mortes.

Nora avait totalement oublié où elle se trouvait. Elle croyait être, elle aussi, dans un camp d'extermination pour juifs de l'Allemagne nazie.

Elle regardait le lieutenant aux cheveux roux qui était au bureau. Elle l'implorait du regard, le suppliait de la sauver de l'extermination, de la famine, des chambres à gaz, de la torture.

« Je suis ta sœur, pensa Nora West. Je te supplie de m'aider ! »

Jamais encore elle ne s'était sentie aussi juive qu'à ce moment-là.

— Lieutenant ! dit Nora.

Sa voix tremblait. Sa gorge était serrée. Les larmes s'étaient arrêtées dans son gosier et l'empêchaient de parler.

— Tu n'as pas le droit de parler avant d'être interrogée, dit sèchement l'officier.

Nora West se mordit les lèvres et se tut. Elle attendait les questions.

L'officier lisait sans la regarder.

— Tu t'appelles Eleonora West-Koruga ? demanda-t-il sévèrement. C'est bien toi ? Ton mari est arrêté lui aussi, n'est-ce pas ?

L'officier la tutoyait. Mais son ton n'était pas précisément celui d'un frère.

— Ton mari a été fonctionnaire du dictateur Antonesco.

— Mon mari a été fonctionnaire du royaume de Roumanie, répondit Nora West.

L'officier sourit. Son visage pâle et couvert de tâches de rousseur était devenu tout rouge. Ses lèvres tremblaient.

— En Roumanie il y a eu des terribles pogroms, n'est-il pas vrai ? demanda-t-il.

Nora n'eut pas le temps de répondre.

— En Roumanie il y a eu des camps de concentration pour les juifs ? dit-il, il y a eu des camps où les juifs étaient exterminés, passés par la chambre à gaz, pendus, décapités, fusillés...

Le lieutenant se leva.

Nora était décidée à lui dire qu'elle aussi était juive. Qu'elle avait dû se procurer de faux papiers. Qu'elle avait dû s'enfuir. Qu'elle avait tremblé de peur chaque nuit.

— Réponds à mes questions ! hurla l'officier.

Il s'approcha d'elle, le poing tendu.

Nora était sûre qu'il allait la frapper en plein visage. Elle ferma les yeux. Elle attendait les coups. Tout son corps tremblait. Elle n'avait plus le courage de dire un seul mot.

— Réponds, criminelle ! hurla l'officier. Combien de juives as-tu tuées de ta propre main ? Réponds ! Si tu continues à te taire, je te mets en morceaux ! Combien de juives as-tu tuées de tes propres mains ?

Nora continuait à se taire.

— Tu ne veux pas le dire ! dit-il. Maintenant tu as peur. Maintenant tu trembles de peur. Tu fais pipi sous toi de peur. Mais lorsque tu tuais, tu n'avais pas peur !

— Moi aussi, je suis... dit Nora West.

— Sale putain de nazie, hors d'ici ! cria-t-il. Sors !

Son poing s'était levé, menaçant, devant les yeux de Nora. Eleonora West sortit du bureau.

LIVRE CINQUIÈME

123

TRAIAN Koruga écrivait. Iohann Moritz demeurait auprès de lui et regardait comme il tenait son crayon, les doigts serrés, et comme il traçait les lettres minutieusement, tout comme s'il enfilait des perles.

Iohann Moritz n'avait pas la patience d'écrire. Et il n'aimait pas écrire. Mais il eût été capable de regarder des heures durant, sans s'ennuyer, Traian Koruga écrire.

« Lorsque M. Koruga écrit, c'est comme s'il priait devant les icônes, pensa Iohann Moritz. En regardant M. Koruga, on oublie qu'il est prisonnier. On ne voit plus qu'il est nu-pieds, qu'il n'est pas rasé et qu'il a des trous à son pantalon. Lorsqu'il écrit, Traian Koruga est un monsieur. On a envie d'enlever son chapeau et de parler à mi-voix. »

— Est-ce que tu as entendu parler des charmeurs de serpents? demanda Traian, s'interrompant.

— Oui, dit Moritz.

— Saint Daniel est resté dans la fosse aux lions et les lions ne l'ont pas dévoré, dit Traian. Il les a domptés. Les hommes peuvent charmer les serpents et dompter les lions. Mussolini avait deux tigres dans son bureau. Il les avait apprivoisés. Les hommes peuvent dompter toutes les bêtes sauvages. Mais, depuis quelque temps, une nouvelle espèce d'animal est apparue sur la surface du globe. Cette espèce a un nom : les Citoyens. Ils ne vivent ni dans les bois ni dans la jungle, mais dans les bureaux. Cependant ils sont plus cruels que les bêtes sauvages de la jungle. Ils sont nés du croisement de l'homme avec les machines. C'est une espèce bâtarde. La race la plus puissante actuellement sur toute la surface de la terre. Leur visage ressemble à celui des hommes, et souvent on risque même de les confondre avec eux. Mais sitôt après, on se rend compte qu'ils ne se comportent pas comme des hommes, mais comme des machines. Au lieu de cœurs ils ont des chronomètres. Leur cerveau est une espèce de machine. Ce ne sont ni des machines ni des hommes. Leurs désirs sont des désirs de bêtes sauvages. Mais ce ne sont pas des bêtes sauvages. Ce sont des Citoyens... Étrange croisement. Ils ont envahi toute la terre.

Iohann Moritz cherchait à s'imaginer les Citoyens. Mais il ne réussit pas. L'espace d'un moment, il pensa à Marcou Goldenberg. Mais Traian se remit à parler et chassa l'image de Marcou.

— Je suis écrivain, dit Traian. D'après moi, un écrivain est un dompteur. En montrant aux êtres humains le Beau, c'est-à-dire la Vérité, ils s'adoucissent. Quant à moi, je veux dompter les Citoyens. J'avais commencé à écrire un livre. J'en étais arrivé au cinquième chapitre. Puis les Citoyens m'ont emmené en captivité et je n'ai plus pu écrire. Le cinquième chapitre n'a pas été commencé.

« Maintenant, il n'y a plus de raison pour que je l'écrive.

« Je ne publierai jamais plus de livres. A la place du cinquième chapitre, je veux écrire quelque chose pour dompter les Citoyens.

« Et si j'y réussis je mourrai, l'âme en paix. Je vais te lire aussi ce que j'écris. Ce ne sera pas un roman. Ni une pièce de théâtre. Les Citoyens n'aiment pas la littérature. Pour pouvoir les apprivoiser, j'écrirai dans le seul genre qu'ils admettent. J'écrirai des *Pétitions*. Les Citoyens n'ont pas de temps à perdre, avec les romans, les drames, et les pièces. Ils ne lisent que les Pétitions.

124

Pétition n° 1. — Sujet économique. (Matières grasses.)

Je vous enverrai plusieurs pétitions. Je commence par un sujet économique. Je sais que la Civilisation technique est bâtie sur des bases matérialistes. L'Économique est votre Évangile. Personnellement, je suis écrivain, et chaque écrivain est avant tout un *témoin*.

La première qualité requise pour être témoin est l'impartialité. Partant, mes Pétitions seront des témoignages de Vérité.

Le problème que je vais vous exposer me semble particulièrement important : il s'agit des matières grasses.

Vous êtes naturellement au courant de la pénurie de matières grasses que connaît l'Univers actuellement. Lorsque je suis arrivé dans ce camp, les prisonniers dormaient étendus par terre, l'un à côté de l'autre. Je n'ai trouvé que difficilement une place pour m'étendre. Je sortais de prison et j'étais très fatigué. Le champ qui entourait le camp m'a paru très grand. Je ne comprenais pas pourquoi vous aviez restreint à tel point l'enceinte du camp.

Les quinze mille personnes qui s'y trouvent restent collées les unes aux autres. Lorsqu'elles sont debout, il y a un peu de place. Mais lorsqu'elles se couchent, l'espace est tellement restreint qu'elles s'entassent les unes sur les autres. Quant à moi, je n'ai pas pu étendre les jambes de toute la nuit. Ceux qui se trouvaient tout autour de moi mettaient leurs pieds sur ma tête. Leurs pieds étaient chauds et comme ils les ont étendus par-dessus mon corps toute la nuit, je n'ai pas eu froid.

Je crois savoir maintenant pourquoi vous avez tellement resserré l'espace du camp : parce que les prisonniers foulaient l'herbe aux pieds et que vous vouliez économiser l'herbe qui se trouve dans les champs. L'herbe coûte cher.

C'eût été dommage de la fouler aux pieds, comme cela, inutilement. Il vaut mieux que ce soit une vache qui la broute, car la vache donne du lait ; les prisonniers, eux, ne donnent rien.

D'autre part, si vous aviez fait l'enceinte plus large, vous auriez eu besoin d'une plus grande quantité de barbelé. Le barbelé est cher et ce n'était évidemment pas la peine d'en dépenser tellement, à seule fin que les prisonniers aient plus d'espace et qu'ils puissent dormir de tout leur long.

D'autant plus que, dès qu'il fera froid et que la saison des pluies viendra, la plupart des prisonniers vont mourir. D'autres mourront même avant, et ceux qui resteront en vie auront toute la place nécessaire pour étendre leurs pieds. Je crois que vous avez tenu compte de ce fait au moment où vous avez construit le camp. Je ne peux que m'incliner devant la rigueur scientifique de vos prévisions.

Avant de m'endormir, j'ai écouté une conférence. Le conférencier, qui se disait professeur à l'Université de Berlin, nous a parlé des matières grasses. Et c'est du sujet de cette conférence que je vais vous entretenir dans la présente pétition.

Le professeur a compté chaque jour les grains de haricots contenus dans la soupe que nous mangeons au camp.

Il a compté pendant trente jours, midi et soir, tous les grains contenus dans sa gamelle. Puis il a additionné le tout et établi une moyenne. Il affirme en conséquence qu'un prisonnier reçoit dix grains de haricots par jour, dans les deux soupes. Les assistants du professeur ont compté, eux aussi, les grains de haricots contenus dans leurs gamelles et ont affirmé que le calcul était exact.

Puis le professeur a compté les pelures de pommes de terre et calculé la quantité de farine contenue dans la soupe. Ce dernier calcul a été naturellement approximatif, le professeur n'ayant pas la permission d'entrer à la cuisine.

Vous savez tout comme moi que les Allemands sont très forts en matière de mesure. Il nous est donc permis de supposer que les grains de haricots ont été comptés très exactement. Les Allemands sont patients et scrupuleux. Après trente jours de ce genre de travail, le professeur a achevé son étude et a tenu une conférence que l'auditoire a appréciée à sa juste valeur. Les Allemands aiment écouter les conférences se référant aux sujets les plus divers. C'est chez eux une habitude qui date du Moyen Age. Après avoir raconté comment il avait réussi à compter les grains, passant chaque jour la soupe au tamis, le professeur a dit le nombre de calories contenues dans chaque grain. Je ne me rappelle plus le chiffre exact. Puis il a calculé le nombre de calories contenu dans les dix grains de haricots, y a rajouté le nombre de calories des pommes de terre et de la farine, que les prisonniers n'aperçoivent jamais dans leur soupe, mais dont le professeur ne saurait mettre l'existence en doute. Il a conclu en déclarant que chaque prisonnier du camp reçoit en moyenne cinq cents calories par jour. Quelquefois il en reçoit beaucoup moins. Il est arrivé que le professeur lui-même ne trouve pas un seul grain dans la soupe — et ces jours-là, il n'a rien eu à dénombrer. Mais d'autres jours, il a pu trouver jusqu'à quinze, et même quelquefois jusqu'à dix-huit grains de haricots. La moyenne est donc exacte.

Les prisonniers du camp ne dorment pas toute la journée ; cependant le professeur a établi ses calculs comme si les prisonniers consommaient à l'état de veille un nombre de calories égal à celui dont ils auraient besoin s'ils passaient toute la journée à dormir. Mille calories, c'est là un minimum.

Les prisonniers reçoivent cinq cents calories en grains de haricots. Les cinq cents calories qu'ils consomment en plus, ils doivent les prendre sur leurs propres réserves de graisse, c'est-à-dire sur le capital accumulé dans leur corps. Et parce qu'ils prennent chaque jour cinq cents calories sur la réserve avec laquelle ils étaient arrivés au camp, les prisonniers maigrissent de six livres par mois.

Tout cela est naturellement une moyenne. Le professeur a pesé lui-même les prisonniers avec des balances et des poids improvisés. Il paraît que les instruments étaient assez précis. En additionnant les six livres, c'est-à-dire les trois kilos de graisse que chaque prisonnier perd en les transformant en calories, il résulte que dans ce seul camp de

Ohrdruf, placé sous votre compétente direction, il y a chaque mois quarante-cinq mille kilos de matières grasses qui se perdent. Chaque mois, cinq wagons remplis de matières grasses s'en vont du camp. La graisse s'évanouit dans les airs. Les quinze mille prisonniers abandonnent à l'air environnant cette importante quantité de matières grasses. Calculez vous-même la perte qui en résulte. Personnellement, je ne suis pas économiste. Je ne saurais vous suggérer aucune solution. Cependant, je suis convaincu que, grâce aux moyens techniques dont vous disposez, vous pourriez utiliser à votre profit cette graisse vivante. Pourquoi la laisser perdre ?

Tel est l'objet de ma pétition.

Je suis sûr de votre compréhension. Vous appartenez à la branche la plus évoluée de la Civilisation technique. Peut-être pourriez-vous envoyer à ce sujet un rapport aux Académies des Sciences de votre pays.

Il est barbare de laisser se perdre ainsi quarante-cinq mille kilos de graisse, chaque mois. Vous avez d'autres camps aussi. Je crois savoir que seulement en Allemagne il y en a quelques centaines. Vous pourriez avoir des montagnes de graisse fraîche chaque jour.

Depuis que j'ai entendu la conférence du professeur de Berlin, je hume les airs et je découvre qu'ils sentent la graisse d'homme.

Votre camp est un pressoir géant qui extrait la graisse des prisonniers. Je la renifle dans les airs. Ne vous arrive-t-il pas de sentir cette odeur de graisse lorsque vous demeurez à votre bureau, la fenêtre ouverte ? Pourtant vos vêtements eux-mêmes doivent en être imprégnés. Ayez l'obligeance de demander à votre femme, ou à la bien-aimée à côté de laquelle vous dormez la nuit, si vos cheveux et votre peau ne sentent pas la graisse d'homme lorsque vous vous étendez à côté d'elle ? Les femmes ont l'odorat plus fin que le nôtre. Elle vous le dira sûrement. Quant à moi, je sens mon cœur se soulever à cette seule pensée. Cela me donne la nausée. Recevez mes salutations et l'assurance de trouver toujours en moi un grand admirateur de la Civilisation que vous représentez. Je suis sûr que, grâce aux ressources et aux moyens techniques dont vous disposez, vous pourrez utiliser toute cette graisse. (N'oubliez pas que moi-même, je vous en offre trois kilos par mois, de mon propre corps.)

Le Témoin.

125

Pétition nº 2. — Sujet esthétique. (L'idéal de beauté humaine dans la Société technique occidentale.)

L'autre soir j'ai discuté Esthétique avec un professeur allemand. Et nous nous sommes disputés. Les Allemands, comme les autres Européens, en sont restés au classicisme. Et c'est pourquoi leur société s'est écroulée. Une société saine et évoluée comme la vôtre possède son art moderne.
 Le professeur allemand m'a montré les prisonniers qui se promenaient dans la cour du camp — et qui n'ont plus — comme vous le savez vous-même — que la peau et les os. Le professeur m'a dit qu'ils étaient laids. Il en était resté à l'idéal de beauté grec. Quant à moi, je trouve que les hommes réduits à leur squelette et à leur peau sont superbes, et constituent de véritables œuvres d'art vivantes.
 J'ai essayé de convaincre l'Allemand que votre Société apprécie le Beau à un point qui ne fut jamais atteint par aucune société jusqu'à nos jours — et que vous pratiquez l'extraction de la graisse des corps humains pour des fins purement esthétiques, pour embellir l'Univers. Il n'a pas compris. Les Allemands comprennent difficilement. C'est pourquoi on dit qu'ils ont la tête carrée. Demain je tiendrai une conférence sur l'idéal de beauté humaine dans l'Occident moderne.
 Il y a un sculpteur suisse, Alberto Giacometti, qui a

réalisé dans le domaine de la sculpture les mêmes principes et le même idéal de beauté masculine et féminine que vous avez réalisé dans la pratique en faisant disparaître la graisse et la chair du corps humain ! En travaillant à ses statues, il s'est efforcé à éliminer la graisse du corps humain et de l'espace.

Le corps humain ainsi réduit à une seule dimension, prend des formes allongées et sèches de la grosseur d'un fil de fer.

Vous faites la même chose dans le camp. Je sais depuis toujours que votre civilisation tout entière est basée sur des principes esthétiques.

Et lorsque demain, toute la surface du globe sera peuplée d'hommes aux corps harmonisés suivant les nouveaux canons esthétiques de l'art de Giacometti — et du vôtre — l'Univers sera resplendissant de beauté !

Le Témoin.

126

— Mon vieux Moritz, dit Traian Koruga, j'ai écrit jusqu'à présent au moins quarante pétitions dans lesquelles j'ai voulu leur montrer la vérité et les convaincre de ne plus torturer les hommes. Je suis certain d'avoir raison. J'ai composé chaque pétition avec adresse. Mais en vain. J'ai utilisé le style juridique, le style diplomatique, le style télégraphique, le style recette de cuisine, le style publicitaire, j'ai été tour à tour sentimental, vulgaire, suppliant, j'ai demandé justice par tous les moyens que le désespoir mettait à ma disposition. Je n'ai reçu aucune réponse.

« Je leur ai dit les vérités les plus désobligeantes, mais ils ne se sont pas fâchés. Je me suis mis à genoux pour leur écrire, mais ils ne se sont pas apitoyés. Je les ai insultés grossièrement, mais ils ne se sont pas sentis offensés. J'ai voulu les faire rire, ou exciter leur curiosité, mais ce fut en vain. Je n'ai réussi à éveiller en eux ni les grands sentiments ni les appétits vulgaires. Je n'ai pu provoquer chez eux aucune réaction, j'aurais mieux fait de parler à des pierres. Ils n'ont pas de sentiments. Ils ne savent pas haïr. Ils ne savent pas se venger. La pitié leur demeure étrangère. Ils travaillent automatiquement et ignorent tout ce qui n'est pas inscrit au programme. Je pourrais déchirer un lambeau de ma chair et écrire une pétition dessus, avec mon sang encore chaud, et ils ne la liraient quand même pas. Ils la jetteraient à la corbeille à papier comme ils l'ont fait pour les autres. Ils ne verraient même pas que c'est un lambeau de ma chair, de chair humaine encore chaude. L'homme leur est indifférent. C'est l'indifférence du Citoyen vis-à-vis de l'homme, indifférence qui a fini par surpasser celle des machines.

— Mon pauvre monsieur Traian ! dit Iohann Moritz compatissant. Qu'avez-vous l'intention de faire ? Moi, je crois qu'il vaudrait mieux ne plus leur écrire.

— Je continuerai, dit Traian. Je ne m'arrêterai que lorsque je serai mort. Les hommes sont arrivés à dompter toutes les bêtes sauvages. Pourquoi ne dompterions-nous pas les Citoyens ?

— Peut-être faudrait-il s'y prendre autrement, dit Iohann Moritz. En écrivant, je crois que vous n'arriverez à rien.

— Toutes les victoires de l'homme depuis qu'il est apparu sur la surface du globe jusqu'à aujourd'hui sont des victoires de l'Esprit. C'est grâce à l'Esprit que nous finirons par dompter les Citoyens dans leurs bureaux.

« Si nous n'arrivons pas à les dompter, ils nous mettront en morceaux, tous tant que nous sommes.

« Nous devons leur apprendre à ne plus mettre l'homme en pièces dès qu'ils le rencontrent. Tant que nous ne leur aurons pas appris cela, nous ne pourrons pas habiter la même terre, les mêmes villes, les mêmes maisons qu'eux. Ce sera plus dur que de charmer des serpents ou dompter des tigres. Mais je n'ai jamais été plus optimiste qu'aujourd'hui. C'est sans doute l'optimisme de l'homme avant la mort. Le spasme de mon agonie c'est le chapitre des *Pétitions* de la vingt-cinquième heure. Mais je l'écrirai !

127

Pétition n° 3. — Sujet économique. (Prisonniers ne possédant plus que la moitié ou le tiers de leur corps.)

Pendant quatre jours, un de mes amis et moi-même, avons réussi à dénombrer les prisonniers de ce camp ne possédant plus que la moitié, le tiers ou un cinquième de leur corps.

Mon ami n'a pas encore dépouillé ses statistiques. Il est très fort en calcul. Mais je me dépêche de vous écrire car le problème me semble urgent du point de vue économique. Vous pourriez économiser chaque jour au moins quelques millions de marks.

Voilà ce dont il s'agit : parmi les quinze mille prisonniers qui sont enfermés avec moi, trois mille au moins ne possèdent plus leur corps intégralement. Deux cents d'entre eux n'ont pas du tout de jambes. Ils se traînent comme des reptiles à travers le camp. Mille deux cents prisonniers n'ont plus qu'une seule jambe. Quelques autres un seul bras. Certains sont même complètement manchots. Ceci en ce qui concerne l'extérieur.

Mais un grand nombre d'entre eux ont perdu certains organes intérieurs, un poumon, un rein, des fragments d'os, etc. Quarante prisonniers n'ont plus du tout d'yeux.

Tous ces individus ont été arrêtés automatiquement en même temps que moi. Au début, je les avais pris en pitié. Mon ami Iohann Moritz ferme les yeux dès qu'il voit les estropiés et les grands mutilés du camp. Mais Iohann est un primitif. Il ne comprend pas que l'arrestation est automatique, et que du moment qu'on fait partie d'une catégorie qui doit être enfermée, on ne peut s'esquiver pour le simple motif qu'on a des jambes, des yeux, un nez et des poumons en moins. L'arrestation automatique ne prévoit pas d'exceptions pour ceux qui ont un corps en état de non-fonctionnement. Il est juste qu'il en soit ainsi. La justice doit fonctionner pour tous sans exception.

Il y a dans ce camp un professeur qui n'a plus de bras, parce qu'il les a perdus à la guerre. Lorsque vous avez lancé l'ordre d'arrêter tous les professeurs, ce n'eût pas été juste d'épargner mon ami parce qu'il n'avait pas de bras. Qu'y a-t-il de commun entre l'arrestation et les bras ? Rien. Il est professeur donc il devait être arrêté en même temps que tous ceux de la catégorie à laquelle il appartenait. C'est ce que vous avez fait. Vous ne vous trompez jamais ! Et c'est pourquoi je vous admire tellement. Je serai capable de donner ma vie à n'importe quel moment pour votre grande et magnifique Civilisation. Vous êtes la Justice et la Précision incarnées.

Mais revenons à notre sujet : ces fractions d'hommes, qui n'ont plus que des morceaux de chair, reçoivent la même quantité de nourriture que les prisonniers en parfaite possession de leur corps. C'est une grande injustice.

Je propose que ces prisonniers reçoivent des rations alimentaires proportionnelles à la quantité de corps qu'ils possèdent encore. Votre gouvernement fait de grands sacrifices pour assurer les rations alimentaires des prisonniers. Mais, par prisonnier, on entend un homme intégral. Si vous rassembliez les trois mille mutilés et si vous comptiez leurs mains, leurs pieds, leurs yeux et leurs poumons vous verriez qu'en réalité vous n'avez que deux mille prisonniers au maximum.

Vous pourriez donc économiser au moins mille rations alimentaires par jour.

Pourquoi dépenseriez-vous de l'argent à nourrir des organes que les prisonniers n'ont plus ? Une telle générosité est parfaitement déplacée.

Je crois que les Autorités supérieures seront fort satisfaites lorsque vous leur signalerez ce cas. Peut-être même serez-vous décoré. Vous ferez réaliser de la sorte une grande économie à l'État. Et chacun sait que l'argent est la seule chose qui compte. C'est sur cette conviction que je me permets de conclure.

Le Témoin.

128

Pétition n° 4. — Sujet militaire. (Changement de sexe.)

A cause de la faim, les prisonniers du camp sont sujets à certaines transformations qui peuvent présenter pour vous un grand intérêt militaire. Voilà en quelques mots ce dont il s'agit : les prisonniers qui sont arrêtés depuis longtemps et qui ont vécu avec cinq cents calories chaque jour, n'ont plus besoin de se raser. Des hommes qui, en temps normal, faisaient leur barbe une ou deux fois par jour, lorsqu'ils se sont trouvés dans le camp, ont commencé à ne se raser qu'une fois tous les deux jours, puis une fois par semaine, puis deux fois par mois et pour finir ont cessé complètement de se raser. Leur barbe se faisait de jour en jour plus rare, jusqu'à ressembler à un duvet, duvet qui a fini lui-même par disparaître. Leur visage est devenu aussi doux et lisse qu'un visage de femme. Mais ce n'est pas tout. Leur voix elle-même s'est féminisée. Leurs seins se sont développés jusqu'à atteindre chez certains prisonniers la taille de ceux d'une fillette de treize ans. Leur peau est douce et soyeuse comme celle des femmes. Leurs habitudes elles-mêmes sont devenues féminines. Je ne sais pas au juste ce qu'il en est de leurs organes sexuels, mais je crois qu'à ce régime (et surtout si vous tentez de réduire encore les rations alimentaires) le phallus et les organes annexes finiront par tomber, ce qui achèvera de les transformer en femmes. Les docteurs prétendent que c'est à cause de la faim et « que la privation de nourriture a pour effet de réduire considérablement et presque d'arrêter les sécrétions hormonales à double fonction : androgène (hormones mâles) et œstrogène (hormones femelles).

« De plus, le foie affaibli ne peut plus exercer sa fonction de régulateur hormonal : il est encore capable de détruire les hormones androgènes en excès, mais continue à laisser passer les hormones œstrogènes.

« L'équilibre hormonal étant rompu l'organisme révèle et accuse son aspect féminin (1) ! »

Cette constatation pourrait avoir pour votre Civilisation une très grande importance militaire. Pensez au calme qui recouvrirait l'univers si vous mettiez tous vos ennemis barbares dans des camps de concentration — comme vous avez d'ailleurs commencé à le faire — et leur donniez seulement quelques centaines de calories par jour jusqu'à ce qu'ils deviennent tous des femmes. La nation qui serait votre ennemie resterait sans mâles. Personne ne pourrait plus vous déclarer la guerre. Je crois que votre grand État-Major utilisera cette découverte. En tenant compte de l'esprit pratique et particulièrement inventif de votre Civilisation, je crois que vous effectuerez aussi l'opération inverse : la suralimentation des femmes de votre patrie qui veulent s'inscrire comme volontaires et leur transformation en mâles. La main-d'œuvre s'en trouverait ainsi accrue.

Je propose donc que les rations de cinq cents calories accordées aux prisonniers du camp que vous dirigez, soient encore diminuées. Les prisonniers se transformeront peut-être ainsi plus vite encore, en véritables femmes.

LE TÉMOIN.

129

Préparatifs de départ. Les quinze mille prisonniers devaient être transférés dans un autre camp. Il était deux heures du matin. Des tanks et des camions étaient massés

---

1. L. Col. D' S. Jacobs.

autour du camp. Tous les phares, y compris ceux des tanks, étaient allumés et éclairaient comme en plein jour. Les canons de toutes les armes automatiques étaient braqués sur la foule des prisonniers qui s'écoulait, tel un fleuve, par la porte. Traian Koruga et Iohann Moritz avançaient côte à côte. Moritz claquait des dents.

A la porte, il y avait deux équipes de soldats armés de bâtons. Ils comptaient les prisonniers qui sortaient par la porte, et les répartissaient en groupes.

— Ils veulent nous mettre à soixante-dix dans un camion qui normalement ne peut contenir que dix ou douze hommes, dit Traian. Comment vont-ils s'y prendre ? As-tu jamais entendu parler de la loi d'impossibilité d'interpénétration des corps humains ?

Moritz ne répondit pas. Il tremblait. Traian regardait attentivement les soldats charger le premier camion. Au début, ils y firent entrer vingt hommes. On aurait dit qu'il n'y avait plus de place pour personne. Les soldats se mirent à frapper à coups de trique ceux qui se trouvaient déjà dans le camion. Les hommes se serraient les uns contre les autres. Les soldats firent alors monter encore une dizaine d'hommes. Puis les triques recommencèrent à fonctionner. Les nouveaux venus se pressèrent contre ceux qui s'y trouvaient déjà. Et il y eut de la place. Les soldats firent monter encore dix hommes. Maintenant on aurait juré qu'il n'y avait plus de place, même pour un enfant. Les soldats retournèrent leurs armes et se mirent à distribuer des coups de crosse. Et dix autres hommes purent encore grimper dans le camion. De tout le groupe de soixante-dix hommes, aucun n'était resté en bas. Tous étaient dans le camion. Les coups cessèrent. Le camion attendait le signal de départ.

Traian Koruga monta dans le camion, tenant Iohann Moritz par la main. Ils ne voulaient pas se perdre.

— Il n'y a pas de lois absolues, mon vieux Moritz, dit Traian. La physique elle-même n'a pas de lois invariables. Elle prétend que deux corps ne peuvent pas occuper, au même moment, la même place dans l'espace. Et dans le cas présent, sept hommes occupent la place d'un seul. Est-ce qu'on peut encore se fier à la physique ? Est-ce que tu as entendu parler de Picasso ?

— Non, monsieur Traian.

La voix de Iohann Moritz était étouffée.

Traian était grand et pouvait avoir de l'air. Iohann Moritz était petit. Sa tête était écrasée contre des poitrines. Ses poumons étaient tellement comprimés qu'ils ne pouvaient contenir la moindre bouffée d'air.

— J'étouffe ! dit Moritz.

Il fut pris de panique et eut envie de pleurer. Il ne pouvait plus bouger. Ses narines cherchaient l'air — un tout petit peu d'air. Et il n'en trouvait pas.

— J'étouffe, monsieur Traian. Je sens que je meurs ! dit-il.

— Réponds-moi, as-tu jamais entendu parler de Picasso ?

— Je n'en ai pas entendu parler, dit Moritz. Je ne sais rien. Mais j'étouffe. C'est sûrement la fin.

Traian voulut relever la tête de Moritz. Mais il ne pouvait pas bouger le bras. Il ne pouvait bouger aucun muscle. Son corps était écrasé, broyé, réduit au minimum de volume. Mais sa tête émergeait au-dessus de celle des autres.

— Ce Picasso est le plus grand peintre de la Société occidentale, dit Traian.

— Je n'entends rien, dit Moritz. Je voudrais sortir au moins le nez de là. Ne serait-ce qu'une narine. Je vous en supplie, monsieur Traian, aidez-moi. Je meurs !

Traian essaya de lui faire un peu de place. Moritz avait la tête contre sa poitrine.

— Picasso a fait ton portrait, tel que tu te trouves maintenant dans le camion, mon vieux Moritz.

— Mon portrait ? demanda Moritz. Je n'entends pas. J'ai les oreilles bouchées.

— Ton portrait, répéta Traian. Ressemblant, et exact comme une photo. Et le portrait de notre camion. Sept hommes qui occupent la même place dans l'espace, au même moment. L'un a cinq jambes, l'autre trois têtes mais il est privé de poumons. Toi, tu as une voix mais tu n'as pas de bouche, et moi je n'ai que la tête et suis privé de corps. Une tête qui s'élance dans l'espace, au-dessus d'un camion... Lorsque j'ai regardé pour la première fois ce tableau — cela se passait à Paris — il m'a beaucoup plu, mais je n'ai pas compris ce qu'il voulait représenter. Et c'est à peine à présent que je peux m'en rendre compte : c'était le tableau de notre camion. Peint très exactement. Aucun détail ne lui a échappé. Il a peint aussi notre camp. Il peint comme s'il photographiait. Rien que des choses réelles. C'est un peintre de génie.

Le camion démarra. Traian regardait les hommes qui l'entouraient. Ils n'étaient plus des êtres humains. Il n'y avait plus aucun être vivant dans le camion qui traversait les ruelles du village plongées dans l'obscurité. Mais, cependant, les hommes de ce camion n'étaient pas morts. Ils oscillaient entre la vie et la mort. Durant l'espace d'un moment ils étaient vivants et la seconde d'après ils rentraient dans la mort. A certains moments, ils étaient morts et vivants en même temps. Dans le secteur qu'ils occupaient, il n'y avait pas d'espace. L'espace avait été éliminé. L'espace était mort.

Dans leur secteur il n'y avait plus que des spasmes. Les yeux étaient des spasmes. La chair, le sang, l'air, le temps, la pensée : tout était spasme. Les hommes n'avaient plus de formes, plus d'esprit : ils n'étaient que spasme.

— Tu peux encore respirer ? demanda Traian.

— Je ne sais plus. J'ai l'impression que oui. Mais avec une seule narine et seulement de temps en temps, dit Iohann Moritz. Ici, sur votre poitrine, à travers vos côtes...

— Une seule narine doit suffire, dit Traian. Écoute-moi, j'ai à te communiquer une chose d'une importance capitale...

— Je ne peux rien écouter. Excusez-moi, s'il vous plaît, dit Moritz.

— Fais un effort, ajouta Traian. C'est très important :

Toute horreur se pouvait définir,
Tout chagrin connaissait une quelconque fin :
Dans la vie, pas de temps à consacrer aux longs chagrins.

Mais ceci, c'est hors de la vie, hors du temps,
C'est une perdurable éternité de mal et d'injustice.
Nous sommes souillées par une ordure que nous ne pouvons laver.
Unie à la vermine surnaturelle,
Ce n'est pas nous seules, ce n'est pas la maison, ce n'est pas
La Cité qui ont reçu la souillure,
C'est le monde tout en entier qui est souillé (1).

— Parlez plus fort! Je n'entends absolument rien! dit Moritz.

Traian continua le plus fort qu'il put :

Purifiez l'air! Nettoyez le ciel! Lavez le vent! Otez la pierre de la pierre, dépouillez le bras de sa peau, arrachez le muscle à l'os, et lavez-les! Lavez la pierre, lavez l'os, lavez la cervelle, lavez l'âme! Lavez-les! Lavez-les (2) *!*

— Je ne comprends rien, dit Iohann Moritz. Comme vous êtes heureux, monsieur Traian, de pouvoir respirer. Vous n'étouffez pas, vous!

Dans le camp, les hommes petits souffraient moins de la faim que les grands. Mais dans ce camion contenant soixante-dix personnes, dans ce camion qui parcourait tel

1. *Every horror had its definition*
   Every sorrow had a kind of end :
   In life there is not time to grieve long.
   But this, this is out of life, this is out of time,
   An instant eternity of evil and wrong.
   We are soiled by filth that we cannot clean.
   United to supernatural vermin.
   It is not we alone, it is not the house, it is not
   the city that is defiled.
   But the world that is wholly foul!
2. *Clear the air! clean the sky! wash the wind!*
   take the stone from the stone, take the skin from the arms.
   take the muscle from the bone, and wash them!
   Wash the stone, wash the bone, wash the brain,
   wash the soul,
   wash them, wash them!

T. S. ELIOT.
(Traduction H. Fluchère.)

un fantôme les rues du village d'Ohrdruf, les prisonniers de petite taille étaient sur le point de mourir, faute d'air.

— Monsieur Traian, ne dites plus rien, je n'entends quand même pas, dit Iohann Moritz.

— Si tu n'entends pas, tu payeras de ta vie...

— Entendre quoi ?

— Le professeur allemand faisait erreur ! dit Traian. Il a gravement péché et périra par sa faute.

— Quel Allemand a gravement péché ?

— Le professeur qui a pesé notre graisse et notre chair vivante, dit Traian. Il l'a pesée toute chaude de vie pour mesurer notre souffrance. Mais la souffrance de l'homme ne peut se mesurer ni en kilos ni en tonnes !... La vie ne peut être pesée. Et celui qui essaye de le faire commet un péché mortel.

— Je n'entends pas ! dit Iohann Moritz.

— Cela n'a aucune espèce d'importance, répondit Traian.

On *s'écroule* même sans entendre. Le chauffeur de notre camion, les sentinelles, les soldats armés de bâtons et ceux armés de mitraillettes, qui attendent impatiemment le moment de nous tuer, n'entendent rien, eux non plus. Pas un n'entend. Et pourtant ils s'écroulent en même temps que nous, de la même manière que nous, avec nous. Tu les vois s'écrouler ?

— Mes yeux sont bouchés, dit Moritz. Je ne vois rien.

— Tu ne sens rien non plus ?

— Rien, répondit Moritz. Je sens seulement que j'étouffe !

— Tu vois bien que tu sens quand même l'essentiel, dit Traian tristement. Pourquoi prétends-tu que tu ne sens rien ? Tout le monde sent la même chose que toi, mais ne veut pas l'avouer...

130

Les prisonniers furent embarqués dans des wagons à bestiaux.

Chaque wagon, fait pour contenir vingt-quatre chevaux, reçut une cargaison de cent quarante hommes.

On ferma les portes de tous les wagons.

Dans les derniers wagons on enferma trois mille femmes.

Le train était très long. Traian se dit qu'il aurait aimé le voir passer au loin.

— Notre train ressemble au convoi qui gravissait la colline de Golgotha. Mais le nôtre est un convoi motorisé. Nous gravissons le Golgotha avec des moyens techniques. Jésus l'avait monté à pied entre deux bandits authentiques. Sais-tu pourquoi Jésus a été crucifié entre deux bandits ?

— Non, je ne sais pas, répondit Moritz.

— Pour punir un innocent les juges ont coutume de l'encadrer de deux coupables. Le truc est classique. Les juifs n'ont pas osé crucifier Jésus tout seul, et ils l'ont entouré de deux bandits à la renommée bien établie à seule fin de distraire l'attention de la foule pendant les exécutions.

« Moi, toi, ma femme et d'autres encore, avons chacun à notre droite et à notre gauche un coupable. C'est le même truc que sur le Golgotha. Seules les proportions ont changé, alors un seul innocent était entouré de deux coupables et aujourd'hui dix mille innocents sont encadrés de deux coupables. Mais ce n'est là qu'une petite différence. Le système reste le même. Et de plus, nous montons sur la croix d'une manière automatique, avec des moyens techniques. Mais le truc est puéril. Dès que l'exécution a pris fin, la foule ne parle plus des deux coupables qui ont été crucifiés en même temps que Jésus, elle ne se souvient que de Jésus, et seulement de Jésus. C'est ce qui est arrivé de tout temps. Et c'est ce qui arrivera aujourd'hui encore. Même si la mise en croix s'effectue automatiquement, même si nous gravissons notre Golgotha en locomotive.

Traian Koruga se rapprocha de la fenêtre grillée du wagon. Le train s'était arrêté.

— Vous voyez quelque chose ? demanda Iohann Moritz.

Il n'arrivait pas à la hauteur de la fenêtre.

— Le train s'est arrêté dans une gare, dit Traian. Il y a un train le long du nôtre.

— Toujours avec des prisonniers ? demanda Iohann Moritz.

Il était curieux.

— Un train d'ex-prisonniers. Ce sont les esclaves étrangers de l'Allemagne d'hier qui ont été mis en liberté, dit Traian, en regardant la foule d'hommes et de femmes qui s'agitaient autour du train d'à côté.

« Ils fument tous des cigarettes, dit Traian.

Iohann Moritz avala sa salive.

— Une femme descend du wagon. Elle mange du saucisson et du pain blanc, dit Traian.

Et il avala également sa salive.

— Je voudrais les voir aussi, dit Iohann Moritz. Il est possible que j'en connaisse au moins un. Quelle nationalité ont-ils ?

— Il y en a de toutes les nationalités, dit Traian en regardant les drapeaux dessinés sur les wagons et les petits drapeaux de boutonnières. La femme qui avale du pain beurré et du saucisson et dont les cuisses sont tout aussi blanches que le pain dans lequel elle mord, est Danoise. Derrière elle, il y a une Française. Elle est belle. Elle a des yeux noirs.

— Est-ce qu'il y a d'autres Français encore ? demanda Moritz.

— Tout un groupe, près de notre wagon, répondit Traian. Il y a aussi des Belges et des Italiens.

— Je veux voir les Français ! dit Iohann Moritz avec impatience.

Sa vieille passion pour les Français s'était réveillée.

Traian Koruga le souleva pour qu'il puisse les voir.

— Ce sont des Français ! dit Moritz heureux. Celui qui est là, près de l'Italien, ressemble comme deux gouttes d'eau à Joseph. Vous le voyez ?

— Quel Joseph ?

— Mon ami Joseph, dit Iohann Moritz. Je ne vous ai pas parlé de lui ? Celui que j'ai aidé à s'évader. Si je n'étais pas sûr que Joseph soit en France à l'heure actuelle, je croirais que c'est lui. Il lui ressemble tellement ! Voulez-vous lui dire quelque chose ?

— Que veux-tu que je lui dise ? demanda Traian.

— N'importe quoi, répondit Moritz. Il ressemble tellement à Joseph. Moi je ne sais pas parler le français. Mais je voudrais lui dire quelque chose. Dites-leur bonjour et bon retour en France !

Iohann Moritz ne pouvait croiser un Français sans lui dire un mot, ou au moins lui sourire amicalement.

— Tenez, il est tout près de nous, fit Moritz. Dites-lui quelque chose, s'il vous plaît !

Traian Koruga se taisait toujours. Mais Iohann Moritz ne put plus se contenir et cria en allemand :

— Bon retour en France !

Il avait parlé avec douceur. Tout son visage rayonnait de joie parce qu'il avait pu s'adresser à quelqu'un qui était français et donc lui était cher.

Dans le groupe, tous cessèrent brusquement de parler, s'immobilisèrent et levèrent les regards vers la fenêtre où se trouvait Iohann Moritz.

Traian Koruga entendit l'homme qui ressemblait à Joseph demander en français :

— Qu'est-ce qu'il nous veut, ce cochon de nazi ?

Les femmes et les hommes qui se trouvaient sur le quai fixaient du regard Iohann Moritz qui leur souriait amicalement de derrière les barreaux.

— Le cochon de nazi veut probablement une cigarette !

Le jeune homme qui ressemblait à Joseph mit la main à la poche, mais son geste s'arrêta brusquement. Quelqu'un, près de lui, se pencha, prit une pierre et la jeta en plein dans la fenêtre où Iohann Moritz continuait à sourire. La pierre passa à travers les barreaux et tomba au milieu du wagon, frappant un des prisonniers.

— La voilà, ta cigarette ! Il y a trois ans que je suis en Allemagne à cause de toi !

La seconde pierre alla heurter la paroi du wagon. Puis la troisième. Une pluie de pierres se mit à pleuvoir sur leur wagon. Les prisonniers s'allongèrent sur le plancher, s'éloignant autant que possible de la fenêtre. Les pierres tombaient comme grêle — les jurons et les cris retentissaient comme si le wagon avait été pris d'assaut.

C'étaient des voix de femmes, d'hommes, d'enfants, de révoltés. C'étaient des cris en français, en italien, en russe, en danois, en flamand, en norvégien. Des cris dans toutes les langues du monde. Tous ces jurons coulaient, exprimaient la même haine déchaînée et le mot qui suivait le parcours des pierres pour frapper Moritz était le même dans toutes les langues : cochon de nazi, criminel nazi, assassin nazi, nazi, nazi, nazi...

Tous les gens qui se trouvaient dans le train de « personnes déplacées » étaient descendus et s'étaient joints aux autres pour jeter des pierres sur le train des prisonniers.

Les sentinelles et la police militaire essayèrent de rétablir l'ordre. Mais l'attaque était trop violente pour pouvoir être calmée. Elle gagnait en proportions, devenait de plus en plus grave. La police se mit à tirer des coups de feu en l'air. Un long cri de révolte jaillit, unanime, de toutes ces poitrines d'esclaves libérés, contre la police qui protégeait les nazis du lynchage.

Iohann Moritz était demeuré à la fenêtre même après que la première pierre eut sifflé à ses oreilles. Il n'avait pas bougé et n'avait pas cessé de sourire, même aux moments les plus violents de l'attaque. Il ne comprenait rien à tout ce qui se passait. Et, même s'il avait compris, il ne serait jamais arrivé à croire que le Français qui ressemblait à Joseph puisse lui jeter des pierres et veuille lui casser la figure.

Pendant que Iohann Moritz regardait, les yeux grands ouverts, la foule lui jeter des pierres, les prisonniers du wagon l'attrapèrent par les jambes et l'arrachèrent à la fenêtre, le renversant sur le plancher. Chacun voulait le frapper. Toutes les mains le cherchaient, s'accrochaient à lui pour lui déchirer la chair, pour le mettre en morceaux.

Iohann Moritz fut foulé par des centaines de pieds, des pieds qui le piétinaient avec haine, avec désespoir, avec bestialité, pendant que la grêle de pierres continuait à tomber au-dessus d'eux.

Les prisonniers ne lui pardonnaient pas d'avoir déchaîné la haine et l'attaque des esclaves libérés qui se trouvaient sur le quai. Ils voulaient le mettre en morceaux

Moritz n'était pas entouré d'êtres humains, mais d'une masse d'hommes, cette bête d'Apocalypse à mille jambes qui écrasait son corps, sa chair chaude d'être vivant.

Et dehors, c'était toujours la masse, la même bête d'Apocalypse à mille bras, qui lui jetait des pierres.

Le sang de Iohann Moritz se mit à jaillir par le nez et par la bouche.

Iohann Moritz eut l'impression qu'il allait mourir. Dès que cette idée lui devint familière, il ne sentit plus les bottes qui l'écrasaient, ni les poings qui le frappaient. Il ne ressentit plus aucune douleur. La fin de ses souffrances approchait. Il pensa au prêtre Koruga, à l'église de Fântâna et à l'icône de la Vierge. La paix régnait dans son corps et dans son âme. Il entendait les coups qui essayaient d'enfoncer les parois du wagon et il savait que tous ces coups lui étaient destinés — à lui, à lui tout seul.

Tout le monde voulait l'écraser. Tout le monde désirait la mort de Iohann Moritz. Maintenant, il le savait. Il sentait que le monde cesserait d'exister et qu'il n'y aurait plus de *progrès* en ce monde tant qu'il demeurerait en vie.

Il était responsable de tout le mal fait sur la surface de la terre. C'était lui, Iohann Moritz, qui était le seul coupable. Et c'est pourquoi tous ces gens voulaient le tuer. C'est pourquoi il était foulé aux pieds par les prisonniers. C'est pourquoi il était frappé par les ex-prisonniers. C'est pourquoi il avait été arrêté par les soldats. La foule ne se calmerait pas tant qu'il serait encore en vie. La police militaire ne pourrait pas calmer les D. Ps. avant qu'il ne soit tué, lui, Iohann Moritz. Les prisonniers du wagon ne seraient pas calmés avant de le voir mort. Les soldats munis de mitraillettes et de tanks ne pourraient rentrer chez eux, de l'autre côté de l'Océan, avant que lui, Iohann Moritz, ne soit mis en pièces.

Il devait mourir. Il était l'Homme. Il ne pouvait être pardonné. « En quoi ai-je été coupable, mon Dieu ? » se demanda-t-il. Puis il pensa : « J'aime les Français et je voulais leur dire une parole d'amitié. Et c'est à cause de cela qu'ils me tuent. Jésus aussi a été tué parce qu'il aimait les Hommes. »

Moritz se souvint des paroles de Traian Koruga : « Nous gravissons le Golgotha en locomotive. Nous gravissons un Golgota mécanique et motorisé. »

Iohann Moritz eut l'impression d'être sur la croix, et il sentit la nuit tomber. Il faisait noir, noir, noir...

131

Iohann Moritz se réveilla sur le tard, la poitrine et la tête bandées. Sa tête reposait contre l'épaule de Traian Koruga. Moritz sentait contre sa joue le contact direct d'une autre peau. C'était l'épaule nue de Traian qui n'avait plus de chemise.

Il aurait voulu demander à Traian pourquoi il avait enlevé sa chemise, mais il n'en avait pas la force.

— J'ai soif ! dit Iohann Moritz.

Traian Koruga fit semblant de ne rien entendre.

— J'ai soif ! répéta Iohann Moritz, qui demeurait ainsi depuis quelques heures, évanoui dans les bras de Traian.

Entre-temps, Traian l'avait pansé, déchirant sa chemise, puis il avait trouvé une place et l'avait étendu par terre.

Iohann Moritz n'avait rien dit. Traian avait tenu sa main contre la poitrine de Moritz pour sentir battre son cœur, faiblement. A certains moments, la main de Traian s'était retirée, et il avait posé son oreille contre le pansement pour écouter. Parfois aussi, le cœur de Moritz avait battu si lentement qu'il n'était plus possible d'en percevoir les battements avec la main. Même en y posant l'oreille, Traian l'avait à peine entendu.

Et maintenant, Iohann Moritz parlait.

Traian Koruga se sentait heureux comme si c'était lui qui était revenu de loin.

Mais Iohann Moritz voulait boire. Tout comme Jésus sur la croix, il avait soif. Et dans le wagon, il n'y avait pas d'eau.

Il y avait vingt heures que les prisonniers y étaient enfermés, sans avoir rien eu à boire ou à manger et sans la permission de sortir pour faire leurs besoins.

L'intérieur du wagon puait et empestait les excréments, l'atmosphère était devenue épaisse et âcre.

Le plancher du wagon était imbibé d'urine. Moritz était couché dans l'urine. Il avait uriné lui aussi sur le plancher, sans s'en rendre compte. Mais il ne sentait rien. Jusqu'à ce moment, il n'avait même pas ouvert les yeux. Il avait simplement entrouvert les lèvres.

— J'ai soif! dit Iohann Moritz.

— Je regrette, mais il n'y a pas d'eau. Il n'y a rien à boire, dit Traian Koruga.

Il se demandait ce qu'il pourrait bien donner à Moritz pour lui mouiller les lèvres. Il n'y avait rien à boire. Traian se rappela avoir lu quelque part que les soldats de Gengis Khan, lorsqu'ils traversaient les steppes et ne trouvaient rien à boire et à manger, descendaient de leurs selles, ouvraient avec leur couteau une veine du cheval — une veine du sabot — et suçaient du sang. Puis ils pansaient l'endroit et partaient plus loin. Et durant des jours et des semaines, les soldats de Gengis Khan ne mangeaient et ne buvaient rien d'autre que ces quelques gouttes de sang chaud.

Traian était obsédé par cette image. Il aurait voulu offrir à Iohann Moritz quelques gouttes de son sang pour étancher sa soif. Le sang aurait pu lui faire du bien.

— J'ai soif! dit Iohann Moritz d'une voix implorante.

— Il n'y a rien à boire, mon vieux Moritz, dit Traian. Le seul liquide que je puisse trouver et dont je t'offrirais avec plaisir quelques gouttes, c'est mon propre sang. Mais toi, tu ne dois pas boire du sang. L'Homme qui boit du sang est un vampire. Il a la figure d'un homme, mais ce n'en est pas un. C'est une machine, c'est le diable, c'est la foule. Il a tout d'un homme, sauf l'âme.

— J'ai soif! murmura Moritz.

— Je le crois! dit Traian. Mais malgré tout, tu ne dois pas boire du sang. Et je n'ai rien d'autre à t'offrir. Tu es le seul Homme de tous ceux qui m'entourent à n'avoir jamais bu encore de sang humain. Tu m'entends ? Tous les autres ont bu du sang et maintenant ce sont des vampires. Ce ne sont plus des hommes. De tous ces prisonniers, de toutes ces sentinelles, de tous ces ex-prisonniers qui t'ont jeté des pierres, aucun n'est un homme. Il n'y a que toi à être resté un homme, parce que tu aimes encore les hommes.

— J'ai soif !

— Je le crois. Je crois que tu as soif et que tu mourras peut-être si tu ne bois pas, dit Traian. Mais il vaut mieux mourir que de vivre comme eux. Tu ne dois pas boire de sang humain. Comprends-tu bien ce que je te dis là ?

— J'ai soif ! murmura encore une fois Iohann Moritz.

132

Pétition de Iohann Moritz —

Je soussigné Iohann Moritz, du village de Fântâna de Roumanie, envoie cette pétition aux dirigeants de ce pays dans lequel je me trouve, pour leur demander pourquoi ils me gardent prisonnier et me torturent comme seul fut torturé le Christ sur la croix.

Si je ne vous ai pas posé cette question plus tôt — comme j'aurais dû le faire — c'est que je suis d'un naturel patient. Je suis laboureur. Et les laboureurs savent attendre.

J'ai donc attendu tout un printemps. J'ai attendu tout un été. Et tout un long hiver.

Maintenant c'est de nouveau le printemps. Je n'ai plus que la peau et les os. Mon âme est toute noire de chagrin et de douleur. Noire comme du charbon ou de l'encre.

A présent, je ne peux plus attendre. Et c'est pourquoi je vous demande : pourquoi me gardez-vous prisonnier ?

Je n'ai pas volé, je n'ai pas tué, je n'ai trompé personne et je n'ai rien commis de ce que défendent la loi et l'Église.

Si je ne suis ni criminel, ni voleur et ni malfaiteur, pourquoi me gardez-vous enfermé ?

Vous m'avez enfermé et torturé jusqu'à ce que je ne sois plus qu'une ombre sur le sol.

J'ai été enfermé dans quatorze camps. Je crois que le moment est venu de vous demander ce que vous avez à me reprocher.

Pour moi le plus difficile est de me décider. Mais à présent je suis décidé.

J'envoie cette pétition par la poste aux dirigeants de ce pays. Je l'envoie aussi par la sentinelle qui garde la porte de la prison. Elle va parvenir aux gouvernants, même si elle devait pour cela faire le tour du monde. Les dirigeants doivent entendre ma requête même s'ils ont les oreilles bouchées.

Je collerai ma pétition sur toutes les portes de la prison. Je la jetterai avec une pierre dans la rue.

J'attraperai les oiseaux qui volent au-dessus du camp et j'attacherai ma pétition à leurs pattes pour qu'ils la portent à travers la terre.

A partir de ce moment, je ne m'arrêterai plus de crier jusqu'à ce que justice soit faite. Vous m'enfermerez peut-être dans la cave de la prison pour qu'on ne puisse m'entendre. Mais, où que je sois, je ne cesserai de crier. Si je n'ai pas un crayon et du papier j'écrirai avec mes ongles sur le mur de la prison. Lorsque mes ongles seront usés et que ma chair sera à vif, j'attendrai qu'ils repoussent et j'écrirai de nouveau.

Si vous me fusillez, je n'irai ni en Enfer, ni en Paradis, ni en Purgatoire. Mon âme demeurera sur la terre et vous poursuivra sans cesse.

Elle vous hantera comme une ombre. Je troublerai cent fois la nuit votre sommeil et le sommeil de vos maîtresses, pour vous crier que c'est moi qui ai raison.

Et vous ne pourrez pas fermer les yeux. Jusqu'à la fin de vos jours vous ne pourrez plus écouter la musique et les paroles d'amour — vous ne pourrez plus rien écouter — vos oreilles résonneront de mes paroles à moi, Iohann Moritz.

Moi je suis un homme, et si je n'ai rien fait de mal personne n'a le droit de me garder enfermé et de me torturer. Ma vie et mon ombre m'appartiennent et qui que vous soyez, quels que soient les tanks, les mitrailleuses, les avions, les camps et l'argent que vous possédez, vous n'avez pas le droit de toucher à ma vie et à mon ombre.

De toute ma vie, je n'ai désiré que peu de choses : pouvoir travailler, avoir où m'abriter avec ma femme et mes enfants et avoir de quoi manger.

C'est à cause de cela que vous m'avez arrêté ?

Les Roumains ont envoyé le gendarme pour me réquisitionner — comme on réquisitionne les choses et les animaux. Je me suis laissé réquisitionner. Mes mains étaient vides et je ne pouvais lutter ni contre le roi ni contre le gendarme qui avait des fusils et des pistolets. Ils ont prétendu que je m'appelle Iacob et non Ion comme m'avait baptisé ma mère. Ils m'ont enfermé avec des juifs dans un camp entouré de barbelés, — comme pour le bétail — et m'ont obligé à faire des travaux forcés. Nous avons dû coucher comme le bétail avec tout le troupeau, nous avons dû manger avec tout le troupeau, boire le thé avec tout le troupeau et je m'attendais à être conduit à l'abattoir avec tout le troupeau. Les autres ont dû y aller. Moi je me suis évadé.

C'est à cause de cela que vous m'avez arrêté ? Parce que je me suis évadé avant d'être conduit à l'abattoir ?

Les Hongrois ont prétendu que je ne m'appelais pas Iacob mais Ion et ils m'ont arrêté parce que j'étais Roumain. Ils m'ont torturé et m'ont fait souffrir. Ensuite ils m'ont vendu aux Allemands. Les Allemands ont prétendu que je ne m'appelais ni Ion ni Iacob, mais Ianos et ils m'ont torturé à nouveau, parce que j'étais Hongrois. Puis un colonel est venu qui m'a dit que je ne m'appelais ni Iacob ni Iankel — mais Iohann — et il m'a fait soldat. D'abord il a mesuré ma tête, il a compté mes dents et a mis mon sang dans des tubes en verre. Tout cela pour démontrer que j'ai un autre nom que celui dont m'a baptisé ma mère. C'est à cause de cela que vous m'avez arrêté ?

Comme soldat, j'ai aidé des prisonniers français à s'évader de prison.

C'est pour cela que vous m'avez arrêté ?

Lorsque la guerre a pris fin et que j'ai cru que j'aurais, moi aussi, droit à la paix, les Américains sont venus et ils m'ont donné, comme à un seigneur, du chocolat et des aliments de chez eux.

Puis, sans dire un mot, ils m'ont mis en prison. Ils m'ont envoyé dans quatorze camps. Comme les bandits les plus redoutables qu'ait jamais connus la terre.

Et maintenant je veux moi aussi savoir : pourquoi ?

Est-ce que vous n'aimeriez pas mon nom : Ianos ou Ion, ou Iohann ou Iacob ou Iankel ? Est-ce que vous voulez vous aussi me le changer ? Allez-y. Je sais à présent que les hommes n'ont plus le droit de porter le nom qu'ils ont reçu lors de leur baptême. Mais je veux que vous soyez prévenus : à présent, je ne peux plus attendre. Je veux savoir la raison pour laquelle je suis arrêté et torturé.

J'attends votre réponse et je vous salue avec respect. — Moritz Ion, Iohann-Iacob-Iankel-Ianos, laboureur et père de famille.

— Pourquoi pleures-tu, Moritz ? demanda Traian Koruga après avoir fini de lire la pétition.

— Je ne pleure pas.

— Je vois des larmes dans tes yeux. Pourquoi pleures-tu ?

— Je ne sais pas trop moi-même.

— Tu as peur d'envoyer ta pétition ? demanda Traian Koruga. Tout ce que j'ai écrit n'est pas vrai ?

— Je n'ai pas peur, répondit Moritz. Tout ce que vous avez écrit est vrai.

— Alors pourquoi pleures-tu ?

— C'est pour cela que je pleure, dit Moritz. Parce que c'est trop vrai.

133

Trois jours après l'envoi de la pétition, Iohann Moritz fut appelé à l'interrogatoire. Traian Koruga lui prêta sa chemise et son pantalon.

— Nous avons vaincu, dit Traian. Notre pétition a produit son effet.

Les yeux de Iohann Moritz brillaient. Il se voyait déjà libre.

— Nous avons vaincu. Et c'est à vous que je le dois, dit Moritz. Tout ce que vous avez écrit dans la pétition était tellement vrai !

— N'aie pas peur, dit Traian. Ce sont eux qui doivent avoir peur, parce que ce sont eux les coupables.

Moritz partit en souriant à l'interrogatoire.

A midi, il fut de retour. Traian l'attendait devant la porte.

— Comment cela s'est-il passé ? Est-ce qu'ils ont promis de te mettre en liberté ?

Moritz gardait les yeux baissés. Il prenait toujours un air très mystérieux lorsque quelqu'un lui posait une question.

— Je vous raconterai plus tard. Maintenant je ne peux pas.

— Est-ce que tu es devenu fou, par hasard ? Je suis là depuis des heures à t'attendre et tu viens me dire que tu me raconteras tout à l'heure ?

Iohann Moritz avait ramassé des mégots de cigarettes dans le bureau. Il les sortit de sa poche, les défit lentement et fit du tabac deux petits tas égaux, l'un pour lui et l'autre pour Traian. Puis il se mit à rouler une cigarette dans du papier journal.

— Il vaut mieux que je vous dise tout plus tard, monsieur Traian.

— T'ont-ils dit qu'ils n'allaient pas te relâcher ?

— Non, ils ne m'ont pas dit cela.

— Est-ce qu'ils t'ont injurié ?

Moritz continuait à rouler sa cigarette.

— Ils ne m'ont pas injurié.

— Est-ce qu'ils t'ont battu ?

— Non !

— Alors pourquoi ne parles-tu pas ? demanda Traian. Je vois qu'ils ne t'ont rien fait de mal.

— Non, rien ! dit Iohann Moritz en allumant sa cigarette.

— Est-ce que ton tour n'est pas venu ? demanda Traian. Ce n'est pas un malheur. Ils t'appelleront demain.
— Mon tour est venu.
— Ils t'ont interrogé ?
— Oui.

La langue de Iohann Moritz semblait paralysée. Il fallait lui sortir chaque mot de la bouche. Traian perdit patience.

— Raconte-moi absolument tout. Commence par le commencement.

— J'ai été le premier, dit Iohann Moritz. Lorsque je suis entré dans le bureau, il m'a dit de prendre place. Il y avait une chaise devant la table.

— Mais cela commence très bien, dit Traian. S'ils t'ont invité à t'asseoir c'est bon signe. Ils avaient probablement regardé ton dossier et ils avaient vu que tu étais innocent. Je ne crois pas qu'ils invitent tout le monde à prendre place. Continue !

— C'est un sergent qui m'a interrogé.
— Il était poli ?
— Oui.
— Quelle a été la première question ?
— Il a regardé d'abord les papiers. Puis il m'a demandé : « C'est bien vous Iohann Moritz ? » Moi j'ai répondu : « Oui. » Il m'a regardé. Puis il a de nouveau regardé les papiers. Et il m'a demandé :
— Comment écrivez-vous Moritz, avec « t » ou avec « tz » ? Moi je lui ai répondu que je l'écrivais des deux manières. En Roumanie je l'écrivais avec « t » et en Allemagne avec « tz ».

Iohann Moritz s'arrêta. Il regardait Traian Koruga avec désespoir.

— Continue ! dit Traian avec impatience. Pourquoi t'es-tu arrêté ?

— Puis le sergent a dit : « Merci. Vous pouvez disposer. »

— C'est tout ?
— Oui. C'est tout, dit Iohann Moritz.
— Et tu n'as pas essayé de lui dire autre chose, demanda

Traian. Pourquoi n'as-tu rien raconté de tout ce que je t'avais appris ?

— J'ai essayé, dit Iohann Moritz. Mais le sergent n'a pas voulu m'écouter. Il a dit sans me regarder : « Au suivant. »

— Et toi, qu'est-ce que tu as dit ?

— Rien.

— C'est absurde ! dit Traian en mettant sa tête entre ses mains. Complètement absurde. Et tu es parti !

— Oui, je suis parti.

— Et c'est cela l'interrogatoire que nous avons attendu pendant toute une année en prison ? dit Traian. Il n'y a rien eu d'autre ? Peut-être as-tu oublié quelque chose ?

— Non, il n'y a plus rien eu, dit Iohann Moritz. Moi je suis sorti. En refermant la porte, ma main tremblait. Puis ils ont appelé le suivant. C'était Thomas Mann.

— Que lui ont-ils demandé ?

— Ils lui ont demandé si Mann s'écrivait avec un seul « n » ou avec deux « n ».

— Rien d'autre ?

Les larmes coulaient le long des joues de Iohann Moritz. Des larmes grosses comme des perles.

— Il faut te résigner, mon vieux Moritz, dit Traian en lui tapant sur l'épaule. Après la mort des lapins blancs, il n'y a plus d'autre solution que la résignation...

134

Pétition n° 5. — Sujet : justice (mécanisation des interrogatoires).

Je sais que vous avez reçu des instructions spéciales pour interroger chaque prisonnier de ce camp individuellement. Naturellement, c'est un ordre stupide. Du moment que tous ces hommes ont été arrêtés en masse, automatiquement, il est absurde qu'ils soient interrogés individuellement.

Cependant, je comprends pourquoi cet ordre vous a été donné. Votre Civilisation sait faire certains gestes de courtoisie à l'égard des coutumes indigènes. Ce n'est là qu'une concession de pure forme, une simple politesse.

L'un de vos officiers est obligé d'interroger cinq cents prisonniers durant la matinée et cinq cents autres prisonniers au cours de l'après-midi. J'ai remarqué que vous posez à tous la même question et que vous n'écoutez pas les réponses. Il serait trop stupide, en effet, d'écouter tout ce que veut vous raconter chaque individu. Que peut-on apprendre d'intéressant de la bouche d'un prisonnier ? Rien.

Mais je pense à toute l'énergie que vous dépensez en posant les questions. C'est un immense effort que de poser mille fois par jour les mêmes questions. J'imagine que les officiers préposés à ce service doivent ressentir le soir des douleurs dans les mâchoires et les lèvres.

Je vous propose, en conséquence, d'enregistrer des disques de questions. Le fonctionnement serait le suivant : l'officier préposé à l'interrogatoire resterait à son bureau. Il doit être là parce que la procédure des interrogatoires individuels l'exige. Il met le pick-up en marche. Lorsque le prisonnier pénètre dans la pièce le disque dit : « Asseyez-vous ! » Le prisonnier prend place. Le disque continue à tourner. On entend la première, la seconde et la troisième question. Puis le disque annonce : « Je vous remercie. Vous pouvez disposer. » Le prisonnier se met debout et se dirige vers la porte. Lorsqu'il arrive devant la porte, le disque est arrivé à la phrase finale : « Au suivant. » Et voilà l'interrogatoire liquidé ! Puis un autre prisonnier entre. Et le disque reprend sa litanie. Avec un seul disque vous pouvez interroger ainsi quatre ou cinq cents prisonniers.

Entre-temps, l'officier qui interroge resterait à son bureau et lirait un roman policier. A midi, lorsqu'il irait déjeuner, il pourrait manger normalement sans ressentir dans ses mâchoires aucune des douleurs dues à l'effort fourni.

Il faut en effet tenir compte du fait que ces interrogatoires sont établis pour poser les questions et non pour écouter les réponses. La machine peut donc se charger de ce travail. La logique est parfaite. On doit respecter une formalité, mais il est inutile de surmener ceux qui mènent l'enquête. La Justice ne peut que gagner à ce procédé. La Justice d'une Société civilisée doit être rendue automatique. Il n'est plus nécessaire de procéder comme du temps où l'électricité n'était pas découverte. A quoi bon tant d'inventions techniques si la Justice n'emploie même pas le pick-up ?

Le Témoin.

135

Darmstadt : quinzième camp de concentration. Pareil à tous ceux qui l'ont précédé. Mais en plus, il y a une église orthodoxe. Une petite église improvisée.

Traian Koruga et Iohann Moritz enlevèrent leur calot et pénétrèrent dans l'église.

L'église était installée sous une tente. Tout au fond il y avait l'autel. Les icônes étaient dessinées sur du carton avec du charbon et des craies de couleur.

A l'intérieur il n'y avait même pas de plancher. Il n'y avait que de la terre.

La nuit d'avant il avait plu. L'eau avait pénétré sous la tente et avait transformé la terre en boue.

Au milieu de l'église, il y avait un crucifix de la taille d'un homme. Traian s'était agenouillé à ses pieds. Jésus était en carton. Les épines de la couronne provenaient de boîtes de conserve découpées en minces lanières.

Traian Koruga leva les yeux vers les blessures faites par

les clous sur les mains et dans les côtes du Christ. Le peintre n'avait pas eu de couleur rouge pour figurer le sang. Là où auraient dû être les blessures, il avait collé du papier rouge provenant des paquets de cigarettes Lucky-Strike. Les lettres noires n'avaient pas été effacées, elles étaient encore lisibles.

— Jamais encore, je ne t'avais vu aussi douloureusement crucifié, Jésus ! dit Traian. J'étais venu prier pour mes blessures. Mais je ne m'en sens plus capable. Pardonne-moi, Jésus, si je prie d'abord pour tes blessures en Lucky-Strike qui couvrent de sang tes cuisses, tes pieds et tes paumes. Elles sont plus douloureuses que mes blessures de sang et de chair. Permets-moi de prier d'abord pour les épines en boîtes de conserve de la couronne qui est posée sur ta tête.

Les yeux de Traian, errant sur le corps du Christ, découvrirent sur la poitrine du Sauveur la lettre « M », écrite à l'encre d'imprimerie. C'était le « M » des boîtes de *Menu Unit* dans le carton desquelles avait été découpé le corps crucifié.

Traian se mit debout et baisa les pieds du Christ.

— Maintenant je sens que j'ai communié avec ton corps, Jésus, mon Seigneur. Notre « Menu » éternel d'espérances, Seigneur, Toi, mon *Menu Unit*, je n'avais jamais mieux compris que ton corps est notre nourriture. Comment le peintre prisonnier a-t-il pu avoir l'idée de tailler ton image dans le carton des boîtes de *Menu Unit ?* Maintenant tu symbolises toute ma soif de divinité, de pain et de liberté.

Traian était dans un état d'extase. Il ne voyait plus personne autour de lui.

Iohann Moritz examinait les anges faits avec le papier poli des boîtes de cigarettes, les icônes de la Vierge aux colliers travaillés dans les couvre-boîtes dorés de *Pudding*.

Moritz se signa devant l'icône de saint Nicolas qui ressemblait au prêtre Koruga.

Puis il vint s'agenouiller près de Traian et regarda les plaies rouges du Christ.

— Seigneur, dit Traian, je ne te demande pas de retirer

ce verre de mes lèvres. Je sais que cela n'est point possible. Mais je t'implore de m'aider à boire ce verre. Depuis une année, je le garde tout près de mes lèvres. Depuis une année, je demeure près des frontières de la vie et de la mort. Depuis une année, je demeure aux limites de la vie et du rêve. Je suis sorti du temps, et pourtant je continue à vivre. La vie s'est retirée de mon corps par tous les pores, et cependant je suis encore en vie, et cependant je respire et je me traîne et j'introduis encore dans mon corps du pain et de l'eau bien que je ne les désire plus. Et toutes ces souffrances viennent de ce que je ne me rends pas compte si je suis prisonnier ou si je suis libre.

« Je vois que je suis enfermé mais je n'arrive pas à croire que je suis enfermé.

« Je vois que je ne suis pas libre et pourtant mon Esprit me dit qu'il n'y a aucune raison pour que je ne sois pas libre. La torture que produit cette incompréhension est infiniment plus dure que l'esclavage. Les hommes qui m'ont enfermé ne me haïssent pas, ne veulent pas me punir et ne désirent pas ma mort.

« Ils veulent simplement sauver le monde !

« Et pourtant ils me torturent et me tuent à petit feu... Ils torturent et tuent peu à peu toute l'humanité. Je ne suis pas le seul à souffrir. Je le sais.

« Ceux qui dirigent le Monde se sont mis à construire des hôpitaux géants pour guérir les plaies des hommes. Mais sous leurs truelles ce ne sont point des hôpitaux, mais des prisons qui s'élèvent.

« Tout se passe comme si on leur avait jeté un sort.

« Ma pensée ne comprend plus.

« C'est pourquoi je voudrais mourir. Aide-moi, Seigneur, à mourir.

« Mes forces ne peuvent plus supporter ce tourment.

« L'heure dans laquelle je m'intègre n'appartient plus à la vie, je suis incapable de passer avec mon poids de chair et de sang à travers elle. C'est la vingt-cinquième heure, l'heure où il est trop tard pour être sauvé, trop tard pour mourir, trop tard pour vivre. Il est trop tard pour tout.

« Transforme-moi en bloc de pierre, Seigneur, mais ne m'abandonne pas à la vie !

« Si Tu m'abandonnes je ne pourrai même pas mourir. Regarde ma chair et mon esprit, tous deux aspirent également à la mort, mais moi je suis encore en vie. Le monde est mort et vit encore. Je ne suis ni un fantôme ni un être vivant.

Traian Koruga se prit la tête entre les mains. Iohann Moritz toucha timidement l'épaule de Traian, comme pour le caresser. Mais Traian ne sentait plus rien.

Un prêtre entra dans l'église. Il portait des vêtements militaires américains sur lesquels étaient inscrites les initiales P. W., semblable en cela à tous les prisonniers.

Iohann Moritz alla au-devant de lui et lui embrassa la main.

Traian Koruga continuait à demeurer à genoux.

Le prêtre demanda à Moritz d'où ils venaient et quelle nationalité ils avaient. En apprenant que la femme de Traian était arrêtée elle aussi, il croisa les bras sur la poitrine et pria pour elle. Il donna sa bénédiction à Traian qui demeurait devant la croix sans s'apercevoir de sa présence.

— Chaque jour, à six heures, nous célébrons la messe, dit le prêtre. Je suis le Métropolite Palade de Varsovie. Mon concile de prêtres se trouve aussi enfermé dans ce camp. Nous avons tous été arrêtés. Les services religieux sont très beaux. Venez-y ! Il y a aussi un prêtre roumain qui dit la messe. Maintenant il est à l'hôpital.

Iohann Moritz regarda fixement le Métropolite.

— Je lui enverrai un mot à l'hôpital, dit le Métropolite Palade de Varsovie. Lorsqu'il apprendra qu'il y a des Roumains dans le camp, il viendra vous donner sa bénédiction...

136

Vers six heures, un concile de prêtres commença à servir la messe. Ils avaient revêtu leur étole par-dessus leur uniforme militaire de prisonniers.

Traian Koruga et Iohann Moritz se tenaient l'un près de l'autre. Le Métropolite portait la chasuble et avait coiffé la mitre. Naturellement les pierres précieuses qui les ornaient d'habitude manquaient.

La voix du Métropolite était douce comme le son d'un violoncelle.

Traian s'approcha de l'autel. Mais en arrivant devant le crucifix, il s'écroula. Moritz crut que Traian avait glissé et était tombé. Il courut le relever. Mais le corps de Traian était mou comme si tous ses os s'étaient résorbés. Ses joues étaient jaunes comme de la cire.

Dans la tente de l'église, il n'y avait personne à part les prêtres. Iohann Moritz leva les yeux pour leur demander de l'aide. Mais, à ce moment même, il comprit pourquoi Traian s'était écroulé. « Père Koruga ! » C'est tout ce que Moritz put balbutier. Puis il tomba à genoux devant le prêtre. On aurait dit qu'il voulait embrasser ses genoux. Mais le prêtre Koruga n'avait plus de jambes. Il s'approcha d'eux en s'appuyant sur ses béquilles.

Traian Koruga et Iohann Moritz demeuraient immobiles.

Les cheveux du prêtre Koruga avaient encore blanchi. Il souriait avec une expression de bonté intense, une expression de bonheur. A travers son sourire et ses yeux on pouvait apercevoir le ciel...

— Traian, mon fils aimé ! dit le prêtre Koruga.

En voulant se pencher, une béquille tomba. Le prêtre ne s'écroula pas. Il demeura debout, se soutenant avec une seule béquille.

Puis il la laissa aussi tomber. Il demeura debout près de Traian, droit comme une flèche sur ce qui lui restait de jambes. Il avait laissé tomber ses béquilles pour avoir les mains libres et pouvoir embrasser son fils de ses deux bras.

Iohann Moritz avait relevé les deux béquilles et les tenait à la main, auprès du prêtre Koruga et de son fils.

137

Iohann Moritz, le prêtre Koruga et Traian habitaient maintenant tous les trois sous la même tente au camp de Darmstadt.

On avait enfin permis aux prisonniers, après une année d'attente, de recevoir du courrier.

Iohann Moritz fut le premier à recevoir une lettre. C'était la mère de Hilda qui lui écrivait :

« Cher Hans,

« Le 9 mai 1945 ta maison a brûlé. Je sais que tu n'as pas pu l'apprendre encore. Le feu a pris, l'après-midi du jour où les troupes russes sont entrées dans notre ville. Hilda et Franz, ton enfant, se trouvaient dans la maison. Les premières semaines je n'ai même pas su qu'ils avaient été brûlés vifs. Mais un jour que je m'étais mise à fouiller dans les décombres pour voir si par hasard quelque chose n'avait pas été épargné par le feu, j'ai retrouvé leurs corps carbonisés. Hilda est morte en tenant l'enfant entre ses bras. Je ne sais pas pourquoi elle ne s'est pas enfuie lorsque la maison a pris feu. Il faut croire qu'elle dormait. Cependant je ne crois pas trop que Hilda ait pu dormir à cette heure-là et surtout le jour même où les Russes pénétraient dans la ville. Tout le monde avait pris la fuite et surtout les femmes. Hilda ne dormait jamais l'après-midi, tu le sais bien. Lorsqu'elle arrivait de l'hôpital, à midi, elle se mettait tout de suite à travailler.

« J'ai rassemblé les os calcinés de Hilda et de ton enfant et je les ai mis dans le même cercueil. Je les ai enterrés dans notre cimetière. Je n'ai pas pu faire deux cercueils car ils sont très chers et personne ne veut plus en fabriquer. Maintenant les gens d'ici enterrent leurs morts sans cercueil. On ne trouve pas de planches et les clous coûtent très cher. J'ai dû arracher les clous des murs et des tableaux et je les ai donnés au menuisier pour faire le cercueil de Hilda. Et même dans ces conditions, il ne voulait pas le faire. Il prétendait que ces clous étaient trop fins et trop courts pour un cercueil. Je lui ai donné un de tes chapeaux pour le convaincre. Je te prie de ne pas être fâché si je l'ai fait sans te demander la permission. Mais sans ce chapeau, il n'aurait jamais voulu faire le cercueil et il fallait bien enterrer leurs ossements. Ils étaient déjà depuis une semaine à la maison. J'ai fait faire une croix en bois. A ton retour, tu en commanderas une en pierre. Dans notre famille nous avons tous au cimetière de belles croix en pierre.

« On a encore trouvé parmi les ruines le corps d'un officier complètement carbonisé. Ce devait être un officier qui avait demandé l'hospitalité ou qui voulait retirer son uniforme et s'habiller en civil. C'est ce qu'avaient fait tous les militaires, lors de l'arrivée des Russes. Mais sa serviette en cuir n'était pas complètement brûlée et j'ai trouvé ses papiers. Il s'appelle Iorgu Iordan et il est de Roumanie comme toi. Je t'écris tout cela parce que j'ai pensé que c'était peut-être un ami ou un parent qui était venu te voir. »

138

— Peut-être vaut-il mieux qu'il en soit ainsi, dit le prêtre Alexandru Koruga.

Il tenait sa main sur l'épaule de Iohann Moritz et il essayait de le consoler.

— Imagine que Hilda soit encore en vie et qu'ils te relâchent un jour, chez laquelle de tes femmes retournerais-tu ? Personne ne pourrait choisir !

— Ainsi Suzanna n'a pas divorcé ! dit Iohann Moritz. C'est seulement alors qu'il apprenait que Suzanna lui était restée fidèle.

— Et elle m'attend à la maison ?

— Suzanna t'attend et t'attendra jusqu'à la fin de ses jours, répondit le prêtre. Elle est toujours ta femme. Elle n'a signé le papier de divorce qu'afin de pouvoir garder la maison et ne pas être jetée à la rue avec tes enfants. Elle a agi en désespoir de cause. Mais jamais elle ne s'est considérée comme séparée de toi.

— Ce divorce était donc un mensonge ! dit Iohann Moritz. Et moi qui ai cru, comme un imbécile que je suis, que Suzanna en avait épousé un autre. C'est à cause de cela que j'ai épousé Hilda. Je croyais que Suzanna m'avait abandonné. Comment ne l'aurais-je pas cru du moment que j'ai lu de mes propres yeux le papier de divorce ? Mais j'ai péché ! Et Dieu ne me pardonnera jamais !

— Ce péché te sera pardonné ! dit le prêtre Koruga. Ce qui est arrivé est très grave, Moritz. Mais ni toi ni Suzanna, n'êtes coupables. Seul l'État et ses lois en portent la responsabilité. Et il ne sera pas pardonné à l'État ! L'État sera puni comme Sodome et Gomorrhe. La foudre ne tombera pas seulement sur notre État, mais sur toute notre Société d'aujourd'hui qui commet ces péchés, que Dieu ne peut voir sans souffrir amèrement.

139

Traian Koruga se rendit à son premier interrogatoire.

— Vous prétendez ne pas savoir pourquoi vous êtes arrêté et enfermé depuis plus d'une année ? Parmi les vingt-cinq mille prisonniers, il n'y a pas un seul qui avoue savoir pourquoi il est arrêté. Tous, tant que vous êtes, vous prétendez que nous avons envahi l'Europe et avons arrêté les gens au petit bonheur. Mais vous vous trompez. Chaque arrestation a été faite conformément à un décret

Traian Koruga sourit. L'officier surprit son sourire.

— Vous voulez dire que nos lois ne sont pas conformes aux principes éternels de droit ? Il n'est pas de jour que je n'entende ce reproche. Vous tous, qui invoquez le manque de valeur éternelle ou d'universalité des lois sur la base desquelles s'est effectuée votre arrestation, vous êtes parfaitement ridicules ! Premièrement, chaque pays a le droit d'avoir les lois qu'il veut et de s'y conformer. Les lois qui sont en vigueur chez nous, dans notre pays, nous regardent. Deuxièmement, il n'y a pas de principes éternels de Droit. La Justice est faite par les hommes. Et rien de ce qui est humain ne peut être éternel. Dans l'ensemble toute loi en vaut une autre. Toutes sont à la fois éphémères et éternelles. Celui qui soutient le contraire ne fait que se tromper lui-même.

« D'après les lois en vigueur actuellement en zone d'occupation américaine, vous êtes arrêté comme fonctionnaire d'un État ennemi. La loi le veut ainsi.

« Votre femme est arrêtée en vertu de la même loi qui prévoit que les femmes des hauts fonctionnaires ennemis peuvent être arrêtées automatiquement. Votre père, lui aussi, est arrêté automatiquement comme fonctionnaire d'un État ennemi.

« Je conviens que cela puisse vous paraître dur. Mais c'est la loi. Tout au long de l'histoire, les lois ont été dures. Vous ne pouviez tout de même pas prétendre qu'il aurait fallu vous demander conseil au moment où nous avons établi nos lois ! »

Traian Koruga se mit debout. Il voulait partir. Il était certain, dès qu'il avait commencé à écrire son roman, que le moment était proche où les lois interdiraient aux hommes de vivre leur propre vie. Il avait senti dès son arrestation que ces lois étaient déjà entrées en vigueur, mais il avait gardé comme un vague espoir de s'être trompé

Et maintenant il lui était annoncé officiellement que ces lois étaient rigoureusement appliquées et respectées.

Il n'y avait plus d'erreur possible.

Des êtres humains qui n'étaient pas coupables pouvaient être, et étaient légalement, arrêtés, torturés, affamés, dépouillés et exterminés.

— Je suis convaincu que vous, vous n'êtes pas coupable, continua l'officier. Cela fait déjà la quatrième fois que j'ai demandé votre mise en liberté, celle de votre femme et de votre père, bien qu'il nous soit formellement interdit de demander la mise en liberté individuelle des prisonniers arrêtés automatiquement. Je n'ai pas reçu de réponse. Les ordres de mise en liberté ne peuvent être accordés individuellement. La mise en liberté n'est effectuée que par catégories d'individus.

— Le fait que l'individu soit coupable ou innocent n'a donc rien à voir dans l'affaire ? demanda Traian. Cela devrait vous intéresser, ne serait-ce que par curiosité.

— Cela ne nous intéresse pas, répondit l'officier. Même si cela blesse votre susceptibilité d'homme élevé selon les conceptions individualistes, et toutes vos idées théologiques, esthétiques ou humanitaires, ce n'est pas moi qui peux y changer quoi que ce soit. D'ailleurs, il n'est pas nécessaire d'y rien changer. Notre système peut paraître desséché, technique, mathématique, mais il est juste. L'Univers tout entier se meut dans une espèce de *mathematical way* et personne n'aurait l'idée d'en changer le cours ou l'orientation.

— L'interrogatoire que vous venez de me faire subir ne vous intéresse donc pas et il pouvait tout aussi bien ne pas avoir lieu ? dit Traian. De ce tout qui concerne l'individu rien ne peut vous intéresser ?

— Rien, répondit l'officier. Tout ce que nous voulons savoir sur un individu, ce sont ses données personnelles, c'est-à-dire son nom exact — le lieu et la date de naissance, sa profession, etc. — données qui seront mises en fiches afin d'être enregistrées dans nos statistiques.

« D'ailleurs, ces interrogatoires ne sont établis que pour vérifier certaines données, ou répartir les prisonniers en catégories. Les dispositions concernant l'arrestation ou la mise en liberté ne sont prévues que par catégories. Notre travail consiste à répartir chacun dans la catégorie à laquelle il appartient. C'est un travail mathématique, précis. »

— Et vous ne trouvez pas qu'il est inhumain d'annuler l'homme et de le traiter comme fraction d'une catégorie ?

— Non, je ne trouve pas que ce soit inhumain, dit l'officier. Ce système est pratique, rapide et par-dessus tout il est juste. La justice ne peut que gagner à ce procédé. La justice procède d'après les méthodes des sciences mathématiques et de la physique — c'est-à-dire d'après les méthodes les plus exactes. Seuls les poètes et les mystiques dénoncent ces procédés.

« Mais la Société moderne a liquidé le mysticisme et la poésie. Nous nous trouvons en pleine période de science exacte et mathématique et nous ne pouvons pas revenir en arrière pour des motifs d'ordre sentimental. D'ailleurs les sentiments ne sont qu'une création des poètes et des métaphysiciens. »

L'officier fit signe que l'interrogatoire avait pris fin.

— *Take it easy !* dit-il.

Traian Koruga ouvrit la porte et entendit derrière lui la voix de l'officier qui venait de l'interroger, dire froidement : « Au suivant. »

140

Iohann Moritz voulait s'évader. Après avoir appris que Suzanna n'avait pas demandé le divorce et qu'elle l'attendait fidèlement avec les enfants, Iohann Moritz ne tenait plus en place.

— Ce n'est même pas la peine d'essayer, dit Traian. Tu n'auras pas plus tôt approché des barbelés que les Polonais te tireront dessus.

Moritz regarda les sentinelles polonaises habillées d'uniformes américains teints en bleu. Les Polonais immobiles le regardaient attentivement comme s'ils avaient deviné sa pensée, et tenaient leurs armes à la main, prêts à tirer.

— Et, si jamais les Polonais te ratent, continua Traian, tu seras tué par les patrouilles américaines ou allemandes. Avant d'arriver en Roumanie, tu rencontreras sur ta route des patrouilles autrichiennes, tchèques, françaises, hongroises et finalement tu n'arriveras jamais chez toi... Ils t'auront en route. Si tu peux échapper aux balles d'une nation, celle d'après te fusillera certainement. Entre toi et ta maison, entre toi et ta famille, mon vieux Moritz, il y a toutes les nations du monde, des nations armées qui veulent te tuer... Entre chaque homme et sa vie intime privée, il y a cette armée internationale. Il n'est plus permis à l'homme de vivre sa vie. Il est fusillé s'il tente de le faire. C'es à quoi servent les tanks, les mitrailleuses, les projecteurs, les barbelés...

— Je m'évaderai quand même ! dit Iohann Moritz.

La sentinelle polonaise le regarda encore plus attentivement.

A ce moment même, deux officiers américains entrèrent dans la cour du camp et se dirigèrent vers l'infirmerie. Iohann Moritz les suivit du regard.

Et tout à coup, il quitta Traian sans dire un mot, se mit à courir dans leur direction et se planta devant eux. Les officiers s'arrêtèrent également. Ils regardèrent Iohann Moritz et Iohann Moritz les regarda. Cela ne dura qu'une minute. Puis un des officiers — qui était plutôt gras et d'un certain âge — entoura Iohann Moritz de ses bras et l'embrassa fraternellement. Les prisonniers firent ronde autour d'eux, très intrigués. Ils n'avaient jamais vu un officier américain embrasser un prisonnier.

Iohann Moritz se dirigea vers l'infirmerie avec l'officier américain qui continuait à le tenir par les épaules. Puis ils entrèrent ensemble à l'infirmerie.

Traian Koruga s'approcha de l'infirmerie et demeura devant la porte. Il attendait, curieux de savoir ce qui avait bien pu se passer. Moritz allait revenir et tout lui raconter. Mais Moritz tardait à venir.

Au bout d'un moment, Traian Koruga entendit la voix de Iohann Moritz. Il avait mis la tête à la fenêtre du bureau de l'infirmerie. Ses yeux noirs brillaient comme de la braise.

— L'officier américain est mon ami le Dr Abramovici! dit Iohann Moritz. Je l'ai reconnu tout de suite. C'est avec lui que je me suis évadé de Roumanie. Maintenant je vais sûrement être mis en liberté!

Iohann Moritz ferma la fenêtre. Son ami l'avait appelé pour lui parler.

141

Iohann Moritz n'avait parlé avec le Dr Abramovici dans le camp de Roumanie et en Hongrie qu'en yiddish. Et maintenant, ils parlaient encore yiddish. Le lieutenant-docteur Abramovici se réjouissait vraiment d'avoir rencontré Iohann Moritz et il écoutait attentivement chacune de ses paroles.

Moritz lui raconta tout ce qui lui était arrivé depuis leur séparation et jusqu'au jour présent. Le Dr Abramovici hochait la tête en signe de compassion, surtout lorsque Moritz lui raconta tout ce qu'il avait souffert dans les quinze camps où il avait été enfermé ces dernières années.

— Je dois partir, dit le Dr Abramovici. Il regarda l'heure à sa montre-bracelet. Tu as besoin d'aide, mon cher Iankel. Je le sais. C'est tout à fait normal. Dis-moi tout ce qui t'est nécessaire et je vais t'aider. Je n'oublie pas que nous avons traversé ensemble des moments difficiles.

Le docteur le frappa sur l'épaule.

— A présent, je suis puissant, dit-il, et toi, tu passes par de mauvais moments. De quoi as-tu besoin : cigarettes, nourriture, vêtements ? Dis-moi ce que tu veux ?

— Je veux m'en aller, dit Iohann Moritz. Je veux rentrer chez moi, retrouver ma femme et mes enfants.

— Ne demande pas l'impossible, mon cher Iankel, dit le docteur contrarié. Demande-moi une chose qu'il soit en mon pouvoir de t'accorder. La mise en liberté ne peut se faire qu'automatiquement. Tu ne dois même pas y penser. Il faut seulement avoir de la patience.

— Mais je suis innocent, dit Iohann Moritz. Pourquoi me tenir enfermé ?

— La culpabilité et la mise en liberté n'ont rien à voir, dit le docteur.

Il était devenu nerveux.

— Quelqu'un a-t-il prétendu que tu étais coupable, toi, Iankel ? Ta mise en liberté est une question de patience.

— J'ai assez attendu !

— C'est là ton opinion, dit le docteur. Tu es demeuré très paysan, très fruste. Tu crois qu'un prisonnier peut être relâché par n'importe quel officier simplement parce qu'il n'est pas coupable ? S'il en était ainsi, les camps se videraient du jour au lendemain. Chaque nazi pourrait trouver des preuves d'innocence. La mise en liberté ne s'effectue que sur l'ordre du Quartier général de Francfort. De là, les papiers sont envoyés à Washington et la décision est transmise à Wiesbaden. Une commission spéciale s'en charge à Esslingen et l'envoie à Berlin. L'ordre de mise en liberté est donné à Berlin et envoyé à Heidelberg. Au moment où l'ordre arrive à Heidelberg la fiche est retirée du fichier dans des centaines de bureaux. Et, c'est seulement alors, que tu peux être mis en liberté. Mais tout ce processus est très compliqué. C'est une machine qui travaille automatiquement — chaque prisonnier a sa fiche. Les Américains ont des fichiers énormes, aussi grands que la caserne d'en face. Au moment où l'ordre de mise en liberté a été envoyé à Heidelberg on retire automatiquement la fiche des fichiers de Washington, Stuttgart, Ludwigsburg, Munich, Kornwestheim, Paris, Berlin, Francfort.

« Ton nom est enregistré dans tout l'univers, partout, au Bureau Fédéral d'Informations en Amérique, au Commandement Suprême Interallié à Paris, à la Commission de Contrôle de Berlin, dans tous les camps, dans toutes les prisons, dans tous les bureaux de C.I.C., C.I.D., M.P., S.P., S.O.S. Partout enfin.

« Tous tes mouvements, même le plus petit — le fait d'être transféré d'un camp à l'autre — provoque le changement de ta fiche dans tous ces fichiers. Est-ce que tu le savais ? »

Iohann Moritz voyait son nom écrit dans toutes les villes du monde, son nom répété par de grandes machines électriques, s'éclairant et s'éteignant comme les projecteurs qui se trouvaient au-dessus des barbelés du camp. Il savait à présent que chacun de ses mouvements était photographié, enregistré et éclairé.

— Non, je ne le savais pas.

— Si tu l'avais su, tu ne m'aurais pas demandé de te faire relâcher. Et c'est pourquoi je ne t'en veux pas de me l'avoir demandé. Tu croyais que moi, tout seul, je pouvais t'arracher à cette machine géante ?

Le Dr Abramovici se mit à rire aux éclats.

— Le président des États-Unis lui-même ne pourrait pas le faire, dit-il. Tu dois attendre tranquillement ton tour.

— Mais du moment que je suis innocent, pourquoi rester en prison ? demanda Iohann Moritz. Pourquoi la machine m'en veut-elle du moment que je ne lui ai pas fait de mal ? La machine dont vous parlez est probablement faite pour les voleurs, les criminels et les malfaiteurs.

— Apprends à ne plus juger comme un paysan arriéré, mon cher Iankel, dit le docteur. Tu ramènes tous les problèmes à des questions personnelles. Les pays civilisés ne s'occupent pas des cas individuels. Le fait que tu sois coupable ou innocent est une question personnelle. Elle peut intéresser ta femme, tes voisins ou les autres paysans de ton village. Ce sont les seuls à se préoccuper de questions personnelles. Les pays civilisés voient les choses en grand. Ils ne s'occupent pas des cas individuels.

— Mais pourquoi m'ont-ils arrêté ?

— Nous avons procédé par arrestations préventives et par catégories. Si nous avons besoin d'un coupable, d'un criminel de guerre, par exemple, nous l'avons sous la main et n'avons plus besoin de partir à sa recherche, de le poursuivre dans tous les villages et dans toutes les forêts. Il y aurait trop de temps perdu. De cette manière, nous n'avons qu'à appuyer sur un bouton à l'initiale respective et, avant même d'avoir compté jusqu'à trois, nous avons devant nous la fiche de l'individu avec sa photo et toutes les indications le concernant : la taille, le poids, la couleur de ses cheveux, la date et le lieu de naissance, le nombre de ses dents et tout ce qui peut nous intéresser. Nous n'avons qu'à décrocher le récepteur et annoncer par la radio le camp ou la prison où cet individu est enfermé et quelques heures plus tard, il se trouve en chair et en os devant le Tribunal international de Nuremberg. C'est merveilleux. C'est le résultat de la technique. Tout est automatique. Tout marche à l'électricité. Comment voudrais-tu qu'ils puissent te relâcher ? Cela équivaudrait à une folie. Tu es pareil à un fil qui a été introduit dans le métier à tisser. Une fois introduit, on ne peut plus le retirer. Il faut attendre jusqu'à ce qu'il sorte de lui-même — tissé avec les autres — jusqu'à ce que son heure soit venue. Ce n'est pas possible de faire autrement. Les machines sont précises. Avec elles il faut avoir de la patience.

« Et toi, tu es en plein dans la machine. Tu auras beau t'agiter et te remuer, tu ne pourras pas en sortir. La machine est sourde. Elle n'entend pas, ne voit pas, elle travaille. Elle travaille admirablement bien et arrive à une perfection que l'homme ne pourra jamais atteindre. On attend, et on est sûr que son tour viendra. La machine n'oublie pas comme l'être humain. Elle est exacte. As-tu compris ? »

Moritz haussa les épaules.

— Vous ne pouvez donc rien faire pour qu'ils me relâchent ?

— Ne t'ai-je pas expliqué que tu es dans la machine et qu'il n'y a rien d'autre à faire qu'à attendre ?

— Mais si vous vouliez intervenir pour moi, cela pourrait peut-être arranger les choses, dit Iohann Moritz. Les commandants doivent être des hommes comme vous et moi et ils comprendront. Peut-être vont-ils me relâcher, si vous leur expliquez que j'ai une femme et des enfants et que je souffre dans les camps depuis des années et des années sans jamais avoir rien fait de mal.

— Autant parler à une mule !... dit le docteur qui était devenu nerveux. Tu ramènes absolument tout à des questions personnelles et privées. Tu n'arrives pas à faire abstraction de toi-même. C'est le propre de l'homme primitif. Dis-moi plutôt si tu as besoin de quelque chose. Je dois partir. Veux-tu des cigarettes, des aliments, des vêtements ?

— J'aurais voulu qu'on me fasse justice, dit Iohann Moritz. Mais je vois que la justice de l'homme est morte sur toute la surface de la terre. Je ne veux rien d'autre.

— Tu peux quand même prendre une cigarette, dit le Dr Abramovici en tendant à Moritz son paquet de Lucky-Strike.

Il souriait.

— Nous avons été camarades dans le malheur, mon cher Iankel !

Iohann Moritz tendit la main pour prendre une cigarette. Le paquet était vide. Le docteur fouilla ses poches pour en trouver un autre, mais il n'en avait plus sur lui.

— Je t'offrirai une cigarette la prochaine fois que je reviendrai par ici, mon cher Iankel, dit-il.

Puis il partit.

142

Le prêtre Koruga demeurait — ses béquilles sur les genoux — devant l'officier qui l'interrogeait.

— Si vous n'étiez ni nazi ni collaborateur, que veniez-vous faire en Allemagne ? demanda l'officier. L'histoire que vous racontez et selon laquelle vous vous seriez réveillé dans un hôpital militaire allemand, sans savoir comment vous y étiez arrivé est tout juste bonne à être dite à des gosses. De telles choses ne peuvent arriver que dans vos contes fantastiques des Balkans, mais jamais dans la vie. Pour un officier américain, cette histoire est cousue de fil blanc. Elle est trop *märchenhaft,* trop conte de fées. Pourquoi les Allemands vous auraient-ils gardé dans leur hôpital si vous n'étiez ni leur ami ni leur collaborateur ? Pourquoi vous auraient-ils soigné pendant six mois et amputé de vos deux jambes ? Parce que vous étiez leur ennemi ? Par simples sentiments humanitaires ? Depuis quand seraient-ils devenus humanitaires ? Les Allemands ont enfermé et passé à la chambre à gaz tous leurs ennemis. Vous étiez leur collaborateur. Et c'est pourquoi ils vous ont soigné. Vous devez être fort triste que Hitler n'ait pas gagné la guerre.

Le prêtre Koruga gardait le silence. Il était pâle. De ses sourcils perlaient des gouttes de sueur. Il se tenait à peine sur sa chaise. Depuis que ses jambes avaient été coupées, il ne pouvait rester qu'étendu. Et il avait aussi de la fièvre. Il aurait voulu que l'interrogatoire prenne fin le plus tôt possible et qu'il lui soit permis de quitter cette chaise.

— Vous auriez été fort heureux que Hitler gagne la guerre, n'est-ce pas ? reprit l'officier. Hitler vous aurait nommé Métropolite en Roumanie, s'il avait gagné la guerre. Vous auriez été bien content ?

— Non, je n'aurais pas été content, dit le prêtre.

— Alors, avez-vous été content que les Alliés la gagnent ?

— Pas davantage, répondit le prêtre.

Le lieutenant fronça les sourcils. Alexandru Koruga sourit et dit :

— Aucune victoire remportée par les armes ne saurait me rendre heureux.

Tout en parlant, le prêtre Koruga regardait sur les murs les photos prises dans les camps de concentration allemands. Et il pensait aux cadavres du procureur George Damian, à celui de Vasile Apostol et à ceux des autres paysans de Fântâna abattus en même temps que lui par Marcou Goldenberg et jetés dans la fosse à purin, derrière l'étable de la mairie. Il pensait aux cadavres des enfants de Dresde, de Francfort, de Berlin. Il pensait aux cadavres de Dunkerque et de Stalingrad. Et il ne pouvait se réjouir en pensant à tous ces cadavres grâce auxquels la victoire avait été obtenue.

Pour arriver à la victoire, la terre avait été couverte de cadavres d'hommes innocents.

Même dans la Victoire il n'est pas de Beauté
Et celui qui la nomme belle
Est de ceux qui trouvent de la joie dans le massacre,
Et celui qui trouve de la joie dans le massacre
Ne réussira pas dans son ambition à gouverner le monde.
Des lamentations de deuil devraient accompagner les foules
  égorgées
Et la Victoire devrait être célébrée en des rites funèbres (1).

— Ce poème est très beau, dit l'officier. C'est vous qui l'avez composé ?

— Il a été écrit par un Chinois qui a vécu il y a deux mille ans.

— Écrivez-le-moi, dit l'officier. Je veux l'envoyer à ma famille en Amérique.

L'officier souriait. Il était probablement en train de penser à sa famille. Mais il se rembrunit aussitôt après et regarda le prêtre d'un regard soupçonneux.

— Vous êtes bien sûr que les vers que vous venez de réciter ont été écrits par un Chinois ?

— Absolument sûr, dit le prêtre. Mais si ces vers vous ont plu, qu'importe qu'ils soient de lui ou d'un autre. Ces vers sont beaux. C'est tout. Le reste n'a pas grande importance.

— Mais si, cela a de l'importance, répliqua l'officier. Je suis content que l'auteur soit un Chinois. La Chine est une nation alliée des Etats-Unis. Ma famille sera enchantée de recevoir ces vers. S'ils avaient été composés par un poète ennemi, je n'aurais pas pu les envoyer. Transcrivez-les-moi

1. Lao-Tseu.

pour demain matin. Je vous passerai du papier et un crayon. Vous avez appris quelque chose d'autre, en dehors de la théologie ?

— J'ai appris tout ce que la vie m'a laissé le temps d'apprendre — et tout ce qu'il m'a plu d'apprendre.

— Connaissez-vous le chinois ?

— Non.

— C'est dommage, dit l'officier. Je vous aurais demandé de m'écrire ce poème en caractères chinois. C'eût été une grande surprise pour ma famille, qui ne s'attend sûrement pas à recevoir de ma part des lettres en chinois. Mais cela ne fait rien. Si vous ne connaissez pas le chinois, écrivez-le en anglais. Le Chinois qui a écrit ces vers a de l'humour. Et puis c'est un allié des Nations unies.

En revenant au camp, le prêtre était brisé de fatigue.

Iohann Moritz l'étendit sur le lit et lui mit des compresses froides sur le front.

— Est-ce qu'il vous a parlé de votre mise en liberté, père ?

— Non, dit le vieillard.

— Mais alors, que vous a-t-il demandé ?

— Il m'a demandé de lui transcrire un poème de Lao-Tseu. Il aurait voulu l'avoir en chinois et il a énormément regretté que je ne sache ni lire ni écrire le chinois.

— Et c'est à cela que s'est borné tout l'interrogatoire ?

Le prêtre fit : « Oui » de la tête.

143

Traian Koruga reçut une lettre de Nora.

— Je savais bien que Nora avait été arrêtée, dit Traian en serrant entre ses mains l'enveloppe marquée : *Prisoner of war*. Mais je gardais l'espoir qu'elle avait été relâchée entre-temps. Maintenant, il n'y a plus à se faire d'illusion. Elle est enfermée comme nous, dans un camp comme le nôtre et souffre comme nous. Elle est soumise au même traitement que le nôtre. Elle est transportée d'un camp à l'autre, comme nous. Elle est gardée, tout comme nous, derrière les barbelés par des Polonais armés, eux aussi, de mitraillettes. Tout mon être refuse d'en supporter davantage.

Nora ne connaissait pas l'adresse de Traian lorsqu'elle lui avait écrit. Elle avait mis sur l'enveloppe le nom de Traian et les numéros de tous les camps de la zone américaine. Pour arriver entre les mains de Traian, la lettre avait dû passer de camp en camp.

— Ils ne lui ont pas dit où je me trouvais, dit Traian. Et ils ont refusé de me dire le nom de son camp.

Le prêtre essaya de le consoler. Il était étendu sur le lit avec des compresses sur le front. Iohann Moritz se tenait près de lui. Traian demeura sourd à toutes les paroles de consolation.

— Toute souffrance a une limite, dit Traian, en se mettant debout. Moi j'estime l'avoir atteinte. Aucun être humain ne saurait dépasser cette limite et demeurer encore en vie.

Traian Koruga sortit de la tente.

— M. Traian va se tuer, dit Moritz effrayé.

Le prêtre gardait les yeux fermés. Il n'entendait pas les paroles de Moritz. Il priait. Il ne priait pas seulement pour Traian et Nora. Il priait aussi pour Moritz et pour tous les hommes que cette Société technique occidentale avait poussés à une limite que nul être ne saurait franchir tout en restant en vie.

— M. Traian va se tuer si je le laisse seul, dit Moritz.

Le prêtre ouvrit les yeux. Il toucha la main de Iohann Moritz et le laissa partir.

144

— Donne-moi ta main, je t'en prie, dit le prêtre Koruga.

Il demeurait étendu, les yeux entrouverts. Son front était blême. Le sang avait quitté ses joues. Le vieillard prit la main de Traian et la garda entre les siennes sans dire un mot. La chaleur des deux mains s'était confondue. Le sang semblait passer de l'une à l'autre. Ils se sentaient proches, comme seuls un père et un fils peuvent l'être. Les battements de leurs cœurs se répondaient. Mais ceux du prêtre se faisaient de plus en plus faibles.

Iohann Moritz voulut changer la compresse. Le malade lui fit signe que cela n'était plus nécessaire. Et il sourit.

Moritz s'assit sur le bord du lit.

— En ce moment, je n'ai pas l'impression de réchauffer mes mains à la chaleur d'un homme, mais à celle du feu même de la vie, dit le prêtre. Tu es brûlant comme seule la vie sait l'être.

Traian serra les mains de son père. Elles étaient froides mais le prêtre souriait.

— J'ai fait deux grands rêves ici-bas, dit le prêtre : être prêtre en Amérique, et, après ma mort, être enterré dans le cimetière de Fântâna. Tu le connais, Traian ? C'est un cimetière sans murs, sans barrière — couvert de fleurs et d'herbes sauvages.

« Ce cimetière ressemble à une prairie. C'est là que j'aurais le mieux aimé me trouver, pour bien contempler mon voyage dans l'éternité. Ces deux désirs ont été réalisés, mais d'une drôle de façon. Je ne suis jamais allé en Amérique, mais l'Amérique est venue vers moi. Je vais mourir dans cette prison sur laquelle flotte la bannière étoilée des États-Unis.

« Je ne serai pas non plus enterré dans le cimetière de Fântâna. Mais le cimetière de Fântâna est devenu plus grand que Fântâna, il a envahi toute l'Europe.

« Fântâna, et la Roumanie, et toute l'Europe ne sont plus aujourd'hui qu'une grande tache noire sur la carte du monde. Comme une tache d'encre. Tout le continent est silencieux et sans joie. Les joies l'ont quitté comme elles ont quitté le cimetière de Fântâna. Et, bientôt, la terre sera recouverte de fleurs et d'herbes sauvages, comme l'est notre cimetière. Qu'importe l'endroit de notre continent où l'on m'enterrera. Je me sentirai partout comme dans le cimetière sans barrières de notre petit village.

— Pourquoi me dire tout cela ? demanda Traian. Vous feriez mieux de vous reposer.

— Tu as raison, dit le prêtre Koruga. Mais je voudrais te dire encore quelque chose. Sache, Traian, que « la vie n'a jamais de but objectif, à moins qu'on ne désigne ainsi la mort : tout but réel et véritable est subjectif ».

« La Société technique occidentale veut offrir à la vie un but objectif. C'est le meilleur moyen de l'anéantir. Ils ont réduit la vie à une statistique. Mais : « Toute statistique laisse échapper le cas unique en son genre, et plus l'humanité évolue, plus ce sera, précisément, l'unicité de chaque individu et de chaque cas particulier qui comptera. »

« La société technique progresse exactement dans le sens inverse : elle généralise tout. « C'est à force de généraliser et de chercher, ou de placer toutes les valeurs dans ce qui est général, que l'humanité occidentale a perdu tout sens pour les valeurs de l'unique, et partant de l'existence individuelle. D'où l'immense danger du collectivisme, qu'on le comprenne à la russe ou à l'américaine (1). »

« Et c'est à cause de cela même, que nous pouvons avoir la certitude que cette Société s'écroulera. Tu en parlais d'ailleurs, toi-même, certain soir à Fântâna. La Société de la civilisation technique est devenue incompatible avec la vie de l'individu. Elle étouffe l'homme. Et les hommes meurent de la même mort que les lapins blancs de ton roman. Nous mourrons tous asphyxiés par l'atmosphère toxique de cette Société où ne peuvent se mouvoir que les

1. Comte H. de Keyserling.

Esclaves techniques, les Machines et les Citoyens, exactement comme tu voulais le raconter dans ton livre. Les hommes pèchent ainsi gravement et sont coupables envers Dieu.

« De toute notre force, nous agissons contre notre propre bien, et surtout contre Dieu. C'est le dernier degré de déchéance jamais atteint par une Société humaine. Et cette Société périra comme ont péri jusqu'à présent tant et tant de Sociétés au cours de l'histoire, et avant même que l'histoire commence.

« Les hommes essayent de sauver cette Société par un ordre logique, alors que c'est cet ordre même qui la tue.

« Voilà le crime de la Société technique occidentale. Elle tue l'homme vivant — le sacrifiant à la théorie, à l'abstraction, au plan. C'est là, la forme moderne du sacrifice humain. Le bûcher et les autodafés ont été remplacés par le bureau et la statistique — les deux mythes sociaux actuels dans les flammes desquels est consommé le sacrifice humain.

« La démocratie, par exemple, est une forme d'organisation sociale nettement supérieure au totalitarisme, mais elle ne représente que la dimension sociale de la vie humaine. Arriver à confondre la démocratie avec le sens même de la vie, c'est tuer la vie de l'homme et la réduire à une seule dimension. C'est la grande faute, commune aux nazis et aux communistes.

« La vie humaine n'a de sens que prise et vécue dans son ensemble. Et pour pénétrer le sens ultime de la vie, il faut employer les mêmes outils dont nous nous servons pour comprendre l'art et la religion : les outils de la création artistique, les outils de toute création. Dans le découverte de ce sens ultime de la vie, la raison n'a qu'un rôle secondaire. Les mathématiques, la statistique et la logique ont le même effet, pour la compréhension et l'organisation de la vie humaine, que pour celle d'un concert de Beethoven ou de Mozart.

« Mais la Société technique occidentale s'entête à arriver à la compréhension de Beethoven et de Raphaël par des calculs mathématiques. Elle s'entête à comprendre la vie humaine et à l'améliorer par les statistiques.

« Cette tentative est également absurde et dramatique.

« Avec ce système, l'homme peut atteindre, dans le meilleur des cas, l'apogée de la perfection sociale. Mais cela ne lui est d'aucun secours. La vie même de l'homme cessera d'exister du moment où elle sera réduite au social, à l'automatique, aux lois de la machine. Ces lois ne pourront jamais donner un sens à la vie humaine. Et si on enlève à la vie son sens — l'unique sens qu'elle possède et qui est totalement gratuit et dépasse la logique — alors, la vie même finit par disparaître. Le sens de la vie est absolument individuel et intime.

« La Société contemporaine a rejeté depuis longtemps déjà ces vérités et elle se dirige à une vitesse vertigineuse, avec la force du désespoir, vers d'autres chemins. Et c'est pourquoi les flots du Rhin, du Danube et de la Volga roulent en ce moment des larmes d'esclaves. Ces mêmes larmes empliront le lit de tous les fleuves de l'Europe et de tous les fleuves de la terre, jusqu'à ce que les mers et les océans débordent de toute l'amertume des hommes esclaves de la Technique, de l'État, de la Bureaucratie, du Capital.

« A la fin, Dieu prendra pitié de l'homme — comme il l'a déjà fait maintes fois. Ensuite — telle l'arche de Noé sur les flots — les quelques hommes demeurés vraiment hommes flotteront par-dessus les remous de ce grand désastre collectif. Et c'est grâce à eux que la race humaine sera sauvée, comme elle l'a déjà été à plusieurs reprises au cours de l'histoire.

« Mais le salut ne viendra que pour les hommes qui sont vraiment des hommes, c'est-à-dire des individus. Cette fois-ci, ce ne seront pas les catégories qui seront sauvées.

« Aucune Église, aucune nation, aucun État et aucun continent ne pourra sauver ses membres en masse ou par catégories. Seuls les hommes pris individuellement, sans tenir compte de leur religion, de leur race ou des catégories sociales ou politiques auxquelles ils appartiennent pourront être sauvés. Et c'est pourquoi, l'homme ne doit jamais être jugé d'après la catégorie à laquelle il appartient.

« La catégorie est l'aberration la plus barbare et la plus diabolique qu'ait jamais enfantée le cerveau de l'homme. Il ne faut pas oublier que notre ennemi est, lui aussi, un homme et non une catégorie. »

Traian Koruga profita du fait que le prêtre fit une pause, pour demander d'une voix craintive :

— Père, pourquoi m'expliquer à présent tout cela ? Peut-être feriez-vous mieux de vous reposer.

— C'est ce que je vais faire. Je vais me reposer. Mais, avant le repos, je dois te dire ces choses-là. Tu les connais et tu les sens comme moi. Chaque homme les sent et les connaît. Iohann Moritz les sent, lui aussi. Mais cela m'a fait du bien de les répéter. Je n'aurais pas pu me reposer si je ne les avais pas dites auparavant.

— Votre main est froide, père.

— Je le sais, Traian. C'est peut-être à cause d'un étrange état d'inquiétude que je n'arrive pas à surmonter. Une inquiétude plus puissante que la chair.

— Je ne comprends pas, père, dit Traian. Que voulez-vous dire ? Vous sentez-vous mal ?

— Non, dit le prêtre.

Les lèvres du prêtre Koruga se crispèrent en un rictus de douleur — comme si tout son corps venait d'être traversé par un éclair. Traian se pencha sur lui. Le visage du prêtre s'illumina tout à coup d'un sourire chaud, plein d'amour. Un projecteur venait de s'allumer, quelque part derrière le front.

Traian comprit que c'était la fin et s'agenouilla au pied du lit. Puis il se mit à sangloter.

Iohann Moritz se leva et demanda :

— Dois-je appeler le docteur ?

Traian ne répondit pas. Il continuait à serrer les mains de son père entre les siennes et il pleurait avec un désespoir qu'il ne lui avait jamais été donné de connaître.

Iohann Moritz comprit, lui aussi. Il se découvrit, s'agenouilla à côté de Traian et se signa.

Quelques instants après, Iohann Moritz se mit debout.

Les prisonniers s'étaient rassemblés tout autour. Ils étaient venus des tentes voisines. De toutes les tentes.

Iohann Moritz se fraya un chemin à travers la foule de prisonniers qui s'étaient découverts et demeuraient debout et silencieux. Il revint sitôt après et mit près de la tête du mort une bougie faite avec la paraffine ramassée sur le carton des boîtes de chocolat. Il alluma la bougie et la mit près de la tête du prêtre Koruga dans une boîte à conserve vide, en guise de bougeoir.

145

Le P.W. médecin du camp, suivi de deux infirmiers munis de brancards, entra sous la tente où le prêtre Koruga venait de mourir.

— Que voulez-vous ? demanda Traian.

— Emporter le cadavre. Nous ne pouvons pas laisser de cadavre sous les tentes, répondit le docteur.

— Où voulez-vous l'emmener ?

— Hors du camp, dit le docteur. Mais nous ne savons pas où. Nous devons aviser les autorités supérieures, pour que les Américains viennent le chercher en voiture.

— J'ai tout de même le droit de savoir où vous allez mettre le corps de mon père.

— Il y a beaucoup de choses que nous voudrions savoir, mais cela est impossible, répliqua le docteur durement.

Les deux infirmiers s'approchèrent du lit et voulurent mettre le corps du prêtre sur un brancard. Le docteur les arrêta d'un geste.

— Je dois d'abord constater le décès, dit le docteur. Peut-être vit-il encore.

Il prit la main du prêtre et la garda un moment dans les siennes. Puis il se pencha et mit son oreille contre la poitrine du vieillard.

— Vous pouvez le prendre, ordonna-t-il aux deux infirmiers.

— Non! cria Traian.
— A quoi bon vous opposer? dit le docteur. Nous ne sommes que de simples prisonniers comme vous et nous ne pouvons qu'obéir.
— Je veux savoir d'abord où vous emporterez le corps de mon père. C'est le moins que je puisse demander puisque je n'ai pas le droit d'assister à son enterrement. Je veux être sûr qu'il sera enterré chrétiennement. Même en tant que prisonnier, j'ai le droit de le savoir. Au moment où il est mort, mon père a cessé d'être prisonnier, et il a droit au respect dû aux morts, à tous les morts, quels qu'ils soient!
— Qui vous a dit que les morts n'étaient pas respectés? dit le docteur.
— Je n'ai pas dit cela, dit Traian. Mais mon père est prêtre orthodoxe et je veux qu'il soit enterré avec le cérémonial de l'Église à laquelle il appartient.
— Demandez-le demain par écrit au commandement américain.
— Pouvez-vous me garantir que demain il ne sera pas trop tard?
— Je ne garantis rien du tout, dit le docteur. Je suis prisonnier, moi aussi, tout comme vous.
— Alors le corps de mon père demeurera ici. Je veux, avant de me séparer de lui, avoir la certitude qu'il sera enterré avec le rituel de l'Église orthodoxe.
— Vous vous opposez en vain, dit le docteur.
— Peut-être. Mais je m'y oppose quand même.
— Nous devons emporter le cadavre. Nous avons reçu l'ordre de ne pas laisser de cadavres dans le camp.
— Vous pouvez l'emporter de force, dit Traian. Mais vous le regretterez.

Les infirmiers attrapèrent Traian par les bras et l'écartèrent brutalement du lit. Le corps du prêtre fut transporté sur le brancard. Traian se débattait entre les mains de ceux qui l'avaient immobilisé. Lorsque le brancard passa près de lui, il ne put apercevoir que le front de son père, ce front haut, net et clair comme la lune.

Iohann Moritz marchait derrière les infirmiers, tête nue,

tenant entre ses mains la boîte de fer-blanc dans laquelle brûlait encore la bougie.

— C'est un péché que vous payerez cher. Il y a des actes qui ne pardonnent pas. N'oubliez jamais, docteur, que vous m'avez interdit d'accompagner le corps de mon père jusqu'à la porte du camp.

— Ce n'est pas moi qui vous l'interdis, c'est le règlement.

— Calme-toi, dit le chef du camp, venant se mettre à côté de Traian. S'ils t'entendent crier, ils te mettront en bunker.

— Rien ne pourra plus me calmer dorénavant, dit Traian. Il n'y a pas de cellule ou de prison qui pourra étouffer mes cris. A partir d'aujourd'hui je vais jeûner jusqu'à ma mort. Je vais jeûner au milieu des vingt mille hommes de ce camp. Je m'éteindrai petit à petit, heure par heure, en signe de protestation. Ma mort sera un cri de révolte qui pénétrera dans les oreilles, dans les yeux et dans la chair de ceux qui se trouvent autour de moi, de ceux qui sont enfermés en même temps que moi et de ceux qui me gardent enfermé. Ce cri sera entendu à tous les points cardinaux. Et personne ne pourra lui échapper. Personne. Jamais. Ni même après la mort...

146

— Vous voulez vraiment mourir ? demanda Iohann Moritz. Vous voulez mourir de faim et de soif ?

Quatre jours s'étaient écoulés depuis que Traian avait décidé de faire la grève de la faim. Il faisait chaud. Traian était étendu sur le dos à l'ombre de la tente. Marcher le fatiguait, parler le fatiguait. Rester debout et écouter un autre parler, regarder le ciel, tout le fatiguait. La présence même de sa propre personne le fatiguait.

On avait sonné pour le repas de midi. Moritz essaya encore une fois de le convaincre.

— Voulez-vous que je vous apporte votre déjeuner? demanda-t-il.

Il tenait la gamelle de Traian à la main.

— Ce sont eux qui seront contents si vous mourez, dit-il encore. Mais c'est mal de vouloir mourir.

— Si tu le veux, tu peux prendre ma ration, dit Traian. Moi je n'en ai pas besoin.

Moritz partit et revint sitôt après, la gamelle remplie de soupe. Il la mit par terre à côté de lui et tira de sa poche une cuiller qu'il nettoya de la main. Il prit sa gamelle entre les genoux. La soupe était fumante. Les narines dilatées, il en humait la vapeur.

— Pourquoi n'as-tu pas pris ma ration aussi? demanda Traian. Ce que tu manges ne te suffit pas. Cela ne peut suffire à personne d'ailleurs.

— Je ne pourrais pas manger votre ration, dit Moritz. Dieu me punirait si je le faisais. Pendant que vous, vous souffrez, comment pourrais-je manger ce qui vous revient. Ce serait mal. Je ne peux pas le faire.

Après avoir mis sa gamelle entre les genoux, Moritz leva ses yeux vers le ciel gris et lourd et resta quelques moments ainsi, regardant les nuées, les lèvres entrouvertes. Puis il se signa.

Traian suivait tous ses mouvements. Moritz trempa sa cuiller dans la soupe avec la lenteur d'un homme qui célébrerait un rite.

Il ne la remplit qu'à moitié et la porta à ses lèvres d'un geste large, sacerdotal. Un geste de communion. Après en avoir avalé le contenu, il fit une courte pause. Il tenait la cuiller immobile entre ses doigts, comme si elle eût été encore pleine.

Ses grands yeux noirs regardaient intensément dans le lointain quelque chose qu'il était seul à voir, un endroit situé au-delà des limites de la terre et du ciel.

Moritz emplit à nouveau sa cuiller. Il ne la remplissait jamais jusqu'au bord. Il n'avalait jamais plus qu'une demi-cuillerée de soupe, il n'en avalait jamais moins. Il la porta à ses lèvres avec la même lenteur et le même sérieux.

Iohann Moritz mangeait comme on célèbre la messe, avec une volupté égale et mesurée. Manger était pour lui un acte sacré — *l'acte de nutrition* — ramené à sa majesté originelle.

Et comme tout acte essentiel, il excluait la hâte et se déroulait avec attention et gravité. Aucune goutte de soupe ne restait sur les lèvres, ne tombait, ou n'était oubliée.

Ces gestes presque sacrés, dont Iohann Moritz se servait pour manger, paralysaient tout scepticisme et imposaient le silence.

Il n'avait rien de théâtral. Rien de gratuit. Rien d'inutile. A l'heure de déjeuner, Iohann Moritz s'intégrait dans le grand rythme de la nature. Il se nourrissait comme se nourrissent les arbres, qui tirent leur sève du plus profond de la terre. Tout son être était engagé dans l'acte qu'il accomplissait — et, sans plus rien voir de tout ce qui pouvait se passer autour de lui — il devenait à ce moment-là pleinement lui-même, retrouvant la nature et s'unissant intimement à elle.

Après avoir fini de manger et avoir pris avec sa cuiller les dernières gouttes de soupe au fond de sa gamelle, il demeura quelques instants immobile, contemplant le spectacle qui se déroulait devant ses yeux, spectacle qu'il était seul à voir. Puis, de ses trois doigts réunis, il se signa à nouveau.

Se retournant vers Traian, il lui dit, comme s'il était retombé sur terre après un long rêve :

— C'est un grand péché que de manger la nourriture d'un autre.

Puis il se mit debout et alla laver sa gamelle.

Traian demeura sur place les yeux au loin. Mais il ne voyait pas l'horizon. Il avait encore devant ses yeux l'image de Iohann Moritz célébrant le culte de la nutrition, l'acte solennel de la nutrition, auquel lui-même venait de renoncer.

147

— Je refuse tout secours médical, dit Traian Koruga.

C'était le soir de son quatrième jour de jeûne. Le commandant du camp, le lieutenant Jacobson, avait été averti qu'un groupe de journalistes américains, visitant les camps et les prisonniers d'Allemagne, venait d'arriver à Stuttgart. Il ordonna au bourgmestre Schmidt et au médecin-chef de s'arranger pour que Koruga soit installé pendant quelque temps en dehors du camp. La presse ne devait pas être mise au courant de son cas, qui était par trop spectaculaire. En effet, Traian Koruga n'était pas nazi. Son père, qui était mort récemment, avait été prêtre et avait eu les deux jambes amputées. La femme de Traian était juive. Autant d'éléments de scandale pour un reporter. Jacobson n'avait nullement envie d'amorcer un scandale. Si les journaux déclenchaient une campagne de presse à ce sujet, il serait immédiatement rappelé en Amérique et cela juste au moment où il était sur le point de compléter une importante collection de porcelaines allemandes. Il avait acheté le tout moyennant quelques paquets de cigarettes et en avait déjà placé des caisses en zone anglaise d'occupation, dans une cave. Il n'avait plus qu'à les faire parvenir aux U.S.A. Si jamais il parvenait à acheter toute la collection dispersée dans diverses villes, villages et caves d'Allemagne, il aurait dès lors de quoi vivre tranquillement, sans rien faire, tout le restant de ses jours. Mais pour cela, il fallait absolument qu'il reste sur place jusqu'à ce qu'il ait tout acheté.

Si les journalistes ne s'étaient pas trouvés à Stuttgart, le lieutenant n'aurait pas eu peur du scandale. Le cas Koruga eût été passé sous silence. Il ne l'aurait même pas signalé dans ses rapports. Dans les camps les prisonniers mouraient tous les jours de faim, et le fait que la plupart meurent parce qu'ils n'ont pas assez à manger et qu'un autre meure parce qu'il ne veut pas manger, n'avait aucune espèce d'importance. Mais dans les circonstances actuelles, le scandale eût dérangé tous les projets. Et il voulait à tout prix l'éviter ; des millions étaient en jeu.

Le bourgmestre Schmidt — ancien colonel S.S. et chef de la police de Weimar — avait promis au lieutenant Jacobson d'arranger l'histoire dans le plus court délai possible et avec la plus grande discrétion.

— Tout docteur est obligé de soigner un malade — même si ce dernier ne le veut pas, dit le bourgmestre. Vous avez de la fièvre. Nous allons vous transporter à l'infirmerie du camp.

Il était dix heures du soir. Iohann Moritz restait près du lit de Traian. Il tressaillait chaque fois qu'il entendait la voix du bourgmestre Schmidt. Il avait l'impression d'entendre la voix de Iorgu Iordan. C'était presque la même.

— Je refuse de bouger d'ici, dit Traian. Ce n'est pas parce que je suis malade, mais parce que vous avez peur du scandale que ma présence ici peut déclencher, que vous voulez me faire sortir de cette tente. Mais vous ne pourrez l'étouffer. Vous avez sans doute l'impression que je meurs trop vite ? Les vingt mille cadavres qui peuplent ce camp ne vous gênent pas. Les autres prisonniers meurent plus doucement. Et quand on meurt doucement, on ne provoque pas de scandale. Ils ne provoquent pas de scandale, eux, avec leur mort lente, mais sûre. Pourquoi ne les transportez-vous pas, eux aussi, à l'hôpital ?

— Mon devoir de docteur m'ordonne de vous transporter à l'hôpital, dit le Dr Dorf, le médecin des prisonniers. Votre état est des plus inquiétants, monsieur Koruga. Nous ne pouvons pas vous laisser une nuit de plus sous cette tente.

Deux infirmiers soulevèrent Traian Koruga et le posèrent comme un objet sur le brancard. Moritz serra les poings et grinça des dents. Il aurait voulu défendre Traian, mais le combat était perdu d'avance.

— C'est un très grand crime, que de faire une chose juste au nom d'une cause injuste, dit Traian.

Le docteur fit semblant de ne pas l'entendre

— Allons-y, dit le docteur.

Les infirmiers transportèrent le brancard hors de la tente.

Les prisonniers s'écartèrent pour faire de la place. Pas un ne dormait. Tous se taisaient.

C'était comme le silence qui précède la mort. Tous ces gens comprenaient que quelque chose de très grave était en train de se passer. Mais personne n'aurait su dire exactement quoi.

C'était une nuit de pleine lune. Iohann Moritz marchait derrière le brancard, la tête baissée comme derrière un convoi mortuaire. Il avait en main les vêtements, les chaussures, les lunettes et la pipe de Traian. Les larmes lui étaient montées aux yeux. Puis soudain il réalisa que l'homme étendu sur le brancard, que son ami, était encore en vie.

En arrivant à la porte de l'infirmerie, Iohann Moritz s'en vit interdire l'entrée.

— Tu n'as pas la permission de nous accompagner à l'intérieur, dit le bourgmestre. L'ordre est formel. Personne n'a la permission de parler à Traian Koruga. Et lui n'a la permission de voir personne. Je lui porterai moi-même les vêtements et les souliers.

Cette nuit-là, Iohann Moritz se promena tout seul le long des barbelés qui entouraient l'infirmerie. Il ne pouvait se résigner à abandonner Traian.

148

Traian Koruga fut enfermé dans une chambre de l'infirmerie. Une chambre à six lits dont aucun n'était occupé. On avait fait sortir tout le monde pour qu'il reste seul.

Deux jeunes infirmiers avaient reçu l'ordre de le garder.

Traian s'étendit sur le lit, en se tournant vers le mur. Ses lèvres étaient sèches comme de la cendre. Tel un film en couleur, des rêves lui traversaient l'esprit.

Il gardait les yeux fermés mais il était quand même aveuglé par une lumière intense comme seuls peuvent en fournir les tubes de néon. Cette lumière lui venait du dedans, c'était une lumière chaude qui lui brûlait les paupières. Toutes ses pensées s'en trouvaient colorées et illuminées. Et tout son corps semblait être fait de lumière, léger et brûlant comme ses rêves.

Il avait l'impression de planer.

« C'est maintenant à peine que je comprends pourquoi jeûnent les ascètes et les mystiques », pensa Traian.

« Lorsqu'on est affamé, il est beaucoup plus facile de se détacher de la terre. Dieu est tout près de vous. Cela vous donne l'impression de toucher le ciel avec le front. »

Traian Koruga demeura longtemps dans cet état d'extase. Soudain il se rendit compte qu'on lui avait apporté à manger.

L'un des infirmiers avait posé un plateau garni sur la chaise, près du lit de Traian. Traian tournait le dos au plateau. Il ne l'avait même pas vu. Mais il savait avec certitude tout ce qu'il contenait.

Ses narines devinèrent d'abord l'odeur de pommes de terre frites au beurre. Puis l'odeur de café. Il sentait la présence des plats sur le plateau comme s'il les avait déjà vus et goûtés. Son odorat s'était aiguisé. Jamais, jusqu'à ce jour, il n'avait pu distinguer avec une telle précision une odeur d'une autre.

Sur le plateau, il y avait encore un bol de lait chaud. L'odeur du lait fumant était aussi intense que celle du café. L'odeur de la viande était tout aussi persistante. Traian ressentait sa stridence, comme une couleur trop violente qui se détache des autres au milieu d'un tableau. L'odeur de beurre et de viande grillée augmentait l'effet provocant des autres plats. Elles imprégnaient la couverture, sa chemise, ses cheveux, les murs.

Traian sentait que l'odeur de viande un peu brûlée, de beurre, de lait et de café se collait à lui comme une pommade.

Il la sentait pénétrer avec chaque inspiration dans ses poumons, et jusque dans l'estomac. Il avait la sensation d'être en train de manger — de ne plus jeûner avec toute l'austérité voulue. Il fit un effort pour éliminer l'odeur des aliments de l'air qu'il respirait. Mais ce n'était pas possible. Et ce parfum de nourriture devenait de minute en minute plus pénétrant.

Traian Koruga se mit à l'analyser, lucidement, comme on décompose la lumière à travers un prisme.

« C'est un moyen comme un autre de vérifier mes possibilités olfactives », se dit-il en se laissant entraîner par cette opération qui lui donnait l'illusion de se dominer, de réussir à traiter la nourriture comme un objet d'étude. Une des premières découvertes qu'il fit fut que la viande n'était ni de la viande de porc ni du bœuf. Bien que ce fût la viande de conserve, donc mélangée à de nombreux ingrédients, Traian arriva à établir qu'il se trouvait en présence de viande de volatile, probablement de la dinde. Il avait envie de vérifier, mais il se retint et resta le visage tourné contre le mur. Le lait était un peu brûlé. Il avait été fait avec du lait en poudre et, étant trop concentré, il avait dû bouillir trop vite. Sur le plateau il y avait aussi de la compote. C'était l'odeur la plus effacée. Les narines de Traian la percevaient à peine, comme une couleur trop pâle. Mais d'avoir découvert l'odeur de la compote le remplit d'une intense satisfaction intellectuelle, comme s'il avait battu un record ou fait une importante découverte de laboratoire. La seule chose qu'il n'arrivait pas à savoir c'était si, sur le plateau, il y avait oui ou non du pain. Si oui, alors ce devait être du pain blanc, fait avec de la farine américaine, blutée au point de ne contenir que de l'amidon, et il devait être rassis.

— Vous feriez bien de manger tout de suite, dit l'infirmier s'approchant de son lit. Si les plats refroidissent, ils n'auront plus aucun goût.

Traian ne répondit pas. Il aurait voulu continuer l'opération et analyser le contenu du plateau sans le regarder, mais il n'en était plus capable. Il ne pouvait plus se concentrer, ni retrouver le calme nécessaire. Maintenant, toutes les odeurs s'étaient mélangées et s'étaient confondues en une seule — comme les sept couleurs du spectre se confondent toutes dans la lumière blanche. Les paroles de l'infirmier avaient mélangé les odeurs, comme une pierre jetée dans un bassin rompt les ondulations harmonieuses de l'eau.

Traian Koruga s'attrista de ne plus pouvoir analyser les odeurs et les savourer dans toute leur intégrité. Puis il s'endormit. Le lendemain matin, le plateau était toujours là. Traian Koruga ne le regarda même pas. L'odeur des plats était effacée. La nourriture ne vivait plus. Elle avait gelé, ou bien elle était morte.

Traian Koruga était fatigué. Il ne se retourna même pas dans son lit, et n'ouvrit pas les yeux. Il s'humecta à plusieurs reprises les lèvres avec la salive et s'attrista de constater qu'elles avaient un goût amer et âpre.

L'infirmier apporta un autre plateau et le mit auprès du lit, après avoir emporté celui de la veille. Cette fois-ci, le plateau contenait des œufs. Leur odeur avait la violence et l'éclat des couleurs d'affiche. A côté des œufs il y avait de la marmelade d'oranges, du lait, du café et du beurre. Mais toutes ces odeurs venaient blesser Traian Koruga comme des flèches qui pénétraient dans sa chair.

Traian Koruga serra les paupières, tellement sa souffrance était aiguë.

« Seigneur, aidez-moi à finir plus vite, murmura-t-il, suppliant. Il est trop dur de résister sans cesse à la tentation lorsqu'on est enfermé dans un corps humain. »

Il se consola à la pensée que son corps céderait au bout de deux ou trois jours.

« Dans deux ou trois jours je serai mort », se dit-il et il s'endormit de nouveau.

149

Traian Koruga se leva sur son séant et regarda par la fenêtre. Il était midi. Dans la cour les prisonniers étaient alignés sur trois rangs. Ils étaient nus. Toute la cour du camp était remplie d'hommes nus.

Sous la fenêtre même de l'infirmerie, il y avait une jeep entourée d'un groupe de soldats armés de matraques. Les soldats mâchaient du chewing-gum. Les prisonniers venaient à tour de rôle se mettre devant les soldats. Leur démarche était mal assurée. Les hommes tout nus avancent toujours craintivement. Traian connaissait cette sensation. Il faisait de même en pareille circonstance.

« De nouveau une perquisition ? se demanda-t-il. Qu'espèrent-ils donc trouver cette fois-ci ? »

Les perquisitions avaient lieu plusieurs fois par mois.

Un vieillard venait d'arriver devant les soldats.

« Le Métropolite Palade de Varsovie », dit Traian.

Le Métropolite était grand, bien qu'un peu voûté et très maigre. On aurait pu compter de loin ses côtes — un squelette couvert de peau. La barbe du Métropolite était blanche. C'était la seule chose blanche de toute la cour. Les yeux recevaient de la lumière en la regardant. Elle était d'une blancheur douce, héraldique. Les soldats se mirent à rire en le voyant arriver.

Mais le Métropolite n'avait pas l'air de les voir. Il regardait le ciel par-dessus leurs képis. Et ce jour-là le ciel était bleu comme une coupole d'église byzantine.

Les soldats examinèrent les doigts du Métropolite.

— Écarte les doigts, ordonna l'interprète.

Le vieillard écarta les doigts. Les soldats les regardèrent attentivement. Le prisonnier n'avait pas de bague.

— Lève les bras, ordonna de nouveau l'interprète.

Le vieillard leva les bras. D'abord devant sa poitrine, comme pour un geste de bénédiction, puis au-dessus de la tête. Il ne regardait ni l'interprète ni les soldats, mais l'interprète et les soldats l'examinaient attentivement pour voir s'il n'avait pas de bijoux cachés sous ses aisselles.

Puis ils contrôlèrent ses cheveux sur la nuque. Le Métropolite avait de longs cheveux blancs. Il aurait pu y cacher des bijoux. Les soldats les écartèrent, mèche après mèche, d'abord du bout de leur bâton, puis avec les mains. Ils contrôlèrent ses cheveux blancs sur le sommet de la tête et sur la nuque. Puis ils palpèrent sa barbe pour voir s'il n'y avait pas caché des bagues.

— Retourne-toi, dit l'interprète.
Le vieillard tourna le dos au soldat.
— Penche-toi, dit l'interprète.
Il se pencha et courba son dos comme pour prier devant les icônes. Mais cela ne suffisait sans doute pas.
— Écarte les jambes, dit l'interprète.
Le Métropolite écarta les jambes. Elles étaient minces et blanches. L'interprète et le soldat se penchèrent pour voir si le Métropolite n'avait pas de bagues ou d'autres objets en or cachés entre les jambes. L'un des soldats dit quelque chose à son camarade.
Le vieillard continuait à demeurer penché, les jambes écartées et le dos tourné.
— Tu peux partir, dit l'interprète.
Les soldats contrôlèrent le suivant.
Le Métropolite s'éloigna du même pas hésitant. Le vent faisait flotter sa barbe et ses cheveux comme un drapeau soyeux et blanc. Traian eut l'impression que le Métropolite n'était pas nu comme les autres.
Traian Koruga le suivit du regard jusqu'à ce qu'il fût entré dans la colonne d'hommes nus. Maintenant il était comme les autres, sans être cependant mélangé à la cohue. Quelque chose flottait tout autour de sa tête. Quelque chose qui forçait le regard. C'était peut-être la blancheur de ses cheveux, ou celle de la barbe. Peut-être encore son port de tête. Quelque chose qui vous forçait à le regarder comme on contemple les icônes.
— Maintenant je sais ce que je vois, dit Traian Koruga en tressaillant.
Les infirmiers se tournèrent vers lui. Mais Traian regardait par la fenêtre et les ignorait.
« La tête du Métropolite est encerclée de lumière, une auréole. Derrière ce front, il y a une lumière intense plus intense que le néon ou l'électricité, qui répand des rayons autour de la tête. Une lumière dorée. »
Après avoir regagné les rangs de la colonne, le vieillard leva les yeux vers les fenêtres de l'infirmerie. Les rayons qui encerclaient sa tête brillèrent encore plus fort.
« L'auréole n'est pas une invention des peintres d'icô-

nes », se dit Traian. Il examina les autres prisonniers aussi. Il y avait encore d'autres têtes à auréoles. Il ne les connaissait pas tous. Mais le Recteur de l'Académie de Vienne en avait une. Un jeune journaliste de Berlin l'avait aussi. Un ministre grec, l'ambassadeur de Roumanie à Berlin avaient eux aussi leur auréole. Et d'autres encore. Leur front projetait des rayons comme un feu très fort ou un réflecteur électrique. Mais ces rayons étaient plus beaux que tous ceux que peuvent produire le feu et la lumière électrique. Les rayons qui surgissaient de leur front auraient pu éclairer tout l'univers. Et jamais plus la nuit ne s'appesantirait sur la terre...

150

— Pourquoi ne voulez-vous pas manger ? demanda le lieutenant Jacobson.

Il était entré dans la chambre de Traian. Il avait fait sortir le docteur et le bourgmestre pour rester seul avec Traian.

— Que désirez-vous ? demanda le lieutenant. Il ne faudrait tout de même pas prendre ce camp pour une foire !

— Je ne mange plus parce que je n'ai plus faim, dit Traian. Mon appétit a disparu tout d'un coup. J'ai la nausée. Une nausée terrible. J'ai les intestins à l'envers. Et vous, lieutenant, vous n'avez pas la nausée ?

Jacobson se taisait. Il regrettait d'être resté tout seul avec Traian Koruga. Le prisonnier devait être fou. Ses yeux brillaient. « Il pourrait me sauter au cou et m'étrangler ! » pensa l'officier. Il jeta un regard vers la porte. Puis il sourit.

— Calmez-vous, monsieur Koruga, dit-il. Vous êtes surexcité et c'est compréhensible. Depuis six jours, vous n'avez rien pris, ni boisson ni nourriture.

— Ne partez pas, lieutenant, je ne suis pas fou ! dit Traian. N'ayez pas peur. Ma question concernant la nausée a été stupide. Bien entendu, vous ne pouvez pas avoir la nausée. Si, dès le début, on prend le parti de fermer les yeux et de se boucher le nez, on ne risque plus rien. L'être humain s'habitue à tout, même à la nausée. C'est seulement une question de volonté. Moi je n'ai pas de volonté. Et c'est sans doute pourquoi j'ai été pris de nausée. Il y a des ouvriers qui prennent leur petit déjeuner, leur déjeuner et leur dîner auprès des bouches d'égout ou dans les latrines. Cela ne leur fait plus rien. Ils sont habitués. Je les ai vus de mes propres yeux manger leur saucisson et leur pain beurré à deux pas des trous de cabinets. Ils s'en léchaient les lèvres. Ils étaient très gais et se racontaient des blagues. Même avec un odorat très raffiné on finit par s'habituer. Les Allemands brûlaient les cadavres des prisonniers des camps de concentration et dès qu'ils refermaient la porte du four crématoire ils s'en allaient allégrement déjeuner sans avoir la moindre trace de nausée. Il y a ici des hommes qui ont fabriqué des matelas avec la chevelure des femmes tuées dans les camps de concentration et ces mêmes hommes se sont servis de ces matelas pour y coucher avec leurs maîtresses, et y faire l'amour. C'est sur ces matelas qu'ils ont fait des enfants à leur femme, sur ces matelas qui contenaient les cheveux de femmes assassinées et brûlées. Et cela ne les a pas dégoûtés. Cela ne leur a pas soulevé le cœur. Ils ont très bien pris la chose et même ils étaient joyeux. J'ai été dans la même prison qu'une femme qui avait eu dans sa chambre à coucher et dans son boudoir des abat-jour faits en peau humaine. Ils filtraient une lumière jaune et lascive. Et c'est à la lumière des abat-jour en peau humaine que cette femme a fait l'amour, a mangé, a dansé, a bu, s'est abandonnée entre les bras d'un homme qui s'est penché vers elle et l'a embrassée. Elle a été heureuse. Les êtres humains s'habituent à la nausée. Ce n'est qu'une simple question d'habitude et de volonté. Les Russes ont violé des femmes de quatre-vingts ans. Une quantité infinie de femmes de quatre-vingts ans. Ils y sont passés à tour de rôle. Une dizaine pour chaque femme. Même après avoir fait l'amour avec des femmes de quatre-vingts ans, ils n'ont pas eu la nausée. Ils ont bu de la vodka. Vous, vous ne feriez jamais pareille chose. Je le sais. Vous ne violez pas les femmes. Vous leur offrez du chocolat et vous utilisez des préservatifs lorsque vous couchez avec elles. Et vous n'agissez pas comme les Allemands, non plus. Chaque peuple a ses coutumes. Mais vous non plus vous ne craignez pas la nausée, quoi que vous fassiez. Je suis certain que vous ne courez aucun danger, car croyez-moi, la nausée est un très grand mal. Voyez quelles sont mes souffrances. Mes boyaux se retournent comme on retourne un gant. Et je les sens presque dans ma bouche. Ma bile rebrousse chemin. Tout mon estomac est sens dessus dessous à cause de la nausée. *Et j'ai pitié des êtres humains.* Terriblement pitié. Comment voudriez-vous que je puisse manger dans ces conditions-là? Comment voudriez-vous que j'aie encore de l'appétit? Vous rendez-vous compte que je ne saurais plus manger dorénavant?

Le lieutenant Jacobson s'était rapproché de la porte. Il regrettait d'être venu. Le bourgmestre et le docteur ne l'avaient pas prévenu que Traian Koruga était fou. Ils lui avaient dit que le malade gardait toute sa lucidité. Mais ce qu'il venait d'entendre démontrait le contraire. Ils avaient menti tous les deux. Le prisonnier était fou.

— Vous avez raison, monsieur Koruga, dit le commandant. Dans ces conditions-là, il serait impossible que vous ayez encore envie de manger.

— Ne partez pas, dit Traian. Je me lève avec beaucoup de difficulté. Regardez par la fenêtre et dites-moi si la perquisition a pris fin.

— Non, pas encore, répondit le lieutenant Jacobson.

Traian Koruga s'émerveilla à nouveau. « Comment est-ce qu'un homme pouvait encore, après avoir regardé la perquisition qui avait lieu dans la cour, se rendre tout droit à table comme Jacobson allait le faire? »

Il était midi.

— La perquisition n'est pas encore finie, dit Traian. Elle ne finira pas bientôt. Elle ne fait que commencer. D'abord vous avez cherché de l'or dans les valises, dans les maisons, dans les hardes, dans les poches, dans les chaussures, dans les doublures, dans les caleçons. Maintenant vous le cherchez dans les bouches des hommes, sous leurs aisselles et dans leurs derrières. Partout. Les hommes doivent se mettre tout nus. Mais ce n'est que le début. Demain vous arracherez la peau pour chercher l'or qui est dessous. Puis, vous arracherez les muscles des os pour chercher de l'or. Puis vous briserez les os pour voir s'ils ne cachent pas des pièces d'or. Vous presserez les cerveaux des hommes. Vous farfouillerez leurs tripes. Vous les dépècerez. Tout cela pour chercher de l'or. Des pièces d'or, des bagues en or, des alliances en or. Vous briserez les cœurs en petits morceaux pour chercher de l'or. L'or ! L'or ! L'or ! Aujourd'hui nous sommes au début : vous n'en êtes encore qu'à la peau. Mais la peau sera arrachée. La perquisition continuera...

Le lieutenant Jacobson n'était plus dans la pièce. Traian Koruga se tourna vers le mur.

151

Pétition n° 6. — Sujet économique (valeurs trouvées sur les prisonniers).

Au cours des perquisitions effectuées sur les prisonniers, on a confisqué les bagues, les alliances, les bracelets, les montres, les stylos, l'argent et tous les objets de valeur.

Bien que les perquisitions soient faites avec soin jusqu'à l'épiderme, elles demeurent cependant imparfaites.

J'ai pu observer aujourd'hui que certains prisonniers avaient tout autour de leur tête une couronne ressemblant aux auréoles des saints comme on en peint sur les icônes. Les saints, je le sais, ont des couronnes en or. Celles des prisonniers ne sont ni en or ni en aucun autre métal précieux. S'il en avait été ainsi, ces couronnes — ou si vous préférez — ces auréoles, auraient été déjà confisquées.

Bien que ne contenant pas de métal précieux, leur valeur n'est pas à dédaigner.

Personnellement, je ne suis pas homme de science, mais je crois que ces couronnes doivent avoir une grosse valeur. Elles ne peuvent se former que grâce à des radiations qui émanent de l'Esprit de certains prisonniers.

Il est intéressant de remarquer que dans la Société technique occidentale de tels phénomènes ne se produisent pas. Ces phénomènes sont, paraît-il, l'apanage des Sociétés non civilisées. Mais cela n'a aucune espèce d'importance. Du moment que ces couronnes représentent une certaine valeur, elles ne doivent pas demeurer en possession des prisonniers. Il est formellement interdit aux prisonniers de posséder des objets de prix.

Je crois me souvenir que, même au cours de l'histoire, ce genre de couronnes — ou auréoles — a fait l'objet de confiscations. Les conquérants barbares de l'espèce de Gengis Khan appréciaient à leur juste valeur ces ornements découverts chez certains prisonniers, et les leur arrachaient. A cette époque de l'histoire on ne disposait pas des moyens actuels de transport. Pour ne pas abîmer la forme et la luminosité de ces auréoles, Gengis Khan, qui voulait les avoir à sa cour, a donné l'ordre que la tête soit emportée en même temps que l'auréole. Les têtes auréolées des prisonniers de Chine et d'Arabie ont été enfilées sur une ficelle et attachées à la selle du cheval, puis emportées en Mongolie. Mais en route, probablement à cause des conditions atmosphériques et des changements brusques de température, l'auréole a disparu, et toutes ces têtes coupées demeurées sans ornements ont dû être jetées. Elles avaient d'ailleurs commencé à se décomposer.

Pour éviter pareille perte vous feriez mieux de ne pas couper la tête aux prisonniers comme Gengis Khan le faisait. Les prisonniers possédant cette couronne précieuse pourraient être gardés dans des étuves à air conditionné et température constante et envoyés dans votre patrie.

Notre Société a le bonheur sans égal de disposer des moyens techniques nécessaires et nous épargner ainsi les pertes subies par les conquérants barbares. La chronique raconte qu'un demi-million d'auréoles avaient été ainsi perdues.

Veuillez accepter, comme d'habitude, l'expression de mon immense admiration — *Keep smiling !*

Le Témoin.

152

— Dans cinq minutes vous serez transporté à l'hôpital, dit le bourgmestre.

Il arpentait la chambre de Traian les mains dans le dos.

— Là, vous serez nourri de force. Je le regrette. Nous avons essayé de faire tout ce qui a été en notre pouvoir. Le lieutenant Jacobson aussi. Mais vous n'avez pas voulu nous comprendre. Nous voulions agir pour votre bien et vous nous tournez le dos.

Traian était étendu sur son lit, tourné vers le mur.

— Votre façon d'agir dénote un manque total de camaraderie, dit le bourgmestre en colère. Vous faites perdre leur temps aux docteurs et au lieutenant Jacobson avec vos histoires personnelles. Nous avons à nous occuper de vingt mille hommes et non à perdre notre temps avec un seul d'entre eux. Vous, vous êtes seul et ils sont vingt mille. Les questions individuelles doivent être mises de côté — chacun d'entre nous a une famille, une femme, des enfants et des soucis. Qu'arriverait-il si chacun d'entre nous vous imitait. Mais vous, vous ne pensez jamais à la collectivité. Vous êtes égoïste. Personnellement, j'ai suivi les conseils du lieutenant Jacobson qui est un romantique et croit encore à la démocratie, comme tous les Américains, et j'ai perdu, ces derniers jours, au moins cinq heures à m'occuper d'un seul individu de ce camp au détriment des vingt mille autres. C'est de la pure folie.

— Vous ne vous occupez d'aucun prisonnier de ce camp,

dit Traian. Vous vous occupez d'une machine administrative, c'est-à-dire d'une chose impersonnelle. Les hommes de ce camp ne doivent pas être confondus avec cette machine qui signifie : registres, machines à écrire, et chiffres. C'est de cela que vous vous occupez. Jamais vous ne vous occupez, monsieur le bourgmestre, des vingt mille hommes du camp. Les vingt mille hommes sont faits de chair, de sang et d'esprit. Ils sont faits de souffrance, de foi, de désirs, de faim, de désespoir et d'illusions.

« Et vous ne vous occupez ni de leur chair ni de leur sang, éléments individuels, ni de leurs espoirs ou de leurs désespoirs, qui sont encore plus individuels. Vous vous occupez de chiffres et de paperasses. Vous ne connaissez pas un seul prisonnier. Comment pouvez-vous prétendre que vous vous occupez de vingt mille prisonniers alors que vous ne vous occupez même pas d'un seul. C'est ridicule ! Ce sont les notions, ce sont les abstractions qui vous intéressent, vous et Jacobson, et non les hommes. Même moi, en ce moment, ce n'est pas en tant qu'homme que je vous intéresse. Je ne suis pour vous qu'une fraction de ces vingt mille hommes. Et c'est pourquoi vous vous mettez en colère à l'idée de perdre votre temps. Vous ne m'avez même pas regardé comme un individu. Et votre femme non plus, vous n'avez pas dû la regarder comme un être humain pris isolément. Vous avez dû la considérer comme femme, comme mère de vos enfants et comme ménagère, mais vous n'avez jamais dû la voir dans son ensemble. Et cependant elle n'existe que dans son ensemble. Et vous-même, vous ne vous connaissez pas davantage.

« Vous n'avez connu aucun être sur toute la surface de la terre. Car si vous en aviez connu un seul, vous n'auriez jamais l'impression de gaspiller votre temps en vous occupant de l'un d'entre eux. Vous n'avez connu que des êtres humains réduits à une seule dimension, mais ceux-là ne sont plus des êtres humains, tout comme les cubes réduits à un seul de leurs côtés ne sont plus des cubes.

L'infirmier vint annoncer que l'ambulance était dans la cour.

— Je voudrais dire adieu à mon ami Iohann Moritz, dit Traian.

— Il vous est interdit d'adresser la parole à un autre prisonnier.

Traian Koruga tourna le dos au bourgmestre. Les infirmiers le roulèrent dans une couverture et l'emportèrent comme un paquet vers l'ambulance.

La fenêtre de l'ambulance était fermée d'un rideau. Mais Traian Koruga était certain que Iohann Moritz devait se trouver à la porte de l'infirmerie pour voir l'ambulance démarrer.

Traian Koruga sourit en pensée à Iohann Moritz et lui dit : « Adieu. »

153

— Deux Américains nous ont amené un prisonnier fou.

Le médecin-chef de l'hôpital-prison de Karlsruhe sortit du lit, tourna le bouton de l'électricité et regarda sa montre. Il était une heure du matin. L'infirmier qui était venu le prévenir l'aida à s'habiller. Le docteur quitta la chambre. Il était de mauvaise humeur.

Les prisonniers n'étaient amenés à l'hôpital que par groupes. Dans le camp, on attendait que le nombre des malades atteigne le chiffre de cent pour les transporter à l'hôpital. Même ceux qui étaient gravement malades étaient obligés d'attendre dans le camp, trois ou quatre semaines, jusqu'à ce que le nombre soit complet et que le transport tout entier puisse être livré. Au cours de toute une année, il n'y avait eu que deux exceptions. Celle-là était la troisième.

— Quel genre de fou est-ce qu'il peut bien être pour qu'ils nous l'envoient tout seul et à cette heure de la nuit ? demanda le docteur en pénétrant dans le bureau.

— Un cas très grave, sans doute, dit l'infirmier. Mais je

ne l'ai pas encore vu. Il dormait dans l'ambulance. Si deux Américains ont pris la peine de nous l'amener à une heure pareille cela ne peut être que sérieux.

Dehors il faisait froid. Le docteur venait de sortir de son lit tout chaud. Il grelottait encore en signant la feuille d'entrée du prisonnier.

Les deux Américains montèrent dans l'ambulance et repartirent. Le docteur alla se coucher et renonça à voir le prisonnier sur-le-champ. Il faisait trop froid. Il donna ses instructions pour qu'il soit transporté à la section adéquate.

Traian Koruga ne savait pas où il se trouvait. Il ne savait pas que l'ambulance avait eu une panne en route, une panne qui les avait retardés jusqu'à minuit. Il ne se rendait même pas compte de l'heure. Il n'avait ouvert les yeux qu'au moment où on l'avait fait traverser la cour de l'hôpital, étendu sur le brancard. A cet instant-là il avait vu le ciel bleu tout plein d'étoiles.

« La Voie lactée », dit-il et il sourit à la grande route blanche là-haut dans le ciel. Puis il se rappela les paroles du bourgmestre : « Nous allons vous envoyer dans un hôpital où vous serez nourri de force. » Traian était décidé à refuser tout secours médical. « Tant que je serai lucide, je me refuserai à manger et à boire. »

Les infirmiers qui l'avaient entendu dire « la Voie lactée » riaient. Ils posèrent le brancard par terre. L'un d'eux s'approcha de Traian et lui dit ironiquement :

— Nous sommes arrivés sur la Voie lactée.

Traian Koruga n'apprécia pas la plaisanterie. Puis il sentit qu'on le prenait dans les bras et qu'on l'étendait sur un lit.

154

Traian Koruga regardait la chambre dans laquelle il se trouvait. Au plafond, la lampe était entourée d'une toile métallique. La fenêtre était solidement grillée. Dans la chambre se trouvaient quatre lits. Deux malades restaient l'un près de l'autre et causaient entre eux. Ils portaient des uniformes allemands.

Lorsque Traian était entré la veille dans la chambre ils n'avaient même pas tourné la tête et avaient continué à parler. Tous deux paraissaient jeunes. Le troisième malade restait dans son lit la couverture tirée sur sa tête. Traian apercevait ses gros souliers, émergeant de sous la couverture. Traian se demandait comment le malade à gros souliers pouvait encore dormir à cette heure-là.

Près de la porte, il y avait un infirmier en blouse blanche. Il était assis. Sa tête ressemblait à celle du bourgmestre Schmidt. Une tête carrée et massive. Une tête en bois. Tous les muscles du visage étaient immobiles, morts. Ses regards aussi étaient morts et vitreux. L'infirmier n'avait pas la tête d'un homme mort mais plutôt celle d'un homme qui n'a jamais été vivant.

L'infirmier s'approcha de Traian.

— Tu ne veux pas nous raconter une histoire? demanda-t-il.

Il lui pinça le menton comme un enfant qu'on réprimande. Traian Koruga se dégagea et ne répondit rien.

— Tu ne veux donc rien nous raconter! dit l'infirmier. Tu es de ceux qui se taisent.

Il lui tapota la joue.

— Si ça te chante, tu peux continuer à t'amuser tout seul avec l'araignée que tu as au plafond.

Puis il alla se rasseoir sur sa chaise près de la porte.

155

— Ils m'ont enfermé dans une maison de fous parce que j'ai fait la grève de la faim.

Traian se mordit les lèvres. Toute sa fatigue avait disparu. Une envie folle de lutter s'était emparée de lui.

« Je suis dans une maison de fous ! se dit-il. Leur plan n'est pas mauvais. Je ne l'avais jamais rencontré auparavant. Même pas dans les romans décrivant les tortures des prisons russes. Tous les prisonniers médecins et professeurs universitaires du camp ont signé un certificat comme quoi j'étais fou. Ils veulent prouver que ma déclaration de grève est un acte de folie. Mais dans la vie il y a certaines choses qui ne se terminent pas aussi vite, et surtout d'une façon aussi simple. Je continuerai à lutter. »

Traian Koruga serra les poings...

« Maintenant je dois leur prouver que je suis lucide », se dit-il. Et il s'approcha de l'infirmier. Il chancelait et s'appuyait contre le mur.

— Tu es venu me raconter ta petite histoire ? demanda l'infirmier. Je savais bien que tu allais venir me la raconter.

Il riait.

— Tous ceux qui viennent ici ont une petite histoire à raconter. Mais maintenant je n'ai pas le temps de t'écouter, mon petit. Tu me la raconteras demain, ou après-demain, dans un mois ou peut-être dans une année. Tu auras tout le temps pour me la raconter, ton histoire.

L'infirmier avait un journal à la main. Il voulait continuer à lire.

— Ton lit est là, au fond, dit-il. Vas-y et reste tranquille. Ne va pas te mettre dans un autre lit. Tu as compris ?

— Je voulais vous demander quelque chose, dit Traian.

— Je sais bien que tu veux me demander quelque chose, dit l'infirmier ennuyé. Mais maintenant je n'ai pas le temps. Va et mets-toi sur le lit. Tu dois être un garçon bien sage. Sinon tu recevras une petite raclée avec la cravache que je vais te montrer.

Il tira du tiroir de la table une cravache de cavalerie et la lui montra. Puis il la remit à sa place.

Traian Koruga se rendit compte que toute parole était inutile. Tout ce qu'il pourrait dire ne serait même pas écouté et passerait pour discours de fou. Il revint vers son lit, et s'y étendit.

156

« Ce n'était pas assez d'être en prison. Maintenant me voilà dans un hospice de fous. » Traian ferma les yeux.

Il aurait voulu organiser son plan d'action pour le lendemain. Mais il ne s'en sentait pas capable. Il s'endormit, les poings serrés.

— Lève-toi !

Traian tressaillit. Il venait à peine de s'assoupir. Devant lui se trouvait l'infirmier qui l'avait transporté la veille sur le brancard et qui lui avait dit qu'ils étaient arrivés sur la Voie lactée. Traian avait reconnu sa voix.

— Donne-moi tout ce que tu as dans tes poches.

Traian se leva. Il mit les mains dans ses poches. Sa main tremblait. Il retira son mouchoir et le tendit au gardien. Puis il tira d'une autre poche sa pipe et la lui tendit également. Dans la poche d'en haut il avait une petite icône. L'icône de saint Antoine. Il la regarda et la donna au gardien...

— Tu n'as plus rien dans tes poches ?

— Non, répondit Traian. C'est tout ce que j'ai.

— Lève les bras ! ordonna l'infirmier.

Traian leva ses bras jusqu'à la hauteur de sa poitrine. Ses yeux étaient couverts d'un léger voile et il lui était impossible de les lever davantage.

— Plus haut ! ordonna le gardien.

— Je ne peux pas, répondit Traian. Je me sens très mal. J'ai un étourdissement.

L'infirmier lui prit les bras et les lui mit au-dessus de la tête. Traian sentait ses propres mains peser comme des pierres sur le sommet de son crâne. Il ne s'était jamais imaginé que ses propres mains puissent lui paraître si lourdes. Il ne pouvait même pas les déplacer.

L'infirmier fouilla ses poches. Traian sentait les mains

étrangères se promener non dans ses poches, mais sous la peau, dans sa chair même.

— Tu peux baisser les mains.

L'infirmier prit les mains et les lui fit tomber le long du corps.

— Enlève tes lacets.

— Laisse-le tranquille, dit l'infirmier qui était de garde dans la chambre. Regarde-le : il est jaune comme de la cire.

Traian Koruga fut étendu sur le lit. Les infirmiers délacèrent ses souliers et prirent les lacets. Puis ils baissèrent son pantalon, enlevèrent le lacet du caleçon militaire et le prirent aussi. Ensuite, ils enlevèrent ses lunettes.

— Ne prenez pas les lunettes! dit Traian Koruga d'une voix suppliante.

Il était très myope.

— Tu veux sans doute te couper les veines avec les verres?

— Je ne vois rien sans lunettes.

— Tu n'as rien à voir ici.

L'infirmier fit un paquet des lunettes, du mouchoir, de la pipe et de l'icône de Traian Koruga. C'était tout ce qu'il possédait encore sur cette terre. L'infirmier les prit et s'en alla.

157

— Lève-toi et mange!

C'était le premier matin qu'il passait à l'hospice.

Traian regarda le bol plein de soupe que lui tendait le gardien.

— Inutile, je ne mange pas!

— Si tu crois pouvoir en faire à ta tête, tu perds ton temps, dit le gardien.

Il posa le bol par terre près du lit et se dirigea vers le lit voisin.

— Je fais la grève de la faim depuis six jours, dit Traian.

— Ici tout ce monde fait la grève de la faim, ma poupée ! Tu n'es pas le seul !

L'infirmier s'approcha du malade qui dormait, la tête enfouie sous les couvertures et portait de gros souliers ferrés. Il le découvrit. C'était un vieillard à barbe blanche. Il regarda craintivement le gardien et cacha son visage dans l'oreiller.

— Que me voulez-vous ? demanda-t-il.

Puis il enfouit de nouveau sa tête sous l'oreiller.

— Lève-toi, petit père ! ordonna l'infirmier. Nous devons te donner à manger.

Les deux fous plus jeunes s'approchèrent eux aussi du vieillard. Ils se tenaient serrés l'un contre l'autre comme s'ils avaient peur d'être séparés. L'infirmier les appelait « les Bouledogues ».

— Vous, les Bouledogues, sautez-lui dessus ! cria le gardien.

Il avait l'air de jeter un ordre à des chiens. L'un des Bouledogues saisit le vieillard dans le dos par-dessous les aisselles. L'autre lui leva la tête et le mit sur son séant.

— Doucement, doucement, ne lui brisez pas les os ! dit le gardien en riant.

Le vieillard pleurait. Il avait posé son menton sur sa poitrine et il regardait obstinément le plancher.

— Ouvre la bouche, petit père ! dit l'infirmier. Ta nourrice t'apporte le biberon !

Le vieillard avait collé le menton contre sa poitrine et serrait les mâchoires de toutes ses forces.

— Ouvrez-lui le museau, mais allez-y doucement !

Les Bouledogues se mirent à genoux sur le lit, fourrèrent leurs doigts dans la bouche du vieillard et lui desserrèrent les mâchoires.

Un des infirmiers le prit d'une main par le nez, lui bouchant les narines, et de l'autre lui versa la soupe dans la bouche.

Le malade cracha la soupe sur la poitrine des Bouledogues qui se mirent à rire. L'infirmier versa la seconde cuillerée de soupe dans la bouche du vieillard. Cette fois-ci, le malade ne réussit pas à la cracher. La nourriture s'était arrêtée dans son gosier et il devait à tout prix l'avaler, à moins d'étouffer. Il ne pouvait pas respirer par le nez car ses narines étaient bouchées par les doigts de l'infirmier.

— J'étouffe ! dit-il.

L'opération continua. Le vieillard leur criait de temps en temps qu'il étouffait et se débattait entre les bras des Bouledogues qui le tenaient serré de toutes leurs forces.

— Tu vois bien que ça peut aller, petit père ! dit l'infirmier.

Le vieillard était jaune comme de la cire.

Traian Koruga se couvrit les yeux pour ne plus voir ce spectacle.

— Tu as peur ? demanda l'infirmier. Dans quelques minutes ce sera ton tour.

— Nous lui donnerons à manger à lui aussi ? demandèrent d'une seule voix les Bouledogues.

— S'il n'est pas sage, nous lui donnerons à manger à lui aussi.

Les Bouledogues ne regardaient plus le vieillard. Ils fixaient les mâchoires et le cou de Traian.

Traian Koruga se pencha, prit le bol de soupe et se mit à manger très vite, sans mâcher. Lorsqu'il eut fini, il dit :

— Vous avez raison. Celui qui refuse de manger après avoir été interné dans un hospice est un fou. Les fous ne peuvent pas faire la grève de la faim, car ils sont irresponsables. Mais moi, je ne suis pas fou. Et c'est pourquoi j'ai mangé. Ce qui ne veut pas dire que j'ai cessé de combattre.

158

« Il faut absolument que je leur prouve que je suis sain d'esprit », se dit Traian. Il avait mal à la tête. La nourriture qu'il venait d'ingurgiter lui pesait comme du plomb sur l'estomac. Mais il s'efforçait de se tenir debout sur ses jambes. Il s'efforçait de sourire. Il s'approcha de l'infirmier.

— Je voudrais parler au docteur qui dirige ce service, dit-il.

— Attends la visite, répondit l'infirmier. Alors tu pourras parler au docteur.

— Je ne pourrais pas le faire avant la visite ?

— Les malades de ce service n'ont pas la permission d'appeler le docteur en dehors des heures de visite.

— Je comprends, dit Traian. Le docteur ne va pas se déranger pour un fou. Mais je te jure que je ne suis pas fou.

— Pourquoi t'auraient-ils envoyé ici si tu ne l'étais pas ?

— Pour que je cesse de faire la grève de la faim, dit Traian. Je te l'ai déjà dit. Maintenant j'ai mangé. Il n'y a donc plus aucune raison pour que vous me considériez encore comme un fou. Si j'avais refusé de manger, vous auriez pu prendre mon geste pour un acte de folie et non comme une simple protestation. Mais maintenant tout est clair.

Traian s'aperçut que l'infirmier lisait le journal sans l'écouter. Il ne lui avait prêté aucune attention.

— Tu continues à me prendre pour un fou, même après m'avoir vu manger ?

Sa voix tremblait.

— Va donc te coucher, et laisse-moi lire le journal, ordonna l'infirmier.

— Mais puisque je te dis que je ne suis pas fou !

— Bien sûr, bien sûr, dit l'infirmier. Maintenant couche-toi et reste tranquille. Ici il faut être sage. Les garçons qui ne sont pas sages reçoivent des coups de cravache.

159

Le docteur ne vint pas faire sa tournée de toute la matinée. Vers midi, l'un des Bouledogues fut emmené par un infirmier. Il fut ramené une demi-heure plus tard, étendu sur un brancard, et fut déposé au milieu de la chambre. Ses narines bouchées avec de l'ouate frémissaient. Son front était pâle. Une mousse verdâtre lui coulait de la bouche comme aux chiens enragés. Ses lèvres tremblaient.

— Que lui a-t-on fait ?

L'autre Bouledogue ricanait en regardant le corps raidi de son ami secoué de spasmes. Sa poitrine se soulevait comme un soufflet de forge. Les muscles des mains et des jambes tremblaient tout seuls comme détachés du reste du corps. Sa peau avait pris une autre couleur. Ce n'était plus la peau d'un homme vivant. Son épine dorsale était raide, de la rigidité des choses mortes. Même les spasmes qui le secouaient n'appartenaient plus à la vie. C'étaient des spasmes automatiques de poupée mécanique. La seule chose qu'il avait de vivant, c'était cette écume verdâtre qui lui coulait de la bouche et qui se répandait sur sa poitrine, et de là sur la toile du brancard.

— Qu'a-t-on fait au Bouledogue ? demanda de nouveau Traian.

— Rien, répondit l'infirmier. Des piqûres.

— Quel genre de piqûres ? Pourquoi se débat-il comme cela ?

— Ne sois pas curieux, mon gros ! dit l'infirmier. On t'en fera à toi aussi. Pas plus tard que demain.

— Demain ?

Traian Koruga regarda le corps qui se débattait sur le brancard.

— Ça t'étonne ? dit l'infirmier. Tu n'y crois pas ? Ici tout le monde doit avoir des piqûres.

Il changea la ouate du nez du Bouledogue et lui pinça la joue. Le Bouledogue n'eut pas de réaction.

— Même si tu te mettais à le couper en morceaux avec un couteau, il ne sentirait rien. Tant qu'il a cette crise, il ne sent rien. Vous avez tous besoin de piqûres. Elles mettent les nerfs en mouvement. Regarde la belle gymnastique qu'ils sont en train de faire.

Traian se mit sur le lit, le visage enfoui dans les mains. La porte s'ouvrit. Traian tressaillit. Mais ce n'était pas le docteur. Ce n'était qu'un infirmier qui venait chercher le second Bouledogue. Il le prit par le bras et sortit de la chambre avec lui.

Peu de temps après, l'autre Bouledogue fut ramené dans la chambre et déposé au milieu de la pièce sur un brancard, à côté de son ami. Il avait le même tampon d'ouate dans le nez et la même écume blanche et verte à la bouche, cette écume de chien enragé. Son corps se débattait avec saccades.

Le vieillard fut emmené lui aussi, puis ramené quelques instants après sur un brancard.

Traian regardait les trois corps qui se débattaient au même rythme, bien qu'étrangers les uns aux autres.

— Quelle espèce de piqûres ? demanda Traian.

— Cardiazol, dit l'infirmier. Chocs pour les nerfs. Cela vous secoue le cerveau, et dissipe le brouillard qui est dedans.

L'infirmier se mit à rire.

Traian regarda à nouveau les trois corps allongés à ses pieds. Les tressautements paraissaient mécaniques. Comme des mouvements de robots. Les narines se dilataient et tremblaient aux mêmes intervalles, au même rythme et avec la même intensité. Les poitrines se soulevaient et s'abaissaient comme les pistons d'une machine.

Toute la vie qui était encore demeurée dans ces corps avait été réduite aux mouvements automatiques des muscles. La volonté, les instincts, l'esprit, tout était mort. Il n'y avait plus que le réflexe mécanique. Le réflexe avait été amplifié et transformé en spasme.

Traian Koruga eut la vision de la vie humaine dans la Société technique contemporaine. La chambre dans laquelle il se trouvait s'était agrandie démesurément jusqu'à contenir toute l'Europe, tout l'Occident, toute la Terre.

Dans cette chambre ne se trouvaient plus seulement ces trois hommes réduits à leurs seuls réflexes jusqu'à s'identifier aux robots, mais tous les hommes de la terre.

C'était une vision stupide, exagérée. Mais elle obsédait

Traian. Il lui semblait voir le bourgmestre Schmidt du camp de Kornwestheim danser du même rythme diabolique. Et avec lui le lieutenant Jacobson, et le gouverneur Brown et Samuel Abramovici et tous les autres dansaient au même rythme de jazz, de machine, de choc provoqué par le Cardiazol. Toute une société se débattait dans les mêmes spasmes. Traian se couvrit les yeux et cria : « Je ne veux pas ! Je ne veux pas ! »

160

— Sur votre fiche individuelle il n'y a rien concernant votre prétendue grève de la faim.

Le médecin le regardait avec soupçon.

— Si vous aviez fait la grève de la faim, cela aurait été porté sur votre fiche. Au lieu de cela, je lis : « Troubles mentaux, obsession de suicide, accès de violence, idée de persécution. » Et c'est tout. Absolument rien en ce qui concerne la grève. La grève est un acte lucide et conscient. Mais elle n'est pas signalée ici. Votre diagnostic a été signé par deux professeurs universitaires. Deux sommités de la médecine allemande. Qui donc voudriez-vous que je croie ? Vous, ou les deux professeurs ?

Le médecin était convaincu que Traian avait inventé d'un bout à l'autre son histoire.

— Êtes-vous certain que votre femme soit arrêtée, elle aussi ? demanda le docteur. Personnellement, je serais porté à croire que vous n'êtes même pas marié. Où est votre alliance ?

— Elle m'a été confisquée lors des perquisitions dans le camp.

— C'est possible, dit le docteur. Mais je n'en ai aucune preuve. Je dois me référer à ce que m'indique votre fiche médicale. Il ne faut pas vous fâcher, mais jusqu'à preuve du contraire, je suis obligé de partir des prémices suivantes : votre femme n'est pas arrêtée, vous n'êtes peut-être même pas marié, votre père n'est pas mort dans le camp et vous n'avez pas été arrêté sans raison. Je suis obligé de faire abstraction de tout ce que vous pouvez me raconter.

Traian Koruga pensait : « Comment peut-on prouver à quelqu'un qu'on est sain d'esprit ? Chaque mouvement, chaque mot que vous considériez jusqu'à cet instant comme parfaitement normal, devient, dès que vous le soumettez à l'analyse, un geste typique de fou. Les mêmes paroles, les mêmes phrases, les mêmes opinions qui dans la vie courante semblent normales, et même intelligentes, deviennent dans un hospice des symptômes de folie. Les frontières entre l'état normal et la folie ne peuvent être précisées. Cependant je dois à tout prix démontrer que je ne suis pas fou ! »

— Je vous en supplie, docteur, aidez-moi ! dit Traian.
— Que puis-je faire ?
— Me croire !
— Cela ne vous avancerait guère, répondit le docteur.
— Je ne vous demande pas de me dire que vous me croyez, mais je vous demande de me croire vraiment, dit Traian. Et je vous demanderai aussi de me soumettre à un examen médical rigoureux.
— Votre dernière demande est parfaitement inutile. L'examen médical est obligatoire, dit le docteur. Quant à la première : non. Je suis homme de science. Je ne crois que ce que je constate. Je ne peux pas croire sans preuves.
— Croyez-moi en tant qu'homme !
— Je suis homme de science, répéta le docteur en appuyant sur chaque mot. Ma conscience professionnelle m'interdit de croire quelqu'un sur parole, sans preuves à l'appui.

161

Traian fut soumis à un examen médical. On lui fit une prise de sang aux veines des deux bras. Puis une seconde prise de sang, cette fois-ci au bout des doigts. Puis une autre encore, de nouveau au bras, plus importante, celle-ci. Il donnait son sang avec résignation. L'Homme doit toujours donner de son sang. Toujours. Partout. Mais cela n'avait pas été suffisant. Ils lui firent une piqûre derrière la tête, dans la nuque, pour en extraire quelques gouttes du liquide céphalorachidien. Il avait supporté la douleur. Cela lui avait fait très mal. L'opération s'était répétée. Traian était résigné. Il savait bien que l'Homme doit payer de son cerveau aussi, non pas seulement de son sang. Sinon, on lui conteste le droit de vivre.

On avait excité ses glandes. On en avait extrait les sécrétions les plus intimes qu'on avait mises entre des plaques de verre, et analysées à la lumière des lampes. L'urine, la salive, les sucs des diverses glandes et organes du tube digestif, tout avait été examiné au microscope, mis en éprouvette, pesé et distillé dans le laboratoire de la prison.

Les médecins avaient radiographié ses poumons. Puis sa tête. Tout le squelette, os par os, et jointure par jointure avait été passé aux rayons X.

Les docteurs cherchaient la blessure qui avait provoqué le cri désespéré de l'Homme en quête de justice. La blessure se cachait ailleurs, mais les médecins s'entêtaient à la chercher dans le corps de Traian, dans ses poumons, dans ses os, dans son cerveau, dans son sang, dans sa moelle. Et lui, les laissait faire. Ils lui avaient ensuite examiné un à un tous les muscles et tous les nerfs pour en observer les réactions. Les genoux, les mains, l'estomac, tout y était passé. On avait écouté battre son cœur. On avait essayé de surprendre le moindre mouvement anormal de ses poumons. L'oreille du docteur avait écouté tous les mouvements secrets de son sang.

Le corps de Traian avait été pesé. Ensuite on avait mesuré sa taille, son tour de poitrine, ses os, ses bras, ses jambes. On lui avait demandé d'ouvrir la bouche, ses dents avaient été regardées, comptées, frappées. Sa langue avait été examinée comme un plat qui n'a pas l'air très frais. Tout le corps de Traian avait été examiné comme un article sur lequel plane l'ombre d'un doute. Peut-il oui ou non être utilisé ?

Puis il lui fallut subir l'interrogatoire des psychiatres. Le médecin avait discuté avec lui matin, midi et soir et quelquefois même la nuit. Ses réponses aux questions les plus anodines avaient été soigneusement notées. Les médecins y avaient cherché les empreintes de la folie, comme les détectives les indices du meurtre dans la maison de la victime. Ils avaient incité Traian à parler de son enfance, de sa mère, de ses sœurs, de son père et des femmes qu'il avait connues. Traian Koruga qui connaissait les voies plongées dans la nuit du subconscient, ces voies cachées et sombres que les médecins recherchaient, les avait aidés de son mieux.

L'âme de Traian avait été disséquée de partout, mise à nu, ouverte comme une armoire remplie de vieux habits et de linge sale. Les médecins y avaient fourré leur nez, sans avoir la nausée à force de regarder et de renifler chaque pli de cette vie cachée, intime.

Enfin l'examen s'était achevé.

— Vous êtes parfaitement sain ! avait dit le docteur. Rien que des complexes inévitables, de la sous-alimentation, de l'avitaminose et un poids au-dessous de la normale. A part cela, tout est en ordre. Un peu d'anémie, vos jointures sont gonflées à cause du manque de nourriture. Les dents souffrent pour les mêmes raisons. Le pouls est irrégulier à cause de l'affaiblissement de l'organisme, quelques taches inoffensives sur les poumons et un peu de rhumatisme. Mais ce sont là des maux courants et sans importance.

— Vous êtes donc convaincu que je ne suis pas fou ? demanda Traian.

Il était fatigué. Tout aussi fatigué que Jésus sur le mont des Oliviers.

— Je vous prie de me faire sortir sur-le-champ de l'hôpital.

— Vous allez être interné à la section médicale, dit le docteur. Vous êtes terriblement affaibli.

— Je veux retourner au camp ! dit Traian.

— Ce que vous demandez là n'est pas raisonnable.
— Je veux être renvoyé le plus tôt possible au camp !
Une semaine plus tard, Traian Koruga se trouvait de nouveau au camp. Il y était rentré muni de tous les papiers certifiant qu'il n'était pas et qu'il n'avait jamais été fou. Ses yeux brillaient du plaisir de la victoire. Mais tout son corps chancelait comme une ombre faite de souffrance et de lassitude.

162

— L'arrestation automatique est une méthode, mais elle ne peut constituer un motif d'arrestation, dit Traian Koruga. Pour jeter un homme en prison, pour le traiter comme un criminel et pour le tuer par des moyens plus ou moins lents, il faut avoir un motif quelconque. Il faut que cet homme soit reconnu coupable. Et en quoi suis-je coupable ? En quoi ma femme est-elle coupable ? Quel crime a donc commis mon père ? Qu'a pu faire Iohann Moritz ? A l'instant précis où je vous ai posé cette question avec un désespoir absolument normal, après être resté quinze mois en prison, vous avez considéré mon cri comme un crise de folie. A partir du moment où la soif de l'homme pour la Justice et pour la Liberté est taxée de folie, l'homme n'existe plus. Il peut posséder la civilisation la plus évoluée de l'histoire, mais cette civilisation même ne lui est plus d'aucun secours.

Le lieutenant Jacobson alluma une cigarette. Il avait fait appeler Traian Koruga dans son bureau dès son retour de l'hospice. Maintenant il le regrettait.

— Vous les Européens, vous prenez tout au tragique, dit le lieutenant Jacobson. On dirait que vous ne savez faire que cela.

— Il se pourrait que vous ayez raison, dit Traian. C'est sans doute un défaut. Mais assister le sourire aux lèvres à la tragédie, aux convulsions de l'Homme, c'est là chose infiniment plus grave, incomparablement plus grave... C'est bien plus qu'un simple défaut ou qu'une simple faute.

— J'ai essayé de faire quelque chose pour vous, dit le lieutenant Jacobson. Mais cela n'a pas été possible. J'ai demandé que vous soyez mis en liberté...

— Je suis convaincu que vous avez fait de votre mieux, mais cela n'a servi à rien, dit Traian. Vous ne pouvez et ne pourrez jamais réussir. Aucun Homme ne pourra dorénavant réussir à en libérer un autre, ou à se libérer lui-même. L'Homme est désormais en minorité et il a les poings liés. Il ne peut plus rien faire pour lui-même ou pour ses semblables. L'Homme a des chaînes mécaniques. Vous les avez aussi. Les chaînes de la bureaucratie technique vous pendent aux mains et aux jambes. C'est tout ce que la civilisation occidentale contemporaine puisse encore nous offrir à nous, les hommes : les *menottes!*

— Rentrez au camp, dit Jacobson. Reposez-vous. *Take it easy!* Ne faites surtout plus de bêtises.

— Il ne me reste plus qu'à faire ce que la Société technique permet encore à un Homme de faire.

— Voilà que vous sombrez de nouveau dans le cafard! dit le lieutenant Jacobson. Je n'aime pas vous voir cet air-là. Voulez-vous une cigarette?

— Avec plaisir.

Traian prit la cigarette. Puis il demanda :

— N'avez-vous pas l'impression, lieutenant Jacobson, que nous sommes tous des spectateurs qui nous entêtons à demeurer dans la salle même après que le spectacle ait pris fin? Cet entêtement ne vaut rien. Nous serons tous mis à la porte. Tous, tant que nous sommes, et jusqu'au dernier. La salle doit être aérée. On doit enlever les chaises. Les continents doivent être aérés. Dans quelques instants, un autre spectacle va commencer. L'histoire continuera le cycle de ses représentations. Hier c'étaient « les Pétitions » qui étaient affichées, les Pétitions c'est-à-dire les cris suppliants de l'homme demandant aux citoyens des bureaux de les laisser vivre. Mais la Pétition par laquelle l'Homme condamné à mort demandait à être gracié a été repoussée. Elle n'a d'ailleurs même pas été lue. Le spectacle n'a pas eu de succès. Il n'avait pas de *happy end*.

« Demain se jouera la générale d'une pièce qui a pour titre « le Ballet mécanique ». Ce sera un spectacle sans hommes. La scène ne sera peuplée que de Robots, de Machines et de Citoyens sans visages. Mais je ne serai plus là pour voir la pièce. Ce spectacle commence trop tard pour que je puisse encore y assister. Vous, vous y aurez une loge réservée. Mais seulement pour les premières représentations. Allez-y, et bon amusement ! N'oubliez pas que la loge ne vous est réservée que pour le début de la saison...

Traian Koruga laissa sa cigarette allumée dans le cendrier qui se trouvait sur le bureau du lieutenant et il quitta la pièce.

163

Traian Koruga rencontra Iohann Moritz à l'entrée du camp, près de la porte. Moritz était tout triste. Lorsqu'il aperçut Traian, il se mit à pleurer.

— C'est bien vous ? Je ne croyais plus vous revoir.

— Et tu l'aurais regretté ?

— Je l'aurais regretté jusqu'à ma mort, dit Iohann Moritz, en lui serrant les mains. Je n'ai même pas pu vous dire adieu lorsque vous êtes parti. Ils ne m'ont pas laissé entrer à l'infirmerie. J'essayais sans cesse d'y venir. Où vous avaient-ils mis ?

— Chez les fous, dit Traian.

Iohann Moritz se couvrit la bouche de sa main, en regardant Traian.

— Ce n'est pas possible ! Chez les fous ?

— Oui, chez les fous, dit Traian. J'en ai rapporté de quoi fumer.

Traian dénoua son mouchoir qui contenait encore quelques brins de tabac.

— Ils vous ont enfermé, là-bas ? Pauvre monsieur Traian !

Ils s'assirent tous les deux sur la terre brûlante, près de la porte du camp et roulèrent des cigarettes.

Moritz n'était pas encore revenu de sa surprise.

— Tu as toujours aimé ma pipe, dit Traian. N'est-ce pas ?

— Quand on a une pipe, on est sûr d'avoir toujours quelque chose à fumer, répondit Moritz. On peut y fourrer tous les petits débris et tous les bouts de tabac avec lesquels on ne peut pas rouler de cigarettes. C'est pour cela que j'ai regretté de ne pas en avoir une. Dans le camp, si on n'a pas de pipe, c'est dur.

— Je te la donne, dit Traian Koruga en tendant à Iohann Moritz la pipe qu'il avait depuis plus d'un an sur lui et qu'il gardait tout le temps à la bouche bien que la plupart du temps il n'eût rien à y mettre.

— Ce n'est pas possible, dit Moritz. Dans le camp une pipe est un trésor. Et avec quoi allez-vous fumer ?

— Je ne fumerai plus. C'est ma dernière cigarette.

— Le docteur vous a interdit de fumer ?

— Non, il ne me l'a pas interdit. C'est moi qui ne veux plus fumer.

Iohann Moritz prit la pipe et se mit à la bourrer de tabac.

— Je vous remercie ! dit-il. Mais si jamais vous vous remettez à fumer, moi je vous rendrai votre pipe. Vous pouvez compter dessus. Je ne l'accepte que si vous ne fumez plus.

— Non, je ne fumerai certainement plus.

Moritz eut un sourire.

— Moi aussi je m'étais souvent promis de ne plus fumer. Mais je n'ai pas pu tenir le coup. Ce n'est pas facile de renoncer au tabac.

— Je le sais bien, dit Traian. Mais cette fois-ci, c'est pour de bon.

Traian Koruga alluma la cigarette et Iohann Moritz la pipe. Ils fumaient tous les deux, en silence. Traian enleva ses lunettes et les regarda attentivement, affectueusement.

C'étaient des lunettes à monture d'écaille. Il les regardait comme s'il devait s'en séparer bientôt.

De tous les objets personnels, qu'il avait habituellement sur lui, il ne lui restait que ses lunettes. Sa blague à tabac, son alliance, son porte-monnaie, son stylo et son crayon avaient été confisqués tout à tour.

Il n'avait plus que ses lunettes.

La petite croix qu'il avait jusqu'à ces derniers temps portée au cou, il l'avait mise sur la poitrine de son père — au moment de sa mort, pour qu'il soit enterré avec elle. Les prêtres orthodoxes devaient être enterrés vêtus de leur chasuble, une icône sur la poitrine. Son père n'avait pu être vêtu de sa chasuble avant son enterrement. Au moment de mourir, il portait encore une blouse américaine avec les initiales P.W. inscrites sur le dos et sur les manches.

Il n'avait même pas de chemise, car sa chemise venait d'être lavée et n'était pas encore sèche. Iohann Moritz l'avait lavée au cours de la matinée — et sitôt mort, le prêtre avait été enlevé si vite de sous la tente que Traian n'avait pas eu le temps d'apporter la chemise et de l'habiller. Mais il avait glissé sous la blouse la petite croix qu'il portait au cou. Son père avait été enterré avec cette petite croix. C'est peut-être avec elle qu'il avait été brûlé au four crématoire.

Et maintenant, Traian n'avait plus que ses lunettes. C'était la seule chose qu'il possédât encore en dehors de sa propre personne : son corps et ses lunettes. C'étaient là les seuls objets matériels qu'il avait réussi à sauver et à garder de sa vie antérieure. Et maintenant il regardait ses lunettes et les examinait avec une ombre de regret et de mélancolie.

Ensuite il les tendit à Iohann Moritz.

— Est-ce que tu veux garder mes lunettes ?

— Vous pouvez voir sans lunettes, maintenant ? demanda Moritz qui avait toujours considéré que c'était un dur châtiment et une lourde charge pour quelqu'un de porter toute sa vie une paire de lunettes. Il se réjouissait sincèrement que Traian n'en ait plus besoin.

— Non, je ne vois pas sans lunettes, dit Traian. Mais c'est plus reposant. Je ne les porterai jamais plus.

— Je me suis toujours étonné de vous les voir porter toute la journée. Vous ne les enleviez que la nuit. Jamais je ne vous avais vu sans lunettes.

— Si jamais tu es relâché avant moi, je te demanderai de porter ces lunettes à ma femme, dit Traian. Peut-être ne pourras-tu pas la trouver tout de suite. Mais garde-les tout le temps sur toi. Tu ne peux pas savoir où et quand tu la rencontreras. Peut-être vous reverrez-vous plus tard en Roumanie. Fais attention à ne pas les casser.

Iohann Moritz prit les lunettes et les regarda. Il sentait que Traian Koruga lui cachait quelque chose. Le fait qu'il lui eût donné la pipe et ses lunettes était significatif.

— N'aie pas peur, Moritz, dit Traian. Je veux simplement que tu gardes ces lunettes. Moi, je ne les porterai jamais plus, mais je ne veux pas non plus qu'elles tombent en mains étrangères. Grâce à elles j'ai vu tellement de choses dans ma vie. Comprends-tu pourquoi ces lunettes me sont chères ?

« C'est avec ces lunettes que j'ai aperçu pour la première fois ma femme. C'est avec elles que j'ai vu mille et mille belles filles. Avec elles j'ai contemplé des tableaux, des statues, des musées, des villes... C'est avec elles que j'ai regardé le ciel, la mer, les montagnes. Que j'ai lu, des nuits durant, des centaines et des centaines de livres. C'est avec ces lunettes que j'ai vu mon père mourir. Avec elles que je vous ai vus, toi et tous mes amis. C'est avec ces lunettes que j'ai vu l'Europe s'écrouler, les hommes mourir de faim, être faits prisonniers, torturés, s'éteindre dans les camps de concentration.

« C'est avec ces lunettes que j'ai vu des saints, des hommes et des fous.

« C'est avec elles que j'ai vu mourir un continent avec son poids d'hommes, de lois, de croyances et d'espoirs, mourir sans savoir qu'il meurt — enfermé dans les camps et les lois techniques d'une Société revenue à la rigidité barbare.

« Ces lunettes, mon cher Moritz, sont comme mes yeux. Quelquefois il m'arrive même de les confondre. Ils sont inséparables. C'est avec elles que j'ai vu tout ce qu'il y avait à voir jusqu'à cette heure-ci.

« A partir d'aujourd'hui, je ne veux plus rien voir. Je suis fatigué. Le spectacle a trop duré.

« Si je les gardais encore, je ne pourrais plus voir que des ruines, des villes en ruine, des hommes en ruine, des pays en ruine, des églises en ruine et des espérances en ruine.

« C'est avec elles que je vois ma propre ruine. Les ruines des ruines. Je ne suis pas un sadique. Je ne peux pas les regarder. Je ne peux plus supporter de ne voir que des ruines partout.

« Par-dessous les ruines, les nouveaux pionniers se sont mis en marche. Ils sont les Citoyens de ce nouveau monde qui surgit dans l'histoire. Ils construisent à un rythme fou. Pour bâtir leur civilisation, ils ont commencé par les prisons. Après tout, cela les regarde. Personnellement, je ne me sens pas capable de construire en leur compagnie. Je devrais demeurer toute ma vie un spectateur. Mais vivre comme simple spectateur, c'est-à-dire comme Témoin, cela ne signifie pas vivre. La Société technique occidentale n'offre aux hommes que des places de spectateurs.

« L'ironie est amère : la seule chose que l'on ne m'ait pas encore confisquée aux perquisitions, ce sont mes lunettes, ce qui indique clairement l'unique attitude qui me soit encore permise. A certains moments, j'avais trouvé que les soldats avaient été généreux en me laissant mes lunettes. Mais ce n'était pas de la générosité. C'était du sadisme. Car ils ne m'ont pas seulement cantonné dans mon rôle de spectateur, ils m'ont indiqué aussi ce que j'avais à voir : les Camps. Je n'ai pas la permission de regarder autre chose que des camps, des maisons de fous, des prisons, des soldats, des kilomètres et des kilomètres de barbelés. Et c'est pourquoi je renonce aux lunettes.

« Je renonce à la seule chose qui m'était encore permise ici-bas. Les lunettes, tout comme les yeux, sont une des choses les plus merveilleuses, les plus inégalables de la terre. Mais à condition d'être en vie. Lorsqu'on n'a plus de vie, ou lorsqu'il ne nous reste plus que quelques gouttes de vie, ou un accès temporaire et limité à la vie, les lunettes deviennent une sinistre plaisanterie. As-tu jamais vu un mort porter des lunettes ?

— Mais vous, monsieur Traian, vous n'êtes pas mort !

— C'est là le seul espoir que nous gardions encore, celui de ne pas être encore morts. Mais l'espoir ne peut remplacer la vie. L'espoir est une herbe qui pousse même entre les tombes.

— Mais nous, nous sommes en vie, monsieur Traian ! dit Moritz.

— Nous croyons et espérons être encore en vie.

Iohann Moritz regarda longuement Traian. Il se rappela que Traian venait de sortir de la maison de fous. Il le lui avait dit lui-même.

— N'aie pas peur, mon vieux Moritz ! dit Traian. Je ne suis pas fou. Ce serait dommage que tu me croies fou, toi aussi. Tu prétends que je suis encore en vie parce qu'au moment où je ne serai plus en vie tu me verrais mort. Tu verrais mes paupières se fermer, mon cœur cesser de battre et tout mon corps se refroidir. Tu verrais mon cadavre. Mais, mon vieux Moritz, il y a certaines morts qui ne laissent pas de cadavres derrière elles. Les continents meurent et ne laissent pas de cadavres. Les Civilisations meurent et ne laissent pas de cadavres. Les Religions non plus, ni les Patries. Les hommes aussi meurent parfois avant d'avoir pu trouver leur mort par leur cadavre. Me comprends-tu ?

Iohann Moritz se mit à pleurer.

— Pourquoi pleures-tu, mon vieux Moritz ?

— Vous êtes malade, monsieur Traian...

— Tu veux dire que je divague et que je suis fou ?

— Non, je ne veux pas dire cela, monsieur Traian ! Comment pourrais-je dire pareille chose ?

— Tu crois que je suis fou, dit Traian. C'est pourquoi tu pleures. Mais tu pleures en vain. Je ne suis pas fou, mon cher Moritz. Je suis plus lucide que jamais.

— Oui, monsieur Traian ?

— Bien sûr, Moritz, je suis lucide.

— Je n'ai pas cru que vous étiez fou, mais je me suis dit que vous aviez mal à la tête, dit Iohann Moritz. Vous êtes resté tant de jours sans boire ni manger... Et là-bas où vous avez été peut-être vous ont-ils torturé... Vous êtes tellement pâle. Je n'ai jamais pensé que vous étiez...

Iohann Moritz évita de prononcer le mot « fou ».

Traian Koruga roula une autre cigarette et se dit que les hommes qui souffraient de l'écroulement de la Culture occidentale s'écroulaient et disparaissaient en même temps qu'elle. Ceux qui assistaient à cet écroulement demeuraient étrangers au drame. Ils appartenaient ou bien à une civilisation mécanique comme Jacobson par exemple, qui le prenait pour un fou, ou bien étaient des êtres primitifs comme Iohann Moritz, qui en sont encore à la phase des instincts et des superstitions, et ils le prenaient également pour un fou. Les hommes n'avaient rien à voir avec l'Europe. Iohann Moritz, comme Jacobson, prenait l'homme qui était arrivé aux limites des souffrances spirituelles, pour un fou.

La seule qui aurait pu se rendre compte qu'il ne s'agissait pas là de folie mais d'une souffrance qui avait atteint ses ultimes limites, était sans doute Nora, sa femme. Elle seule était assurée de survivre à ce drame, car elle avait l'entraînement héréditaire de milliers d'années d'esclavage et d'humiliations. Sa race avait pris l'habitude de l'esclavage et de la souffrance en Égypte, lorsqu'elle construisait les pyramides, sa race avait subi les persécutions religieuses en Espagne, les pogroms en Russie, les camps de concentration en Allemagne. La race d'Eleonora West allait résister même à la nouvelle Civilisation technique et Traian Koruga s'en réjouissait pour Nora. Il sourit et dit :

— Allume ta pipe, Moritz, et va mettre les lunettes sous la tente. Tu sais bien que lorsque tu les donneras à ma femme il ne faut pas que tu les lui donnes cassées.

— Tout de suite, monsieur Traian.

Et Iohann Moritz partit de son pas lent, les épaules un peu voûtées, tirant sur sa pipe.

Traian Koruga avait l'impression de voir Iohann Moritz traverser non la cour du camp, mais les siècles de l'histoire, du même pas absent, étranger à tout ce qui l'entourait, ses racines profondément enfouies dans la terre et les yeux fixés sur le miracle sans cesse renouvelé du ciel bleu — sans jamais se demander pourquoi le ciel était tellement bleu.

« Iohann Moritz et Nora West survivront à l'Europe, se dit Traian. Ils arriveront à vivre même dans la Société technique occidentale. Mais ils ne pourront pas y vivre longtemps. Auncun être humain ne pourra y vivre longtemps. Peut-être assisteront-ils encore aux premières représentations. Et après la disparition des derniers hommes, des hommes les plus forts, les robots de l'Est, de l'Ouest, du Nord et du Sud peupleront la terre... »

164

Iohann Moritz disparut entre les tentes. Traian Koruga se mit debout, jeta sa cigarette et se dirigea vers la porte centrale du camp.

Les prisonniers n'avaient pas la permission de pénétrer dans la cour donnant accès à l'entrée principale.

Traian Koruga le savait bien, mais il continuait à marcher plus loin, du même pas ferme — ni trop lent ni trop rapide. C'était le pas qu'on prend pour rentrer le soir à la maison, après une journée de travail, conscient de pouvoir s'offrir le luxe de ne pas se dépêcher mais décidé en même temps à ne pas trop tarder.

Les prisonniers qui se trouvaient dans la cour — et il y en avait toujours trois ou quatre mille — s'aperçurent qu'un détenu avait pénétré dans l'allée interdite. Ils s'approchèrent du barbelé pour mieux voir. Ils croyaient qu'il s'agissait de quelque secrétaire du commandement ou de quelque médecin. Eux seuls, avaient la permission de franchir cette barrière.

Les prisonniers voulaient à tout prix voir ce qui allait se passer. Dans le camp, il n'arrivait rien qui ne soit observé et contemplé avidement par des milliers d'yeux. Les yeux, qui étaient obligés de voir chaque jour les mêmes choses, recherchaient ardemment tout fait nouveau, si petit soit-il, pourvu qu'il sorte de l'ordinaire. C'est un besoin primordial de l'esprit humain que d'échapper à l'automatisme et de trouver l'élément inédit et personnel, l'élément caractéristique et singulier de la vie.

Un prisonnier qui passe par l'allée interdite, c'était là un fait digne d'être regardé avec attention. C'était un événement. Ce prisonnier en aurait-il eu le droit de par sa qualité de fourrier ou de médecin, le spectacle valait quand même la peine d'être vu et les prisonniers y portaient tout l'intérêt qu'on accorde à un acteur sur scène, du fait qu'il accomplit un acte interdit à la masse du public.

Traian Koruga se savait suivi par des milliers de regards. Il savait de même que les sentinelles polonaises qui se trouvaient dans les tours de garde dominant la barrière de barbelé devaient le regarder, étonnées, et se demander où il pouvait bien se diriger.

Traian Koruga ne regarda ni les prisonniers qui le suivaient du regard ni les sentinelles polonaises devant lui, là-haut dans les tours.

Il marchait droit devant lui. Il ne marchait pas seulement du pas ferme et bien rythmé de l'homme furieux, décidé à passer à travers tous les obstacles. Son pas était à la fois ferme et élastique, comme il doit l'être lorsqu'on trouve plaisir à marcher.

Traian Koruga ne trouvait aucun plaisir à marcher, mais il savait bien que ce qu'il faisait avait un sens, et satisfaisait pleinement l'esprit. C'est à cause de cela que son pas n'était ni dur ni monotone comme les mouvements des machines ou des hommes jetés dans une course aveugle par leurs passions. Le pas de Traian Koruga n'était pas celui d'un fanatique.

Traian marchait les yeux grands ouverts : il voyait très mal sans lunettes. Mais les yeux du cœur et de l'esprit étaient largement ouverts et il voyait sa route, le sens de la route, la joie et le drame de cette route.

Celui qui aurait su voir aurait pu lire encore dans les pas de Traian, dans ces pas sur le sable, dans ces pas vers les barbelés et les sentinelles, une tristesse profonde mais discrète et cachée. C'était la tristesse des êtres qui partent de chez eux et qui s'éloignent de leur maison. La tristesse des marins lorsque le navire prend le large.

Celui qui aurait su voir aurait pu lire tout cela dans les pas de Traian. Tout cela était écrit dans l'empreinte que ses pas laissaient sur le sable. Mais les yeux qui auraient pu le lire n'étaient pas là.

Les yeux des sentinelles polonaises et les yeux des prisonniers voyaient simplement Traian Koruga se rapprocher de plus en plus des barbelés. C'était là chose interdite. Personne n'avait la permission de s'approcher à plus d'un mètre et demi des barbelés.

Cependant Traian Koruga était en train de le faire.

Les prisonniers mirent leurs mains au-dessus des yeux pour mieux observer tous les mouvements de Traian. Quelques-uns portèrent le poing à la bouche, anxieux de voir la suite, dans l'attitude qu'ils auraient prise pour assister à un match palpitant, pour voir un film sensationnel, ou lire un roman policier.

Le Polonais de la tour de garde n'en croyait pas ses yeux. Peut-être aurait-il porté lui aussi la main à la bouche, mais sa main tenait un fusil. Lorsqu'il leva le bras, la crosse du fusil suivit le mouvement. Il se rappela alors que lorsqu'un prisonnier approche des barbelés, son devoir à lui est de tirer. Et il appuya sur la gâchette.

Le coup partit. Le Polonais réalisa qu'il venait de commettre une faute : il avait tiré sans viser. Et lorsqu'on tire avec un fusil, il faut d'abord viser. C'est le règlement, et il le savait bien. Son subconscient aussi le savait. Et c'est pourquoi, automatiquement, il répara sa faute et, avant de tirer un second coup, il mit en joue et visa l'homme.

Traian entendit le premier coup partir. Et tout de suite

après le second. Il vit un éclair zigzaguer devant ses yeux et se sentit envahi par une fatigue qui le réchauffait tout entier, cette même fatigue qui vous prend l'hiver, dans une chambre chauffée, après avoir bu un grog bouillant. Il sentait couler sur ses mains quelque chose de chaud. Puis son corps chancela et tomba sur la terre brûlante, au pied des barbelés. Il tomba sans bruit, comme un pardessus qui se décroche du portemanteau et tombe en tas sur le parquet.

Traian ressentit une intense pitié pour ce corps qui s'était écroulé mollement par terre. Ce corps était son meilleur ami. C'est à présent à peine qu'il réalisait combien il l'aimait. Puis il pensa à Nora et à son père qui étaient ses amis au même titre que son corps. L'image de Nora, et l'image de sa mère, celle de Iohann Moritz et celle du procureur Damian et quelques autres avec elles, après avoir habité un moment encore l'esprit de Traian, tombèrent comme des tableaux qui tombent du mur dès qu'on a enlevé les clous auxquels ils étaient accrochés.

Les tableaux représentant ses images les plus chères tombèrent à terre, en même temps que le corps de Traian Koruga et s'entassèrent les uns sur les autres.

L'esprit ne pouvait plus les retenir devant les yeux. Il n'en avait plus la force. La dernière chose qui demeura un instant encore, droite, la dernière chose qui se refusait à tomber, c'était sa tête.

Son front était encore levé au-dessus du sol.

Mais, quelques instants après, le front de Traian Koruga s'alourdit à son tour.

Il posa sa joue contre la terre chaude et essaya de s'accrocher encore à quelque chose.

Mais sa mémoire, telle un drapeau, recouvrait de ses plis les tableaux d'autrefois et le corps maintenant flasque que le sang abandonnait.

Traian Koruga savait ce qu'il avait à dire, mais il ne le dit pas. C'était une prière. Une prière qu'il aimait. Mais cette prière était destinée elle aussi, comme tant et tant de choses dans la vie, à demeurer inexprimée. Pourtant elle n'était pas très longue. S'il avait vécu quelques instants encore, seulement quelques instants, il aurait peut-être pu la dire, cette prière :

Erde, du Liebe, ich will...
Namenlos, bin ich zu dir entschlossen — von weit her (1).

Sa joue et ses lèvres se collèrent à la terre chaude, dans un geste tendre, dans un geste d'amitié, dans un geste de total abandon, d'amour.

Tout était solennel, parfait, car tout se déroulait simplement, avec la lenteur majestueuse d'un feu qui s'éteint.

Dans la cour du camp, Iohann Moritz, qui aurait voulu crier, porta la main à sa bouche et se retint. Il ne fallait pas crier. Il baissa les yeux et fit un signe de croix.

165

Quatre jours après la mort de Traian Koruga, Iohann Moritz reçut une lettre de Suzanna.

Lettre de Suzanna à Iohann Moritz :

« Cher Iani,

« Peut-être croyais-tu que j'étais morte. Il y a neuf ans que nous n'avons plus de nouvelles l'un de l'autre. Bien des fois je me suis dit que tu devais être mort. J'ai voulu faire dire des prières à l'église pour toi, comme pour les morts.

« Mais toujours, au dernier moment, j'évitais de le faire.

« Mon cœur me disait que tu n'étais pas mort. Maintenant je suis contente de n'avoir pas fait dire de messes pour toi, car cela porte malheur de faire dire des messes pour des gens qui ne sont pas morts.

1. Terre, toi bien-aimée,
Je me donne à toi sans retour.
Moi l'inconnu qui de très loin, suis venu ici.

R. M. RILKE.

« M. Perusset, de la Croix-Rouge suisse, m'a donné ton adresse. Il m'a dit que tu étais enfermé depuis quelques années.

« Après avoir remercié le Bon Dieu de t'avoir gardé en vie, je lui ai adressé des prières pour qu'il veuille bien ouvrir les yeux de ceux qui te gardent en prison bien que tu n'aies rien fait, car je sais moi, que tu n'es ni voleur ni criminel et qu'ils t'ont enfermé sans raison.

« J'ai beaucoup de choses à te dire. Pendant ces neuf ans beaucoup de choses se sont passées. Mais il n'y a pas assez de place dans une lettre pour tout te raconter.

« Tu seras fâché en apprenant que je me trouve à présent en Allemagne, que j'ai quitté la maison, la terre et tout ce que nous avions là-bas et que j'élève les enfants parmi des étrangers. Et c'est pourquoi je te raconterai comment tout s'est passé.

« Toi, tu es parti le deuxième jour de la Pentecôte.

« Les gens du village m'ont dit avoir vu les gendarmes t'emmener, fusil au dos. Moi je ne les ai pas crus parce que je savais que tu n'étais coupable de rien et qu'il n'y avait aucune raison pour qu'ils t'enferment et qu'ils t'emmènent comme un criminel avec la baïonnette dans les reins.

« Quatre semaines après ton départ, j'ai fait un pain chaud et je t'ai attendu. Je savais que tu allais rentrer affamé et assoiffé. Lorsque le pain est devenu rassis, je l'ai donné aux enfants et j'en ai fait un autre pour que tu aies du pain frais à ton retour, car je ne sais pourquoi, mon cœur me disait que tu devais rentrer. J'attendais chaque jour. Je croyais que tu allais venir le soir et je laissais la porte ouverte pour que tu n'aies pas à attendre que je vienne t'ouvrir. Je savais bien que tu allais rentrer fatigué, que tu aurais mal aux pieds et c'est pourquoi je ne voulais pas te faire attendre devant la porte. Mais toi, mon cher Iani, tu n'es pas rentré. Moi je n'ai plus fait de pain pour toi, car je n'avais plus de farine, mais j'ai continué à t'attendre chaque jour.

« Un beau jour, vers la Pentecôte, le gendarme est venu me dire que tu étais juif et qu'il devait prendre la maison. Et pour que je puisse continuer à y demeurer avec les enfants, il m'a donné un papier à signer. Un papier de divorce. J'ai signé. Mais je n'ai pas divorcé et je t'ai attendu comme avant.

« Lorsque les Russes sont venus, ils ont fusillé le prêtre Koruga et les meilleurs de ceux du village. Moi et ta mère, Aristitza, nous avons pris la nuit même le prêtre qui n'était pas encore mort, de la fosse de la mairie et nous avons voulu le cacher dans la forêt. En route, nous avons rencontré une colonne allemande et nous leur avons donné le prêtre pour qu'ils l'emmènent à l'hôpital. Je ne sais pas si nous avons bien fait. Mais nous ne pouvions pas le laisser mourir. Aristitza a été fusillée le lendemain par Marcou Goldenberg pour avoir fait cela. Il voulait me fusiller aussi. Mais moi j'ai pris les enfants et je me suis enfuie du village. J'ai travaillé et j'ai souffert, dans bien des endroits. J'avais peur que les Russes m'attrapent et me fusillent, moi aussi, comme ils l'ont fait pour ta mère. Je me suis enfuie le plus loin que j'ai pu. Mais les Russes ont fini par m'attraper en Allemagne, après la fin de la guerre. Ils ne m'ont pas fusillée. Ils ont été très bons pour moi. Ils ont donné à tes enfants du pain, des bonbons et des vêtements, parce que ce n'étaient pas des enfants d'Allemands. Ils m'ont donné à moi aussi de la nourriture et des vêtements. Maintenant je regrettais de m'être enfuie de Fântâna à cause des Russes.

« Cela a duré quatre jours. Moi j'attendais de guérir, parce que j'avais été malade, pour rentrer chez nous. Un soir, quelqu'un a frappé à la fenêtre. C'étaient des soldats russes. Ils ont enfoncé la porte et ils sont entrés dans la maison. Ils ont cherché partout pour voir s'il y avait d'autres femmes et ils ont emmené la fille de la propriétaire qui avait quatorze ans. Ils nous ont donné à boire. Ils ont sorti leurs pistolets et nous ont dit qu'ils allaient nous fusiller si nous ne buvions pas. Puis ils nous ont ordonné de nous mettre nues. Les enfants aussi étaient dans la chambre. Moi j'ai dit qu'ils pouvaient me tuer, mais que je ne me mettrais pas nue devant eux. Les soldats m'ont arraché la robe et la chemise et les ont mises en pièces. Puis ils ont abusé de nous. Jusqu'au petit jour, ils y ont tous passé. Ils m'ont versé de l'eau-de-vie dans la bouche parce que je ne voulais pas boire, puis ils m'en ont versé aussi dans les oreilles et ils m'ont prise de nouveau. Pardonne-moi, cher Iani, de te raconter tout cela, mais je ne veux rien te cacher. Lorsque je me suis réveillée, les Russes n'étaient plus là et les enfants pleuraient tout autour de moi comme auprès d'une morte.

« Le deuxième soir, les Russes sont revenus. C'étaient les mêmes. Ils ont de nouveau amené la fille de la propriétaire et ils ont de nouveau abusé de nous.

« Moi je me suis cachée avec les enfants dans la cave pour que les Russes ne puissent plus me trouver. Mais, la troisième nuit, ils m'ont trouvée même dans la cave. Et cela s'est passé exactement comme les autres nuits, mais je ne sais plus rien car je me suis évanouie avant qu'ils ne me prennent.

« Cela a duré deux semaines, soir après soir. Je me suis cachée dans le jardin, chez les voisins, dans le grenier. Mais les Russes me trouvaient toujours. Pas une nuit je n'ai pu y échapper. J'étais décidée à me tuer. Mais lorsque je voyais les enfants, je n'avais pas le cœur de les laisser sans mère. C'était déjà suffisant que leur père ne soit pas là. Que pouvaient-ils faire les pauvres, tout seuls, sans personne en pays étranger ? C'est pour eux que je ne me suis pas tuée. Quant à moi, je suis comme morte depuis ce moment-là. Pour échapper aux Russes, je me suis enfuie vers l'Ouest. Je suis arrivée chez les Anglais et puis chez les Américains où je me trouve à présent. Mais en route les Russes m'ont attrapée plusieurs fois et dès qu'ils me mettaient la main dessus, ils me prenaient comme ils le faisaient d'ailleurs pour toutes les femmes, devant les yeux des enfants. Avant de passer chez les Anglais, les Russes m'ont gardée trois jours à la frontière et ils m'ont violée jour et nuit, quand ils m'ont violée pour la dernière fois je suis restée enceinte. Cela fait bientôt cinq mois que je porte un enfant d'eux dans le ventre.

« Je te demande ce que je dois faire. Ecris-moi si, après tout ce qui vient de se passer, tu me considères encore comme ta femme et si tu vas jamais revenir auprès de moi.

« J'attends ta réponse avec impatience en pleurant, pour savoir ce que j'ai à faire.

« SUZANNA. »

166

Après avoir lu la lettre, Iohann Moritz garda encore longtemps les feuilles entre ses doigts crispés. Il entendit vaguement comme dans un rêve sonner pour la soupe. Mais il ne bougea pas. Il demeurait étendu sur le dos.

Son regard, son corps, la manière même dont il restait allongé étaient changés. Ce n'était plus le Iohann Moritz de tout à l'heure, le Iohann Moritz de toujours. C'était un autre. Le corps et l'âme de Iohann Moritz étaient comme un câble traversé par un courant trop fort auquel il ne pouvait pas résister. Il n'était resté que les cendres chaudes de ce qui avait été. Mais lui, Iohann Moritz, n'existait plus. Si quelqu'un l'avait piqué avec une aiguille, Iohann Moritz n'aurait rien senti. C'était un Moritz qui n'avait ni faim ni soif, un Iohann Moritz qui n'était ni gai ni triste.

Il aurait pu pleurer et rire en même temps parce qu'il ne participait plus à rien, parce qu'il ne se sentait plus vivre.

Iohann Moritz se leva de son lit et quitta la tente. Il commença à marcher sans savoir où il allait.

Il s'arrêta devant les barbelés, par habitude, sans s'en rendre compte. S'il avait dépassé la ligne interdite et s'il avait été tué comme Traian Koruga, cela lui eût été indifférent. Mais il ne voulait pas passer de l'autre côté. Et il ne voulait pas non plus ne pas passer. Il ne voulait et ne désirait absolument rien.

Peu de temps après, deux soldats américains, appareils en main, s'approchèrent de lui pour le photographier.

Moritz ne bougea pas, et ne les regarda pas. Il tressaillit

seulement en voyant s'approcher le troisième soldat. Il l'appela doucement :

— Strul, comment es-tu arrivé ici ?...

Le soldat américain s'arrêta sur place, son appareil à la main et regarda Iohann Moritz.

C'était Strul, l'ex-fourrier du camp de juifs en Roumanie, Strul qui s'était enfui avec lui, Moritz, et le Dr Abramovici à Budapest. Ils se regardèrent et se reconnurent.

Lorsque Moritz l'appela de nouveau par son nom, Strul mit son appareil photographique devant son visage en se cachant les yeux et fit semblant de photographier Moritz.

Puis il s'éloigna bien vite sans répondre.

Iohann Moritz demeura derrière les barbelés et regarda Strul et les deux autres soldats monter dans une jeep et partir.

Lorsque la jeep démarra, Strul jeta encore un regard dans la direction de Iohann Moritz, mais gêné il détourna bien vite les yeux.

Moritz ne se fâcha point. Un autre jour, peut-être eût-il été furieux de voir que Strul, son camarade de misère d'autrefois, faisait semblant de ne pas le reconnaître.

Mais aujourd'hui, tout lui était indifférent. Iohann Moritz demeura longtemps près des barbelés.

Quelqu'un lui toucha l'épaule. Il ne tourna pas la tête.

— Moritz, prépare-toi à partir !

Iohann Moritz se retourna. Il croyait que son ordre de mise en liberté avait été donné. Ses yeux furent traversés par un éclair de joie.

— Ils me relâchent ? demanda-t-il au chef de tente qui lui avait touché l'épaule.

— Hélas, non, mon vieux Moritz !

— Un autre camp alors ?

— Nuremberg !

Iohann Moritz hocha la tête avec indifférence. Il savait depuis longtemps qu'il avait été déclaré automatiquement criminel de guerre en même temps que tous les S.S. Il était donc naturel qu'il aille à Nuremberg où se trouvaient aussi les autres criminels de guerre, le maréchal Gœring, Rudolf Hess, Rosenberg, von Papen... Il était possible qu'on le condamne à mort. Il était possible qu'on le pende. Maintenant tout lui était égal.

Et c'est pourquoi il continuait à regarder au loin à travers les barbelés.

Le chef de tente lui tapa sur l'épaule et lui dit :

— Dans une demi-heure vous partez.

Moritz ne bougea pas.

— Va faire tes bagages ! dit le chef de tente. Tu as tout juste le temps. Rassemblement à treize heures.

— Je n'ai pas de bagages, dit Moritz.

— Tu n'as rien à prendre ?

— Rien.

— Même pas ta couverture ?

— Même pas.

Le chef de tente pensa un moment que si Iohann Moritz ne prenait pas sa couverture cela lui donnerait la possibilité à lui d'en avoir deux, et donc de mieux dormir. Mais il chassa cette pensée et dit :

— Tu dois prendre ta couverture. La prison du Tribunal international de Nuremberg est froide et humide. Tu auras besoin de ta couverture.

— Je n'ai plus besoin de rien.

— Ne te mets pas en retard, dit le chef de tente avant de s'éloigner. Le départ est fixé pour treize heures.

Moritz resta sur place. Il demeurait avec le bout de son soulier sur la ligne blanche, qui indiquait le point jusqu'où les prisonniers avaient la permission d'aller. Le bout du pied droit de Moritz s'avança et la recouvrit à moitié. Moritz regarda le Polonais dans la tour de garde. La sentinelle avait mis l'arme en joue et se tenait prête à tirer. Mais Iohann Moritz ne passa pas la ligne blanche. Il resta là, sur place, la touchant seulement du bout de ses souliers.

Une demi-heure après, il partait pour Nuremberg avec les autres criminels de guerre du camp.

La lettre de Suzanna était restée, elle aussi, sous la tente avec toutes les affaires de Iohann. Ses camarades voulurent la lire mais durent y renoncer car elle était écrite en roumain et ils n'y comprenaient rien.

Le papier de la lettre était très mince. Les prisonniers la

déchirèrent en morceaux et en firent du papier à cigarettes qu'ils partagèrent entre eux.

Puis ils se mirent à fumer.

167

Pétition n° 7. — Sujet : justice. Punition du criminel de guerre Iohann Moritz. (Pétition reçue au bureau après la mort du TÉMOIN.)

Le Tribunal International de Nuremberg a décidé au nom de cinquante-deux nations, que mon ami Iohann Moritz était un criminel de guerre.

Cela est une bonne chose. Dès la publication du décret de condamnation, je ne me promènerai plus avec lui dans la cour du camp. Il est peu agréable et, par-dessus le marché, très mal vu de se promener en compagnie de criminels.

Mais Iohann Moritz paraît fort indifférent à l'égard de la décision du Tribunal International de Nuremberg, et de la gravité de son crime.

C'est là l'objet de ma pétition.

Il prétend n'avoir jamais tué de sa vie, ni même une mouche, et donc n'être pas criminel. Ce qui doit être faux du moment que cinquante-deux nations ont établi dans un Tribunal international que Iohann Moritz est un criminel. Moritz prétend aussi ne pas connaître les cinquante-deux nations et donc n'avoir pas pu commettre de crimes à l'égard de ces dernières. Son raisonnement est sans doute naïf. Je lui ai donc lu les noms des cinquante-deux nations qui l'accusent. Il y en a qu'il entendait pour la première fois de sa vie. Il ne savait même pas qu'elles existaient sur la surface de la terre. Mais ceci ne peut être une excuse.

Iohann Moritz s'est mis en colère lorsqu'il a vu que parmi

les cinquante-deux nations qui l'accusaient figuraient la France et la Grèce. Il est devenu blême de colère. Et il s'est refusé à croire ce qu'on affirmait. Il prétend avoir connu jadis six Français qu'il a sauvés de prison. Il n'a connu qu'un seul Grec qui était enfermé avec lui dans un camp et auquel il a cédé la moitié de son pain. A part cela il n'a jamais eu d'autres relations avec la Grèce. Mais ce sont là des questions strictement personnelles et individuelles.

Iohann Moritz est également considéré comme criminel par ces deux nations.

La décision est claire et catégorique.

Afin de le convaincre de sa culpabilité envers des Nations alliées, je propose que Iohann Moritz purge sa peine à raison d'une année de prison dans chacun de ces pays. Ainsi il pourra se convaincre qu'il est effectivement criminel de guerre et son indifférence finira par disparaître.

Cependant, comme il est peu probable que Iohann Moritz ait encore cinquante-deux années à vivre étant donné son état d'affaiblissement général — état commun à tous les criminels —, étant donné également que par sa mort avant terme quelques-unes des cinquante-deux nations victimes pourraient se trouver lésées du fait de ne pas l'avoir, elles aussi, tenu enfermé, je propose que la durée des travaux forcés auxquels il sera astreint soit réduite à six mois pour chaque pays. Cela lui fera au total vingt-six ans de prison.

Si au bout de ces vingt-six ans, il n'est pas encore mort (et il serait vraiment regrettable qu'il meure sans avoir purgé sa peine dans chacun des cinquante-deux pays alliés), je propose qu'il soit enchaîné et emmené faire une tournée d'un mois à travers les prisons de chacune des cinquante-deux nations. Lorsque le cycle sera achevé, il n'aura qu'à recommencer.

Ainsi toutes les nations en auront leur part et aucune ne sera lésée.

Il faut que Justice soit faite. La Justice est la base sur laquelle repose la Société technique occidentale.

Cependant, comme certains pays (par exemple la Russie, la Pologne et la Yougoslavie) n'entretiennent pas leurs prisonniers en parfait état de fonctionnement et qu'il leur arrive même parfois de les oublier dans leurs prisons, je propose qu'avant chaque tournée, Iohann Moritz soit pesé très rigoureusement et soit accompagné de l'inventaire scrupuleux de tous les organes qui sont en sa possession.

Chaque nation devra prendre en charge Iohann Moritz du Tribunal International de Nuremberg et le rendre audit Tribunal dans l'état même où elle l'avait reçu — pesant en livres le même poids et ayant encore en sa possession tous les membres portés à l'inventaire.

Et ainsi Iohann Moritz pourra être maintenu en parfait été de fonctionnement et utilisé par chacune des cinquante-deux nations.

La Société technique occidentale a pour principe de ne rien laisser se détériorer.

Il est de notre devoir de demander aux nations moins civilisées que les nôtres de ne pas se comporter à l'égard des objets qui leur sont confiés, en barbares.

Notre mission est de civiliser la terre entière ! Cela est notre rôle. Et nous en sommes fiers.

Le Témoin.

INTERMEZZO

INTERMEZZO

IOHANN Moritz a fini par sortir du camp.

Il avait été absent treize ans.

Entre-temps, il était passé par des centaines de camps. Maintenant il a retrouvé sa femme et ses enfants.

Il était dix heures du soir. Leur premier soir ensemble. Iohann Moritz avait mangé. Il demeurait les coudes sur la table et regardait ses enfants.

Petre, le plus grand, avait quinze ans. Moritz le regardait. Il se frottait les yeux pour se persuader qu'il ne rêvait pas. Et il ne pouvait arriver à croire que c'était là son garçon, à lui, Iohann Moritz.

Petre portait une canadienne américaine, teinte en bleu, il fumait et il avait les mêmes yeux que son père.

Petre, non plus, n'arrivait pas à croire que cet homme maigre, aux tempes grisonnantes, cet homme qui se trouvait là devant lui, et qu'il n'avait jamais vu auparavant, était son père.

Mais à présent qu'ils allaient habiter la même chambre, il cherchait à se le rendre familier.

— Je parlerai au chef, et peut-être te trouvera-t-il du travail dans mon atelier, dit Petre.

Iohann sourit.

— Si c'est moi qui te recommande, le chef te prendra

sûrement, continua Petre. Il n'engage jamais d'ouvriers non qualifiés — et toi tu n'es pas qualifié. Mais il fera une exception quand je lui dirai que tu es mon père.

Iohann Moritz regarda son second fils, Nicolae, qui ressemblait à Suzanna. Il était tout aussi blond et il avait les mêmes regards doux comme le velours.

Iohann Moritz regarda aussi le troisième enfant, âgé de quatre ans. Ce n'était pas son fils. Suzanna l'avait fait avec les Russes. Mais Iohann Moritz lui avait pardonné. Ce n'était pas sa faute.

Iohann Moritz alluma une autre cigarette. Petre lui avait offert, pour lui souhaiter la bienvenue, tout un paquet de cigarettes.

Iohann Moritz était fatigué, mais il n'avait pas envie de se coucher.

Il n'y avait que deux lits dans la chambre. Suzanna et le gosse allaient dormir dans le petit lit. Iohann Moritz allait dormir tout seul dans l'autre et les garçons coucheraient sur une couverture, par terre.

— Pour le moment, ça pourra aller, dit Petre. Ensuite, nous trouverons une chambre ou un lit en plus.

Les garçons étendirent leur couverture par terre et commencèrent à se déshabiller.

Iohann était resté à table, sa tête entre les mains. Il regardait Petre et Nicolae se déshabiller et se coucher. Ils lui souhaitèrent bonne nuit en allemand. Iohann Moritz aurait aimé qu'ils le lui disent en roumain. Mais les garçons connaissaient mal le roumain.

Suzanna mit le gosse au lit. « L'enfant des Russes », pensa Moritz. L'enfant était très beau. Il avait des boucles blondes.

Moritz n'aimait pas le regarder. Au camp, lorsqu'il avait écrit à Suzanna, il lui avait dit qu'il considérerait cet enfant comme le sien.

Mais Suzanna non plus n'aimait pas voir Moritz regarder l'enfant aux boucles blondes. Elle le déshabillait et le fourrait au lit comme pour le cacher.

Suzanna demeura, un moment encore, debout au beau milieu de la pièce, ne sachant que faire.

Puis elle s'assit à table devant son mari. Elle savait bien que Moritz était fatigué. Mais elle n'osait lui dire d'aller dormir. Elle se sentait coupable de tout ce qui était arrivé. Et de ce qu'il avait été arrêté, et des années qu'il avait passées dans les camps. C'était bête... mais c'était plus fort qu'elle. Elle ne pouvait s'en empêcher...

Et de ce que les Russes l'aient violée. Cela aussi était sa faute. Elle ne pouvait supporter le regard de Iohann Moritz. Et c'est pourquoi elle n'osait pas lui dire d'aller dormir.

Elle avait su qu'il allait venir. Elle lui avait préparé à manger. Elle lui avait préparé son lit. Il était arrivé avec une faim de loup et il avait dévoré tout ce qu'il y avait sur la table.

Et il avait déjà fini de fumer la moitié du paquet de cigarettes, offert par Petre.

Maintenant que les enfants s'étaient endormis, Suzanna leva les yeux vers son mari. Leurs regards se croisèrent et demeurèrent comme accrochés pendant un moment. Ils ne pouvaient plus se détacher.

— C'est la robe que tu portais, cette nuit-là, n'est-ce pas ?

Moritz regardait la robe bleue décolletée que Suzanna portait la nuit où Iorgu Iordan avait tué sa mère. Suzanna portait cette robe lorsqu'il l'avait emmenée chez ses parents, chez Aristitza qui n'avait pas voulu les recevoir, chez le prêtre Koruga, dans la petite chambre près de la cuisine. Au début, Suzanna n'avait que cette robe. Rien d'autre. Même pas de chemise. Et durant quelques semaines, elle n'avait porté que cette robe bleue. Elle ne l'enlevait que la nuit pour dormir toute nue. Par la suite, elle avait pu se faire d'autres robes. Mais c'est cette robe-là qu'elle considérait comme la plus belle. Et c'est cette robe que son mari aimait le plus. C'est au moment où Suzanna la portait qu'ils avaient passé leurs plus belles semaines d'amour.

— Je ne l'ai plus mise depuis que tu es parti de Fântâna, dit Suzanna. Le jour où ils t'ont arrêté je me suis juré de ne plus la mettre jusqu'au moment où je te verrais entrer par la porte. Pendant treize ans je l'ai emportée partout avec moi, et pendant treize ans je t'ai attendu sans cesse. Mais je ne l'avais jamais remise avant aujourd'hui.

Suzanna baissa les yeux — toute honteuse. Puis elle leva la tête et ses regards rencontrèrent ceux de Iohann.

Iohann Moritz aurait voulu la prendre sur ses genoux. Il aurait voulu lui dire simplement : « J'ai langui de toi. »

Mais il ne lui dit rien.

Il alluma une autre cigarette et il regarda les enfants qui dormaient. Puis il regarda à nouveau Suzanna. Elle n'avait pas du tout changé. Son visage était un peu ridé. Sa peau avait perdu de sa fraîcheur. Ses cheveux s'étaient décolorés. Ils avaient pris la couleur du chanvre. Les seins étaient tombés. Mais elle était la même que par le passé. Iohann Moritz n'avait jamais cru qu'il allait retrouver la même Suzanna, sa Suzanna de Fântâna. Treize ans c'était un bail.

— Je voudrais me promener un peu, dit Iohann Moritz.

Mais il ne se leva pas. Il attendait que Suzanna le fasse la première.

— Est-ce que je peux venir avec toi ? demanda-t-elle.

Il ne répondit pas. Mais il attendit qu'elle s'habille.

Puis ils sortirent de la pièce sur la pointe des pieds pour ne pas être aperçus des enfants.

Ils avaient un peu honte.

En descendant les escaliers, leurs épaules se touchèrent à deux reprises. Pendant un bon bout de temps, ils ne se parlèrent pas.

Le ciel était sombre. Moritz aurait voulu voir la rue principale. Elle l'y conduisit.

Devant une vitrine illuminée, elle lui prit la main pour lui montrer une paire de souliers qu'elle aurait voulu lui acheter. Et ils partirent plus loin. Mais leurs mains restèrent l'une dans l'autre. Ils regardèrent d'autres vitrines encore. Ils ne parlaient ni du camp, ni de leur maison de Fântâna, ni du passé. Ils voulaient avoir une soirée bien à eux. Sans souvenirs douloureux.

— Je vais me reposer pendant deux jours, puis je chercherai du travail, dit Iohann Moritz. Peut-être Petre pourra-t-il me faire entrer dans son atelier.

— Tu vas te reposer d'abord quelques semaines, dit Suzanna. Et tu ne chercheras du travail qu'après. Maintenant tu es encore trop faible. Moi et Petre nous gagnons assez pour avoir de quoi vivre. Moi je lave du linge. J'ai une bonne clientèle.

Elle lui serra la main encore plus fort. Il aimait la manière dont elle s'y était prise pour lui dire qu'il devait se reposer.

Ils étaient arrivés aux portes de la ville. A droite et à gauche du chemin il y avait des prairies. Et il faisait noir :

— On se croirait à Fântâna, dit Iohann Moritz.

— C'est vrai, répondit-elle.

Ils reprirent leur promenade. Ils pensaient aux nuits de Fântâna. Au cri de la chouette. Ils pensaient tous deux à la même chose.

— J'ai mal aux pieds, dit-il. Tu ne veux pas que nous nous asseyions un moment ?

Ils entrèrent dans un jardin et ils se mirent sur l'herbe.

— C'est comme à Fântâna, dit-il en s'étendant sur le dos dans l'herbe, les mains sous la tête.

Puis il se retourna et mit son visage dans l'herbe.

— Sens l'herbe, Suzanna ! C'est l'odeur de l'herbe dans le jardin de derrière votre maison. Tu sais bien, le jardin où nous nous rencontrions la nuit...

Elle se pencha et sentit l'herbe. Son cœur battait très fort. Elle ne pouvait pas lui répondre. Sa voix aurait trop tremblé.

Iohann Moritz mit sa main sur l'épaule de Suzanna. Elle demeurait toujours penchée.

Ils restèrent un bon moment ainsi sans bouger. Ils étaient loin l'un de l'autre. Seule la main de Iohann Moritz se trouvait sur l'épaule de Suzanna. Ils n'osaient pas se rapprocher davantage.

— Tu sais, Suzanna, dans le camp j'ai langui de toi... dit Iohann Moritz.

Quelques étoiles scintillaient dans le ciel. Suzanna regarda le ciel et se pencha davantage vers Iohann Moritz sans qu'il le sente. Elle avait honte.

— Il faut me pardonner, Suzanna, mais dans le camp je

rêvais bien souvent que tu étais là, nue devant moi. Quand on est arrêté cela arrive souvent. Moi je veux te dire toute la vérité, dit-il en s'excusant. Je rêvais de toi, toute nue, telle que tu étais dans l'herbe derrière la maison de ton père... Cet été restera le plus beau de notre vie.

Suzanna s'approcha encore de lui et elle posa sa tête sur son épaule. Il lui caressa l'épaule. Puis le dos. Puis il lui mit la main entre les seins.

— Tu vas froisser cette belle robe que tu as réussi à garder treize ans, dit-il.

Elle aurait voulu lui dire que la robe ne se froissait pas.

— Tu feras mieux de l'enlever et de la mettre sur l'herbe comme tu le faisais à Fântâna.

Elle retira sa robe. Elle le fit vite comme si elle se cachait pour qu'il ne puisse la voir. Elle était toute nue. L'herbe était verte et son corps se détachait, comme du marbre. Elle était encore loin de lui. Il lui prit la taille — et il dit tout étonné :

— Tu es la même qu'alors. Tu n'as pas du tout changé. Tu es la même. Comme lorsque nous nous trouvions dans le jardin. Comment as-tu fait pour ne pas changer ?

— Ce n'est pas vrai, dit-elle. J'ai vieilli. Mais toi tu es le même.

Moritz l'attira vers lui. Elle s'écarta.

— Tu t'écartes comme alors, dit-il. Comme si ces treize ans n'avaient pas existé.

Elle pensait la même chose de lui.

Il lui avait passé son bras autour du corps comme alors. Il l'avait attirée à lui et lui avait couvert la bouche jusqu'à l'étouffer. Elle sentit sa poitrine l'écraser comme une armure. Tout était pareil.

— Ton corps sent comme l'herbe de Fântâna, dit Suzanna. Ton corps a toujours eu cette odeur d'herbe et de foin. Moi aussi je n'ai fait que penser à toi. Je te le jure. Nuit et jour, j'ai pensé tout le temps à toi. Avec toutes mes pensées. Je te le jure. Tu as été mon soleil, mon mari, mon ciel. Toi seul.

Iohann Moritz savait qu'elle ne mentait pas. Elle n'avait appartenu qu'à lui, à lui tout seul. Il le sentait à travers son corps brûlant, à travers les battements de son cœur, par ses paroles qui lui brûlaient les oreilles.

Iohann Moritz savait qu'il était son soleil, son ciel et qu'elle n'avait fait que penser à lui et l'attendre. Iohann Moritz sentait que tout ce qui s'était passé pendant ces treize ans venait tout à coup de s'effacer. Ils étaient de nouveau ensemble. Exactement comme par le passé. Eux deux, et devant eux : la vie.

Iohann Moritz n'avait plus peur de la vie.

Peu avant l'aube, ils se levèrent. Ils étaient tout honteux.

— Maintenant nous ne sommes plus jeunes comme il y a treize ans, dit-elle. Nous aurions dû revenir plus tôt à la maison.

Il se mit à rire.

Ils s'étaient décidés à revenir au même endroit la nuit suivante.

— Et toutes les nuits d'après, dit-il. Nous allons nous rencontrer ici. Seulement ici. Ici c'est comme à Fântâna. J'ai l'impression que nous sommes là-bas. Et que rien de ce qui s'est passé entre-temps ne s'est passé réellement.

En revenant à la maison, ils riaient. Maintenant ils n'étaient plus étrangers l'un à l'autre. Et ils n'avaient plus honte. Il la prit à plusieurs reprises par la taille et elle le laissa faire.

— Sais-tu, dit-il, je ne me sens plus du tout fatigué. Demain matin j'irai avec Petre chercher du travail. Pourquoi attendre encore ? Nous pourrons prendre deux chambres. Je vais gagner de l'argent. Et nous serons heureux.

Elle voulait qu'il se repose d'abord. Mais Moritz était décidé.

— Demain matin je partirai avec Petre, dit-il. Je suis habitué à travailler. Pendant treize ans, j'ai travaillé du matin au soir et je ne me suis jamais reposé. Et rien que des travaux très durs.

Ils s'arrêtèrent devant un magasin. La vitrine était illuminée.

— Avec mon premier salaire je t'achèterai un collier de perles en verre, dit-il. Celles-là, les rouges ; elles te plaisent ?

Elle regarda le prix et puis regarda Iohann. Elle ne savait que lui répondre. Tous ses rêves où Iani revenait et lui achetait un collier de perles en verre s'étaient réalisés.

— Nous ne nous séparerons jamais plus, dit-elle.

— Si demain je commence à travailler, samedi j'achèterai les perles.

Lorsqu'ils arrivèrent dans leur rue, il faisait presque jour.

Moritz serra Suzanna dans ses bras et l'embrassa.

— Je ne peux pas t'embrasser à la maison, parce que les enfants pourraient se moquer de nous, dit-il. Ils nous croient vieux. Mais nous, nous ne sommes pas vieux. N'est-ce pas que nous ne sommes pas vieux ?

Devant la porte, il y avait un camion aux phares allumés.

Le cœur de Moritz se mit à battre très fort. Il tâta la poche dans laquelle il mettait ses papiers. Il était en règle. Pourtant il était inquiet. Le camion ressemblait à celui du camp. Et les phares donnaient la même lumière crue.

Moritz savait bien que tous ses papiers étaient en règle, qu'il les avait sur lui et que tous les phares du monde donnaient la même lumière.

— Pourquoi trembles-tu ? demanda Suzanna.

Il ne répondit pas. Mais il se dépêcha de pénétrer dans la maison.

En montant l'escalier, ils rencontrèrent deux gendarmes qui venaient de chez eux. Ils avaient réveillé les enfants de Iohann Moritz et ils avaient dit à Petre qu'à sept heures du matin ils devaient se tenir tous devant la porte, avec cinquante kilos de bagages par personne.

Mais puisqu'ils rencontraient Iohann Moritz dans l'escalier, ils profitèrent de l'occasion pour le lui dire à lui aussi.

— A sept heures du matin, vous devez vous trouver devant la porte.

— Où nous menez-vous ? demanda Suzanna.

— Tous les étrangers de l'Est de l'Europe sont internés, répondit le gendarme. C'est une mesure politique. Vos pays sont en guerre avec les Alliés de l'Occident. Mais ne vous inquiétez pas ; on vit très bien dans les camps. Vous mangerez comme les Américains. Ce n'est qu'une simple mesure de sûreté. Ne vous effrayez pas, vous n'êtes pas arrêtés.

Cette nuit-là, Iohann Moritz voulut s'enfuir.

Il avait déjà été invité une fois à raconter au commandant de la ville comment il avait sauvé les Français. Et alors il y avait cru. Et c'est pourquoi il était resté enfermé pendant de si longues années. Mais maintenant Iohann Moritz ne croyait plus rien. Il prit le sac avec lequel il était arrivé dix-huit heures auparavant du camp de Dachau, et réveilla les enfants pour leur dire adieu.

Petre se mit à rire en voyant son père prêt à s'enfuir. Petre parlait couramment l'anglais et était un ami passionné des Américains.

— Où veux-tu aller, père? demanda-t-il. Ne sois pas naïf. Moi je connais les Américains. J'ai un tas d'amis américains. Nous sortons chaque soir ensemble. Lorsque les Américains vous disent qu'il ne s'agit pas d'arrestation, on peut les croire. Si c'est une simple mesure politique, cela veut dire que nous aurons de la nourriture américaine, du bon café, des cigarettes et du chocolat. Et nous ne serons même pas obligés de travailler. Ce serait bête de s'enfuir. Tu ne connais pas les Américains.

Iohann Moritz pensa à tout ce qu'il savait. A tout ce qu'il avait souffert. A tout ce qu'il avait vu. Puis il regarda Petre. Il ne voulait pas lui gâter ses illusions et lui dire ce qu'il savait.

Iohann Moritz se débarrassa du sac et le mit sur la table. Il se dit qu'il ne savait où s'enfuir. S'il fuyait les Américains, il arriverait chez les Russes. Et chez les Russes c'était pire. Cela ne voulait pas dire qu'il croyait tout ce que lui racontait Petre. Il savait à quoi s'en tenir. Mais il était fatigué. Il n'avait plus la force de s'enfuir. Il n'avait rien d'autre à faire qu'à rester — rester pour être de nouveau arrêté.

— Tu as raison, dit Iohann Moritz à Petre. Ce serait bête de m'enfuir.

Petre lui tapa amicalement sur l'épaule.

— Nous nous engagerons comme volontaires dans l'armée américaine, dit Petre. Quand nous aurons battu les

Russes nous reviendrons en Roumanie. C'est la guerre de la Civilisation contre la Barbarie. Toi aussi il faut que tu sois volontaire.

Iohann Moritz ne l'écoutait plus. Il pensait aux barbelés de Dachau, de Heilbronn, de Kornwestheim, de Darmstadt, Ohrdruf, Ziegelheim, aux barbelés des trente-huit camps où il avait été enfermé toutes ces dernières années, de ces camps où le prêtre Alexandru Koruga et Traian étaient morts, de ces camps où il avait failli mourir de faim.

Il sentait tous ces barbelés lui entrer dans le cœur.

« Je n'aurai été libre que dix-huit heures, pensa-t-il. Maintenant j'entre de nouveau dans un camp. Mais cette fois-ci je ne suis plus arrêté en tant que juif, Roumain, Allemand, Hongrois ou S.S. mais en tant que ressortissant d'un pays de l'hémisphère oriental. »

Les larmes lui montèrent aux yeux.

— Tu ne fais pas tes bagages, père ? demanda Petre. Il était enthousiasmé à l'idée de partir.

— Je suis prêt à partir, dit Iohann Moritz. Depuis treize ans je ne fais que déménager d'un camp à l'autre. Cela fait treize ans que je suis toujours prêt à partir. Tu vas t'y habituer aussi. Je te plains, mais tous les hommes devront s'y habituer. Ils ne verront plus désormais que des camps, des barbelés et des convois. J'ai passé par cent cinq camps. Celui-là sera le cent sixième. C'est dommage que je n'aie été libre que dix-huit heures ; qui sait si je vais encore avoir une seule heure de liberté avant de mourir.

Iohann Moritz regarda Suzanna et lui dit :

— Mais cela a été vraiment beau. Maintenant je peux mourir. Je n'osais pas croire que je vivrais encore des heures aussi belles. Cela a été tout comme à Fântâna, n'est-ce pas, Suzanna ?

ÉPILOGUE

EPILOGUE

— Mrs. West je voudrais vous entretenir d'une question personnelle.

Eleonora West déposa sur la table le dossier qu'elle tenait entre les mains et regarda le lieutenant Lewis.

Il était assis à son bureau, les jambes croisées, adossé à la chaise et il fumait.

Lewis était le chef du bureau de recrutement des volontaires étrangers. Nora West était fonctionnaire et interprète au même bureau. Elle travaillait depuis six mois aux côtés du lieutenant Lewis. « Pourquoi ne porte-t-il pas de fixe-chaussettes ? » se demanda Eleonora West tout en regardant les chaussettes de Lewis qui s'enroulaient en tire-bouchon autour de ses mollets. « Pourquoi s'assied-il comme s'il était à cheval sur sa chaise ? Comme les marins dans un port ! Lewis est cependant un jeune homme qui appartient à une bonne famille et qui est passé par l'université. Quel que soit le degré d'émancipation d'une société, il ne devrait pas être permis de montrer dans un bureau ses jambes à une femme. »

Nora West se sentait comme giflée chaque fois que Lewis lui tendait la main, en gardant sa cigarette à la bouche, ou qu'il lui jetait un dossier sur la table, comme on jette un os à son chien.

Le lieutenant Lewis ne soupçonnait pas ce que pensait Nora. Au contraire, il était convaincu qu'elle avait de l'admiration pour lui. Mais ses regards étaient toujours craintifs.

— Je vous écoute, dit-elle.

— Mrs. West, acceptez-vous d'être ma femme ?

Le lieutenant Lewis se cala davantage sur sa chaise et commença à se balancer. La chaise ne tenait plus que sur deux pieds.

— Je n'accepte pas de devenir votre femme, Mr. Lewis.

— Vous avez d'autres projets d'avenir ?

— Non, je n'ai pas d'autres projets d'avenir, dit-elle. Mais ma réponse est : *Non*.

Nora West ouvrit le dossier. Mais elle ne pouvait plus travailler. Ses yeux regardaient le dossier, mais sa pensée était ailleurs.

Elle était restée deux ans dans le camp, puis elle avait été relâchée automatiquement de la même manière dont elle avait été arrêtée.

Lorsqu'elle était sortie du camp, elle n'avait plus d'argent, plus de robes, plus de bijoux. Même pas son alliance. Tout avait été confisqué. Ses dépôts d'argent à l'étranger avaient été, eux aussi, confisqués. Elle était pauvre comme Job. On lui avait communiqué que Traian était mort. Suicidé. C'est tout. Elle n'avait pas pu en savoir davantage. Elle ne pouvait pas retourner chez les Russes. Elle ne pouvait pas partir plus loin. Elle était restée en Allemagne. Elle avait travaillé à un journal comme traductrice. Puis l'ordre d'interner tous les ressortissants de l'hémisphère oriental avait été donné. La guerre avait été déclarée. Et on l'avait de nouveau internée. Automatiquement. Mais ce n'était plus comme la première fois. Maintenant elle était secrétaire au bureau de recrutement des volontaires étrangers. Elle habitait dans le camp. Elle était payée et nourrie. A ses heures libres, elle écrivait. Elle continuait le roman, *La Vingt-cinquième Heure,* que Traian n'avait pu achever. Elle avait pu sauver dans une valise les quatre premiers chapitres qu'elle considérait comme essentiels.

Elle ne pensait pas à l'avenir. Son seul projet était de

finir le livre. Ce n'était pas à proprement parler un projet d'avenir, mais une manière d'éviter de faire des projets d'avenir. Elle se donnait tout entière à ce travail qu'elle aimait. Elle s'efforçait de retrouver le style de Traian et de terminer le roman comme il l'aurait fait lui-même.

De cette façon, à chaque page qu'elle écrivait, elle se sentait près de lui. Elle était à ses côtés et avait l'impression qu'ils écrivaient ensemble. Il lui avait raconté par le menu tout le plan du roman. Elle faisait de son mieux pour le suivre, le plus fidèlement possible.

— *O.K. !* dit Mr. Lewis après une petite pause. Pourrais-je connaître les raisons de ce refus ?

— Si vous y tenez à tout prix : à cause de la différence d'âge.

— C'est un non-sens !

Le lieutenant Lewis riait de bon cœur :

— Je suis votre aîné d'une année, dit-il. J'ai vu vos papiers. Où donc étiez-vous allée chercher cette prétendue différence d'âge ? C'est justement le contraire.

— Vous vous trompez, dit Nora.

— Vous plaisantez, dit Mr. Lewis. Quel âge avez-vous ?

— Parlons d'autre chose, voulez-vous ? dit Nora.

— Pas avant que vous ne m'ayez dit votre âge.

— Il n'est pas convenable de demander son âge à une femme. Et surtout d'insister tellement. Mais je peux vous le dire, répondit Nora. J'ai neuf cent soixante-neuf ans. Et n'oubliez pas qu'en matière d'âge les femmes avouent toujours moins qu'elles n'ont en réalité. Au fond, je suis plus vieille que cela.

— *O. K. Mrs. Mathusalem !* dit Mr. Lewis très amusé.

Mais Nora West ne souriait pas.

Lewis avait cru que Nora allait accepter sa proposition. Mais Nora lui avait répété que son *non* était catégorique.

— Ne vous fâchez pas, Mr. Lewis, mais je ne pourrais jamais habiter vingt-quatre heures dans la même maison que vous.

— Pourquoi ?

— Je vous l'ai déjà dit : différence d'âge, dit Nora West.

Vous êtes un jeune homme sympathique, égoïste et gentil : comme tous les jeunes d'ailleurs. Mais moi je suis une femme d'un autre monde.

— Je ne comprends pas.

— C'est pourquoi j'ai refusé de vous fournir des explications, dit Nora. Il est naturel que vous ne compreniez pas. J'ai derrière moi mille ans d'expériences, de renoncements, de tourments, mille ans qui ont fait de moi ce que je suis aujourd'hui. Vous, vous avez le présent et l'avenir. Peut-être l'avenir. J'ajoute « peut-être » non pas que j'aie des doutes, mais parce qu'on ne peut jamais être certain de l'avenir.

— *Too sophisticated!* dit-il, nerveux.

— Écoutez-moi, Mr. Lewis! dit Nora. Après avoir écouté les déclarations d'amour de Pétrarque, Gœthe, Lord Byron, Pouchkine, après avoir entendu Traian Koruga me parler d'amour, après avoir entendu les chansons des troubadours et les avoir vus à genoux devant moi, comme devant une reine, après avoir vu se tuer pour moi des rois et des chevaliers, après avoir parlé d'amour avec Valéry, Rilke, d'Annunzio, Eliot, comment pourrais-je prendre au sérieux cette demande en mariage que vous me jetez au visage en même temps que la fumée de votre cigarette ?

— Pour demander une femme en mariage, il faut donc être Gœthe, Lord Byron ou Pétrarque ?

— Non, Mr. Lewis, dit Nora West. Il ne faut même pas être Rilke ou Pouchkine pour demander une femme en mariage. Mais il faut aimer cette femme.

— Mais nous sommes tout à fait d'accord, dit Mr. Lewis. Qui vous a dit que je ne vous aimais pas ?

Eleonora West sourit.

— L'amour est une passion, Mr. Lewis, dit-elle. Vous avez dû l'entendre dire, ou au moins l'avez-vous lu vous-même quelque part.

— Mais nous sommes de nouveau d'accord, dit-il. L'amour est une passion.

— Mais vous êtes absolument incapable d'éprouver aucune passion, dit Nora. Et pas seulement vous. Aucun homme de votre Civilisation n'est capable d'avoir de passion. L'amour, cette suprême passion ne peut exister que dans une Société qui estime que chaque être humain est irremplaçable et unique. La Société à laquelle vous appartenez croit justement que chaque homme est parfaitement remplaçable. Vous ne voyez pas dans l'être humain, et par conséquent dans la femme que vous prétendez aimer, un exemplaire unique créé par Dieu ou par la nature — en une seule édition. Chez vous, chaque homme est créé en série. A vos yeux une femme en vaut une autre.

« En ayant cette conception vous ne pouvez pas aimer. Les amants de ma Société savent que, s'ils ne réussissent pas à gagner le cœur de la femme aimée, ils ne pourront la remplacer par aucune autre au monde. Et c'est pourquoi bien souvent, ils se tuent pour cette femme aimée. Leur amour refusé ne peut être remplacé par aucun autre. Un homme qui m'aimerait vraiment me donnerait l'impression que je suis la seule femme qui puisse le rendre heureux. Moi seule. Il me démontrerait que je suis l'exemplaire unique, qui ne peut avoir son égal sur toute la surface de la terre. Et je serais convaincue de ce fait. Un homme qui ne me donne pas la sensation d'être unique et inégalable ne m'aime pas. Et une femme qui ne reçoit pas cette confirmation de l'être qu'elle aime n'est pas aimée. Et si je ne suis pas aimée par un homme, je ne l'épouse pas. Êtes-vous capable, Mr. Lewis, de m'offrir cette certitude ? Croyez-vous vraiment que je sois la femme qu'aucune autre ne pourrait remplacer à vos yeux ? Croyez-vous vraiment qu'en cherchant très bien, vous ne pourriez pas me remplacer ? Non, vous êtes certain, si je refuse, de pouvoir trouver une femme qui soit votre épouse. Et si elle refuse aussi, vous en trouverez une troisième. N'est-ce pas vrai ?

— Si, c'est vrai, dit-il. Mais je regretterai que vous me refusiez. Parole d'honneur. Je le regretterai.

— Nous ferions mieux de continuer le travail sacré de notre bureau, Mr. Lewis.

Elle ouvrit le dossier et dit :

— Dans le camp, tout le monde a demandé à s'engager. Tous, et même les enfants, les femmes, les vieillards. Tous demandent d'être reçus comme volontaires. Tous veulent combattre à vos côtés.

Nora West sourit. Elle pensait aux milliers de citoyens étrangers qui se trouvaient en Occident. Tous avaient fui la terreur russe. Tous avaient trouvé refuge auprès des Américains, auprès des Anglais ou des Français. Ils n'avaient même pas réfléchi vers quel endroit ils allaient se diriger. Ils fuyaient simplement les Russes. Ils fuyaient la barbarie. La terreur. La mort. La torture. Ils s'étaient dirigés vers l'endroit où il n'y aurait plus de Russes. Ils avaient couru vers cet endroit les yeux fermés. Ils savaient seulement qu'ils ne devaient pas revenir en arrière. Derrière eux, il y avait la nuit et le sang. Derrière eux il y avait la terreur et le crime. Ils avaient embrassé cette terre où il n'y avait pas de Russes. Ils l'avaient embrassée à genoux et l'avaient appelée : la terre de toutes les promesses et de toutes les espérances. Ils l'avaient embrassée, sans même la regarder. Sans même se demander ce qu'elle pouvait bien être.

C'était une terre sans Russes et cela suffisait. Il leur était indifférent qu'elle soit habitée ou occupée par telle ou telle nation.

Ils ne voulaient plus voir de Russes.

Les Américains avaient arrêté les fuyards. Mais ces derniers ne s'en étaient pas fâchés. Ils étaient en terre promise. Ils n'avaient demandé à la vie rien d'autre que d'échapper aux Russes. Et ils leur avaient échappé. Tout ce qui pouvait leur arriver par la suite leur était égal. Et c'est pourquoi ils ne s'étaient pas fâchés que les Américains les arrêtent. Même s'ils les avaient tués, ils n'auraient pas protesté. Et maintenant la guerre venait d'être déclarée. La troisième guerre. Les réfugiés étaient fatigués, affamés, enfermés.

Ils voulaient de la nourriture, du repos, du travail et de la liberté. Ils ne s'étaient pas révoltés de ne pas les avoir. Ils avaient réussi à fuir les Russes et c'était l'essentiel.

Les Américains avaient promis à ceux qui s'engageaient comme volontaires dans les brigades occidentales de les mettre en liberté. Et tous les hommes avaient demandé à être volontaires. Non pas pour lutter, mais pour ne plus rester enfermés. Pour ne plus crever de faim.

— C'est un enthousiasme colossal! dit Mr. Lewis. La cause pour laquelle l'Occident lutte contre la barbarie de l'Orient a été adoptée par tout ce monde. Tous les hommes sont conscients que l'heure est venue pour eux de mourir ou de vaincre. Cette guerre fera époque. Cette guerre est unique dans l'Histoire. L'Occident civilisé contre l'Orient barbare. Une guerre vraiment mondiale. La première guerre mondiale de l'Histoire.

Mr. Lewis se frotta les mains.

— C'est un bonheur et un honneur que de participer à cette guerre. La victoire nous appartient déjà. Toute la guerre sera civilisée. Il n'y aura plus jamais de guerre. Rien que du progrès, de la prospérité et du confort.

Eleonora West sourit.

— Vous ne paraissez pas enthousiasmée, dit Mr. Lewis. Je vois que vous n'êtes pas passionnée pour la cause de l'Occident. Seriez-vous philo-bolchevik? Vous êtes la seule à avoir des réserves. La seule à ne pas être enthousiasmée.

— Pas un n'est enthousiasmé, dit Eleonora West. C'est vous qui les voyez enthousiasmés!

— Tous nos volontaires ne sont-ils pas entièrement antibolcheviks?

— Si, répondit Eleonora West. Antibolcheviks mais c'est tout! Cela veut dire qu'ils désirent vivre en liberté, ne plus sentir l'atmosphère de terreur, ne plus être tués, affamés, déportés, torturés. Leur attitude n'est pas politique. C'est l'attitude prise par l'homme devant le crime, la terreur et l'esclavage.

— Que désirez-vous de plus? demanda Mr. Lewis. Cela veut dire qu'ils sont entièrement engagés dans la cause de l'Occident, car nous combattons pour leur offrir la liberté, la sécurité, la protection, la démocratie!

— Ne vous laissez pas griser par des mots, Mr. Lewis, dit Eleonora West. Cette guerre que vous appelez *la troisième* guerre mondiale, n'est pas une guerre de l'Occident contre l'Orient. Et à proprement parler ce n'est même pas une guerre, bien que la ligne de bataille aille d'un pôle à l'autre et recouvre toute la terre. Cette guerre n'est qu'une révolution intérieure dans le cadre de la Société technique occidentale ; une simple révolution intérieure, exclusivement occidentale.

— Mais nous luttons contre l'Orient, contre toute l'Europe de l'Est ! dit Mr. Lewis.

— C'est faux ! dit Eleonora West. Vous, l'Occident, vous luttez contre une branche de votre Civilisation.

— Nous luttons contre la Russie.

— La Russie, après la révolution communiste, est devenue la branche la plus avancée de la Civilisation technique occidentale. La Russie a pris toutes ses théories à l'Occident et elle les a mises simplement en pratique. Elle a réduit l'homme à zéro, comme elle l'avait appris de l'Occident. Elle a transformé toute la Société en une immense machine, comme elle l'avait appris de l'Occident. La Russie a imité l'Occident comme seul un barbare et un sauvage pouvait le faire. Les seules choses vraiment russes qu'elle ait apportées à la Société communiste — c'est le fanatisme, c'est la barbarie. Un point, c'est tout. En U.R.S.S. la soif de sang et le fanatisme mis à part, tout vient de l'Occident. Et vous, vous combattez cet aspect de la Civilisation occidentale : la branche communiste de la Société technique occidentale. Et c'est pourquoi cette troisième guerre mondiale n'est, et ne peut être qu'une révolution intérieure qui a éclaté et suit son cours à l'intérieur même de la Société technique occidentale. Les branches atlantique et européenne de la Société occidentale luttent contre le groupe communiste occidental. C'est une lutte intérieure qui se poursuit entre deux catégories, entre deux classes de la même société, c'est, si vous le voulez, une révolution de classe exactement comme la révolution bourgeoise de 1848. L'Orient ne participe pas à cette révolution intérieure occidentale. Personne en dehors de la Société occidentale ne participe à cette révolution. Et du moment que cette révolution est typiquement occidentale, Mr. Lewis, elle n'est pas faite en faveur des hommes. La Société occidentale n'a pas d'hommes.

— Je ne comprends pas.
— C'est très simple, dit Nora West. Les intérêts de la Société occidentale ne sont pas ceux des hommes. Bien au contraire. Dans la Société technique occidentale les hommes vivent, tout comme les premiers chrétiens, dans les catacombes, dans les prisons, les ghettos, en marge de la vie. Ils restent cachés. Les hommes n'ont pas la permission de paraître en public. Ils n'ont pas la permission de détenir des fonctions publiques. Nulle part et surtout pas dans les bureaux, car votre Civilisation a remplacé les autels par les bureaux.

« Les hommes qui sont encore des hommes sont obligés de se cacher. Autrement, ils sont obligés d'agir selon les lois techniques, selon les lois de la machine.

« L'homme a été réduit à une seule de ces dimensions : à la dimension sociale. Il a été transformé en Citoyen, ce qui n'est plus synonyme de la notion d'homme.

« La Société technique ignore l'homme. Elle ne le connaît plus que sous sa forme abstraite de Citoyen.

« Et du moment qu'elle ne le connaît pas, comment pourrait-elle faire une révolution pour lui ?

« La révolution actuelle — étant donné son caractère spécifiquement occidental — demeure étrangère à tous les intérêts des êtres humains en tant qu'individus.

« L'homme est depuis longtemps devenu une minorité prolétaire de votre Société. Et quelle que soit la partie qui gagne le combat actuel, l'homme demeurera prolétaire dans le cadre de la Société.

« La lutte actuelle est un choc entre deux catégories de robots qui tirent après eux des cadavres vivants, des esclaves en chair et en os.

« Les hommes ne peuvent pas être considérés comme participants au combat en cours, tout comme les esclaves des galères romaines ne pouvaient pas être considérés comme participants aux guerres de l'Empire romain. Ils ne font que porter les chaînes de la guerre. Et on ne peut pas participer à une guerre en portant des chaînes.

— Les prisonniers de ce camp ne viennent-ils pas s'engager de leur propre gré ? demanda Mr. Lewis. Votre affirmation est très risquée. Je ne vous menace pas, mais je vous contredis énergiquement. Chaque volontaire vient ici de son propre gré. Soutenez-vous, par hasard, que nous ayons forcé un seul d'entre eux, à le faire ? Vous êtes témoin des scènes de désespoir auxquelles nous assistons, lorsque nous sommes obligés de refuser certains d'entre eux. Ils nous menacent de se tuer si nous refusons de les inscrire. N'est-ce pas là action volontaire ? N'est-ce pas là de l'enthousiasme ? Ils sont même plus fanatiques que nous. Lorsque nous refusons leur demande, ils se considèrent comme gravement punis. Est-ce vrai ?

— Les hommes n'ont plus d'autre voie de salut, dit Eleonora West. Ils se trouvent dans une cellule de prison entourée de flammes et ils ne peuvent en sortir que par une seule porte. Cette porte, c'est la demande d'engagement comme volontaire. Cette porte, ce sont les Pétitions que nous recevons chaque jour à ce bureau. Chacune de ces pétitions est un cri de désespoir vers la seule porte qui existe encore. Tous envoient des pétitions. Pas seulement les Européens qui se sont enfuis de l'Est. Mais toute l'Europe.

— C'est faux, dit Mr. Lewis. Cette pétition n'est pas la seule porte par laquelle ils puissent s'échapper des flammes. Ils pourraient passer chez les Russes. Pourquoi ne le font-ils pas, et pourquoi viennent-ils vers nous ?

— Non, répondit Nora. Montrer aux hommes la route qui les conduit chez les Russes équivaut à leur montrer le mur dévoré par les flammes, par-dessus lequel ils peuvent se précipiter dans la chambre même où a pris l'incendie. Par-dessus ce mur ils ne peuvent que sauter dans les flammes et dans la mort. Et pas un homme ne voudrait sauter dans le feu, au moins tant qu'il y a encore une porte. Et cette porte, c'est nous. Ils demandent à s'échapper, mais ils ne cherchent pas à voir vers quoi s'ouvre cette porte. Cela ne les intéresse pas. Il faut qu'ils sortent parce qu'ils étouffent. Et à tout prendre une porte vaut toujours mieux qu'un mur dévoré par les flammes. Et même si les hommes savaient que passé le seuil de cette porte il y a toujours du feu, ils choisiraient toujours la porte. Au moins pendant un instant, ils sont sûrs de ne plus voir le feu. Ils gardent encore un espoir, une illusion. Et cela vaut mieux que rien. Il est très important de garder une illusion, aussi absurde soit-elle.

— Vous voyez tout sous un angle tragique, dit Mr. Lewis. Les volontaires ne pensent pas comme vous. Lorsque nous acceptons leur demande ils sont enthousiasmés. Ils luttent à vie et à mort pour notre cause qui est aussi la leur. Ce sont nos meilleurs soldats. Ouvrez la porte et regardez-les attendre devant notre bureau.

« Il y en a des centaines. Des milliers. Tous veulent s'engager comme volontaires. Tous veulent combattre pour la grande cause de la Civilisation. Tous veulent donner leur vie pour la grande victoire de demain. Cette victoire apportera aux hommes le bonheur, la civilisation, la paix, le pain, la liberté, la démocratie. Vous ne me croyez pas ? »

— Non, dit Eleonora West. Les hommes ne croient pas en cette guerre. Ils ne pensent peut-être pas exactement comme moi. Ils ont trop souffert pour penser encore. Ils ne pensent à rien. Mais ils sentent comme moi. Ils souffrent comme moi. Ils sont désespérés comme moi. Exactement comme moi. Toute l'Europe sent comme moi.

— Laissons parler les faits, Mrs. West ! Je vous prouverai quel enthousiasme anime ces hommes qui s'engagent comme volontaires. Je prendrai un seul exemple et je le choisirai au hasard.

Le lieutenant Lewis se leva. Il ouvrit largement la porte.

— Regardez, dit-il. Aujourd'hui il y a de nouveau plus de cinq cents hommes qui attendent.

Il montra la longue file de gens devant la porte et dit :

— Prenons le premier.

Mr. Lewis introduisit dans le bureau le premier homme qui attendait devant la porte. L'homme n'était pas seul. Il était avec sa femme et ses trois enfants.

C'était un homme aux cheveux noirs et aux tempes grisonnantes. Les joues un peu tirées. De grands yeux noirs, tristes et beaux.

Nora regarda ses yeux. « Il y a une mélancolie qui tient à la grandeur de l'esprit », se dit-elle.

L'homme qui se trouvait devant elle était un ouvrier. Mais l'esprit rayonnait dans son regard. Et Esprit signifie grandeur. Sa tristesse n'était pas une simple tristesse de la chair, mais surtout une tristesse de l'esprit.

La femme qui se tenait à ses côtés portait une robe bleue, trop large. Ses cheveux blonds étaient parsemés de mèches blanches. Mais elle était très belle. Ce n'était pas seulement son corps qui était beau. Sa féminité était éclatante et rayonnait autour d'elle par tous les pores de la peau.

Nora West aurait voulu lui sourire comme à une sœur. Mais la femme tenait les yeux baissés. Elle était triste et effrayée.

L'un des garçons avait des yeux noirs. Les yeux de son père. Mais ses regards n'étaient pas tristes. Ses yeux ardents et audacieux examinaient Nora avec curiosité.

L'autre garçon tenait les yeux baissés. Il était blond. Il paraissait absent. Il pensait à autre chose.

Le plus petit devait avoir quatre ans. Il avait les cheveux bouclés et des yeux bleus. Nora ne se rendait pas compte si c'était une fille ou un garçon. Mais il était beau comme un ange.

— Voilà toute une famille qui veut s'engager, dit le lieutenant Lewis. Demandez-leur s'ils pensent comme vous. Vous allez voir qu'ils ne viennent pas chez nous par désespoir. Ils viennent à nos côtés parce qu'ils sont assoiffés de liberté et de justice. Ils demandent à s'engager parce qu'ils veulent lutter pour la Paix et la Civilisation. Ils sont parfaitement conscients. Demandez-leur tout ce que vous voulez et vous verrez !

— Ce n'est pas nécessaire, dit Nora. Je ne cherche pas à savoir ce que ces gens ont dans leur cœur. Ma douleur suffit. Ne m'obligez pas à réveiller le désespoir des autres. Procédez vous-même à votre interrogatoire comme vous le faites d'habitude. Moi je n'y tiens pas.

— Je vous prie de demander tout ce que vous voulez. Je suis sûr que vous changerez vous-même d'opinion.

— Soit, dit Eleonora West.

La dernière phrase de Lewis équivalait à un ordre. Elle

leva les yeux vers l'homme qui se tenait devant la porte, son chapeau à la main. Elle rencontra son regard.

— Votre nom ?

— Iohann Moritz, répondit l'homme. Je veux m'engager comme volontaire avec toute ma famille. Nous vous prions de nous recevoir tous. J'ai besoin d'une dispense d'âge. J'ai dépassé la limite d'âge marquée sur les affiches. Mais je me sens encore jeune. Les garçons sont trop jeunes. Ils n'ont pas encore l'âge marqué sur les affiches. Mais ce sont des garçons honnêtes et travailleurs. Nous sommes antibolcheviks comme il est écrit sur les affiches. Nous croyons à la victoire de la Civilisation comme c'est écrit sur les affiches du camp. Mais nous n'avons pas l'âge prévu par les affiches. Et c'est pourquoi nous vous prions de nous accorder une dispense. Si vous ne nous recevez pas, nous sommes perdus. Nous ne pouvons plus en supporter davantage.

Le garçon aux yeux noirs fit signe à son père en le touchant du coude. Il voulait lui faire entendre qu'il en avait trop dit.

Iohann Moritz s'arrêta. Il devint cramoisi. Il se rendait compte qu'il n'aurait pas dû dire les derniers mots. Il avait fait une gaffe. Et peut-être allait-on ne pas le recevoir à cause de cela.

— Je vous en supplie, recevez-nous ! dit-il. Nous sommes tous de bons travailleurs et nos cœurs sont honnêtes.

Petre lui avait recommandé de dire bien d'autres choses encore. Mais il ne le voulait pas. Il n'avait pas le cœur de dire qu'il croyait à la Civilisation, à l'Occident et à tout le reste. Il ne pouvait raconter toutes ces histoires-là. Sa bouche se refusait à le dire. Le garçon allait se fâcher et lui dire de gros mots dès qu'ils sortiraient du bureau. Il jetait des regards implorants à la femme aux cheveux roux qui se tenait au bureau. Elle le regardait aussi.

Un silence suivit.

La femme qui se trouvait au bureau avait de bons regards chauds et brillants.

La femme de Iohann Moritz leva, elle aussi, les yeux vers

cette dame qui était au bureau. Les enfants aussi. Elle continuait à le contempler et se taisait.

Le lieutenant Lewis sortit du bureau. Eleonora West gardait le silence et regardait l'homme qui se trouvait devant elle.

— Connaissiez-vous Traian Koruga ?

Iohann Moritz tressaillit.

— Nous avons été ensemble, dit-il.

Il ne voulait pas parler du camp. Petre le lui avait bien recommandé à la maison.

— Nous avons été ensemble jusqu'au dernier moment. Et avec lui et le prêtre Koruga. J'ai été à côté de M. Traian jusqu'au moment où ce malheur est arrivé...

Moritz s'arrêta. Puis il continua.

— C'était le meilleur homme que j'aie jamais connu. Ce n'était pas un homme, c'était un saint. Vous aussi, vous avez connu M. Traian ?

— Je suis sa femme.

Iohann Moritz s'appuya contre la porte. Il devint livide. Il voulut sortir son mouchoir de sa poche. Mais il n'avait pas de mouchoir. Il toucha de ses doigts quelque chose en verre. C'étaient les lunettes de Traian Koruga.

Il les avait prises le matin même pour leur faire un étui en cuir. Il avait peur de les casser en les mettant dans sa valise.

Il sortit les lunettes, les garda un moment à la main et pensa qu'il n'était plus nécessaire de leur faire un étui. Il ne les mettrait plus dans sa valise.

Iohann Moritz mit les lunettes devant Nora West, sur le bureau.

— Ce sont les lunettes de M. Traian.

Il toussa. Sa voix était enrouée.

— Il me les a données avant sa mort pour que je vous les apporte. Il me les a données tout juste avant qu'il...

La voix de Iohann Moritz était tremblante. Il ne pouvait plus parler. Il chercha de nouveau son mouchoir. Il ne trouva que le morceau de cuir dont il voulait faire l'étui pour les lunettes. Il le tira de sa poche. Il ne savait que faire. Et pour faire quand même quelque chose, il posa le bout de cuir sur la table, à côté des lunettes.

— J'ai voulu leur faire un étui en cuir, dit-il. Pour qu'elles ne se cassent pas. J'ai assez de temps dans le camp pour pouvoir y travailler. Vous les garderez dans l'étui. Cela vaut mieux. Elles ne pourront pas se casser.

— Vous êtes-vous enfin persuadée que c'étaient des vrais volontaires et qu'ils venaient s'engager avec enthousiasme ? demanda Mr. Lewis en entrant dans le bureau.

Nora West toussa. Sa gorge était serrée. Elle dit d'une voix décidée :

— Oui, maintenant je suis totalement convaincue. Vous avez parfaitement raison. Tous ces gens m'implorent de leur accorder la dispense d'âge. Ils veulent tous s'engager. Toute une famille.

Mr. Lewis eut un rire satisfait.

— Accordez-leur la dispense, dit-il. Faites-leur les papiers nécessaires. Je vais faire une photo pour les journaux avec toute la famille.

Le lieutenant Lewis s'approcha du plus petit enfant et lui caressa les cheveux. Puis il demanda à Suzanna :

— Lui aussi, il est contre les Russes, n'est-ce pas ?

Suzanna baissa les yeux. Puis elle pensa qu'elle devait répondre quelque chose.

— Oui, lui aussi, il est contre les Russes, dit-elle.

Elle craignait que Iohann Moritz ne l'entende.

Iohann Moritz l'avait entendue. Elle se mordit les lèvres.

Eleonora West complétait les formulaires.

— Ce soir venez chez moi ! dit-elle. Moi aussi j'habite dans le camp. Nous allons boire une tasse de thé et nous pourrons parler tranquillement. Vous me raconterez tout ce que vous savez sur Traian.

Le regard de Nora se brouilla.

— Maintenant répondez aux questions pour que je puisse compléter le formulaire. Où avez-vous été depuis 1938 jusqu'à ce jour ? Dites-moi tout. N'ayez pas peur. Votre demande sera approuvée.

L'aîné des garçons sourit. Il avait gagné. Il était heureux.

Le plus petit enfant était heureux aussi. Il mangeait les bonbons offerts par Mr. Lewis et il riait, découvrant ses dents blanches.

Suzanna tenait les yeux baissés.

Mr. Lewis prépara son appareil. Il voulait photographier toute la famille, juste au moment où Iohann Moritz complétait le formulaire. Tout devait être authentique.

— En 1938 j'étais dans un camp de juifs en Roumanie. En 1940 dans un camp de Roumains en Hongrie. En 1941 en Allemagne dana un camp de Hongrois. En 1945 dans un camp américain. Avant-hier, j'ai été relâché de Dachau. Treize ans de camps. J'ai été libre pendant dix-huit heures. Puis ils m'ont emmené ici...

— *Keep smiling!* dit Mr. Lewis.

L'objectif de son appareil photographique était dirigé vers Iohann Moritz et sa famille.

Moritz regardait Nora West et pensait aux centaines de kilomètres de barbelés qu'il avait vus.

Il sentait tous ces barbelés se dérouler tout le long de son corps.

Il ne leva pas les yeux lorsque Mr. Lewis lui parla. Il ne comprenait pas l'anglais.

— Voilà ce qui s'est passé depuis 1938 jusqu'à aujourd'hui, dit Moritz. Des camps. Des camps. Des camps. Pendant treize ans seulement des camps!

— *Keep smiling!* dit le lieutenant Lewis.

Iohann Moritz comprit que ces paroles lui étaient adressées et demanda à Nora :

— Que dit l'Américain ?

— Il t'ordonne de sourire.

Moritz regarda les lunettes de Traian sur la table. Il avait l'impression de voir Traian tomber près des barbelés et mourir. Il pensa aux kilomètres de barbelés qui avaient entouré les camps. Il se rappela les jambes coupées du prêtre Koruga. Il se rappela tout ce qui s'était passé pendant ces treize ans.

Il regarda Suzanna. Il regarda le petit enfant. Et il se rembrunit. Des larmes lui montèrent aux yeux. Maintenant on lui avait ordonné de rire et il n'en pouvait plus. Maintenant il sentait qu'il allait éclater en sanglots comme une femme. Avec désespoir. C'était la fin. Il ne pouvait plus aller plus loin. Aucun homme n'aurait pu aller plus loin.

— *Keep smiling!* ordonna l'officier les yeux fixés sur Iohann Moritz. *Smiling! Smiling! Keep smiling!...*

FIN

POCKET N° 3117

PRIMO LEVI
Si c'est un homme

L'un des premiers témoignages sur les camps d'extermination nazis.

Primo LEVI
SI C'EST UN HOMME

« On est volontiers persuadé d'avoir lu beaucoup de choses à propos de l'holocauste, on est convaincu d'en savoir au moins autant. Et, convenons-en avec une sincérité égale au sentiment de la honte, quelquefois, devant l'accumulation, on a envie de crier grâce.
C'est que l'on n'a pas encore entendu Levi analyser la nature complexe de l'état du malheur.
Peu l'ont prouvé aussi bien que Levi, qui a l'air de nous retenir par les basques au bord du menaçant oubli : si la littérature n'est pas écrite pour rappeler les morts aux vivants, elle n'est que futilité. »

Angelo Rinaldi

Faites de nouvelles rencontres sur pocket.fr

- Toute l'actualité des auteurs : rencontres, dédicaces, conférences...
- Les dernières parutions
- Des 1ers chapitres à télécharger
- Des jeux-concours sur les différentes collections du catalogue pour gagner des livres et des places de cinéma

Un livre, une rencontre.

Imprimé en France par
CPI Bussière
en septembre 2025
N° d'impression : 2085941

Pocket – 92 avenue de France, 75013 PARIS

Dépôt légal : janvier 2006
S15785/11